rororo

rororo

Petra Hammesfahr, geb. 1951, lebt als Schriftstellerin in der Nähe von Köln. Ihr gelangen mit den Romanen «Der Puppengräber» (rororo 22528), «Die Sünderin» (rororo 22755) und «Die Mutter» (rororo 22992) große Bestsellererfolge.
Im Rowohlt Taschenbuch Verlag liegen ferner vor: «Der gläserne Himmel» (rororo 22878), «Lukkas Erbe» (rororo 22742), «Das Geheimnis der Puppe» (rororo 22884), «Meineid» (rororo 22941), «Die Chefin» (rororo 23132), «Roberts Schwester» (rororo 23156), «Der stille Herr Genardy» (rororo 23030) sowie die Erzählungen «Der Ausbruch» (rororo Großdruck 33176). Ihr neuer Roman «Das letzte Opfer» erschien im Wunderlich Verlag.

PETRA HAMMESFAHR

# Merkels Tochter

Roman

Rowohlt Taschenbuch Verlag

Veröffentlicht im Rowohlt Taschenbuch Verlag
GmbH, Reinbek bei Hamburg, September 2002

Der Roman erschien zuerst 1993
Umschlaggestaltung any.way, Cathrin Günther
(Foto: Photonica/ © Roxann Arwen Mills)
Satz Aldus PostScript
bei Pinkuin Satz und Datentechnik, Berlin
Druck und Bindung Clausen & Bosse, Leck
Printed in Germany
ISBN 3 499 23225 1

Die Schreibweise entspricht den Regeln
der neuen Rechtschreibung.

## 1. Kapitel

Auch nach achtzehn Jahren hatte Irene noch nicht eine Minute des Tages vergessen, an dem sie alles verlor, was damals ihr Leben ausmachte. Das Zuhause mit den netten Nachbarn, die Schule, die ersten Freundinnen, Onkel Kurt und Agnes, mit der sie fast mehr Zeit verbrachte als mit ihrer Mutter. Und den Mann, den sie liebte, den sie anbetete, ihren Papa.

Sie war acht Jahre alt, als es passierte. Sie kam aus der Schule, und vor dem Haus standen Papas Kollegen. Einer hielt sie auf und sagte, sie könne jetzt nicht hinauf in die Wohnung, dann brüllte er nach Seifert. Kurt Seifert, der viel mehr war als Papas Kollege, er war sein bester Freund, wie ein Bruder, deshalb war er für Irene Onkel Kurt.

Onkel Kurt kam aus dem Haus, er war blass, sah sehr traurig aus und sorgte dafür, dass sich einer von Papas Kollegen mit Irene in einen Streifenwagen setzte und sie beschäftigte, bis Agnes kam, um sie abzuholen. Und mit jeder Minute, die mit Warten verging, wurde ihr immer klarer, dass etwas ganz Furchtbares geschehen sein musste.

Während Papas Kollege ihr zeigte, wo man das Blaulicht einschaltete, wo das Martinshorn und wie das Funkgerät bedient wurde, kamen Männer mit einer großen Kiste aus dem Haus und luden die Kiste in ein schwarzes Auto, dessen hintere Scheibe mit Zweigen bemalt war. In so einem Auto, das wusste Irene, weil ein paar Monate zuvor eine alte Frau aus der Nachbarschaft gestorben war, wurden Tote zum Friedhof gefahren.

Dann kam ihre Mutter ins Freie, zusammen mit zwei Männern, auch Kollegen von Papa. Irene kannte einen, weil er Papa schon einmal zu Hause abgeholt hatte, an einem Abend, an dem irgendwo anders etwas Furchtbares geschehen war. Ihre Mutter weinte und hatte Blut im Gesicht, sie wollte zu dem Auto mit den Zweigen auf der hinteren Scheibe. Die Männer hielten sie zurück und führten sie zu einem Streifenwagen, der sofort abfuhr. Auch das schwarze Auto fuhr ab.

Und endlich fragte Irene: «Wo ist mein Papa?»

Und sein Kollege sagte: «In seinem Büro, glaube ich.»

Irene glaubte das nicht. Agnes kam und nahm sie mit. Und Agnes erklärte, was Irene längst wusste, dass etwas ganz Schreckliches passiert sei und Papa vielleicht nie wieder heimkäme. Vielleicht nie wieder, das klang, als gäbe es noch Hoffnung, dass er doch eines Tages wieder da sein könne. Aber wer tot war, kam nicht wieder, das hatte Irene schließlich in der Nachbarschaft erlebt. Wer tot war, wurde auf den Friedhof gebracht, in ein Grab gelegt, und dann durfte man nur noch Blumen und ein bisschen Erde hinterherwerfen.

Bei der alten Nachbarin hatten sie das so gemacht. Ihre Mutter hatte gesagt, es werde nur der Körper begraben. Die Seele, eigentlich der Mensch selbst, weil ohne Seele sei niemand ein Mensch, lebe im Himmel weiter und habe es dort sehr schön. Es würde nie regnen im Himmel, weil er über den Wolken läge. Es gäbe jeden Tag Sonnenschein da oben, Musik und feines Essen.

Agnes machte ihr etwas Feines zu essen, Hackbällchen mit Champignons. Die mochte Irene am liebsten, das war auch Papas Leibgericht. Aber an diesem Tag hatte sie gar keinen Hunger. Sie saß noch vor ihrem Teller, als ihre Mutter kam, schob die Hackbällchen von einer Seite zur anderen, drapierte alle Champignons rund herum und fragte sich, ob Papa schon im Himmel gewesen war, als die Lehrerin sie für die richtigen Rechenaufgaben gelobt hatte, und ob er das durch die Wolken gesehen, ob er das Lob trotz der Musik gehört hatte.

Ihre Mutter nahm ihr den Teller weg. Sie weinte nicht mehr, hatte ihr Gesicht gewaschen und Lippenstift aufgetragen, setzte sich mit Agnes ins Wohnzimmer und befahl Irene, in der Küche zu bleiben und ihre Schularbeiten zu machen. Das tat sie auch, aber sie machte viele Fehler an diesem Nachmittag. Wie hätte sie noch dreizehn mal acht ausrechnen können, während ihre Mutter im Wohnzimmer sagte: «Er hat einfach geschossen, kein Wort gesagt, nur abgedrückt, bis das Magazin leer war.»

Papa war tot. Niemand sprach es aus, aber Irene wusste es ganz genau und grübelte wochenlang, wer ihm bei seiner Beerdigung Blumen und Erde ins Grab geworfen hatte. Ihre Mutter, vermutete sie, Oma und Opa Seifert, Onkel Kurt und Agnes und alle seine Kollegen, nur sie nicht. Und oft fragte sie sich, ob er deshalb traurig sei da oben im Himmel. Und ob er abends, wenn die Sonne unterging, fror. Er fror oft, eigentlich war ihm immer kalt gewesen. Ob er sich danach sehnte, dass Irene ihn wärmte und ihm einen Gutenachtkuss gab, weil er sonst nicht einschlafen konnte.

Sie konnte nur einschlafen, wenn sie ganz fest den Teddy in den Arm nahm, den Papa bei einer Tombola für sie gewonnen hatte. Es war ein großer Teddy mit hellblauem Fell und klugen Augen. Bis dahin hatte er keinen Namen gehabt, war nur Teddy gewesen. Nun nannte Irene ihn Heinrich, so hieß Papa, obwohl ihn alle immer nur Hein genannt hatten.

Abends im Bett erzählte sie Heinrich von den Merkwürdigkeiten, die sie nicht verstand. Dass sie nie auf den Friedhof gingen, nie Blumen auf Papas Grab legten. Heinrich konnte das genauso gut erklären, wie Papa es gekonnt hätte. «Das ist ja viel zu weit weg», sagte er. «Wir sind doch umgezogen. Aber Onkel Kurt und Agnes bringen ihm sicher jeden Tag Blumen. Und Oma Seifert betet jeden Tag für ihn.» Irene konnte nämlich nicht selbst für ihn beten, das hatte ihr noch niemand beigebracht.

Heinrich wusste auch, warum Irene tagsüber nicht mehr von Papa sprechen durfte. Ihre Mutter wollte kein Wort mehr über ihn hören. «Sie ist böse mit ihm», sagte Heinrich. «Weil er sich hat totschießen lassen. Er hätte eben viel besser aufpassen müssen.»

Als sie die Wohnung ausräumten, stopfte ihre Mutter alle Fotos von Papa in einen Mülleimer. Zum Glück zerriss sie die Fotos vorher nicht. Irene fischte sie alle wieder aus dem Eimer, säuberte sie sorgfältig von verschimmelten Speiseresten und Zigarettenasche und versteckte sie gut. Es war sogar eins dabei, auf dem Papa noch ein kleiner Junge gewesen war. Hinten stand sein Name drauf und sein Geburtstag. Das hatte seine Mutter geschrieben, ehe sie gestorben war. Damit alle Leute wussten, wer Papa war und wann man ihm etwas zum Geburtstag schenken musste. Agnes hatte ihr das einmal erzählt.

Und Irene besaß noch mehr, Erinnerungen. Einen Nachmittag auf einem Volksfest, eine Fahrt auf dem Autoscooter. Papa neben ihr, so groß und stark, das kleine Fahrzeug lässig mit einer Hand durch das dichteste Gewühl steuernd, den freien Arm um ihre Schultern. Damit hielt er sie fest, damit sie bei den Rempeleien und den Stößen nicht nach vorne geschleudert wurde und sich am Ende die Zähne ausschlug.

Sechs Jahre alt war sie gewesen. Sie waren allein auf den Festplatz gegangen. Ihre Mutter hatte keine Lust auf einen

Bummel zwischen Karussell und Buden mit Süßigkeiten gehabt, blieb lieber mit ihrer Schwester am Kaffeetisch sitzen und bat: «Geh du doch mal mit ihr, Hein.»

Er fuhr auch mit ihr auf der Geisterbahn, wo Irene überhaupt keine Angst hatte, weil er doch neben ihr saß. Und bevor sie zurückkehrten in die gemütliche Kaffeerunde, kaufte er ihr noch ein Stück Kokosnuss. Das war die intensivste Erinnerung, in der er nicht nur groß und stark war, sondern magische Kräfte besaß. Sie biss sich an der Nuss einen Zahn aus. Der Zahn war zwar vorher schon locker gewesen, es tat trotzdem sehr weh, blutete auch ein bisschen. Und dann saß sie neben ihm auf der Couch im Wohnzimmer von Tante Karola, presste ihr Gesicht ganz fest gegen sein Hemd, und allein von seiner Wärme ging der Schmerz weg, und es hörte auf zu bluten.

Daran dachte Irene oft während der Zeit, in der sie bei Tante Karola wohnten. Ihre Mutter wollte um keinen Preis der Welt weiter in einer Wohnung leben, in der ein Mensch kaltblütig ermordet worden war. Das sagte sie einmal, ein Mensch. Sie sagte nicht: Mein Mann oder Hein. Aber von ihm durfte ja gar nicht mehr gesprochen werden.

Ihre Mutter fand damals rasch einen neuen Mann. Schon nach wenigen Monaten bei Tante Karola zogen sie in das riesige Haus zu Friedel. Friedel war Anwalt, ein lieber Kerl, gutmütig und geduldig. Er hatte viele Bücher und viel Geld, und geizig war er überhaupt nicht. Ihrer Mutter kaufte er sofort ein Auto und schöne Kleider. Auch Irene gab er etwas ab.

Im ersten Jahr bekam sie jeden Sonntag einen Fünfer. Dafür hätte sie fünfzig Salino-Lakritze kaufen können, die mochte sie so gerne. Aber sie sparte all die Fünfer, wollte ihrem Papa dafür eines Tages eine Pyramide bauen lassen. In einem von Friedels Büchern war eine abgebildet. Und Friedel erklärte, in Pyramiden hätten die alten Ägypter ihre Pharaonen beerdigt, das seien Könige gewesen. Für Irene war Papa noch viel mehr gewesen als ein König. Ihn konnte niemand ersetzen.

Friedel war ein Kumpel, ein Vater wurde er für Irene nie. Sie bekam seinen Namen, als er ihre Mutter heiratete. Und er hätte es wohl gerne gehört, wenn sie ihn Papa genannt hätte. Aber das ging doch nicht. Da mochte Friedel noch so viele schwierige Mathematikaufgaben erklären, die allerbesten Formulierungen für einen Aufsatz finden, noch so viele Partien Monopoly mit ihr spielen, wenn sie alleine waren, für Irene änderte das nichts.

Es ging ihr sehr gut bei Friedel, ihr Zimmer war um einiges größer, die Garderobe um einiges teurer, als sie es gebraucht hätte. Auch das Taschengeld wurde mit der Zeit immer höher. Kaum ein Wunsch blieb lange unerfüllt. Bis auf den einen, noch einmal Papas Arm um die Schultern zu spüren, mit ihm Autoscooter zu fahren und Geisterbahn. Oder an seiner Hand durch den Tierpark zu schlendern, da waren sie auch einmal gewesen, nicht allein. Ihre Mutter war dabei. Papa hatte den Arm um Mutters Schultern gelegt und für Irene bloß eine Hand frei. Aber das reichte ihr. An Papas Hand war sie völlig sicher.

Mit zwölf schrieb sie darüber einen Aufsatz, den Friedel anschließend wie üblich verbessern wollte. Als er es las, bot er ihr sofort einen Besuch im Tierpark an, aber das wäre nicht dasselbe gewesen. Friedel verstand das, böse war er ihr nicht, vielleicht nur ein bisschen traurig. Er schaute sie so merkwürdig an, als müsse er sehr lange über etwas nachdenken. Und dann fragte er: «Möchtest du wissen, wie es ihm geht?»

Wie hätte es ihm schon gehen sollen? Sehr gut, hoffte Irene, obwohl ihre Vorstellung von einem Himmel mit ewigem Sonnenschein, Musik und gutem Essen mit den Jahren und den Büchern aus Friedels Bibliothek brüchig geworden war. Aber dass ihr Vater an einem Ort sein könnte, der alles andere als himmlisch war, der Gedanke war ihr noch nicht gekommen.

## 2. Kapitel

Schon in den ersten Jahren im Gefängnis hatte Merkel nur selten an seine Tochter gedacht, mit der Zeit vergaß er beinahe völlig, dass sie existierte. Hin und wieder, wenn er die wenigen Bücher auf dem kleinen Regal an der Zellenwand umsortierte, fiel ihm ein Foto in die Hände. Das letzte, das vor seiner Verhaftung gemacht worden war. Darauf war Irene acht Jahre alt. Ein für sein Alter zu groß geratenes, dürres und verlegen grinsendes Geschöpf mit zwei lächerlich dünnen blonden Zöpfen und einer Ähnlichkeit mit ihm, die ihn eigentlich hätte ansprechen müssen. Aber auf dem Bild stand sie neben ihrer Mutter, deshalb hatte er keine Augen für sie.

All die Jahre hindurch stellte er sich nicht einmal vor, wie sie heranwuchs, erst zum Teenager, dann zur Frau wurde. Nicht einmal fragte er sich, wie es ihr wohl ergehen mochte, ob sie ihn vermisste, ob sie litt, von Schulkameraden gehänselt oder sonst wie malträtiert wurde. Ob sie Schwierigkeiten hatte, Freunde zu finden, einen Beruf zu ergreifen. Oder wie sie sich mit der Tatsache auseinander setzte, dass ihr Vater ein Mörder war.

Wenn er das Foto betrachtete – was selten genug vorkam, wenn es aus dem Buch fiel, steckte er es meist augenblicklich zurück zwischen die Seiten –, sah er nur die Frau. Heike, eine schöne Frau, seine Frau, bildschön, das sagten alle. Und das hatte sie hören wollen, so oft wie eben möglich.

Er hatte sie mehr geliebt, als gut war für einen Mann, der sich seinen Stolz bewahren wollte, seine Würde und die

Selbstachtung. Er hatte sie so sehr geliebt, dass er manchmal fast ein wenig verrückt darüber geworden war. Wenn er im Gefängnis an sie dachte, dann immer mit dem Bewusstsein, dass es vorbei war. Aber ganz vorbei war es nicht, konnte es doch gar nicht, solange sie lebte. Etwas mehr als zehn Jahre waren sie verheiratet gewesen. Kein Tag davon ließ sich auslöschen.

Irene hatte irgendwie dazugehört, doch sehr viel zu tun gehabt mit seiner Tochter hatte Merkel nie. Zuerst war sie zu klein, viel zu zerbrechlich. Da hatte er jedes Mal befürchtet, etwas kaputtzumachen. Solange sie noch ein Säugling gewesen war, hatte er sie vielleicht drei- oder viermal im Arm gehalten, und regelmäßig hatte Heike gemahnt: «Vorsicht, Hein, ihr Köpfchen.» Oder ihr Ärmchen oder ihr Rücken, irgendwas hielt er immer falsch. Als sie etwas robuster wurde, war er beruflich schon sehr stark eingespannt, kam abends oft erst heim, wenn sie längst schlief, verließ die Wohnung morgens, bevor sie aufwachte.

Kriminalhauptkommissar war er gewesen, zuständig für Kapitaldelikte. Man brauchte Pflichtbewusstsein und diese Portion an Sturheit, die einen am Ball zu bleiben hieß, auch wenn es aussichtslos schien. Eine Menge Überstunden hatte er geschoben, aber ohne den Ehrgeiz, auf der Karriereleiter weiter nach oben zu steigen. Die wirkliche Arbeit wurde unten erledigt, bestand aus unzähligen Kleinigkeiten.

Es hatte ihm nie etwas ausgemacht, abends mit Zeugen zu sprechen, die man nur spät erwischte, oder noch etliche Stunden am Schreibtisch zu sitzen, noch einmal sämtliche Fotos vom Tat- oder Fundort anzuschauen, Berichte zu lesen, Berichte zu schreiben. Viele Kollegen empfanden das als lästig. Er nicht, es gehörte eben dazu. Genauso wie seine Frau zu ihm gehörte. Er wusste immer, dass Heike daheim auf ihn wartete. Sie beschwerte sich nie, jammerte nie, er vernachlässigte sie. Es schien, dass sie die ideale Frau für einen Polizisten war. Wenn nachts um zwei ein Anruf kam oder er aus einer Geburtstagsfeier gerufen wurde, lächelte sie ihm hinterher. Ein langes Gesicht gab es nie.

Zehn Jahre lang ließ sie ihn im festen Glauben, es sei alles in bester Ordnung, dass sie stolz auf ihn war, ihn verstand und bewunderte für seine Hartnäckigkeit. Wenn er sehr spät heimkam, lag sie meist schon im Bett. Aber sie stand immer noch einmal für ihn auf. Ging mit ihm in die Küche, machte ihm etwas zu essen oder saß nur dabei, wenn er noch ein Bier trank. Sie erkundigte sich, wie sein Tag gewesen war, erzählte ein bisschen, wie sie sich die Zeit vertrieben und was Irene tagsüber gemacht hatte. Und wenn sie dann zusammen ins Bett gingen, kroch sie dicht an ihn heran, ließ sich in die Arme nehmen und blieb da die ganze Nacht.

Merkel war die ganzen Jahre der festen Überzeugung, dass sie eine sehr glückliche Ehe führten, die durch nichts und niemanden zu erschüttern sei. Und dann kam eines Tages einer von diesen wohlmeinenden Freunden, der im gleichen Haus lebte, und eröffnete ihm, dass seine Frau vermutlich einen anderen habe. Vermutlich! Einen Beweis dafür gab es nicht, nur: «An deiner Stelle würde ich ein bisschen aufpassen, Hein. Ich habe den Kerl jetzt schon zweimal aus deiner Wohnung kommen sehen.»

Den Kerl! Es konnte ein Vertreter gewesen sein, der ihr etwas hatte verkaufen wollen, einen neuen Staubsauger oder eine Versicherung. Den Heike um ein bisschen Bedenkzeit gebeten hatte, sodass er zweimal kommen musste. Nur hatte sie ihm nichts davon erzählt, das war der Stachel im Fleisch. Trotzdem, Merkel wollte das nicht glauben. Heike liebte ihn, sagte ihm das bei allen möglichen Gelegenheiten. Manchmal rief sie tagsüber an, nur um ihm das zu sagen.

Zuerst versuchte er, das merkwürdige Gefühl, das ihn beschlich, wenn er morgens die Wohnung verließ, zu ignorieren und den Drang, nach Hinweisen zu suchen, wenn er abends heimkam. Tagsüber wusste er nie, was er denken sollte. Er ging es mit Vernunft an. Heike konnte ihn doch gar nicht betrügen. Abends auf keinen Fall, weil sie nie genau wusste, wann er nach Hause kam. Und tagsüber? Sie war eine gute Mutter. Irene war am Nachmittag meist bei ihr. Da konnte sie es sich doch nicht leisten, einen fremden Kerl in der Wohnung zu empfangen. Aber morgens war Irene in der Schule! Drittes Schuljahr inzwischen, da ging der Unterricht bis zwölf oder halb eins.

Und dann saß er eines Morgens an seinem Schreibtisch und dachte, wenn überhaupt, hat sie jetzt Gelegenheit. Er fuhr auf der Stelle heim, schlich wie ein Dieb in die eigene Wohnung und hörte schon im Flur diese eindeutigen Geräusche. Sie war tatsächlich nicht allein. Und sie saß auch nicht mit einem Vertreter in der Küche oder im Wohnzimmer. Die Szene auf dem Bett war wie eine Faust. Und die schlug ihm nicht einfach nur in den Magen, sie riss ihm das Herz aus dem Leib und warf es irgendwo auf einen Müllhaufen, wo es unter Bergen von Unrat verschwand.

Er hatte gleich geschossen, noch von der Tür aus, mit der Dienstwaffe. Nicht auf sie! Ihr hätte er niemals auch nur ein Haar krümmen können. Aber diesen Kerl, der in seinem Bett, auf seiner Frau lag und ihm im Bruchteil einer Sekunde alle Illusionen raubte und den Glauben, vor allem den Glauben. Den konnte er nicht leben lassen. Er drückte ab, bis das Magazin leer war, ganz gezielt auf die Stellen, die er treffen wollte. Er war immer ein guter Schütze gewesen.

Danach fuhr er zurück in sein Büro und setzte sich wieder an seinen Schreibtisch. Er fror entsetzlich, doch abgesehen von der Kälte, die seine Muskeln verkrampfte und seine Zähne aufeinander schlagen ließ, war es fast so, als sei nichts geschehen.

Eine halbe Stunde später kam Kurt herein. Kurt Seifert war vier Jahre jünger als er, sein kleiner Bruder sozusagen, obwohl sie nicht blutsverwandt waren. Aber sie hatten sechs Jahre lang wie Brüder gelebt, an einem Tisch gegessen, in einem Zimmer geschlafen, und Kurt hatte die Hosen verschleißen müssen, die Merkel zu kurz geworden waren, das schweißte zusammen.

Kurt schüttelte den Kopf und versuchte zu sagen, was gesagt werden musste. «Hein, ich muss dich …» Er konnte es nicht aussprechen, nahm ihm nur die Waffe weg. Und das war's dann!

Merkel war achtunddreißig Jahre alt und so gut wie tot. Kurt besorgte ihm einen sehr guten Anwalt, den besten, den man kriegen konnte. Der Anwalt wollte auf Totschlag im Affekt plädieren. Aber da spielte Merkel nicht mit. Dem Staatsanwalt erklärte er schon in der ersten Vernehmung, er habe mit Vorsatz und kaltblütig gehandelt, den Mord seit Wochen geplant, nur auf einen günstigen Augenblick gewartet. Und er habe seine Frau ebenso töten wollen wie ihren Liebhaber. Er sei auch der Meinung gewesen, er habe sie getroffen, sonst wäre er doch nicht so einfach wieder gegangen. Aber das Versäumte ließe sich jederzeit nachholen. Er werde das auch tun, sobald sich ihm die Gelegenheit dazu böte. Dabei blieb er. Er konnte es keinem Menschen erklären, nicht einmal sich selbst.

Kurt gab sich Mühe, ihm etwas klarzumachen, damit er sich nicht lebendig einmauern ließ. Dass der Mann in seinem Bett nicht der Erste gewesen sei. Ein arbeitsloser Elektriker aus der Nachbarschaft, den Heike gebeten hatte, mal nach dem Sicherungskasten zu schauen. Davor hatte sie einen Installateur gerufen, davor einen Versicherungsvertreter, und davor hatte sie den Postboten um einen Gefallen gebeten.

Mit dem Postboten hatte Agnes Seifert sie einmal überrascht zu einer Zeit, in der Irene gerade die erste Woche in den Kindergarten ging. Später hatte Heike die kleine Tochter oft am Nachmittag zu Agnes gebracht, angeblich um zum Friseur, zum Arzt oder sonst wohin zu gehen, wo es für ein Kind langweilig wäre. Aber Kurt mochte erzählen, so viel er wollte, er machte damit alles nur noch schlimmer für Merkel.

Noch während der Untersuchungshaft reichte Heike die Scheidung ein. Er schrieb ein paar Briefe an sie, versuchte ihr in jedem zu sagen, was sie ihm bedeutete, nur schickte er keinen einzigen ab. Beim Prozess sah er sie noch einmal. Sie machte ihre Aussage, hatte keinen Blick für ihn. Kaum wurde sie aus dem Zeugenstand entlassen, verließ sie den Saal, wartete nicht einmal auf das Urteil.

Ein hartes Urteil. Weil er Polizist gewesen war. Weil er keine Reue zeigte, kein Wort des Bedauerns hatte für die Familie des Opfers, eine Frau und zwei kleine Kinder. Und weil er sagte, er würde es wieder tun. Lebenslänglich! Es war ihm egal, sie hätten ihn auch erschießen, aufhängen, köpfen oder vierteilen können. Genau genommen war er gestorben, bei der Tür zum Schlafzimmer. Er! Und nicht ein arbeitsloser Elektriker, dessen nackter Hintern ihm nun vor den Augen tanzte, lebenslänglich!

## 3. Kapitel

Friedel tat sich schwer, Irene zu erklären, was damals tatsächlich geschehen war. Ihre Mutter wollte nicht, dass sie es erfuhr. Aber mit ihren zwölf Jahren hielt er sie für alt genug, die Wahrheit zu erfahren. Vielleicht hoffte er, dass sie ihren Vater vergaß oder sich zumindest von ihm distanzierte. Aber auch einen Mörder riss man sich nicht so einfach aus dem Herzen, wenn man ihn mehr geliebt hatte als sonst etwas auf der Welt.

Friedel sah schließlich ein, dass er Hein Merkel nicht ersetzen konnte, nicht bei Merkels Tochter. Ein paar Wochen später fuhr er sie zu Kurt und Agnes, die Irene seit vier Jahren nicht mehr gesehen hatte. Ihre Mutter wollte keinen Kontakt zu Leuten, die einen kaltblütigen Mörder gekannt, gemocht und verteidigt, die sogar versucht hatten, einen Teil der Schuld auf sie abzuwälzen.

«Das bleibt aber unter uns», sagte Friedel, als sie ins Auto stiegen. Von dem Tag an lebte Irene in zwei Welten.

Agnes Seifert weinte Tränen der Freude, sie wieder zu sehen, wurde nicht müde zu fragen, wie es ihr in den vier Jahren ergangen war, wie sie mit ihrem Stiefvater zurechtkam, ob er gut zu ihr war, ob sie neue Freunde gefunden hatte. Opa und Oma Seifert waren in der Zwischenzeit gestorben. Und Agnes erzählte, Oma habe noch auf dem Sterbebett dafür gebetet, dass es Irene an nichts fehlen möge. Und wenn es die Möglichkeit gäbe, aus dem Jenseits eine schützende Hand über das Kind zu halten, dann würde sie das tun, hätte Oma gesagt, ehe sie die Augen schloss.

Nun meinte Agnes, obwohl sie ein eher praktisch veranlagter Mensch und nicht abergläubisch war, ihre Schwiegermutter habe bei diesem Wiedersehen ihre Hände im Spiel gehabt. Endlich erzählte sie Irene auch, ihrem Vater ginge es gut, soweit man unter diesen Umständen von gut sprechen konnte.

Kurt besuchte ihn regelmäßig. Agnes rief Kurt im Büro an, und er kam sofort nach Hause, um Irene zu sehen, ehe Friedel sie wieder abholte. Kurt versprach ihr auch, beim nächsten Besuch im Gefängnis liebe Grüße von ihr auszurichten. Mitnehmen könne er sie leider nicht, sagte Kurt, Kinder und Jugendliche dürften da nicht rein, Mädchen schon gar nicht, es sei ja eine Haftanstalt für Männer.

Irene begann, Briefe zu schreiben, jede Woche einen: «Lieber Papa!» Sie berichtete ihm, wie es ihr ergangen war in den vier Jahren und was nun in ihrem Leben vorging. Es war nichts Weltbewegendes, aber sie glaubte, es sei wichtig für ihn, zu wissen, dass da jemand war, der ihn liebte und brauchte, ihn vermisste und die Tage zählte, die vom Lebenslänglich noch übrig waren. Kurt Seifert sagte, das Wort klinge zwar schlimm, aber es bedeute nicht, dass ein Mensch bis an sein Lebensende im Gefängnis bleiben müsse.

Die Briefe sammelte sie, versteckte sie im Bettkasten, damit ihre Mutter keinen zu Gesicht bekam und wütend wurde. Einmal im Monat fuhr Friedel sie heimlich für einen Nachmittag zu Agnes. Dort gab sie ihre Briefe ab, Agnes machte jedes Mal ein Foto mit einer Sofortbildkamera von ihr, das sie mit in einen der Umschläge steckte. Angeblich schmuggelte Kurt die Briefe ins Gefängnis. Er brachte auch immer einen mit zurück, der mit «Liebe Irene» begann und mit «Dein Vater» endete. Den las sie dann, bis ihr das dünne, graue Papier fast in den Fingern zerbröselte.

Weil Kurt an den Nachmittagen meist nicht zu Hause war, er musste ja arbeiten, erzählte Agnes, wie sehr ihr Vater sich über die Briefe gefreut habe, dass er jede ihrer Zeilen mindestens dreimal las, ihre Fotos an die Wand über seinem Bett klebte und es kaum abwarten könne, die nächste Sendung in Empfang zu nehmen. Irene hätte auch gerne ein neues Foto von ihm gehabt. Aber Agnes sagte, im Gefängnis sei fotografieren nicht erlaubt. Kurt könne das auch nicht heimlich tun, weil immer ein Wärter dabei sei, wenn er einen Besuch machte.

Irene glaubte das, bis sie eines Nachmittags aus Versehen in Agnes' Küche die falsche Schranktür öffnete, um ein Glas herauszunehmen, und einen Block mit dem dünnen grauen Papier fand. Das oberste Blatt war schon zur Hälfte beschrieben. «Liebe Irene.»

An dem Tag war sie sechzehn, trug seit acht Jahren dieses Nagen und Bohren im Innern mit sich herum, Sehnsucht nach seinem Arm, seiner Stärke. Es tat so entsetzlich weh, war fast schlimmer als der Tag, an dem sie aus der Schule gekommen war und seine Kollegen sie in Empfang genommen hatten. Viel schlimmer als die vier Jahre, in denen sie ihn im Himmel gewähnt hatte und ihm eine Pyramide auf Erden bauen lassen wollte.

Agnes versuchte, noch etwas zu retten, erklärte hastig, es sei nicht so, wie sie denke. Die Briefe kämen schon alle von ihm, er habe sie nur nicht selbst geschrieben. Im Gefängnis hätte er tagsüber nicht die Zeit zu schreiben, und abends würde früh das Licht ausgemacht. Da könne er nur noch fast unleserliche Notizen machen, die Agnes dann für ihn ins Reine schriebe. Aber das glaubte Irene nicht mehr.

Es war ein Weltuntergang. Nächtelang weinte sie das Kissen nass, hätte ihn am liebsten aus ihren Gedanken gestrichen, wie ihre Mutter es getan hatte. Doch das schaffte sie nicht, weil sie ihn immer noch liebte und allmählich lernte, ihn zu verstehen.

Agnes erklärte so einfühlsam, wie es dazu gekommen war, zuallererst einmal, dass ihr diese von Friedel arrangierten heimlichen Besuche selbst ungeheuer wichtig waren. Sie hatte keine Kinder, litt sehr darunter und versuchte, es durch ihren Beruf zu kompensieren, Kinderkrankenschwester war sie. Aber die Kleinen in der Klinik durfte man nicht zu lieb gewinnen, weil man sie immer nur für kurze Zeit hatte und ihnen auch noch wünschen musste, sie nie wieder zu sehen.

Und Agnes meinte, es sei sehr schön gewesen für sie in den letzten vier Jahren, etwas zu haben, worauf sie sich freuen konnte, dass alle vier Wochen ein junges Mädchen kam, das man so lieb hatte wie ein eigenes Kind, dem man für die Zukunft nur das Allerbeste wünschte. Da wünschte man sich eben auch, man dürfe ein wenig zum Glück für die Zukunft beitragen.

Und genau das tat Agnes in den folgenden Jahren. Sie kümmerte sich wie eine Mutter um Irene und formte aus ihr den Menschen, der sie am Ende war: bescheiden, tüchtig und hilfsbereit, aber auch energisch, hartnäckig und willensstark. Eine Tochter, auf die jeder Vater stolz gewesen wäre. Nur war Merkel nie ein Vater gewesen. Er war bloß ein Mann, dem man das Herz aus dem Leib gerissen hatte.

Agnes erklärte auch das, erzählte in den Stunden, die Irene bei ihr verbrachte, von dem jungen Hein, so wie sie ihn damals kennen gelernt hatte. Unbeholfen und unsicher in Gefühlsdingen, weil lange niemand da gewesen war, der ihm Gefühle gezeigt hätte. Seinen Vater hatte er in Russland verloren und seine Mutter bei der Flucht aus Ostpreußen. Sie war erfroren. Irgendeine mitleidige Seele hatte sich erbarmt, den kleinen Buben mitgeschleppt und ihn beim Roten Kreuz abgeliefert.

Dann war er einige Jahre in einem Heim gewesen, wo Oma Seifert als junge Frau gearbeitet hatte. Sie hatte ihn wohl lieb gewonnen, aber als sie heiratete, blieb er zurück. Doch Oma Seifert konnte ihn nie ganz vergessen, weil er zu Weihnachten, Ostern und ihrem Geburtstag immer eine Karte schrieb.

Kurt wurde geboren und blieb trotz aller Bemühungen ein Einzelkind. Als er heranwuchs, sagte er oft, er hätte gerne einen Bruder, am liebsten einen großen, der ihm auf der Straße und dem Schulhof zur Seite stünde, wenn die anderen ihn wegen seiner abstehenden Ohren hänselten. Von Hein kamen immer noch drei Karten pro Jahr. Da holte Oma Seifert ihn eben zu sich.

Er war schon zwölf, und was an ihm versäumt worden war, ließ sich nicht mehr nachholen. Oma Seifert war auch keine Frau gewesen, die ihr Herz auf der Zunge trug oder einen Jungen mal spontan in den Arm nahm. Das tat sie nicht einmal bei Kurt. Zu der Zeit meinte man noch, Jungs dürften nicht verzärtelt und verweichlicht werden. Und so hatte er zwar ein Zuhause, ein warmes Bett, geregelte Mahlzeiten, in Kurt sogar einen Bruder, aber er blieb trotzdem irgendwie allein – bis er Heike begegnete.

«Du kannst dir gar nicht vorstellen, was sie ihm bedeutet hat, Irene», sagte Agnes. «Du warst ja damals noch klein, für Kinder ist es normal, dass Eltern sich lieben. Aber er hat sie nicht einfach nur geliebt, er hat sie vergöttert, sie war seine Welt. Zu Anfang habe ich deine Mutter beneidet. Kurt – ich will mich bestimmt nicht über ihn beklagen, er war immer ein aufmerksamer und liebevoller Mann, aber auf seine Art ist er auch sehr nüchtern. Trotzdem war dein Vater verglichen mit ihm immer ein steifer Klotz, bis er sie kennen lernte. Danach erkannte man ihn nicht wieder. Plötzlich konnte er sogar tanzen, war in Gesellschaft locker und witzig. Ich habe oft gedacht, wenn er dahinter kommt, was mit Heike los ist, gibt es eine Katastrophe. Die haben wir dann ja auch bekommen. Sie hat nie begriffen, was sie ihm angetan hat. Vielleicht können wir es auch nicht begreifen.»

Irene begriff es wohl mit der Zeit. Und gleichzeitig stellte sie fest, dass sie ihn nicht mehr brauchte, jedenfalls nicht mehr als den starken Mann mit magischen Kräften. Sie kam alleine zurecht in ihrem Leben, wusste, was sie wollte, und wusste auch, wie sie ihre Ziele erreichte.

Mit zwanzig verliebte sie sich in Gernot Brandes, sein Vater war Immobilienmakler und einer von Friedels Stammklienten. Gernot hatte gerade seine Ausbildung zum Bankkaufmann beendet, als sie sich kennen lernten. Er war ein gut aussehender Mann, vom Wesen her ganz anders als sie. Agnes stellte das einmal fest, als Irene ihn auf einen Besuch mitbrachte.

«Gegensätze ziehen sich an», sagte sie. «Wer weiß, wozu das gut ist.»

Mit einundzwanzig ließ Irene sich von Gernot Brandes einen Verlobungsring über den Finger streifen und zog mit ihm in eine Wohnung, in der sie sich entschieden wohler fühlte als in Friedels Villa. Sie begann zu arbeiten in einem Beruf, der ihr täglich vor Augen führte, wie gut es ihr ging, und der ihr das Gefühl gab, von vielen gebraucht zu werden. Sozialarbeiterin war sie geworden und zufrieden mit ihrem Leben.

## 4. Kapitel

Das war Merkel zu der Zeit eigentlich auch. Nicht, dass er sich im Gefängnis rundum wohl gefühlt hätte. Vor allem in den ersten Jahren war es nicht leicht für ihn gewesen. Ein ehemaliger Bulle, ein gefundenes Fressen für die anderen, darunter auch ein paar, die er selbst hinter Gitter gebracht hatte. Die ließen sich etwas einfallen, um ihm das Leben so sauer wie nur möglich zu machen. Aber er war durchtrainiert und kräftig, mit der Zeit verschaffte er sich Respekt und Ruhe.

Die Nächte waren auch nach zehn, zwölf Jahren noch schlimm. Es verging kaum eine Nacht, in der er seine Frau nicht vor sich sah. Von Kurt Seifert wusste er, dass Heike schnell wieder geheiratet hatte. Einen Mann mit Vermögen, ihren Scheidungsanwalt. Und er musste sich zwangsläufig vorstellen, wie sie mit dem lebte, nun mit ihm in einem Bett schlief, ihn tagsüber in seinem Büro anrief, nur um ihm zu sagen, dass sie ihn liebe. Manchmal stellte er sich auch vor, dass sie das immer dann tat, wenn sie ihn gerade betrogen hatte. Viel half ihm das nicht.

Doch tagsüber war alles überschaubar, der Tagesablauf, die Beziehungen zu Wärtern und Mitgefangenen. Niemand erwartete etwas Außergewöhnliches von ihm, und er erwartete nichts von den anderen. Wenn es nach ihm gegangen wäre, hätte es so bis an sein Lebensende weitergehen können. Aber nach fünfzehn Jahren wurde er auf dem Gnadenweg entlassen. Kurt Seifert hatte sich dafür eingesetzt, und den zuständigen Leuten klargemacht, dass es damals alles andere als ein kaltblütiger Mord gewesen war. Bei jedem Besuch redete er auf ihn ein, ihm nur ja keinen Strich durch die Rechnung zu machen.

Kurt war im Laufe der Jahre auf der Karriereleiter aufgestiegen bis zum Kriminaldirektor. Doch Merkel war für ihn immer noch der Bruder. Aber nicht mehr der große, starke, der auf dem Schulhof und der Straße die kräftigeren Jungs verprügelte, damit sie Kurt nicht hänselten. Nun hatten sie die Rollen vertauscht.

Am Tag der Entlassung stand Kurt vor dem Tor bereit, um ihn in Empfang zu nehmen. «Fahren wir nach Hause, Hein», sagte er. «Agnes wartet schon mit einem richtigen Frühstück.»

Die ersten Tage in Freiheit verbrachte er bei Kurt und Agnes, in dem Haus, in dem sie die sechs gemeinsamen Kinder- und Jugendjahre verbracht hatten. Und auch, wenn mit der Zeit fast alles umgebaut worden war, es wimmelte in den Zimmern nur so von Erinnerungen. Aber nicht nur deswegen war es ihm nicht recht. Er wollte niemandem zur Last fallen. Irgendwie störte es ihn, plötzlich wieder mit dem Vornamen angesprochen zu werden. Hein, daran war er nicht mehr gewöhnt. Hein, das klang immer nach Verpflichtungen. Merkel klang nach kargen Mauern, einem Gitter vor dem Fenster und einer verschlossenen Tür, die er nicht mehr öffnen wollte.

Agnes nervte ihn mit ihren zarten Andeutungen. Mindestens dreimal täglich kam von ihr der Hinweis, dass er eine inzwischen dreiundzwanzigjährige Tochter hatte, die sich bestimmt freuen würde, ihn einmal wieder zu sehen. Ein lieber Mensch sei Irene und so tüchtig, behauptete Agnes, er könne stolz auf sie sein. Manchmal käme sie auf einen Kaffee vorbei.

Merkel war nicht stolz, worauf denn auch? Was immer aus seiner Tochter geworden war, er hatte damit nichts zu tun gehabt, nichts dazu beigetragen. Er drängte darauf, dass Kurt ihm eine andere Unterkunft beschaffte, ehe seine Tochter mal auf einen Kaffee zu Agnes kam.

Kurt fand binnen weniger Tage ein möbliertes Zimmer, nicht zu groß, nicht zu teuer, sparsam und zweckmäßig eingerichtet mit einem Schrank, einer Liege, die sich zum Bett umfunktionieren ließ, einem Tisch, zwei Stühlen und einem weiteren Schrank, in dem eine Miniküche untergebracht war. Dazu gehörte noch ein winziges Duschbad mit Toilette. Kurt meinte, es sei eine Übergangslösung. Aber Merkel fand, das Zimmer sei genau richtig für ihn. In den fünfzehn Jahren hatte er sich daran gewöhnt, auf engstem Raum zu leben. Mehr Platz, meinte er, hätte ihn nur nervös gemacht.

Kurz darauf vermittelte Kurt ihm auch eine Arbeit. Es nannte sich hochtrabend Objektschutz und war im Grunde ein Posten als Nachtwächter. Aber dass ein auf dem Gnadenweg entlassener Mörder den Job bekam, war einzig der Tatsache zu verdanken, dass ein leibhaftiger Kriminaldirektor sich für ihn verbürgte.

Der Verdienst war nicht üppig, doch für Merkel alleine reichte es. Er stellte keine Ansprüche mehr ans Leben, brauchte keinen Farbfernseher, nicht mal ein Radio und bestimmt kein Auto. Er hatte seit fünfzehn Jahren nicht mehr hinter einem Steuer gesessen. In der Zeit hatte sich auf den Straßen eine Menge verändert. In dem Gewühl war er mit einem Rad entschieden besser bedient. Auf einer Auktion erstand er für zehn Mark ein klappriges Damenrad, das er sich zurechtflickte. Dann fuhr er damit zur Arbeit – oder aus Gewohnheit zum Dienst.

Im ersten Jahr bewachte er eine alte Gießerei, die aus

einem Fabrikgebäude und einer Lagerhalle bestand, in der Halle waren auch die Büros untergebracht. Es war ein ruhiger Job, um nicht zu sagen, langweilig. Aber langweilig war ihm nicht, er drehte gewissenhaft jede Nacht Runde um Runde über das menschenleere Gelände, kontrollierte halbstündlich sämtliche Schlösser und Fenster, das Tor und den Zaun. Das war besser, als in einem Bett zu liegen, in die Dunkelheit zu starren und den nackten Hintern eines arbeitslosen Elektrikers vor sich sehen.

Vormittags schlief er. Und nachmittags – er brauchte nicht lange, um die Adresse seiner Frau ausfindig zu machen. Sie war in der Stadt geblieben, nur von einem Ende ans andere gezogen, in eine noble Gegend, wie in eine andere Welt. Ein paar Mal fuhr er schon kurz nach Mittag hin, obwohl er mit dem Rad über eine Stunde brauchte.

Dann stand er auf der Straße im Schatten eines Alleebaumes, fror, auch wenn es um die zwanzig Grad waren, und hoffte darauf, dass sie aus dem Haus kam. Ein phantastisches Haus, eine richtige Villa mit einem großen Garten davor und einem noch größeren dahinter. Er wusste nicht einmal genau, warum er dort stand. Vielleicht nur, um sich selbst etwas zu beweisen. Sie leibhaftig vor sich sehen, nicht in einem Traum, wo man sich nicht wehren konnte gegen das, was auf einen einstürmte. Wo man so hilflos war. Sie noch einmal wirklich sehen, dabei in sich hineinhorchen und feststellen, dass da nichts mehr war. Es konnte doch rein theoretisch nichts mehr da sein nach fünfzehn Jahren.

Zweimal sah er ein Auto aus der Garage fahren und meinte, sie hinterm Steuer erkannt zu haben. Aber das mochte täuschen, weil sich die Sonne in der Scheibe spiegelte und er im Grunde gar nichts aus dem Wageninneren sah. Es vergingen Monate, ehe er sie endlich einmal richtig zu Gesicht bekam, zusammen mit ihrem Mann. Im Winter war das, es war erst fünf Uhr, aber schon dunkel. Seit fast einer Stunde stand er da, seine Füße so kalt, dass er sie gar nicht mehr fühlte. Auch seine Finger waren längst steif gefroren, als endlich ein Wagen vor dem Grundstück hielt. Ein Mann und eine Frau stiegen aus, gingen nebeneinander auf das Haus zu. Der Mann hielt ihren Arm, und sie trug einen Pelzmantel.

Sie beachtete ihn nicht, obwohl sie ihn sehen musste. Aber wahrscheinlich erkannte sie ihn nicht, Agnes sagte oft, man erkenne ihn nicht wieder. Schon gar nicht mit dem alten Damenrad, eine Plastiktüte am Lenker, in der seine Thermoskanne mit Kaffee und zwei Wurstbrote steckten, weil er um sechs von seinem Beobachtungsposten zum Dienst musste. Bis zum Kinn eingepackt in die dicke Winterjacke, die dringend mal in die Reinigung gemusst hätte. Seine Hose hätte auch eine Wäsche vertragen können, aber er hatte keine Waschmaschine. Vermutlich hielt Heike ihn für einen Penner. Sie war immer noch so schön, und es tat immer noch so entsetzlich weh. Nichts hatte sich verändert.

In den nächsten zweieinhalb Jahren sah Merkel sie vor sich, wie sie in ihrem Pelzmantel am Arm ihres Mannes auf das prächtige Haus zuging. Wie das Licht hinter den Fenstern aufflammte. Und im Geist sah er auch, wie sie sich auszog, aufs Bett legte und ihr Mann auf sie.

Dann starb sie ganz plötzlich, zusammen mit ihrem Mann.

Merkel las die Todesanzeige zufällig in der Tageszeitung, die er sich inzwischen leistete, um sich wenigstens ein bisschen über das Weltgeschehen zu informieren, obwohl es ihn eigentlich nicht interessierte. Durch einen tragischen Verkehrsunfall mitten aus dem Leben gerissen, stand da. Heike und Friedmann Gersolek. Fast eine halbe Seite nahm die Anzeige ein. Eine endlose Latte von trauernden Hinterbliebenen waren aufgelistet. Ganz oben stand der Name seiner Tochter, Irene Brandes, dass sie seit einem Jahr verheiratet war, wusste er von Agnes.

Die Beerdigung fand an einem Freitagnachmittag statt. Und natürlich ging er hin, musste hingehen, unbedingt dabei sein, mit eigenen Augen sehen, wie man sie unter die Erde brachte, damit er es glauben und vielleicht endlich ein bisschen Abstand gewinnen konnte. Er nahm sogar eigens frei für den Abend, weil er dachte, danach sei er ohnehin nicht mehr diensttauglich. Wegen eines Trauerfalls in der Familie, sagte er. Das war es doch auch!

Heike mochte vor achtzehn Jahren die Scheidung eingereicht haben, aber sie war seine Frau gewesen. Daran hatte niemand etwas ändern können, kein Richter, auch kein Friedmann Gersolek. Jetzt war sie tot. Jetzt war es wirklich vorbei. Und er dachte, für den Rest seines Lebens habe er nun seine Ruhe.

Auf dem Friedhof hielt er sich im Hintergrund, das war nicht schwer bei all den Trauergästen. Gut hundert Leute waren da. Da fiele einer mehr oder weniger gar nicht auf, sagte er sich, obwohl er sich ziemlich aus der Masse abhob in der fadenscheinigen schwarzen Hose und dem schlecht sitzenden Jackett, das er sich in aller Eile gekauft hatte. Aber von der noblen Gesellschaft kannte ihn ja keiner, mit Ausnahme seiner Tochter. Dass Irene ihn wieder erkennen würde, nach achtzehn Jahren, hielt er für ausgeschlossen. Sie war doch damals noch ein Kind gewesen.

Er jedenfalls erkannte sie nicht, schloss nur aus der Tatsache, dass sie ganz vorne am offenen Grab stand, dass sie es sein musste. Neben ihr stand ein junger Mann, ihr Mann, so wie es aussah. Eine Hand an ihrem Ellbogen, als müsse er sie stützen. Dabei sah sie nicht aus, als brauche sie einen Halt.

Groß war sie, fast so groß wie Merkel, sehr schlank, eher schon knochig. Sehr aufrecht stand sie da. Das immer noch zu dünne blonde Haar hatte sie unter einem schwarzen Hut verborgen. Das, wie Merkel etwas später feststellte, herbe Gesicht unter einem Schleier. Eine Schönheit war sie nicht, hatte keinerlei Ähnlichkeit mit ihrer Mutter, das machte es für ihn etwas leichter.

Viele gingen nach vorne, um zu kondolieren. Er nicht, er hätte nicht gewusst, was er ihr sagen sollte. Sie war ihm genauso fremd wie all die anderen. Er wollte nur abwarten, bis alle verschwunden waren, um dann noch einen Blick ins offene Grab zu werfen und sich zu verabschieden.

Als der Kondolenzstrom nachließ, drehte Irene sich um und damit in seine Richtung. Sie ging ein paar Schritte vom Grab weg, sah ihn und stutzte. Dann kam sie langsam auf ihn zu, hob dabei den Schleier von ihrem Gesicht.

Merkel sah, dass der junge Mann neben ihr versuchte, sie am Arm zurückzuhalten, dass er heftig auf sie einsprach, sie ihm etwas zuflüsterte und er daraufhin seine Bemühungen noch verstärkte. Aber sie schüttelte den Arm ab, kam die letzten Schritte. Als sie ihn erreichte, streckte sie ihm die Hand entgegen. Ihr zögernd fragendes «Papa?» hörte Merkel noch, als er zwei Jahre später an ihrem Grab stand.

## 5. Kapitel

Papa! Nach achtzehn Jahren! Und in den letzten drei hatte Irene nicht mehr daran geglaubt, ihn jemals wieder zu sehen. Dass er aus der Haft entlassen worden war, hatte sie natürlich sofort von Agnes erfahren. Kurt hatte sie gebeten, ihm ein paar Tage Zeit zu lassen, damit er sich wieder an die Freiheit gewöhnen könne. Aber nach ein paar Tagen war er schon umgezogen. Und Kurt sagte: «Er hat sich völlig in sich zurückgezogen, Irene, braucht wohl etwas mehr Zeit, um wieder Tritt zu fassen im Leben. Lass ihn erst mal in Ruhe.»

Das fiel ihr nicht einmal schwer. Sie wusste nur nicht genau, ob sie sich aus Respekt vor seinen verletzten Gefühlen von ihm fern hielt oder aus einer allmählich gewachsenen Gleichgültigkeit. Wenn sie an ihn dachte, dann mit Wehmut und Bedauern, aber nicht mehr mit Sehnsucht nach seinem starken Arm. So einen Arm brauchte sie nicht mehr. Sie stand mit beiden Beinen fest im Leben.

Sie betreute Familien im sozialen Abseits, allein erziehende Mütter, auch ein paar Jugendliche, bei denen es noch möglich schien, den totalen Abstieg zu verhindern. Jeden Tag sah sie Hilflosigkeit und Elend, erlebte Sprachlosigkeit und Abwehr, manchmal sogar Feindseligkeit. Es gab einige, die sich nicht helfen lassen wollten, denen sie zu Anfang ihre Unterstützung energisch aufdrängen musste.

Nur war er nicht irgendeiner, er war Papa. Acht Jahre lang ihr Held. Vier Jahre lang ein Engel im Himmel, dem sie auf Erden eine Pyramide hatte bauen wollen. Vier weitere Jahre ein gefallener Engel, dem sie ihre Hand hinhielt, um ihn wieder aufzurichten. Er hatte ihre Hand nicht gewollt. Und jetzt sagte Agnes oft: «Er ist ein sturer Hund, Irene. Mach dir um ihn keine Gedanken. Ihm ist nicht zu helfen.»

Gleichzeitig sagte sie jedoch: «Lange geht das nicht mehr gut. In der alten Gießerei konnte nicht viel passieren. Da haben sich nachts nur ein paar Ratten umgetan.»

Nur war er nicht mehr in der alten Gießerei. Die Firma hatte Konkurs angemeldet. Seitdem versah er seinen Wachdienst in einem Einkaufszentrum, in dem doch einiges zu holen war. Kurt hatte dafür gesorgt, dass er nur Nachtschicht machte, weil nachts schwere Rollgitter vor den Zugängen heruntergelassen waren und so leicht niemand eindringen konnte.

Agnes sagte: «Da muss sich abends nur mal einer einschließen lassen. Was will Hein denn machen? Er kriegt ein paar aufs Maul und anschließend die Papiere. Und in seinem Alter kriegt er keinen neuen Job.»

Deshalb machte Irene sich zwangsläufig einige Gedanken, sah ihn im Geist bereits auf dem Flur des Sozialamtes sitzen, sah sich eines dieser Schreiben öffnen, in dem ihr mitgeteilt wurde, ihr Vater habe laufende Hilfe zum Lebensunterhalt beantragt, und sie möge nun ihre Einkünfte offen legen. So weit musste es doch nicht kommen.

Manchmal nahm sie sich vor, ihm einfach mal wie zufällig zu begegnen. Sein Dienst im Einkaufszentrum begann um acht Uhr abends, er musste etwas früher da sein. Die meisten Läden hatten bis um acht geöffnet. Da hätte sie ihm einmal als späte Kundin über den Weg laufen können. Oder sonntags, jeden zweiten Sonntag besuchte er Kurt und Agnes. Agnes hatte das angeordnet und Kurt dem Befehl Nachdruck verliehen, damit er wenigstens jedes zweite Wochenende für ein paar Stunden registrierte, dass er nicht völlig allein auf der Welt war. Bei Agnes und Kurt hätte sie jederzeit unangemeldet erscheinen können.

Aber sie tat es nicht und schämte sich oft dafür, weil es einfacher war, sich nicht um ihn zu kümmern. Bei all den anderen, die sich partout nicht helfen lassen wollten und am Ende auf der Straße oder der schiefen Bahn landeten, konnte sie zur Not noch wegsehen. Bei ihm hätte sie das nicht gekonnt, das wusste sie.

Als Gernot und sie vor einem Jahr geheiratet hatten, hatte sie ihn einladen wollen. Natürlich nicht zu der Feier, an der ihre Mutter, Friedel und Gernots Eltern teilnahmen, aber am Tag danach. Gemütlich und zwanglos im kleinen Kreis, mit Agnes und Kurt, die auch nicht zu der großen Feier eingeladen waren, weil ihre Mutter nichts mehr mit ihnen zu tun haben wollte.

Kurt sagte: «Erspar dir das, Irene. Es hat wirklich keinen Sinn. Er würde nicht kommen.»

Aber zur Beerdigung kam er. Niemand hatte damit gerechnet. Es war ein Schock für sie. Wie er da stand, so klein und verloren. Sie hatte ihn viel größer in Erinnerung und jünger natürlich. Agnes hatte gesagt, er habe sich sehr verändert, aber so sehr, das hatte sie nicht erwartet. Er war alt geworden, sah viel älter aus, als er tatsächlich war. Und nichts an ihm war mehr stark.

Sekundenlang schwebte ihr das verblasste Kinderfoto vor den Augen. Sie sah ihn als kleinen Jungen auf der Flucht aus Ostpreußen durch Eis und Schnee stolpern, weinend und frierend neben seiner toten Mutter sitzen, bis eine mitleidige Seele ihn mitzerrte. Am liebsten hätte sie ihn in die Arme genommen und hatte in der ersten Verlegenheit nicht mehr für ihn als eine Einladung, die er gar nicht annehmen konnte. «Komm doch mit, Papa. Wir trinken noch einen Kaffee zusammen. Ich würde mich freuen, wenn du mitkommst. Es sind nicht viele Leute dabei.»

Nicht viele! Natürlich kamen nicht alle, die auf dem Friedhof waren, auch mit in das Restaurant. Dazu waren nur gut zwei Dutzend geladen, überwiegend Verwandtschaft von Friedel, ein paar Geschäftspartner und langjährige Klienten. Gernots Familie und Angehörige ihrer Mutter, Tante Karola, die bereits misstrauisch herüberäugte.

Dass er keinen Wert darauf legte, sich von dieser Gesellschaft anglotzen zu lassen, verstand sie. Da hätte er gar nicht wortlos den Kopf schütteln müssen. Doch einfach gehen lassen wollte sie ihn auch nicht wieder. Sie kramte in ihrer Handtasche und drückte ihm eine von den Visitenkarten in die Finger, die ihr Mann normalerweise seinen Kunden andrehte in der Hoffnung, dass sie ihn mit so einer Karte für ebenso wichtig hielten wie seinen Vater und Friedel. Sie hatte immer zwei oder drei davon bei sich, für Notfälle.

«Dann ein andermal, Papa, komm doch mal sonntags auf einen Kaffee vorbei, wenn du Zeit und Lust hast. Wir würden uns wirklich sehr freuen.»

Wir! So ein Quatsch! Er hatte doch gesehen, wie Gernot an ihrem Arm riss und auf sie einsprach. Den halben Abend stritt sie mit ihrem Mann darüber. Bis dahin hatten sie zwar hin und wieder Meinungsverschiedenheiten ausgetragen. Aber es hatte noch nie etwas gegeben, worüber sie richtig hätten streiten müssen.

«Du weißt ganz genau, dass dieser Mann nichts von dir wissen will», sagte Gernot. «Warum musst du dich ihm aufdrängen?»

«Weil er mein Vater ist.»

Das war für Gernot kein Argument. «Bist du sicher, dass

er das weiß? Ich nicht, er hat sich jedenfalls nie so benommen. Friedel war dein Vater in den letzten achtzehn Jahren.»

Friedel war ein Mann nach seinem Geschmack gewesen: beruflich erfolgreich, sehr vermögend, mit dem entsprechenden Freundeskreis und geschäftlichen Kontakten, die das Herz eines Bankkaufmanns, der sein Glück als Investmentberater versuchte, zwangsläufig höher schlagen ließ. «Mein Schwiegervater», hatte Gernot schon vor der Hochzeit voller Stolz gesagt.

Dass es einen weiteren Schwiegervater gab, einen armen Schlucker, einen nur auf dem Gnadenweg entlassenen Mörder, gefiel ihm gar nicht. Wer wusste denn, welche Beziehungen ihr Vater in den fünfzehn Jahren seiner Haft geknüpft hatte, welches Gesindel in seiner Gefolgschaft auftauchte? Wenn man sich auf ihn einließ, hätte man am Ende noch ein paar Psychopathen mehr am Hals und vielleicht eines Tages ein Messer an der Kehle.

«Du hast doch einen Knall», protestierte sie. «Psychopathen! Du hast überhaupt keine Ahnung, wie er wirklich ist und warum er damals geschossen hat. Sprich mal mit Agnes darüber. Oder frag dich, warum Agnes und Kurt nicht zur Beerdigung gekommen sind.»

Kurt hatte dienstliche Gründe vorgeschoben und Agnes einen dringenden Zahnarztbesuch. «Eine Wurzelentzündung, Irene. Das hat heute Nacht angefangen, ich geh vor Schmerzen die Wände hoch und bin heilfroh, dass ich den Termin bekommen habe. Friedel wird mir verzeihen, wenn ich nicht komme. Blumen aufs Grab legen kann ich ihm ja auch später mal, wenn die großen Berge abgeräumt sind.»

Dann bekäme Friedel vermutlich einen Strauß, der sich sehen lassen konnte. Agnes würde ihn so hinlegen, dass nur ja keine Blume das zweite Grab berührte. Agnes hätte keine

Wurzelbehandlung erfinden müssen, es war klar, dass sie nicht einer Frau die letzte Ehre erweisen wollte, die ihrer Ansicht nach ein paar Menschenleben auf dem Gewissen hatte. Irene verstand das.

Gernot verstand sie allerdings nicht. «Ich behaupte nicht, dass deine Mutter ein Engel war», sagte er. «Aber das gab ihm nicht das Recht, einen Mann zu erschießen. Wir leben doch nicht im Wilden Westen. Wenn er nur einen Funken Gefühl im Leib gehabt hätte, hätte er sich anschließend ein paar Gedanken um dich gemacht. Er kennt nur sich selbst. Du musst dich nicht von ihm verletzen lassen, Liebling.»

Seit Friedels Tod nannte er sie «Liebling». Dass er sie damit nur über ihren Verlust hinwegtrösten wollte, glaubte sie nicht so recht. Sie war die Alleinerbin von Friedels Vermögen. Und Gernot hatte in den vergangenen Tagen schon ein paar Berechnungen angestellt, wie man den unerwarteten Segen am besten mehren könnte.

Sonntags wartete sie. Allein! Gernot zog es vor, die Wohnung nach dem Mittagessen zu verlassen, wollte sich nicht anschauen, wie sie um Liebe bettelte bei einem Mann, der vermutlich nicht einmal wusste, wie man das Wort buchstabierte. Den halben Nachmittag saß sie vor den alten Fotografien, die sie vor achtzehn Jahren aus dem Mülleimer gerettet hatte, und überlegte, ob sie ihm die zeigen sollte, wenn er kam. Aber er kam nicht.

## 6. Kapitel

Am Abend der Beerdigung hatte Merkel in seinem möblierten Zimmer gesessen und überlegt, ob er auf ein Bier in seine Stammkneipe gehen sollte. Ihm war nicht danach. Das zögernd fragende «Papa» klang ihm im Ohr und ihre Einladung, erst zum Beerdigungskaffee, dann für einen Sonntag. Die Visitenkarte lag vor ihm auf dem Tisch. Rund ein Dutzend Mal las er: Gernot Brandes, Bankkaufmann, Ebertstraße 26, und eine Telefonnummer. Und jedes Mal sah er diesen Schnösel vor sich, der versucht hatte, sie zurückzuhalten.

Zeit hätte er gehabt an den Sonntagen. Aber Lust? Nicht die Spur. Wozu sollte das gut sein? Genau genommen waren er und seine Tochter zwei Fremde, zwei Leute, die sich achtzehn Jahre nicht gesehen hatten. Und auch davor hatten sie sich nicht allzu viel zu sagen gehabt.

«Gute Nacht, Papa», zwei dünne Arme im Nacken und ein feuchter Kuss auf die Wange. «Gute Nacht, Irene», und mit dem Handrücken die Wange abgewischt. Kleine Kinder waren nie sein Fall gewesen.

Er hatte damals alles, was er an Liebe geben konnte, für seine Frau gebraucht. Für Heike hatte er alles getan, sich sogar mit Irene beschäftigt, wenn sie ihn darum bat. Aber Heike war die Einzige gewesen. Es hatte vor ihr keine gegeben, es konnte nach ihr keine geben. Und eine Tochter, die am Ende von ihm erwartete, dass er sich für irgendetwas entschuldigte oder ihr etwas erklärte, womöglich seine Gefühle – nein! Merkel wollte nur noch seine Ruhe, er hatte sie sich sauer genug erkämpft.

Während seine Tochter am ersten Sonntagnachmittag auf ihn wartete, saß er bei Kurt und Agnes. Sie sprachen über die Beerdigung. Agnes wollte wissen, ob er Irene gesehen habe. Leichtsinnigerweise erwähnte er die Einladung und rührte Agnes damit zu Tränen. Dass Irene ihn erkannt hatte nach all den Jahren, und dass sie ihn spontan einlud! Aber so war sie, herzensgut. Wenn er sie besuche, vielleicht am nächsten Sonntag, müsse er unbedingt schöne Grüße ausrichten.

«Ich werde sie nicht besuchen», sagte er, «weder am nächsten Sonntag noch am übernächsten.»

»Warum denn nicht, Hein?», fragte Agnes verständnislos. «Du kannst doch nicht so tun, als ob sie nicht existiert. Denk doch, sie ist auf dich zugekommen. Sie kann doch nichts dafür, Hein.»

Natürlich nicht! Darum ging es doch auch gar nicht.

Trotzdem fuhr er an einem der folgenden Nachmittage in die Ebertstraße. Nur mal sehen, wie sie lebte. Wie es aussah, sehr gut. Das Haus Nummer 26 war nicht übel. Ein Mietshaus, hatte Agnes ihm erzählt, aber sehr gepflegt, nur sechs Parteien insgesamt. Sie und ihr Mann hatten eine Wohnung im Dachgeschoss, wie er aus der Anordnung der Klingeln ersehen konnte.

Natürlich klingelte er nicht, ging davon aus, dass Irene gar nicht zu Hause war. Immerhin hatte sie ja einen Beruf. Er schaute sich nur die Fassade und die Fenster im Dachgeschoss an. Dann stieg er wieder auf sein Rad und fuhr weiter wie einer, der nur einen Nachmittag in der Sonne genießt.

Sechs Wochen später kam sie zu ihm, kam einfach an einem Montagabend in die Kneipe, wo er seine wenigen Bekanntschaften pflegte. Viele waren es wahrhaftig nicht. Und es war auch einer dabei, den Merkel im Gefängnis kennen gelernt hatte, wie ihr Mann es befürchtete. Ohloff, ein verrückter Hund und leider auch ein sehr anhänglicher. Merkel konnte tun, was er wollte, Ohloff hing an ihm wie eine Klette, begriff gar nicht, wie sehr er ihm auf die Nerven ging.

Als Merkel noch in der alten Gießerei gearbeitet hatte, brachte Ohloff es fertig, einfach dort aufzutauchen mitten in der Nacht. «Ich wollte nur mal sehen, was du machst, Hein. Wie läuft's denn so?» Wie sollte es schon laufen in einer alten Gießerei? Nachts lief da überhaupt nichts, man musste trotzdem die Augen offen halten.

Als Merkel ihm strikt untersagte, ihn im Dienst zu belästigen, machte Ohloff es sich zur Gewohnheit, dreimal in der Woche vor seiner Zimmertür aufzutauchen, immer mit einem Tablett auf der Hand, auf dem zwei Kuchenstücke lagen, Butterstreusel! Nur weil Merkel einmal erwähnt hatte, dass er sich nichts aus Kuchen mache, aber Butterstreusel, den äße er schon mal gerne.

Wenn er sagte, er habe keine Zeit mehr für eine ausgedehnte Kaffeestunde, müsse gleich zum Dienst, habe jetzt auch überhaupt keinen Appetit auf Butterstreusel, erklärte Ohloff: «Macht doch nichts, Hein, du kannst ihn ja mit zur Arbeit nehmen.» Und dann bot er noch an, ihn dorthin zu fahren.

Wies Merkel ihn darauf hin, dass er dann am nächsten Morgen nicht wisse, wie er zurück in die Stadt kommen solle, überschlug Ohloff sich fast. «Ich hol dich natürlich auch wieder ab, Hein, ist doch selbstverständlich. Ist doch gar kein Problem.»

Ohloff begriff nicht, dass er das Problem war. Er erzählte Merkel bei jeder Gelegenheit von den Schwierigkeiten, in die er sich regelmäßig selbst hineinmanövrierte. Offenbar erhoffte er sich irgendeine Form von Hilfe. Einmal hatte er ihm einen Arm um die Schultern gelegt und mit einem sonderbaren Unterton festgestellt: «Rein altersmäßig könntest du ja mein Vater sein, Hein.» Das fehlte wirklich noch.

Ohloff war Anfang dreißig, gut einsneunzig groß, sehr kräftig, aber nicht dick. Er sah aus wie ein Bauarbeiter, arbeitete auch zeitweise am Bau. Doch er hielt sich nirgendwo lange, brauchte immer nur ein paar Wochen, um sämtliche Kollegen und Vorarbeiter gegen sich aufzubringen. Es lag an seinem Jähzorn, er schlug immer gleich zu. Da reichte ein nichtiger Anlass. Ohloff hatte keinerlei Kontrolle über sich. Nur bei Merkel, da katzbuckelte er ununterbrochen.

Auf Frauen wirkte er durchaus anziehend mit seiner Figur, dem leicht gelockten, dichten blonden Haar und dem für einen Mann ausgesprochen hübschen, eigentlich zu weichen Gesicht. Aber Merkel hätte es keiner Frau empfohlen, sich näher mit Ohloff zu befassen. Das war einer von der Sorte, die kein Nein vertrugen. Er hatte sieben Jahre gesessen, weil er eine junge Frau nach einem netten Abend übel zugerichtet hatte. Mit einem Messer! So einen stellte man nicht seiner Tochter vor. Auch dann nicht, wenn einen die Tochter im Grunde nicht interessierte.

An dem Montagabend, als Irene in die Kneipe kam, stand Ohloff neben ihm am Tresen. Merkel hatte mit der Zeit erreicht, dass er ihn nicht mehr privat belästigte und sie sich nur noch montags in der Kneipe trafen. Den einen Abend investierte er und hatte dafür die Gewissheit, dass Ohloff ihn den Rest der Woche in Ruhe ließ.

Aber Ohloff war nicht der wirkliche Grund für sein abweisendes Verhalten. Dass sie hier auftauchte, fand er einfach aufdringlich, um nicht zu sagen unverschämt. Auf den Gedanken, dass Agnes sie über seine Gewohnheiten informiert haben könnte, kam er nicht, nahm an, sie habe hinter ihm her spioniert. Das machte ihn wütend. Er war nahe daran, ihr zu sagen, sie solle sich gefälligst um ihren Schönling von Ehemann kümmern und ihn in Frieden lassen. Dass er es dann doch nicht tat, lag vielleicht nur an ihrer Kleidung.

Auf dem Friedhof, in dem schwarzen Kostüm, mit dem Hut und dem albernen Schleier, war sie eine Fremde gewesen. Und wie sie da vor ihm gestanden hatte, als sie ihm diese lächerliche Visitenkarte in die Hand drückte, fast so groß wie er selbst auf ihren hochhackigen Pumps, da trennten sie Welten voneinander.

Er hatte in dem Moment die prachtvolle Villa vor sich gesehen, in der seine Frau und ihr Friedmann verschwunden waren. Wie konnte ein Mann nur Friedmann heißen? Aber darüber hatte er in den Sekunden auf dem Friedhof nicht nachgedacht. Nur über das Haus, in dem seine Tochter aufgewachsen war. Schon aus dem Grund konnten sie keine Gemeinsamkeit mehr haben.

An diesem Montag in der Kneipe trug sie offene, flache Sandalen, in denen ihre nackten Füße steckten. Auf ihren Zehennägeln waren Reste von Nagellack. So etwas hätte es bei seiner Frau nie gegeben, da waren die Nägel an Fingern und Zehen immer makellos gewesen. Sie trug eine verwaschene Jeans und ein kariertes Hemd dazu, fast als arbeite sie wie Ohloff zeitweise auf dem Bau. Das dünne blonde Haar wurde im Nacken von einem Gummi zusammengehalten. Von ihrer Schulter hing ein bunter, prall gefüllter Leinenbeutel. In dieser Aufmachung war sie ihm so ähnlich.

Sie stellte sich neben ihn, vielmehr zwischen ihn und Ohloff. Es war eine kleine Kneipe, viel Platz war nicht an der Theke. Und sie konnte ja nicht wissen, dass sie um Ohloff besser einen weiten Bogen gemacht hätte. Sie grüßte nicht lange, bot ihm auch nicht die Hand, lachte ihn nur an und sagte: «Die Nase muss ich auch von dir haben, Papa.» Und Merkel sah förmlich, wie sich Ohloffs Ohren aufstellten. Papa, das hätte sie sich besser verkniffen.

«Scherz beiseite», fuhr sie fort. «Ich habe dich nicht gerochen. Agnes hat mir erzählt, dass du montags immer hier bist. Ich war gerade in der Nähe und dachte, ich sag mal schnell guten Tag.»

Kein Wort darüber, dass er ihre Einladung für einen Sonntagnachmittag bisher ignoriert hatte. Sie bestellte sich einen Kaffee und betrachtete ihn von der Seite. Ohloff, der dicht hinter ihr stand, ließ sie nicht aus den Augen. Aber Ohloff versuchte es bei jeder, da hätte eine kommen können ohne Zähne oder mit einem Hintern wie ein Brauereipferd. Merkel hatte es mehr als einmal erlebt. Für Ohloff war es gar nicht wichtig, ob eine Frau hübsch war oder hässlich, Hauptsache eine Frau.

Sie nahm keine Notiz von Ohloff, hatte anscheinend nicht gesehen, dass Merkel sich zuvor mit ihm unterhalten hatte. Sie lachte wieder, nicht mehr gar so frei und offen wie zur Begrüßung. «Keine Sorge, Papa», sagte sie. «Ich will nichts von dir. Du musst nicht denken, jetzt wo die anderen weg sind, würde ich mich an deinen Hemdzipfel hängen, nachdem ich in den letzten Jahren nichts mehr von mir habe hören lassen.»

In den letzten Jahren! Das klang nach drei oder vier. Für Merkel waren es achtzehn. Von all den Briefen, die sie ihm bis zum sechzehnten Lebensjahr geschrieben hatte, wusste er nichts. Kurt hatte ihm nie einen davon ins Gefängnis gebracht. Wozu auch? Kurt kannte ihn doch. Als Irene zu schreiben begann, war Merkel seit vier Jahren tot. Und Kurt hatte damals zu Agnes gesagt: «Tote muss man in Frieden lassen.»

Merkel wusste auch nicht, was er ihr antworten sollte. Es störte ihn, dass sie ihn schon wieder so einfach Papa nannte. Es störte ihn noch mehr, dass Ohloff zu grinsen begann, erstaunt und anerkennend fragte: «Deine Tochter, Hein? Das ist aber eine Überraschung. Ich wusste gar nicht, dass du eine Tochter hast.»

«Wusste ich auch nicht mehr», sagte Merkel.

Sie tat, als habe sie das nicht gehört, drehte sich zu Ohloff um und entschuldigte sich, weil sie dazwischengeplatzt war. «Aber ich bin gleich wieder verschwunden», erklärte sie, wandte sich wieder an Merkel. «Ich wollte eigentlich nur wissen, ob du etwas brauchst, Papa, ich meine, falls ich dir irgendwie helfen kann ...»

«Danke», unterbrach Merkel sie knapp, «ich hab alles.»

Sie nickte, trank ihren Kaffee aus und begann mit einer Hand in dem Leinenbeutel zu kramen. «Nichts für ungut, Papa», sagte sie dabei. «Meine Adresse hast du ja. Die gilt auch noch eine Weile. Wenn doch mal etwas sein sollte, du kannst ja anrufen.»

Mit den letzten Worten zog sie eine kleine Geldbörse aus dem Beutel, schaute den Wirt hinter dem Tresen an, zeigte auf die leere Tasse. «Was macht das?»

«Der Kaffee geht auf mich», erklärte Merkel.

Sie bedankte sich, kämpfte einen Augenblick lang mit sich, ob sie ihm zum Abschied die Hand hinhalten sollte. Aber dann drehte sie sich einfach um und ging zur Tür.

Merkel wusste nicht, wie es kam. Er wollte sie wirklich nicht aufhalten und sagte trotzdem: «Warte einen Moment, Irene.» Wenn sie erstaunt war, ließ sie es sich nicht anmerken. Sie blieb stehen, drehte sich wieder zu ihm um, schaute ihn abwartend an. «Ich hab's nicht so gemeint, wie es klang», sagte er und fügte mit einem Blick auf Ohloff hinzu: «Setzen wir uns da rüber an den Tisch. Da können wir uns in Ruhe unterhalten.»

Als er es aussprach, hielt er sich selbst für übergeschnappt. In Ruhe unterhalten, worüber denn? Darüber, dass sie sich nichts zu sagen hatten? Dass es völlig sinnlos war, nach all den Jahren den Versuch zu machen, eine Beziehung aufzubauen. Dass er nie wieder enttäuscht und betrogen, nie wieder von einem Menschen verletzt und verlassen werden wollte. Doch was Merkel wollte, kümmerte seine Tochter nicht.

Sie hätte ihn in diesem Augenblick am liebsten umarmt. Beide Arme um seinen Nacken geschlungen, das Gesicht an seinen Hals gedrückt, wie sie es als Kind so oft getan hatte. Und damit womöglich alles kaputtgemacht! Zu viel Gefühl auf einmal, davor hatte er wahrscheinlich Angst. Also gab sie sich kühl und beherrscht. Und wenn es auf diese Weise Jahre dauern sollte, vielleicht würde er sich doch irgendwann an den Gedanken gewöhnen, dass er eine Tochter hatte, die ihn liebte. Sie war überzeugt, mit ihren sechsundzwanzig Jahren hätte sie noch sehr viel Zeit, ihm das klarzumachen.

Aber so viel Zeit war es gar nicht mehr.

## 7. Kapitel

An dem ersten Abend in der Kneipe waren sie nur für eine halbe Stunde zusammen. Irene trank noch zwei Tassen Kaffee und er noch ein Bier. Sie unterhielten sich. Worüber, das hätte er schon nicht mehr genau sagen können, als er später in seinem Bett lag. Jedenfalls nicht über persönliche Belange.

Ein paar Eindrücke blieben hängen, dass sie keine Forderungen stellte, nichts von ihm erwartete, absolut nichts, gewiss keine Entschuldigung. Im Gegenteil. «Wenn du etwas brauchst, Papa ...»

Sie hatte genug von allem, hatte so viel, dass sie etwas abgeben konnte. Es war ihr nicht schlecht ergangen beim zweiten Mann ihrer Mutter. Friedel sei ein feiner Kerl gewesen, das erwähnte sie ganz beiläufig. Und Friedel klang auch nach feinem Kerl, jedenfalls klang es ganz anders als Friedmann, Vater oder Papa. Dass sie von Friedel geerbt hatte, erwähnte sie auch, die große Villa und zusätzlich noch ein hübsches Sümmchen. Aber Merkel dachte nicht im Traum daran, Geld von ihr zu nehmen. Weder Geld noch sonst etwas.

Bevor sie sich verabschiedete, ging sie noch einmal mit an die Theke, hielt auch Ohloff die Hand hin und sagte: «Ich hoffe, Sie sind mir nicht böse, es hat doch etwas länger gedauert.»

Ohloff hatte sie die ganze Zeit nicht aus den Augen gelassen. Sie hatte nichts davon bemerkt, weil sie mit dem Rücken zu ihm gesessen hatte. Aber Merkel war es nicht entgangen. Und wie Ohloff sie nun angrinste, er schüttelte ihre Hand, als wolle er sie gar nicht mehr loslassen, und versicherte eilig: «Da gibt es doch keinen Grund, böse zu sein. Im Gegenteil. Hat mich sehr gefreut, Sie kennen zu lernen. Bis demnächst mal wieder.»

«Bis demnächst», sagte sie.

Merkel hatte kein gutes Gefühl in dem Moment. Sie würde nicht so schnell aufgeben, das hätte er in ihrem Alter auch nicht getan. Sie war ihm wohl nicht nur äußerlich ähnlich. Nun gut, musste er ihr eben beim nächsten Mal erklären, dass er nichts dagegen hatte, wenn man sich ab und zu mal sah, ganz zwanglos wie unter Bekannten üblich. Aber nicht in der Kneipe, nicht montags, wenn Ohloff dabeistand. Vielleicht doch mal am Nachmittag, allerdings nicht wenn er dann Familie spielen musste. Vater, Tochter, Schwiegersohn. Ihr Mann war nun ganz und gar nicht seine Kragenweite. Es gab ja auch Cafés, in denen man sich mal für eine halbe Stunde zusammensetzen und vielleicht ein Stück Butterstreusel essen konnte. Er glaubte sich zu erinnern, sie hätte den früher auch gerne gemocht.

Doch auch beim nächsten Mal brachte Merkel nichts von dem, was er ihr sagen wollte, über die Lippen, und beim übernächsten Mal ebenfalls nicht. Er kam einfach nie dazu, weil die meiste Zeit sie etwas erzählte.

Nach dem ersten Abend trafen sie sich häufiger, immer nur in der Kneipe. Merkel war jeden Montagabend da, und sie kam, wie sie es einrichten konnte. Mal für eine Stunde, dann setzten sie sich an einen Tisch, mal nur auf einen Kaffee, dann blieben sie an der Theke stehen. Und dann stand Ohloff regelmäßig dabei, gab sich sanft wie ein Lamm, hilflos und unschuldig wie ein Neugeborenes und gab seinen Senf zu allem, was sie sagte.

Ohloff fand schnell heraus, dass sie für jeden ein offenes

Ohr hatte. Ein paar Mal war Merkel nahe daran, sie vor ihm zu warnen. Dass er gesessen hatte, erzählte Ohloff ihr selbst. Nach dem Grund fragte sie nicht. Es konnte gewiss nicht schaden, ihr diesen Grund etwas näher zu erläutern. Aber am Ende legte sie ihm das als väterliche Besorgnis aus. Merkel wollte keinen falschen Eindruck bei ihr erwecken. Sie war ja auch alt genug, um auf sich selbst zu achten. Außerdem hatte sie wahrscheinlich Erfahrung mit schrägen Vögeln, allein schon durch ihren Beruf.

Manchmal erzählte sie von ihren Sozialfällen, begründete damit, dass sie sehr spät kam und nur noch Zeit für einen Kaffee hatte, aus dem dann aber doch zwei oder drei wurden. Sie nannte keine Namen, schilderte nur Schicksale, Situationen, Probleme. Manchmal hatte Merkel dabei das Gefühl, dass er für sie auch nur so ein Fall war, ihr kaum näher stand als Ohloff oder eins von den armen Schweinen, für die sie sich die Hacken krumm lief. Aber das störte ihn nicht, im Gegenteil, es schuf zwischen ihnen das, was ihm wichtig war, Distanz.

Doch schon nach wenigen Wochen fragte er sich hin und wieder am Montagnachmittag, ob sie wohl heute Abend käme und ein bisschen Zeit mitbrachte. Wenn sie nicht kam, war es auch gut, er ertappte sich nur gelegentlich dabei, dass er die Tür nicht aus den Augen ließ, und jedes Mal, wenn sie aufging, so eine angenehme Erwartung fühlte – und einen Anflug von Enttäuschung, wenn nur irgendein anderer hereinkam.

Er mochte sie, das konnte er nach drei Monaten freimütig bei Agnes gestehen. Es wäre auch schwer gewesen, sie nicht zu mögen, wenn man sie näher kannte. Sie war so ehrlich, so geradeheraus. Genauso drückte er es bei Agnes aus und warf die Frage auf, was einen Schönling wie Brandes dazu bewogen haben mochte, sich für eine Frau wie Irene zu entscheiden.

Obwohl er seinen Schwiegersohn nur einmal für wenige Minuten auf dem Friedhof gesehen hatte, stand sein Urteil fest. Ein eitler Fatzke, eine hohle Nuss, teure Uhr am Arm, teures Auto unter dem Hintern, die dicke Brieftasche im Jackett und den Kopf vermutlich nur voller Zahlen. Aber Friedels Geld konnte das Herz des Herrn Bankkaufmanns nicht für Irene entflammt haben. Bei der Hochzeit hatte ja niemand damit rechnen können, dass der gute Friedel so früh das Zeitliche segnete und das auch noch in Begleitung seiner Angetrauten, die im anderen Fall ja erst einmal alles geerbt und vermutlich ziemlich schnell das meiste unter die Leute gebracht hätte.

Kurt enthielt sich wie üblich eines Kommentars. Agnes dagegen wurde sehr wütend. «Manchmal bist du ein richtiges Ekel, Hein», fauchte sie ihn an. «Irene ist ein wundervoller Mensch. Gernot weiß genau, was er an ihr hat. Auf Geld ist er wahrhaftig nicht angewiesen, er verdient sehr gut. Sein Vater ist auch nicht gerade arm. Und ein hübsches Gesicht, guck sie dir doch an, die jungen Dinger, die sich einbilden, mit einer Nasenkorrektur und zwei Silikoneinlagen ihren Weg zu machen. Außer Silikon steckt da nichts drin. Es geht doch nicht nur nach Äußerlichkeiten.»

Natürlich nicht, und ein wundervoller Mensch war sie ja wirklich. So voller Leben, immer fröhlich, immer gut gelaunt, immer für andere da. Seine Tochter! Dass sie entschieden häufiger bei Agnes saß als er, erfuhr er nicht. Er kam ja nur alle vierzehn Tage für zwei oder drei Stunden am Sonntagnachmittag. Irene schaute dreimal die Woche vorbei.

Auch sie erzählte von den Montagabenden, aber ganz anders als er. Wie schwer es ihr fiel, ihn nicht mal in die Arme nehmen zu dürfen, jedes Mal nur über andere Leute reden, nie ein persönliches Wort. Agnes war die Einzige, mit der Irene offen darüber sprach, weil Agnes mit den Jahren so eine Art Ersatzmutter geworden war.

Ihr erzählte Irene auch von Meinungsverschiedenheiten in der Ehe, die seit der Beerdigung immer häufiger in Streit ausarteten. Das hatte jedoch nichts mit Merkel zu tun. Gernot Brandes wusste nicht, dass seine Frau ihren Vater inzwischen häufiger traf. Er wäre bestimmt nicht einverstanden gewesen, gewiss nicht mit dem Treffpunkt. Die kleine Kneipe hatte nicht den besten Ruf, und dass sie dort einem Mann wie Ohloff ihre Hand reichte, hätte ihr Mann davon erfahren, ihm hätten sich garantiert die Nackenhaare gesträubt.

Aber für ihn gab es Ausreden, wenn sie spät nach Hause kam. Das passierte auch an anderen Abenden in der Woche. Mal musste sie um sieben Uhr noch dafür sorgen, dass kleine Kinder für die Nacht sicher untergebracht wurden, weil eine Mutter den Heimweg nicht fand und die Nachbarn Alarm schlugen. Mal verhandelte sie um acht Uhr noch mit einem Vermieter, damit eine Familie das Dach über dem Kopf behielt, obwohl die Miete seit Monaten nicht mehr gezahlt worden war. Und mal klapperte sie zwischen neun und zehn Uhr etliche Spielhallen ab, um einen Siebzehnjährigen davon abzuhalten, das gesamte Geld zu verpulvern, das seine Mutter an Lebensunterhalt für die nächsten vier Wochen vom Sozialamt bekommen hatte.

All das gefiel Gernot nicht, das wusste sie. Obwohl er selbst auch oft noch um sieben Uhr in seinem Büro saß, weil Kunden mit Geld tagsüber nicht immer die Zeit fanden, sich über sämtliche Anlagemöglichkeiten beraten zu lassen. Aber wenn er nach Hause kam, hätte er doch gerne gesehen, sie wäre schon da gewesen und sie hätten gemeinsam noch etwas unternehmen können. Hübsch ausgehen in ein gutes Restaurant, damit sie sich nicht noch an den Herd stellen musste. Mal ein Besuch im Theater oder in der Oper, Freunde einladen oder besuchen. Seit sie geerbt hatte, wies Gernot sie immer häufiger und nachdrücklicher darauf hin, dass sie es doch nicht mehr nötig habe zu arbeiten.

Sie spielte ebenfalls mit dem Gedanken, ihren Beruf an den Nagel zu hängen, nicht auf Dauer, aber für drei oder vier Jahre. Nur gingen ihre Zukunftspläne und seine nicht konform. Sie wollte ein Kind und ihr Mann das Leben ungestört genießen. Sie wollte Friedels Villa umbauen lassen und vermieten, ein kleineres Haus kaufen und den Rest der Erbschaft in sicheren Papieren anlegen, wie auch Friedel es immer getan hatte. Gernot wollte sich als Investmentberater oder Finanzmakler selbständig machen und in die Villa einziehen.

Das Erdgeschoss sei bestens geeignet, um Büroräume einzurichten, meinte er. Und das Anwesen mache auf solvente Kunden bestimmt Eindruck. Mit dem Vermögen wollte er an die Börse, glaubte, er könne es rasch verdoppeln oder sogar verdreifachen. Bei ihren Plänen müsste man den größten Teil in die Umbauten der Villa investieren, und die Erträge stünden in keinem Verhältnis mehr zum Aufwand. Aus Vermietung und Verpachtung sei nicht viel herauszuholen, erklärte er ihr immer wieder. Man handle sich nur Ärger ein. Zahlungsunwillige oder randalierende Mieter würde man nicht so schnell los, wie sie vielleicht dachte.

Vielleicht hatte er Recht. Wenn es um Geld ging, hatte Gernot eigentlich immer Recht, war schließlich der Fachmann. Aber sie hatte ja nicht vor, einige von ihren Sozialfällen in dem Prachtbau einzuquartieren. Und sie hatte sich in dem riesigen Klotz nie wohl gefühlt, manchmal das Gefühl gehabt, sich zu verlaufen. Sie brauchte etwas Kleines, Überschaubares, das man bequem alleine sauberhalten konnte. In der Villa waren immer zwei dienstbare Geister herumgewuselt, die mussten ja auch bezahlt werden.

Der Kapitalmarkt war ihr ein Buch mit sieben Siegeln. Immobilien mochten nicht so viel abwerfen wie Aktien, Inhaberschuldverschreibungen, Investmentfonds und weiß der Teufel, was es da sonst noch gab. Aber Immobilien waren sicher. In der Villa könnte man drei oder vier Familien unterbringen. Und zusätzlich vielleicht einen Mann, der auf die Sechzig zuging, in einem möblierten Zimmer hauste und von einer Woche zur anderen seinen Job als Objektschützer in einem Einkaufszentrum verlieren konnte.

Was sollte dann aus ihm werden? Ein Sozialfall – oder ein Hausmeister. Statt repräsentativen Büroräumen für Gernot zwei Zimmer, Küche, Bad im Erdgeschoss der Villa. Ein bisschen Gartenarbeit, den Spielplatz in Ordnung halten, den sie anlegen wollte, mal eine Glühbirne im Treppenhaus auswechseln oder einen verstopften Abfluss reinigen. Das könnte er auch mit siebzig noch.

«Das vergisst du am besten wieder», sagte Agnes, als Irene ihr diese Pläne unterbreitete in der Hoffnung, dass Agnes sie dabei unterstützte, ihm die Sache schmackhaft zu machen. «Hein wird niemals einen Fuß über die Schwelle dieses Hauses setzen. Da würde ihn jeder Stein an Heike erinnern.»

Das befürchtete Irene auch. Aber sie hatte ja noch einen Schwiegervater. Und wozu waren Immobilienmakler gut? Gernots Vater meinte, es sei eine Schande, die schöne Villa in ein Mehrfamilienhaus zu verwandeln. Selbst dort einzuziehen und freiberuflich tätig zu werden, wie es seinem Sohn vorschwebte, hielt er allerdings auch für keine gute

Idee. Was die Villa an Grundsteuer und Unterhalt verschlang, musste erst mal verdient werden. Und ein Bankkaufmann im Angestelltenverhältnis stand finanziell doch etwas schlechter da als ein erfolgreicher Anwalt. Jetzt hatte Gernot einen gut bezahlten und sicheren Job. Den aufzugeben, um an der Börse zu spekulieren, das könne böse ins Auge gehen, sagte sein Vater. Er wäre nicht der Erste, der alles verloren hätte.

Wenn Irene gerne ein Mietshaus haben wollte, ihr Schwiegervater hatte gerade eins an der Hand, Anfang der sechziger Jahre gebaut, mit acht Parteien, langjährige Mieter, man müsste vielleicht ein wenig sanieren, Isolierverglasung, neue Heizanlage, neues Dach und neue Fassade. Das alles ließe sich bequem mit Friedels Vermögen bezahlen. Wenn man dann die Villa verkaufte, so wie sie war, holte man das Geld wieder rein, konnte ein Einfamilienhaus kaufen und auch mit einem kleinen Teil an der Börse spekulieren. So wäre jeder zu seinem Recht gekommen.

Agnes sah das genauso. Sie meinte sogar, wenn das Mietshaus ohnehin ein neues Dach brauche, könne man bei der Gelegenheit den Dachboden ausbauen und zusätzlichen Wohnraum schaffen. Dann müsste man Merkel nur noch davon überzeugen, dass er nichts geschenkt bekam und keine familiären Verpflichtungen einging.

## 8. Kapitel

So wurden die Gespräche in der Kneipe allmählich doch etwas persönlicher. Nicht wenn Ohloff dabeistand, der hätte sich wahrscheinlich sofort um den Posten als Hausmeister beworben und eine Dachgeschosswohnung mit Kusshand genommen. Aber wenn sie allein am Tisch saßen, schwärmte sie Merkel von ihren soliden Kapitalanlagen vor, ließ auch ein paar Sorgen einfließen, Hausverwaltung und so weiter. Da müsse man einen zuverlässigen Mann haben.

Merkel kannte keinen zuverlässigen Mann, er kannte ja insgesamt nicht viele Leute und vertrauenswürdige schon gar nicht. Dass sie auf ihn abzielte, der Gedanke wäre ihm nie gekommen. Er war auch sicher, dass sie rasch den richtigen Mann für die Stelle finden würde. Sie war eine tüchtige, selbstbewusste junge Frau. Und wie sie mit Leuten umgehen konnte.

Mit allen kam sie wunderbar zurecht, sogar mit Ohloff. Dass der sie anhimmelte, so einen Schlafzimmerblick in die Augen bekam und schon nach Kaffee brüllte, wenn sie nur bei der Kneipentür auftauchte, nahm sie gelassen zur Kenntnis. Sie war immer gleich bleibend freundlich, und wenn sie mit Ohloff an der Theke blieben, erinnerte sie spätestens nach dem dritten Kaffee daran, dass sie nicht zu haben war: «Jetzt muss ich aber los, mein Mann wartet bestimmt schon auf mich.»

Sie trank viel zu viel Kaffee, Merkel fragte sich manchmal, wie sie mit all dem Zeug im Leib überhaupt noch schlafen konnte. «Ausgezeichnet, Papa», sagte sie, als er das einmal aussprach, «mach dir um meinen Schlaf nur keine Sorgen.»

Das tat er nicht, weder um ihren Schlaf noch um sonst etwas. Nur ein paar Gedanken machte er sich hin und wieder. Als es auf Weihnachten zuging, wurden es ein paar Gedanken mehr. Ihm grauste davor, sie könne plötzlich auf die Idee verfallen, ihm ein paar besinnliche Feiertage im engsten Familienkreis schuldig zu sein. Aber seine Befürchtungen waren unnötig. In der Woche vor Weihnachten erzählte sie ihm, sie wolle sich einen Urlaub gönnen, für ein paar Tage mit ihrem Mann und den Schwiegereltern in die Berge.

Merkel verbrachte am ersten Feiertag ein paar Stunden mit Kurt und Agnes und die Nächte mit Wachdienst im Einkaufszentrum mit Leo, einem Prachtexemplar von Schäferhund. Und während er seine Runden drehte, sah er sie im Geist auf Skiern verschneite Hänge hinunterflitzen, den Schnösel von Ehemann immer zehn Meter hinter ihr. Er sah ihr Lachen, die Lebensfreude in ihrem herben Gesicht. Und plötzlich freute er sich auf den ersten Montagabend im Januar, an dem sie wieder in die Kneipe käme.

Für ihn hatte sich bereits eine Menge verändert, ohne dass er es registriert hatte. Es war auch nicht äußerlich, er lebte immer noch zufrieden in dem spärlich möblierten Zimmer, hatte keine Gardine vor dem Fenster, nur zwei Garnituren Bettwäsche, keine Waschmaschine, kein Radio, keinen Fernseher und kein Telefon. Er fuhr unverändert auf dem klapprigen Damenrad herum, von dem er ganz sicher wusste, dass sich kein Mensch daran vergriff, selbst wenn es tagelang ungesichert an einer Hauswand stand. Die Packtasche für den Gepäckträger, die er sich geleistet hatte, um nicht immer mit einer Plastiktüte am Lenker radeln zu müssen, nahm er jedes Mal ab.

Die Veränderungen fanden im Innern statt. Es war wie ein allmähliches Auftauen. Er hatte eine Tochter, sie mochte ihn, er mochte sie, und er konnte, wie Agnes es immer wieder sagte, wirklich stolz auf sie sein.

Im März erzählte Irene ihm, sie sei schwanger. Es war in den Bergen passiert. Nun war sie bereits im dritten Monat und freute sich unbändig auf ihr Kind. Sie meinte, sie sei doch jetzt genau im richtigen Alter. So wie sie es schilderte, war es seit längerer Zeit geplant. Wie es schien, gingen ihre Pläne immer auf – mit Ausnahme des Hausmeisters, den hatte sie immer noch nicht gefunden. Aber so ein bisschen Verwaltung, das machte sie wahrscheinlich mit links.

Dass ihr die Probleme zu der Zeit manchmal über den Kopf wuchsen und sie nicht wusste, wo sie anfangen sollte, den Berg abzutragen, der sich vor ihr auftürmte, erfuhr Merkel nicht. Sie wollte ihn nicht mit ihren Sorgen belasten, gewiss nicht den Eindruck wecken, es hätte etwas mit ihm zu tun, was auch nicht der Fall war.

Es hatte rosig geklungen, als ihr Schwiegervater es erklärte. Aber ihre solide Kapitalanlage hatte sich bald als solides Ärgernis entpuppt. Zwei von den langjährigen Mietparteien wehrten sich standhaft gegen Modernisierungsmaßnahmen, weil sie befürchteten, dass sich das auf die Miete niederschlug. Zwei andere, ein Frührentner und eine Familie mit drei Kindern, lagen im Clinch miteinander. Der Frührentner schreckte nicht davor zurück, nachts um eins die neue Eigentümerin aus dem Bett zu klingeln, um sich über den unerträglichen Lärm zu beschweren, den die Kinder am Nachmittag veranstaltet hatten. Und statt einer neuen Fassade hätte das Haus viel dringender neue Rohrleitungen gebraucht.

Das hatte sie nicht gewusst, als sie die Sanierungsaufträge verteilte. Friedels Vermögen war dahingeschmolzen wie Eis in der Sonne. Das Finanzamt hatte ja auch seinen Teil haben wollen, Erbschaftssteuer. Und ein Großteil der Erbschaft lag brach. Für Friedels Villa hatte sich noch kein Käufer gefunden. Gernot drängte wieder darauf, sie selbst zu nutzen. Er konnte sich absolut nicht begeistern für das Haus, in das sie nach Möglichkeit noch vor der Geburt ihres Kindes einziehen wollte.

Der Rohbau stand – in einem Neubaugebiet, in dem es noch keine einzige befestigte Straße gab, da müsse er dreimal die Woche mit dem Auto in die Waschanlage. An ein neues Auto für ihn war vorerst nicht zu denken. Es war auch kein Geld mehr da, das er an der Börse hätte verdreifachen können. Und dass sie ausgerechnet in dieser Situation den Winterurlaub genutzt hatte, um eigenmächtig die Pille abzusetzen und ihn aufs Kreuz zu legen, so drückte er das aus, empfand er als den Gipfel der Rücksichtslosigkeit. Es ginge wohl nur noch nach ihrer Nase, seine Wünsche und Bedürfnisse kümmerten sie einen Dreck.

Kein Abend verging mehr ohne Streit, vorausgesetzt, Gernot kam überhaupt nach Hause. Früher hatte er zwei oder drei späte Beratungsgespräche pro Woche gehabt, nun waren es fünf, manchmal sogar sechs. Besonders gute Kunden führte er auch mal am Samstagabend in ein teures Restaurant oder begleitete sie am Sonntagnachmittag über den Golfplatz.

«Du bist doch auch ständig auf Achse», sagte er, wenn sie sich beschwerte, dass sie kaum noch eine Stunde gemeinsam verbrachten. «Soll ich allein in der Wohnung sitzen?»

An einem Sonntagnachmittag war sie noch nie auf Achse gewesen. Und wenn sie dann allein in der Wohnung saß, versuchte sie ihren Mann ebenso zu verstehen wie ihren Vater.

Natürlich fühlte Gernot sich überrumpelt, vor vollendete Tatsachen gestellt. Nun brauchte er Zeit, sich an die Veränderungen zu gewöhnen. Sie war zuversichtlich, dass er es schaffte. Wenn das neue Haus erst fertig und gemütlich eingerichtet und das Kind auf der Welt war. Wenn er begriff, dass sie ihn nicht weniger liebte, nur weil noch jemand dazugekommen war, der ebenfalls Liebe brauchte. Wenn sein Kind ihn das erste Mal anlachte, ihn Papa nannte. Warum sollte das bei ihm nicht funktionieren, wenn es sogar einen Hein Merkel allmählich auftaute?

Ihr Vater freute sich inzwischen, wenn sie montags in die Kneipe kam, das war nicht mehr zu übersehen und für sie der beste Beweis, dass sich die Mühe bei jedem Menschen lohnte, dass es bei manchen nur mehr Geduld brauchte.

Im April fragte sie Merkel einmal, ob er Lust habe, sich den Neubau anzuschauen. Er war sofort dazu bereit, ließ sich sogar von ihr abholen und im Auto hinauskutschieren. Es lag etwas außerhalb. Und wie er sich dann umschaute, das noch nackte Mauerwerk betrachtete, an ihrer Seite durch den Dreck zurück zum Auto stapfte, meinte sie, so etwas wie Sehnsucht in seinem Blick zu erkennen.

Agnes hatte ihr erzählt, dass ihre Mutter ihm damals auch mit einem eigenen Haus in den Ohren gelegen hatte. «Als wir anfingen, das Haus umzubauen, hat sie ihn damit verrückt gemacht. Aber wir waren beide berufstätig. Sie arbeitete nicht, und du warst gerade erst ein paar Monate alt. Er hat sich das nicht zugetraut, finanziell nicht und auch sonst, man lädt sich doch eine Menge Verantwortung auf, steht mit allem allein. Und wenn etwas schief geht, verliert man alles. Als er in Untersuchungshaft saß, sagte er mal zu Kurt, es wäre vielleicht nicht so weit gekommen, wenn er es riskiert und Heike den Wunsch erfüllt hätte. Vielleicht hätte sie nicht angefangen, ihn zu betrügen. Den arbeitslosen Elektriker aus der Nachbarschaft hätte sie ja kaum kennen gelernt. Aber einen Installateur und Versicherungsvertreter hätte sie wohl mal bestellen müssen, und der Postbote wäre auch gekommen.»

Ihr lag auf der Zunge, zu fragen, woran er denke. Aber an früher rühren, lieber nicht. Stattdessen schilderte sie ihm, wie es in ein paar Monaten aussehen würde. Grüner Vorgarten mit einem niedrigen Zaun darum, Blumen an den Fenstern.

«Das wird aber noch eine Weile dauern», meinte er.

«Ach was», sagte sie leichthin. «Das geht jetzt ruckzuck, Papa.»

Gar so schnell, wie sie meinte, ging es nicht. Es wurde Anfang August, ehe das Haus bezugsfertig war und sie den Umzug organisieren konnte. Sie war im achten Monat schwanger und musste alles alleine machen. Gernot dachte nicht im Traum daran, beim Packen zu helfen. Und packen wollte sie selbst, weil ein paar sehr wertvolle Stücke dabei waren, die sie aus Friedels Villa geholt hatte. Den Transport sollte eine Spedition übernehmen.

Als sie montags in der Kneipe erwähnte, dass sie nur Zeit für einen Kaffee hätte, weil ein paar leere Kartons und einiges an teurem Porzellan auf sie warteten, bot Ohloff auf der Stelle seine Hilfe an. Und sie mit Ohloff allein hantieren zu lassen, in ihrem Zustand, das kam für Merkel nicht infrage. «Lass mal», sagte er. «Das mach ich schon, sonst gibt's Scherben. Und morgen früh hab ich Zeit. Dienstags liege ich ja nicht bis Mittag im Bett.»

Sie hätte ihn gerne umarmt in dem Moment, sich mit einem Kuss auf die Wange für seine Hilfsbereitschaft bedankt – und für das darin versteckte Bekenntnis, dass sie ihm wichtig war. Aber sie legte ihm nur für eine Sekunde die Hand auf den Arm und sagte: «Lieb von dir, Papa.»

Am nächsten Morgen holte sie ihn ab und fuhr mit ihm in die Ebertstraße. So kam er doch noch dazu, sich ihre Wohnung anzuschauen. Er ging mit Feuereifer ans Werk. Gegen Mittag waren sie schon fertig, fuhren noch zwei Kartons mit besonders teuren Stücken zum neuen Haus. Anschließend lud sie ihn zum Essen ein, in eine Pizzeria.

Als sie am Tisch saßen, sagte sie: «Nächste Woche ist das Gröbste überstanden. Dann musst du unbedingt mal kommen und dir alles anschauen, Papa. Ich hol dich gerne ab, sag mir nur, wann es dir passt. Vielleicht wieder am Dienstag?»

Merkel wollte nicht den Eindruck erwecken, als habe er auf so ein Angebot gewartet. «Ach, das muss nicht sein», sagte er. «Den Weg kenn ich jetzt, ich fahre gerne mit dem Rad, wenn das Wetter danach ist.»

Zwei Wochen ließ er verstreichen, ehe er ihrer Einladung nachkam. Dann machte er sich nicht dienstags, sondern an einem Sonntagnachmittag auf den Weg, dachte gar nicht darüber nach, dass sie so kurz vor der Geburt auch die Woche über zu Hause war – und sonntags nicht allein.

Als er ankam, war ihr Mann nicht da, und sie freute sich, ihn zu sehen, setzte sofort einen Kaffee auf, holte zwei große Stücke Butterstreusel aus dem Gefrierschrank und schob sie zum Auftauen in die Mikrowelle. Sie war bestens vorbereitet.

«Das schmeckt gleich wie frisch gebacken», sagte sie.

Dann führte sie ihn herum. Es war wirklich alles sehr nett geworden, ein schönes, großes Badezimmer. Er erinnerte sich nicht einmal mehr, wann er zuletzt in einer Wanne gelegen hatte. Dabei hatte er das früher sehr genossen, im warmen Wasser liegen. Auf Anhieb erinnerte er sich auch nicht an den großen, zotteligen grauen Teddy, der im fertig eingerichteten Kinderzimmer auf einer Liege saß.

«Kennst du den nicht mehr?», fragte sie. «Du hast ihn mal bei einer Tombola gewonnen, aber da sah er anders aus, hellblau. Mit den Jahren hat er tüchtig Staub eingefangen. Ich hab ihn mal gewaschen und ihm damit den Pelz restlos ruiniert.»

Da fiel es ihm wieder ein, wie seine Frau gelacht hatte über das Ungetüm von Bär, der damals größer gewesen war als Irene. Dass sie den noch hatte, nach all den Jahren, rührte ihn.

Sie gingen wieder hinunter in die Küche, der Kaffee war durchgelaufen, der Butterstreusel wie frisch gebacken. Sie nahm Geschirr aus einem Schrank, er half ihr, alles ins Wohnzimmer zu tragen. Doch kaum hatten sie es sich in zwei Sesseln gemütlich gemacht, kam ihr Mann nach Hause und stutzte schon in der Diele, als sei er gegen eine Wand gerannt. Er kam langsam bis zur Wohnzimmertür und meinte: «Sieh einer an, lieber Besuch. Ich störe doch hoffentlich nicht?»

Natürlich störte er, Merkel jedenfalls störte er gewaltig, der eitle Fatzke. Er gab sich nicht mal ein Quäntchen Mühe, freundlich zu sein oder wenigstens höflich, ließ ihn deutlich spüren, dass er hier unerwünscht war. Er holte sich auch ein Kaffeegedeck aus der Küche, pflanzte sich auf die Couch in einer Weise, dass keiner mehr Platz neben ihm gefunden hätte.

Dann hielt er Merkel einen Vortrag, dass er als Bankkaufmann sehr gut rechnen und sich gefühlsmäßig nicht so leicht umstellen könne. Lange Rede, kurzer Sinn, für ihn blieb der verstorbene Friedel, Gott habe ihn selig, Irenes Vater. Was Irene nun habe, verdanke sie ausschließlich Friedel.

Und wenn Merkel sich einbilde, er könne sich nach all den Jahren, in denen seine Tochter für ihn nicht existiert hatte, ein Stück vom Kuchen abschneiden, sei er schief gewickelt. Zu verschenken hätte Irene nichts mehr, und als seine Frau müsse auch sie vor allem Wert auf seinen Ruf legen. Sollte sich in den Kreisen, in denen sie verkehrten, herumsprechen, dass Irenes Erzeuger einen Mann erschossen und fünfzehn Jahre gesessen hatte, wer hätte da noch Vertrauen zu ihm?

«Ich hab nicht vor, unsere Verwandtschaft an die große Glocke zu hängen», sagte Merkel. «Und ich bin auch nicht hier, um mir ein Stück vom Kuchen abzuschneiden. Den Butterstreusel kann ich bezahlen, den Kaffee auch.»

Für ihn stand in dem Moment fest, dass er zum letzten Mal einen Fuß über die Schwelle dieses Hauses gesetzt hatte. Es mochte noch so nett und gemütlich eingerichtet sein und ein schönes, großes Badezimmer haben, er musste nicht regelmäßig darin verkehren. Ihm reichte es, seine Tochter hin und wieder in einer Kneipe zu treffen. Und wenn sie nach der Geburt ihres Kindes dafür keine Zeit mehr hatte, auch gut. Sollte sie glücklich werden mit dem arroganten Schnösel und ihrem Baby. Merkel hatte es achtzehn Jahre lang ohne sie ausgehalten und war ganz gut zurechtgekommen. Er würde auch weiterhin alleine klarkommen, meinte er.

Als Irene ihn zur Tür brachte, entschuldigte sie sich für ihren Mann. «Gernot meint das nicht so, Papa. Es war in den letzten Monaten ein bisschen viel für ihn. Das Haus hier und das Kind, er meinte, damit hätten wir noch warten sollen. Aber wir werden alle nicht jünger.»

Sie schaute über seine Schulter in den Dreck, der einmal eine asphaltierte Straße werden sollte: «Wir haben manchmal gegensätzliche Ansichten von den Dingen, die im Leben wichtig sind. Normalerweise wechseln wir uns ab, einmal bekommt er seinen Willen und einmal ich. Jetzt habe ich mich zweimal hintereinander durchgesetzt und auch noch deutlich zu verstehen gegeben, dass ich am längeren Hebel saß. Es war mein Geld, und es war mein Bauch. Er wird sich damit abfinden. Wenn der Kleine erst mal da ist, wird Gernot sicher ein wundervoller …»

Ganz plötzlich brach sie ab und richtete den Blick zu Boden, als hätte sie sich bei etwas Verbotenem ertappt. In dem Moment tat sie Merkel Leid. Er hatte das Gefühl, er sollte etwas Tröstliches sagen. Vielleicht: «Da bin ich ganz deiner Meinung, es können ja nicht alle so sein wie ich.» Aber er nickte nur kurz, hielt ihr die Hand hin und fragte: «Sehen wir uns morgen?»

«Natürlich, Papa», sagte sie und lächelte schon wieder.

Dann schaute sie ihm nach, wie er zu seinem Fahrrad ging. Er schob es bis zur Straßenecke. Dort blieb er noch einmal stehen und drehte sich um. Sie stand immer noch bei der Tür, hob die Hand und winkte ihm zu. Unförmig wirkte sie mit ihrem prallen Leib. Der Wind blies ihr ein paar Strähnen des blonden, viel zu dünnen Haares ins Gesicht. Sie wischte sie mit einer Hand weg und winkte ihm mit der anderen zu. Dieses Bild prägte sich ihm ein – wie der nackte Hintern eines arbeitslosen Elektrikers. Der Hintern war verblasst in den letzten Jahren, ihren Anblick da bei der Tür wurde er nie wieder los.

## 9. Kapitel

Was er angerichtet hatte mit seinem Besuch, erfuhr Merkel erst sehr viel später. Bis zu dem Sonntagnachmittag hatte Gernot Brandes nichts von Irenes Kneipentouren, wie er es später nannte, gewusst. Nun ließen sich die Montagabende nicht länger verheimlichen. Irgendwie musste sie die Anwesenheit ihres Vaters ja erklären, vor allem klarstellen, dass er nicht gekommen war, um bei ihr ein paar Mark locker zu machen.

Zuerst war Gernot außer sich, weil sie ein Geheimnis um ihren regelmäßigen Kontakt gemacht hatte. Dann vermutete er, sie habe noch mehr Geheimnisse. Was war denn mit der immer noch unvermieteten, aber inzwischen komplett möblierten Wohnung im Dachgeschoss ihres Mietshauses? Sein Vater hatte schon ein paar Interessenten dafür gehabt. Jedes Mal hatte sie abgelehnt ohne Begründung. Nun vermutete Gernot, sie brauche die Wohnung für sich, vielleicht als kleines Liebesnest? Wer garantierte ihm denn, dass sie in dieser Kneipe nur ihren Vater traf? Da verkehrten doch auch andere. Und sie war ja nicht nur montags unterwegs. Vielleicht war sie genauso veranlagt wie ihre Mutter, brauchte hin und wieder einen Proleten im Bett.

Sie hielt sich nicht lange auf mit Treueschwüren, sagte stattdessen: «Vielleicht solltest du für ein paar Wochen in die Wohnung einziehen, dann habe ich hier sturmfreie Bude. Proleten machen sich nichts daraus, mal mit dem Auto durch den Dreck zu fahren. Du kannst zurückkommen, wenn die Straße asphaltiert ist, dann musst du nicht mehr dreimal die

Woche in eine Waschanlage. Du kannst natürlich auch dort bleiben, bis das Baby nachts durchschläft. Bis dahin hast du Zeit genug, mal gründlich über alles nachzudenken.»

Gernot ging tatsächlich, zuerst hinauf ins Schlafzimmer, wo er ein paar Sachen in einen Koffer warf, dann zum Auto. Er fuhr nicht zu ihrem Mietshaus, sondern zu seinen Eltern. Seine Mutter meldete sich am nächsten Morgen und hielt ihr einen Vortrag. Ihr sei wohl die Erbschaft zu Kopf gestiegen. Was ihr denn in den Sinn käme, ihren Mann so einfach auf die Straße zu setzen. Da sollte man fast annehmen, sie habe tatsächlich einen Liebhaber. Wenn sie Kontakt zu ihrem Vater pflegen wolle, dafür habe man Verständnis, aber doch nicht hinter Gernots Rücken. Sie habe ihn sehr verletzt mit ihrer Geheimniskrämerei und ihrem Verhalten.

Sie war nicht weniger verletzt und in Sorge, dass ihr Mann mit seinem Verhalten in einer Viertelstunde die Mühe von langen Monaten zunichte gemacht hatte. Bis zur Geburt ihres Kindes fuhr sie noch zweimal montags zu der Kneipe, trank ihren Kaffee mit Merkel und Ohloff, erwähnte die hässliche Szene mit keinem Wort, erzählte nur von der neuen Nachbarschaft und der nächtlichen Ruhe in der Gartenstadt, wie sie das Neubauviertel nannte, weil die Straßennamen nach einem Blumenbeet klangen. Ihr Haus stand am Rosenweg, wo erst drei Häuser bewohnt waren. Tagsüber lärmten noch die Baumaschinen auf den umliegenden Grundstücken, aber nachts hörte man gar nichts.

«Jetzt habe ich doch tatsächlich Schwierigkeiten mit dem Einschlafen», sagte sie und lachte. «Ich bin es nicht gewohnt, dass es so still ist.»

Mit der Stille hatte es nichts zu tun, dass sie nachts lange wach lag. Sie wartete darauf, dass ihr Mann zurückkam. Er müsse den ersten Schritt tun, meinte sie, sich bei ihr entschuldigen und auch bei ihrem Vater. Aber Gernot dachte nicht daran, rief nicht mal an, um zu fragen, wie es ihr ging.

Als an einem Abend Ende September die Wehen einsetzten, war sie immer noch allein und musste sich ein Taxi rufen, weil sie nicht mehr fahren konnte. Es ging sehr schnell, schon kurz nach Mitternacht war ihr Sohn da. Am frühen Morgen rief sie ihren Schwiegervater an und Agnes, die dafür sorgte, dass Merkel informiert wurde.

Als er aus dem Einkaufszentrum kam, um den Schäferhund abzuliefern, richtete man ihm aus, er sei Großvater geworden. Es war ein komisches Gefühl für ihn. Großvater, wo er doch bisher nicht mal ein richtiger Vater gewesen war. Er radelte nach Hause, legte sich für ein paar Stunden hin. Schlafen konnte er nicht, hatte plötzlich den Kopf voller Erinnerungen.

Seine Frau in der Klinik, erschöpft, aber glücklich, etwas auf die Welt gebracht zu haben, das ein Teil von ihnen beiden war. «Hast du sie schon gesehen, Hein? Sie ist wunderhübsch.» Nun, über Geschmack ließ sich streiten.

Heike schickte ihn hinaus, um sie anzuschauen, seine Tochter. Dann stand er vor einer Glasscheibe und betrachtete sieben winzige Bettchen mit winzigen Geschöpfen darin. Für ihn sahen sie alle gleich aus. Eine Säuglingsschwester kam, fragte durch die Scheibe nach seinem Namen und hob einen der Winzlinge aus einem der Bettchen. Und genau in dem Moment, als die Schwester sie vor die Scheibe hielt, gähnte sie. Es sah urkomisch aus, er musste lachen. Und als er zurück an ihr Bett kam, meinte Heike, er lache vor Glück. Damals war er das auch gewesen, rundum glücklich.

Am frühen Nachmittag radelte er zur Klinik. Es war alles anders als damals. Die Winzlinge wurden nicht mehr hinter Glas gehalten, das Bettchen stand direkt neben ihrem. Merkel warf einen kurzen Blick hinein, sah nur einen dunklen Haarschopf und eine rosige Faust neben einer rosigen Wange. «Strammer Bursche», sagte er anerkennend. «Wie heißt er denn?» Darüber hatten sie noch gar nicht gesprochen.

«Patrick», sagte sie.

Ein guter Name, fand er, hatte etwas Kraftvolles, Energisches. Patrick Brandes, doch, das klang gut. Merkel hatte schon zu der Zeit, als er noch eine Dienstmarke trug, festgestellt, dass Namen irgendwie den Charakter prägten. Er wickelte die Blumen aus, die er ihr mitgebracht hatte. Sie freute sich so darüber. Dabei stand bereits die ganze Fensterbank voll, und ein riesiger Strauß auf dem Tisch neben ihrem Bett. Rosen! Was auch sonst? Von ihrem Mann, nahm er an, der nun vermutlich auch rundum glücklich war und seinen Sohn wahrscheinlich schon im Arm gehalten hatte.

In dem Punkt irrte er sich. Die Rosen waren tatsächlich von Gernot. Und vielleicht war er bereit gewesen für eine Versöhnung. Nur war er zu einem ungünstigen Zeitpunkt gekommen, in seiner Mittagspause. Sie hatte gerade Besuch, Ohloff, der in der Kneipe ihre Adresse aufgeschnappt hatte, am Morgen aus unerfindlichen Gründen am Rosenweg aufgetaucht und von einer Nachbarin zur Klinik geschickt worden war.

So hatte Gernot sich nicht lange aufgehalten, den gut aussehenden blonden Hünen an ihrem Bett nur mit undurchdringlicher Miene gemustert, auch einen flüchtigen Blick auf seinen Sohn geworfen. Dass er in der Situation kein Wort der Entschuldigung über die Lippen gebracht hatte, war verständlich. Er hatte sich nur erkundigt, ob die Straße inzwischen asphaltiert sei. Und als sie den Kopf schüttelte, hatte er sich mit einem wichtigen Termin für diesen Abend entschuldigt und für die nächsten Abende gleich mit, weil er annahm, ihr Besuch käme noch häufiger. Und die traute Zweisamkeit wolle er nicht stören. Wie sie das wieder hinbiegen sollte, wusste sie noch nicht.

Als Merkel sich nach zehn Minuten schon wieder verabschieden wollte, weil er dachte, dass ihr Mann jeden Augenblick zur Tür hereinkommen könnte, legte sie ihm eine Hand auf den Arm. «Bleib noch ein bisschen, Papa. Du musst doch nicht zum Dienst, ist gerade erst vier Uhr.»

«Ich dachte, du kriegst vielleicht noch mehr Besuch», sagte er.

Sie schüttelte den Kopf.

«Dein Mann auch nicht?», fragte er.

Sie lächelte. «Er hat einen Termin, den er nicht mehr absagen konnte. Und alle anderen waren schon hier. Ich dachte, die halbe Stadt will mir gratulieren. Da muss einer mit dem Megaphon durchgefahren sein. Sogar Dieter war hier. Frag mich nicht, wie er so schnell davon erfahren hat.»

Im ersten Augenblick wusste Merkel gar nicht, wen sie meinte, dann fiel ihm ein, dass Ohloff mit Vornamen Dieter hieß. Kein Mensch sprach ihn so an, weil er sich immer nur als Ohloff vorstellte, als ob er keinen Vornamen hätte. Den verlor man tatsächlich als Erstes hinter Gittern.

Irene hatte nachgehakt, als sie vor ein paar Monaten zum Du übergegangen waren. «Soll ich dich jetzt weiter Ohloff nennen? Dann bin ich für dich Brandes. Was dem einen recht ist, ist dem anderen billig.» Ohloff hatte herumgedruckst, war ganz verlegen geworden. Dann hatte er ihr seinen Vornamen verraten, und seitdem nannte sie ihn Dieter.

Sie kramte in ihrem Nachttisch, holte ein gelb-schwarz geringeltes Etwas heraus, bei dem Merkel unwillkürlich an eine Wespe dachte. «Sieh mal, was er mir mitgebracht hat. Ist der nicht niedlich?» Sie breitete einen Strampelanzug auf dem Laken aus. «Das wird noch eine Weile dauern, ehe Patrick da reingewachsen ist. Aber ich fand es nett. Für Dieter ist das eine besondere Leistung, Babywäsche zu kaufen.»

Noch während sie sprach, begann ihr Sohn zu quengeln. Sie nahm ihn aus dem Bettchen, knöpfte ihr Nachthemd auf, legte ihn sich an die Brust. Merkel fand, dass er nun wirklich gehen sollte.

Doch sie lachte leise. «Jetzt stell dich nicht so an, Papa. Das siehst du bestimmt nicht zum ersten Mal. Und wenn doch, wird es höchste Zeit, dass du dich an den Anblick gewöhnst.»

Dann erzählte sie, dass sie schon in drei Tagen entlassen würde, wegen ihrer Sozialfälle. «Offiziell arbeite ich zwar gerade nicht, aber ich konnte nicht zu allen sagen, so, Leute, das war's erst mal, ich ziehe mich vorübergehend ins Privatleben zurück. Es sind ein paar dabei, wenn die sich an ein Gesicht gewöhnt haben, können die sich nicht umstellen. Denen habe ich gesagt, sie können jederzeit zu mir kommen.»

Sie schaute ihn an, schien zu überlegen. «Und wie machen wir beide das jetzt? Ich glaube kaum, dass Gernot die Zeit hat, jeden Montagabend den Babysitter zu spielen. Er ist zurzeit beruflich sehr stark eingespannt. Und für Patrick ist eine verräucherte Kneipe auch nicht die richtige Umgebung.»

Den Blick hielt sie auf Merkels Gesicht gerichtet, als warte sie nur darauf, dass sich dort etwas regte. Nach ein paar Sekunden sprach sie langsam weiter: «Zu Dieter habe ich schon gesagt, er kann ruhig mal vorbeikommen, wenn ihm danach ist, mit jemandem zu reden. Er soll vorher anrufen, ich sage ihm dann, ob ich Zeit habe. Was ist mit dir? Muss nicht regelmäßig sein, Papa, obwohl ich das nicht schlecht fände. Aber ich kann mich da ganz nach dir richten.»

Wieder entstand eine kleine Pause, und als Merkel ihr nicht antwortete, weil er nicht wusste, was er sagen sollte, erkundigte sie sich: «Was hältst du davon, wenn wir an einem Tag in der Woche zusammen frühstücken? Der Dienstag wäre dafür wie geschaffen, findest du nicht? Da schläfst du nicht bis Mittag, kommst morgens zu mir, und wir sind ganz ungestört.»

«Klingt nicht schlecht», sagte Merkel.

## 10. Kapitel

So begann es mit den Dienstagen. Meist bog Merkel kurz nach neun in die Gartenstadt ein. Es sah dort noch ziemlich wüst aus, überwiegend Rohbauten, Baumaschinen, eine Menge Dreck. Nur vereinzelt sah man schon Fenster mit Gardinen. Am Rosenweg waren inzwischen fünf Häuser bewohnt, zwei am Ende der Straße und drei am Anfang, alle an einer Straßenseite. Dazwischen lagen vier Grundstücke, auf denen die Arbeit mehr oder weniger weit gediehen war. Auf der gegenüberliegenden Seite war noch kein Spatenstich getan. Irene gehörte das mittlere der ersten drei. Es war mit Abstand das schönste, jedenfalls für sein Empfinden, aber über Geschmack ließ sich ja streiten.

Im ersten, einem Bungalow mit Flachdach, lebten Ulla Fendrich und ihr Mann, beide waren Ende dreißig und kinderlos. Er war als Handelsvertreter die ganze Woche unterwegs. Sie – laut Irene – gesundheitlich nicht auf der Höhe. Beim ersten gemeinsamen Kaffee kurz nach dem Einzug hatte sie Irene erzählt, sie brauche nichts so nötig wie ihre Ruhe. Im Winter vertrieb sie sich die Zeit auf der Sonnenbank, ab Mai lag sie auf ihrer Terrasse oder beschäftigte sich in ihrem Vorgarten, um nur ja keinen Sonnenstrahl zu verpassen.

Merkel sah Ulla Fendrich hin und wieder, wenn er vorbeiging. Für ihn war sie eine Frau, die vor lauter Langeweile nicht wusste, ob es ihr nun gut oder schlecht ging. Sie war ihm nicht direkt unsympathisch, sie war ihm schlicht gleichgültig, ein Strich in der Landschaft, nur Haut und Knochen. Neben ihr wirkte Irene, die man nun bestimmt nicht als übergewichtig bezeichnen konnte, obwohl sie durch die Schwangerschaft ein paar Pfund zugelegt hatte, geradezu propper.

Im dritten Haus, einem schmucklosen, doppelstöckigen Klotz, lebte ein junges Paar mit zwei kleinen Kindern, von denen man jedoch kaum etwas sah oder hörte. Zu hören war immer nur die hysterische Mutter, die in einem fort unsinnige Zurechtweisungen oder Kommandos brüllte und Irene damit fünfzigmal am Tag zu einem Kopfschütteln veranlasste. Wie die junge Familie hieß, wusste Merkel nicht. Irene sprach immer nur von dem nervösen Huhn und den armen Kindern.

Wenn er in den Rosenweg einbog, stieg er jedes Mal vom Rad und schob es die letzten Meter. Natürlich hätte er trotz der von Baumaschinen gezeichneten Straße fahren können. Er fuhr ja auch in die Gartenstadt rein, dabei trat er auch noch tüchtig in die Pedale. Aber wenn er das letzte Stück zu Fuß ging, sah es nicht so aus, als hätte er es eilig.

Irene sah ihn meist durchs Küchenfenster kommen, öffnete die Tür und lachte ihm entgegen, noch während er das Rad an den niedrigen Zaun lehnte, der ihren Vorgarten begrenzte. Er nahm die Packtaschen herunter, darin brachte er ihr die Wäsche mit, die sich im Laufe der Woche bei ihm ansammelte.

Schon beim ersten gemeinsamen Frühstück hatte sie ihm das angeboten. «Du musst es mit der Hand schrubben, und für mich ist das keine Arbeit, Papa. Die Arbeit erledigt die Maschine, während wir es uns gemütlich machen.»

Sehr weit her war es in den ersten Wochen noch nicht mit der Gemütlichkeit. Um zehn Uhr musste sie ihren Sohn versorgen, das störte nicht weiter. In der Zeit nahm Merkel ein Bad. Aber manchmal ging es bei ihr zu wie in einem Taubenschlag. Doch sie schaffte es bald, den Leuten, die noch regelmäßig zu ihr kamen, um sich auszuweinen, einen Rat zu holen, ein bisschen tatkräftige Hilfe, manchmal auch etwas Geld, klarzumachen, dass der Dienstagvormittag tabu war. Der gehörte ihrem Vater. Es blieben genug Tage für die anderen.

Andere gab es reichlich. Zwei davon lernte Merkel persönlich kennen. Frau Bodewig, die mit sechs Kindern alleine lebte, immer in der Angst, man könne ihr sie wegnehmen, weil sie häufig zur Flasche griff und sich von irgendwelchen Männern abschleppen ließ, wenn ihr die Dinge über den Kopf wuchsen. Herr Bodewig war auf der Autobahn einem schrottreifen Lkw zum Opfer gefallen. Eine Entschädigung hatte die Familie auch nach zwei Jahren noch nicht gesehen.

Das jüngste Kind, ein Mädchen, war inzwischen vier, der älteste Sohn achtzehn. Er arbeitete bereits und versuchte, die Familie zusammenzuhalten und seine Geschwister über die Runden zu bringen, wenn seine Mutter mal wieder für ein paar Tage versackt war. Manchmal kam er zu Irene, doch meist kam seine Mutter, drei-, viermal die Woche zu unregelmäßigen Zeiten, aber Verzweiflung richtete sich nicht nach Terminkalendern.

Der zweite war Helmut Ziriak, den Irene den Jungen nannte, obwohl er schon zwanzig war, an die zwei Meter groß und nicht eben dünn dabei. Ziriak kam zweimal an einem Dienstagmorgen, während Merkel in der Küche seiner Tochter saß. Beim ersten Mal kam er nur bis zur Haustür, hatte Merkels Rad am Zaun gesehen, erkundigte sich, ob Irene Besuch habe, und war gleich wieder verschwunden.

Beim zweiten Mal bat sie ihn herein: «Jetzt stell dich nicht so an, Helmut. Das ist mein Vater. Du bist doch sonst nicht menschenscheu.»

Dann zerrte sie den Hünen am Arm hinter sich her in die Küche und machte sie miteinander bekannt. Helmut Ziriak grinste verlegen auf Merkel hinunter, sie legte ihm eine Hand auf die Schulter. «Setz dich zu uns, Helmut. Brauchst dich nicht zu genieren. Mein Vater ist in Ordnung. Magst du einen Kaffee mit uns trinken?»

Helmut Ziriak hatte drei Heimaufenthalte hinter sich, weil seine Mutter ihn nicht bändigen konnte. «Er ist nicht bösartig und nicht blöd», sagte Irene, nachdem Ziriak den Kaffee getrunken und sich wieder davongemacht hatte, ohne dass klar geworden wäre, warum er überhaupt gekommen war. Aber das hatte sie Merkel schon nach seinem ersten Auftauchen erzählt.

Der Riese träumte davon, den Führerschein zu machen. Das war praktisch ausgeschlossen, er konnte kaum lesen und schreiben. Und Irene setzte sich dreimal in der Woche mit ihm hin, ließ ihn aus einer Fibel für Schulanfänger vorlesen, diktierte ihm kleine Textstücke und erklärte zum hundertsten Mal Verkehrsregeln, von denen Helmut Ziriak annahm, dass sie nicht für ihn gemacht waren. Er brauchte auch keine Regeln, im Zweifelsfall galt immer: «Mann, den hau ich in die Fresse.»

«Er ist einer von den klassischen Fällen», sagte Irene. «Es war nie jemand da, der sich richtig um ihn gekümmert hat. Jetzt tut er sich ein bisschen schwer mit allem. Er kann nicht richtig aus sich heraus, kann sich nicht ausdrücken und glaubt immer gleich, dass ihm alle Welt ans Fell will. Dann schlägt er eben zu. Aber manchmal denke ich, die Leute übertreiben. So wie er aussieht, muss er nur mal die Faust ballen, schon wird ihm das als gefährliche Körperverletzung ausgelegt.»

Irene war der Meinung, Ziriak habe ein Gemüt wie ein

Kind und sei im Grunde seines Herzens ein lieber Kerl. Bei ihr war jeder ein lieber oder ein armer Kerl. Und wenn einer versagte oder sonst wie über die Stränge schlug, fand sie tausend Entschuldigungen und Erklärungen. Sie konnte alles erklären, auch, dass Helmut Ziriak als Siebzehnjähriger in der Straßenbahn einen Fahrgast krankenhausreif geschlagen hatte, nur weil der ihn nach der Uhrzeit gefragt und dann eine spöttische Bemerkung über den Fünf-Mark-Wecker gemacht hatte, den Ziriak am Handgelenk trug.

Oder dass Frau Bodewig, die Schnapsdrossel, sie um Geld anbettelte, um die Miete, den Strom, eine Versicherung oder sonst etwas zu bezahlen. Und Irene wusste, dass sie das Geld umgehend in den nächsten Schnapsladen trug oder mit irgendwelchen Kerlen durchbrachte. Trotzdem zückte sie jedes Mal ihre Börse und räumte auch noch ihren Vorratsschrank leer, damit die Kinder von Frau Bodewig satt wurden.

Ohloff besuchte sie ebenfalls regelmäßig, mindestens zweimal in der Woche. Günstig war das kaum, nachdem ihr Mann ihn in der Klinik angetroffen und sie bereits vorher verdächtigt hatte, ihn zu betrügen. Davon wusste Merkel nichts. Ihm war auch völlig verborgen geblieben, dass sein Schwiegersohn etliche Wochen lang bei seinen Eltern gelebt hatte. Darüber hatte Irene nicht einmal mit Agnes gesprochen.

Inzwischen schien die Ehekrise auch überwunden. Sechs Wochen nach der Geburt seines Sohnes kam Gernot nach Hause, obwohl die Straße immer noch nicht asphaltiert war. Aber er liebe sie, sagte er, habe viel nachgedacht und fände, sie seien beide verpflichtet, einen neuen Anfang zu machen, allein schon wegen des Kindes. Sein Sohn solle nicht ohne Vater aufwachsen.

Natürlich fragte Gernot auch, wer der Blonde gewesen sei, der in der Klinik an ihrem Bett gesessen hatte. Sie belog ihn, um weiteren Diskussionen vorzubeugen, nur ein Arbeitskollege, der auch in nächster Zeit wohl mal vorbeikäme, um mit ihr über den einen oder anderen Sozialfall zu sprechen.

So wusste Merkel als Einziger, dass auch ein wegen sexueller Nötigung und gefährlicher Körperverletzung Vorbestrafter bei seiner Tochter verkehrte. Vor ihm konnte sie das nicht verbergen, weil Ohloff montags in der Kneipe schwärmte, was für eine tolle Frau Irene sei. Es gefiel Merkel ganz und gar nicht. Mit Ohloff war nicht zu spaßen. Wenn der erst anfing, sich einzubilden, er könne bei ihr landen, und wenn sie ihn dann abwies. Das stellte Merkel sich lieber nicht vor.

Es war doch ein gewaltiger Unterschied, ob sie Ohloff in einer Kneipe traf, wo genug andere drumherum waren, oder ob sie ihn in ihrem Haus empfing, wo sie im Notfall nicht mit Hilfe rechnen konnte. Wer hätte ihr denn beistehen sollen? Ulla Fendrich, dieser Strich in der Landschaft? Oder das nervöse Huhn aus dem dritten Haus, das nicht mal mit zwei kleinen Kindern fertig wurde? Die Bauarbeiter auf den umliegenden Grundstücken bekämen doch nichts mit bei dem Lärm, den sie veranstalteten.

Einmal warnte er sie auch. «Pass ein bisschen auf bei Ohloff. Er ist unberechenbar, geht beim geringsten Anlass auf die Leute los. Und er macht auch vor einer Frau nicht Halt, eine hat er beinahe abgeschlachtet.»

Sie lächelte. «Ich weiß, Papa. Er hat's mir erzählt. Das und einiges mehr. Seine Mutter hat ihn früher für jede Kleinigkeit halb tot geprügelt. Du bist doch so oft mit ihm zusammen, hast du dir seine Hände mal genauer angeschaut? Die

Narben stammen nicht von einem Arbeitsunfall. Seine Mutter hat ihm die Hände auf eine heiße Herdplatte gedrückt, da war er sechs Jahre alt. Es war in der Woche vor Weihnachten, sie backte Plätzchen, und er hatte am Teig genascht. Und abends nahm sie ihn wieder mit ins Bett, da wurde er gestreichelt und geküsst, da war er ihr Bester. Er schlief noch in ihrem Bett, als er schon vierzehn war. Ob das eine harmlose Angelegenheit war, weiß ich nicht. Er kann nicht offen darüber reden. Deshalb vermute ich, es war alles andere als harmlos. Es sind nicht immer nur die kleinen Mädchen, die missbraucht werden, Papa. Bei Jungs gibt es das genauso oft, und die werden ebenso wenig damit fertig. Da muss man sich nicht wundern, wenn sie als Männer nicht imstande sind, eine vernünftige Beziehung zu einer Frau aufzubauen. Aber vielleicht kann Dieter es noch lernen.»

«Und du willst ihm das beibringen?», fragte Merkel und schüttelte den Kopf. «Da hast du dir aber eine Menge vorgenommen.»

Sie lächelte nicht mehr, sie lachte. «Ich nehme mir immer eine Menge vor, Papa, und meistens schaffe ich mein Pensum.»

So war das mit den Dienstagen. Ein kräftiges Frühstück und ein gutes Gespräch über andere Leute, so empfand Merkel es. Dass sie ihm Beispiele vor Augen führte in der Hoffnung, er möge sich darin wieder finden, seine eigenen Probleme erkennen und seinen Teil dazu beitragen, sie zu lösen, registrierte er gar nicht. Aber ein paar hatte er ja auch schon gelöst, ohne dass es ihm großartig aufgefallen wäre.

Als es erneut auf Weihnachten zuging, überlegte er tatsächlich, wie er es anstellen könne, sie wenigstens für eine Stunde zu sehen und ihr seine Geschenke zu überreichen. Eine neue Kaffeemaschine für sie und eine Plüscheule für seinen Enkel, in deren Bauch eine Spieluhr steckte. Wenn man an einer Schnur zog, erklang die Melodie eines Liedes, an das Merkel sich noch gut aus seiner eigenen Kindheit erinnerte.

«Kommt ein Vogel geflogen, setzt sich nieder auf mein Fuß, hat ein Zettel im Schnabel, von der Mutter einen Gruß.»

Das hatte Mutter Seifert vor ewigen Zeiten im Kinderheim ständig auf den Lippen gehabt. Merkel hatte es nur zufällig gehört, als er früh zum Dienst erschien und eine späte Kundin aus der Spielwarenhandlung kam mit so einer Plüscheule in der Hand. Die Frau zog an der Schnur, um ihrem Mann das Lied vorzuspielen. Merkel war sofort rein in den Laden, zum Glück hatten sie noch eine Eule.

Aber er befürchtete, dass Irene an den Feiertagen keine Zeit für ihn hatte. Dass sie mit dem Säugling in die Berge fuhr wie im vergangenen Jahr, glaubte er zwar nicht, aber sie musste bestimmt die Schwiegereltern besuchen. Oma und Opa Brandes, von denen Agnes nicht sagen konnte, ob es nette Leute waren. Es interessierte ihn eigentlich auch nur am Rande, man wusste halt gerne, mit wem Leute, die einem etwas näher standen als der große Rest der Welt, privat zu tun hatten.

«Ich glaube, ihr Schwiegervater ist ein ganz patenter Mann», sagte Agnes. «Gernots Mutter hat einen Jugendfimmel, liegt dreimal in der Woche bei einer Kosmetikerin, hat sich schon zweimal liften lassen und zieht sich an, als wäre sie zwanzig. Dass Irene sich mit dem Kleinen lange bei ihr aufhält, kann ich mir nicht vorstellen. Er könnte ja auf ein Chanel-Kostüm spucken, dann wäre was los. Sie kommt bestimmt einen Nachmittag zu uns, Hein.»

Natürlich kam sie alleine, das heißt, mit ihrem Baby, aber

ohne Mann. Gernot sei mit seinen Eltern für ein paar Tage in die Berge gefahren, sagte sie, als Agnes nach ihm fragte, er brauche ein bisschen Erholung nach dem ganzen Stress der letzten Monate. Agnes runzelte zwar die Stirn, sagte aber nichts.

Über die Kaffeemaschine freute Irene sich sehr, obwohl die Kanne einen winzigen Sprung hatte. Noch mehr freute sie sich über die Plüscheule für den Kleinen. Und Merkel freute sich über die beiden Wollhemden und den dicken Pullover. «Kann ich gut gebrauchen», sagte er und fand, dass es sich gelohnt hatte, sie in der Kneipe zurückzuhalten, als sie zum ersten Mal kam.

## 11. Kapitel

Das ganze Frühjahr hindurch lachte sie ihm entgegen, wenn sie die Tür für ihn öffnete. Ab Mai trug sie dabei jedes Mal ihren Sohn auf dem Arm. Anfang Juli war Patrick bereits neun Monate alt. Ein kräftiges Kind für sein Alter. Fremde meinten immer, er müsse mindestens ein Jahr alt sein. Und ein hübscher Bursche war er, glich seinem Vater aufs Haar.

«Pünktlich wie immer, Papa» sagte sie regelmäßig, wenn Merkel mit den Packtaschen zur Haustür kam, wandte sich an ihren Sohn und verlangte: «Sag Opa guten Morgen.»

Es war nur eine rhetorische Aufforderung, reden konnte der Kleine noch nicht, von ein paar Silben abgesehen, Mama und da, wenn er etwas haben wollte. Aber krabbeln konnte er schon, sich an allem hochziehen und schwankend auf seinen stämmigen Beinen stehen. Eine reife Leistung für sein Alter, fand Merkel.

Und brüllen konnte er! Sobald ihm ein Fremder zu nahe kam und seine Mutter nicht in unmittelbarer Nähe war. Fremd war ihm jeder, den er nicht häufig genug zu Gesicht bekam. Merkel bildete da keine Ausnahme, deshalb hütete er sich auch, sich dem Schreihals zu nähern. Kinder waren ja noch nie sein Fall gewesen. Und so kleine schon gar nicht. Ein Meter Sicherheitsabstand, den er nur unterschritt, wenn seine Tochter den Bengel auf dem Arm trug.

Nach der kurzen Begrüßung bei der Tür ging sie immer vor ihm her in die Küche, der Frühstückstisch war schon gedeckt, der Kaffee fertig. Jedes Mal versuchte sie, ihren Sohn zwischen das auf dem Fußboden verteilte Spielzeug zu setzen. Aber das klappte nie, also gingen sie zu dritt in den Keller. Merkel leerte die beiden Packtaschen. Sie sortierte rasch seine Wäsche, stopfte mit einer Hand ein Häufchen in die Trommel der Waschmaschine, hielt das Baby währenddessen mit dem linken Arm auf ihrer Hüfte sitzend. Wenn sie sich dann wieder aufrichtete, ihn anlachte und sagte: «Das wär's erst mal, Papa. Gehen wir rauf und machen es uns gemütlich», dann war Merkel zufrieden.

An dem Dienstag im Juli, an dem sie zum letzten Mal mit ihm frühstückte, brachte Merkel ihr zusätzlich zur Schmutzwäsche eine Hose mit, die er sich montags gekauft hatte, sie musste ein bisschen gekürzt werden. Er ging davon aus, dass Irene das konnte, sie konnte doch alles.

Während im Keller die erste Maschine mit seiner Wäsche lief, saßen sie wie üblich in der Küche. Irene berichtete von der vergangenen Woche. Es war ziemlich hektisch gewesen. Dreimal hatte sie zu ihrem Mietshaus fahren müssen. Zweimal wegen eines Wasserrohrbruchs und einmal, um einen Streit zwischen den verfeindeten Mietern zu schlichten. Der Frührentner hatte sich mal wieder darüber beschwert, dass die Nachbarskinder vor dem Haus Fußball gespielt hatten.

«Wenn der alte Stänker nicht begreifen will, dass die Zeiten sich geändert haben, soll er ausziehen», sagte sie. «Das habe ich ihm klargemacht.»

Auch sonst hatte sie eine Menge Ärger gehabt. Frau Bodewig war wieder mal irgendwo versackt. Ihr Sohn drohte seinen Ausbildungsplatz zu verlieren, weil er seit Tagen zu Hause bleiben musste. Das jüngste Kind war krank, und ausgerechnet die älteste Schwester, ein sechzehnjähriges Mädchen, das sich ebenfalls um die kleineren Geschwister kümmerte, wenn Frau Bodewig zu besoffen oder nicht da war, hatte es der Mutter nachgemacht und war abgetaucht.

Viermal war Irene in der vergangenen Woche für die Familie unterwegs gewesen, hatte das jüngste Kind in ein Krankenhaus und zwei weitere vorübergehend bei einer Pflegefamilie untergebracht, die älteste Tochter gesucht, natürlich auch Frau Bodewig. Und beim Arbeitgeber des ältesten Sohnes ein gutes Wort eingelegt, um Verständnis für die Situation gebettelt.

«Manchmal wusste ich letzte Woche nicht, wo mir der Kopf stand», sagte sie. «Hat aber auch sein Gutes, man denkt nicht zu viel nach, wenn's richtig rundgeht.»

Merkel grübelte minutenlang, wie sie das wohl meinte. Sie klang härter als sonst, das fiel ihm auf. Da war so ein unnachgiebiger Ton in ihrer Stimme, als sei sie mit ihren Gedanken noch bei dem kinderfeindlichen Frührentner oder bei Frau Bodewig, die sich ihrer Meinung nach nun allmählich zusammenreißen konnte, damit ihre Kinder nicht vor die Hunde gingen. Natürlich war es tragisch, den Mann zu verlieren und plötzlich mit einem halben Dutzend Kindern alleine dazustehen. Aber eine erwachsene Frau sollte die Sache in den Griff bekommen und sich ihrer Verantwortung bewusst werden können, fand sie.

Während sie weitererzählte, wippte sie ihren Sohn auf den Knien, schob ihm hin und wieder kleine Bröckchen von ihrem Toast in den Mund, auf denen er herumlutschte.

Zu allem Überfluss hatte sie am vergangenen Nachmittag auch noch Ärger mit Helmut Ziriak gehabt. Vor einigen Wochen hatte sie bei einer Fahrschule Fragebogen für Ziriak besorgt, wie sie für die theoretische Fahrprüfung benutzt wurden. Nun hatte er nichts anderes mehr im Kopf, wollte den Führerschein machen und auf gar keinen Fall die Lehrstelle in einer großen Gärtnerei antreten, die sie ihm beschafft hatte.

«Ich habe ihm tüchtig den Kopf zurechtgesetzt», sagte sie. «Fahren kann er auch als Gärtner. Und in seinem Alter wird es höchste Zeit, entweder er bekommt den Fuß jetzt in die Tür oder nie mehr.»

«Führerschein», sagte Merkel tadelnd. «Warum setzt du ihm auch so einen Floh ins Ohr? Kauf ihm lieber ein Fahrrad. Selbst wenn du es schaffst, ihm den ganzen theoretischen Kram einzupauken, bei der praktischen Prüfung kannst du nicht neben ihm sitzen. Was er mit dem Prüfer anstellt, wenn der ihm sagt, er hat nicht bestanden, stell ich mir lieber nicht vor. So einen Haudrauf kannst du doch nicht mit dem Auto auf die Menschheit loslassen.»

Sie winkte ab, unwillig, wie ihm schien. «Der Junge ist nicht halb so aggressiv, wie er immer tut. Er spielt gern den starken Mann. Aber wenn ich aufgewischt habe, zieht er bei der Tür die Schuhe aus. Gestern hat er hier über eine Stunde auf dem Boden gelegen und mit Patrick gespielt, damit ich mal schnell über die Fenster wischen konnte. Das hättest du sehen müssen, dann würdest du anders über ihn denken. Natürlich wehrt er sich seiner Haut, aber tun wir das nicht alle?»

Merkel zuckte mit den Schultern und fragte sich flüchtig, wann Ziriak denn mit dem Kleinen gespielt haben sollte, bevor oder nachdem sie ihm den Kopf zurechtgesetzt hatte? Dass so einer sich zusammenstauchen ließ und sich dann friedlich zu einem Baby auf den Boden legte, konnte er sich nicht vorstellen.

Sie begann von Ohloff zu sprechen. Er war wieder einmal fristlos entlassen worden, weil er Zoff mit einer Frau gehabt und seine Wut am Vorarbeiter ausgelassen hatte. Merkel hatte es erst am vergangenen Abend in der Kneipe erfahren. Da hatte Ohloff sich benommen, als habe er diesmal mit dem Rauswurf das große Los gezogen. «Jetzt hab ich genug Zeit für ein paar Dinge, die dringend erledigt werden müssen», hatte er gesagt, war auch nicht so lange geblieben wie sonst, hatte nur einen Kaffee getrunken und ein Mineralwasser, weil er noch fahren musste. Darum kümmerte er sich sonst einen Dreck, da stieg er auch mit fünf Bier im Leib noch ins Auto.

Von der fristlosen Kündigung wusste Irene anscheinend schon seit ein paar Tagen und war auch besser informiert über die Hintergründe, die Probleme mit irgendeiner Frau, von der Merkel nicht mal den Namen kannte. Bei ihm hatte Ohloff nur hin und wieder eine Andeutung gemacht, er habe jetzt etwas wirklich Schnuckeliges, ein Zuckertäubchen, die Frau fürs Leben, wenn es nach ihm ginge. Diesmal wolle er nichts falsch machen.

«Um Dieter mache ich mir Sorgen», sagte Irene. «Er bekommt seine Gefühle einfach nicht in den Griff. Dabei ist er wahrhaftig nicht der Einzige, bei dem nicht alles so läuft, wie er sich das vorstellt. Weißt du, dass er mich manchmal an dich erinnert? Ich meine, so wie du früher warst. Mutti hat mir einmal davon erzählt.»

Das entsprach nicht den Tatsachen. Erzählt hatte Agnes. Aber das war ja nicht so wichtig. Allein die Erwähnung ihrer Mutter reichte schon. Er zuckte zusammen, und sie stellte sachlich fest: «Du willst nicht über sie sprechen.»

Als er den Kopf schüttelte, fragte sie hörbar weicher: «Warum nicht, Papa? Schau, es ist zwanzig Jahre her. Inzwischen solltest du genug Abstand haben. Oder willst du noch zwanzig Jahre lang aller Welt ins Gesicht schreien, geht mir aus dem Weg?»

Als er ihr nicht antwortete, seufzte sie vernehmlich. «Ihr seid euch wirklich sehr ähnlich, Dieter, der Junge und du.

Spielt den starken Mann, und jede Kleinigkeit bringt euch aus der Fassung.»

«Also eine Kleinigkeit war das damals nicht», protestierte Merkel. «Komm du mal nach Hause und erwisch deinen Mann mit einer anderen im Bett. Dann denkst du anders darüber.»

«Mag sein», räumte sie ein. «Aber ich würde anschließend bestimmt nicht alles daransetzen, mir selbst den Rest zu geben.» Ihre Stimme wurde um eine Spur eindringlicher. «Kein Mensch ist es wert, dass man sich für ihn ruiniert, Papa. Man sollte immer den eigenen Wert kennen. Dieter kennt ihn nicht, der Junge kennt ihn nicht. Und auch du hast ihn bis heute nicht erkannt.»

Merkel betrachtete die Brotkrümel auf seinem leeren Teller und fragte sich, was plötzlich in sie gefahren war. Starker Mann spielen! Das hatte er nie getan. Nach einem langen, forschenden Blick in sein Gesicht meinte sie: «Okay, du willst das nicht hören, wechseln wir das Thema.»

Aber zwei Sekunden später sagte sie: «Nein, wir wechseln es nicht. Da sind ein paar Dinge, die wollte ich dir schon lange sagen. Vielleicht hilft es dir, wenn du begreifst, was für ein Mensch Mutti war und dass es nicht nur dir allein so ergangen ist mit ihr.»

Dann erzählte sie ihm, was Kurt schon vor zwanzig Jahren behauptet hatte. Heike sei ein leichtfertiger Mensch gewesen. Eine Frau, die nur für ihre Bedürfnisse lebte und keine Sekunde lang darüber nachdachte, was sie anderen antat. Die sich grundsätzlich die falschen Männer aussuchte. Männer, die nach außen hin Stärke demonstrierten und dabei so verletzlich waren, so weich und unsicher. Männer, die sie anbeteten, das brauchte sie. Und dabei übersah sie völlig, dass diese Männer auch etwas brauchten, die gleiche ununterbrochene Bestätigung der eigenen Person von außen, weil sie sich selbst nicht bestätigen konnten, kein Selbstwertgefühl hatten, sich für Schwächlinge hielten. Wenn so ein Mann betrogen wurde, war das ein Todesurteil. Der eine ballerte los und ließ sich anschließend lebendig begraben. Der andere ging lieber mit dem Auto auf die lange Reise, aber nicht allein.

Nachdem das gesagt war, betrachtete sie ihn, als wolle sie von seinem Gesicht ablesen, ob sie weitersprechen durfte. Das tat sie nach ein paar Sekunden, obwohl seine Miene ihr das strikt untersagte. «Mutti hat auch Friedel betrogen, nach Strich und Faden. Sie waren noch gar nicht lange verheiratet, da fing sie damit an. Shoppen nannte sie das, war jeden Nachmittag auf Achse. Wenn ihr ein Mann gefiel, musste sie ausprobieren, ob sie ihn haben konnte. Manchmal habe ich gedacht, sie ist nymphoman. Aber vielleicht hatte sie nur Angst, alt und unattraktiv zu werden, nicht mehr begehrenswert zu sein. Sie war schön, und das war ihr wichtig, nur das, Papa. Und es reichte ihr nicht, das immer nur von einem Mann zu hören. Sie hätte Friedel nicht verlassen, warum auch? Sie hat ihn ja geliebt auf ihre Art. Ich bin sicher, sie hat auch dich geliebt. Sie hatte nur eine andere Vorstellung von Treue. Friedel wusste das. Er hat lange Zeit beide Augen zugedrückt und so getan, als sei alles in Ordnung. Bis er es eben nicht mehr ertragen konnte.»

Sie ließ ihn nicht aus den Augen, wippte mechanisch ihren Sohn auf den Knien. «Es war kein Unfall, Papa. Es war das Gleiche wie damals bei dir. Verzweiflung, verletzter Stolz. Friedel hat mir einen Brief geschrieben, den bekam ich am Tag nachdem es passiert war. Er konnte nicht mehr, nicht mehr mit ihr leben und nicht ohne sie, also ist er mit ihr gestorben. Mit hundertachtzig gegen einen Brückenpfeiler, mit der Beifahrerseite angesteuert. Er war ziemlich sicher, dass sie das nicht überleben konnte, und er hatte zusätzlich etwas eingenommen. Festgestellt wurde nichts, sie haben nur auf Alkohol getestet, nehme ich an.»

Sie sprach so nüchtern und vernünftig, wirkte so erwachsen dabei, als habe sie nie gelitten, nie etwas vermisst, als könne sie noch eine Menge mehr erklären. Aber Merkel wollte nichts mehr hören, kein Wort mehr. Und gerade, als er ihr das sagen wollte, stand sie vom Stuhl auf, setzte den Jungen auf den Fußboden und lächelte ihn an.

«Denk mal darüber nach. Es lohnt sich nicht, für so eine Frau das eigene Leben wegzuwerfen. Das lohnt sich für keinen Menschen. Auch wenn man ihn noch so sehr liebt. Du hättest ihr einen Tritt verpassen sollen, Papa. Das ist mein Standpunkt. Wenn mich einer tritt, trete ich zurück.»

«Du hast überhaupt keine Ahnung, wovon du sprichst», fuhr Merkel sie an. «Du weißt nicht, wie das ist, wenn ...»

Sie stand noch neben dem Stuhl, lächelte sogar noch, als sie ihn unterbrach. «Woher willst du das wissen, Papa? Was macht dich so sicher, dass ich nicht genau weiß, wovon ich spreche?»

Darauf wusste er keine Antwort. Sie nickte flüchtig. «Reden wir ein andermal weiter. Für heute reicht's mir.»

## 12. Kapitel

Nach dem letzten gemeinsamen Frühstück und dem ersten, das mit einem Missklang endete, brachte sie den Jungen nach oben und legte ihn mitsamt der Plüscheule in sein Bettchen. Er schlief nicht immer sofort ein, spielte meist noch eine Weile, hörte sich das Lied an. «Kommt ein Vogel geflogen.» Das konnte er schon alleine, dazu musste er ja nur kräftig an der Schnur ziehen, und kräftig war er. Wenn er es oft genug gehört hatte, steckte er sich den Daumen in den Mund, nuckelte und betrachtete das Mobile über seinem Bettchen, bis ihm die Augen zufielen.

Als sie zurück in die Küche kam, machte sie sich ohne ein Wort daran, den Tisch abzuräumen, stellte Butter, Wurst und Käse in den Kühlschrank, packte das übrig gebliebene Brot zurück in einen Frischhaltebeutel. Sie war anders als sonst, ihre Bewegungen hektischer, das Gesicht steif.

Merkel saß noch vor seinem Gedeck, den Kopf voll mit ihren Worten und im Herzen die Abwehr. Wenn seine Wäsche trocken gewesen wäre, hätte er seine Sachen genommen und wäre gegangen. Was fiel ihr denn ein, ihn mit Ohloff und einem Analphabeten auf eine Stufe zu stellen?

Sie nahm sein Gedeck und ihren Teller, räumte alles in den Geschirrspüler und erklärte dabei, als habe sie Angst, noch etwas von Bedeutung zu sagen: «Heute Abend muss er aber laufen.»

Ihre eigene Tasse stellte sie wie üblich an die Seite. Sie trank tagsüber mindestens vier Kannen Kaffee und benutzte immer die gleiche Tasse. Nicht weil sie zu wenig Geschirr gehabt hätte, es war eine Marotte von ihr. «Ich nehme doch nicht für jeden Schluck Kaffee eine frische Tasse aus dem Schrank, da müsste der Geschirrspüler nur für die Tassen jeden Tag laufen. So brauche ich ihn nur jeden zweiten Tag einzuschalten», hatte sie vor Monaten erklärt. «Man muss auch an die Umwelt denken.» Natürlich, sie dachte an alles und an sich selbst immer zuletzt.

Nachdem der Tisch leer war, sammelte sie das Spielzeug vom Boden auf, das der Junge in der Küche verteilt hatte. Merkel rauchte bereits die dritte Zigarette nach dem Frühstück und überlegte, ob er etwas sagen sollte, sogar sagen musste. Vielleicht: «Hör zu, Irene, ich bin bisher wirklich gerne zu dir gekommen. Und ich komme auch in Zukunft gerne, aber wir sollten eins klarstellen: Was vorbei ist, ist vorbei! Wenn ein Mann auf die Sechzig zugeht, kann man ihn nicht mehr ändern. Das kannst du bei Ohloff versuchen oder bei Ziriak, von mir aus auch noch bei der Bodewig. Da hast du vielleicht Erfolg mit deinen Vorträgen, aber nicht bei mir.»

Er schaute auf ihren Rücken, wie sie sich bückte und wieder aufrichtete. Das Haar hatte sie wie üblich im Nacken mit einem Gummi zusammengebunden. Der dünne Schwanz fiel ihr immer wieder über die Schulter nach vorne. Er hörte sie im Geist noch einmal fragen: «Woher willst du das wissen, Papa?»

Das hatte ja fast geklungen, als befürchte sie, dieser Schönling von Ehemann habe sich eine Freundin zugelegt. Was hieß befürchten? Klang es nicht viel eher nach Gewissheit? Vielleicht hätte er sie fragen müssen. Aber verdammt! Er wusste einfach nicht, wie er anfangen sollte, holte einmal tief Luft und begann: «Irene, es tut mir Leid, was ich da eben gesagt habe. Ich wollte nicht …»

Sie richtete sich auf, drehte sich zu ihm um. In der linken Hand ein paar Plastikwürfel, die an einem Ende offen waren und ineinander gesteckt werden konnten. Das schaffte der Knirps natürlich noch nicht, er hatte die Würfel nur durch die Küche geworfen. In der rechten Hand hielt sie einen Beißring, und sie lächelte wieder.

«Schon gut, Papa. Du musst dich nicht entschuldigen, wirklich nicht. Es kam ja ziemlich unerwartet für dich, und ich wollte eigentlich ganz was anderes sagen.»

«Was denn?», fragte er und dachte, jetzt kämen ein paar Worte über ihren Mann.

Aber sie sagte: «Ich wollte dich fragen, ob du mir etwas Arbeit abnimmst. Das Mietshaus, ich finde einfach keinen, der sich da um alles kümmert. Ich kann ja kein Vermögen zahlen für den Job. Es ist nicht viel Arbeit, aber ich muss dafür ständig hin und her fahren, das wird mir zu viel. Wenn jemand im Haus wäre, gäbe es garantiert nur halb so viel Ärger. Du könntest umsonst im Dachgeschoss wohnen, zwei Zimmer, Küche, Bad, komplett eingerichtet. Natürlich bekämst du auch ein Gehalt, du musst ja von etwas leben. Ich könnte für den Job das Gleiche zahlen, was du jetzt verdienst. Denkst du mal drüber nach?»

«Mach ich», sagte er.

Sie nickte, zufrieden und erleichtert, wie es schien. Dann ging sie in den Keller und kümmerte sich um seine Wäsche, füllte sie von der Waschmaschine in den Trockner, damit es schneller ging. Merkel nahm in der Zeit sein Bad. Als er nach gut einer halben Stunde zurück in die Küche kam, stand sie vor dem Tisch und bügelte eines seiner Hemden. Der Rest seiner Wäsche lag bereits ordentlich gefaltet auf einem Stapel.

Über einer Stuhllehne hing die neue Hose. Sie hatte sich

ein Nadelkissen bereitgelegt, ließ ihn die Hose anziehen und markierte den neuen Saum. «Heute schaffe ich das aber nicht mehr», sagte sie dabei. «Ich kürze sie dir morgen früh, dann kannst du sie am Nachmittag abholen.»

«Es eilt nicht», sagte er. «Ich kann sie auch nächste Woche wieder mitnehmen.»

«Nein, morgen», sagte sie eindringlich. «Wenn der Kleine im Bett ist, habe ich Zeit.»

Das war von zehn bis zwölf am Vormittag. Auch wenn Patrick nicht die ganze Zeit schlief, er war daran gewöhnt, diese beiden Stunden in seinem Bett zu verbringen. Sie erledigte währenddessen all die Arbeiten, bei denen sie ihn nicht mit sich schleppen konnte. Was sie in der Zeit nicht schaffte, musste liegen bleiben. Merkel wusste das, kannte ihren Tagesablauf ganz genau, weil sie oft genug davon erzählt hatte.

Aufstehen um sechs, weil der Junge dann nach seiner ersten Mahlzeit und einer frischen Windel verlangte. Wenn sie ihn versorgt hatte, legte sie sich noch einmal mit ihm zusammen, hin und döste ein bisschen, solange der Bengel sie ließ. Für ihren Mann stand sie nicht auf, der musste sich sein Frühstück alleine machen, trank sowieso meist nur einen Kaffee. Das hatte sie vor einigen Wochen mal beiläufig erwähnt. Merkel hatte sich nichts dabei gedacht. Erst jetzt wurde ihm bewusst, dass es möglicherweise für eine zerrüttete Ehe sprach. Seine Frau war immer mit ihm aufgestanden. Andererseits war das nun wirklich kein Beweis für eine Traumehe gewesen.

Um acht war es meist vorbei mit ihrer Ruhe. Sie nahm den Jungen mit ins Bad, ließ ihn dort krabbeln, während sie duschte. Dann frühstückte sie, räumte auf, trug den Kleinen dabei auf dem Arm oder hatte ihn zumindest in der Nähe. Um zehn legte sie ihn hin. Um zwölf war er hungrig, bekam einen Gemüsebrei und beschäftigte sie bis um zwei. Dann schlief er noch einmal, aber nur für eine Stunde. Er hielt sie ganz schön auf Trab.

Und weil sie nachmittags ohnehin nicht mehr viel schaffte, hatte sie die Leute, die noch häufig zu ihr kamen, gebeten, am Nachmittag zu kommen. Es gab nur vier Ausnahmen. Die große war er mit dem Dienstagmorgen. Helmut Ziriak kam immer um die Mittagszeit, da musste Irene sich zwar auch mit dem Kind beschäftigen, aber dafür kam Ziriak dreimal in der Woche. Frau Bodewig oder ihr ältester Sohn kamen immer dann, wenn sie Hilfe brauchten. Auch Ohloff hatte keine festen Termine, durfte jedoch nicht unangemeldet erscheinen. Er musste vorher anrufen und fragen, ob es recht sei, damit er sich an gewisse Spielregeln gewöhnte. Aber sie hatte ihm noch nie gesagt, dass es für sie nicht passte.

«Ich komme dann so gegen drei», sagte Merkel. Er selbst schlief nach dem Nachtdienst bis Mittag. Dann waren noch ein paar Einkäufe zu erledigen, eine Kleinigkeit essen, und der Weg bis zu ihr hinaus, das war eine Stunde mit dem Rad. Und eine Stunde zurück in die Stadt. Um halb acht spätestens musste er im Einkaufszentrum sein und vorher den Hund noch abholen. Es war ja nicht sein Hund, für ihn war Leo mehr so eine Art Kollege. «Aber lange aufhalten kann ich mich dann nicht.»

«Muss auch nicht sein, Papa», meinte sie.

Es war fast zwölf, als er sich von ihr verabschiedete. Sie brachte ihn zur Tür, wie sie es immer tat, schaute ihm nach, wie er sein Rad zur Straßenecke schob. Dort blieb er noch einmal stehen und winkte ihr zu. Sie winkte zurück und lachte. Aber es war nicht wie sonst, ihr Lachen, es sah müde aus. Viel fehlte nicht, und Merkel wäre noch einmal umgekehrt, hätte sie in die Arme genommen und gesagt: «Na komm, erzähl mal, was los ist. Woher weißt du denn so genau, wie das ist?»

Er kehrte nicht um. Morgen, dachte er, oder besser am nächsten Dienstag, dann hätten sie mehr Zeit. Aber es sollte für seine Tochter keinen nächsten Dienstag mehr geben.

## 13. Kapitel

Eigentlich war Ulla Fendrich die Todgeweihte am Rosenweg. Sie war vor drei Jahren an einem Hirntumor erkrankt, hatte eine Operation und unzählige Bestrahlungen über sich ergehen lassen und begriffen, dass sie ihr Leben völlig umstellen musste, wenn sie weiterleben wollte. Also raus aus der Stadtwohnung, viel Ruhe, viel frische Luft und viel Muße für sich selbst, nur noch das tun, was wirklich Spaß machte.

Seit ihrem Einzug in den Flachdachbungalow war Ulla Fendrich überzeugt, es sei ihr Sarg, der als Erster aus der Gartenstadt herausgeschafft würde. Stattdessen wurde sie für die Polizei zu einer wichtigen, genau genommen zur einzigen Zeugin, nicht nur für die fragliche Zeit. Sie war entschieden besser informiert über Irenes Leben, ihre Ehe und ihren Umgang, als Merkel oder Agnes Seifert. Dabei hatte sie selbst nicht viel Kontakt mit ihr gehabt. Ab und zu ein kleiner Plausch über den Gartenzaun oder mal ein Tässchen Kaffee am Nachmittag, doch dafür hatte Irene in den letzten Wochen keine Zeit mehr gehabt.

Ulla Fendrich mochte Irene und verstand nicht, warum Merkels Tochter sich das Leben so schwer machte. Um keinen Preis der Welt hätte sie mit Irene tauschen mögen, auch nicht für ein Hirn, in dem nichts wuchs, was da nicht wachsen sollte. Schon dieser kleine Brüllaffe von einem Baby, der neuerdings den lieben langen Tag am Hals seiner Mutter hing. Und dazu ein Mann, der am späten Nachmittag mal auf einen Sprung hereinschneite, höchstens eine halbe Stunde blieb und die Zeit nutzte, um zu nörgeln.

Mal musste Gernot Brandes zu einer Besprechung und wollte ein bestimmtes Hemd anziehen, das natürlich nicht gebügelt in seinem Schrank hing. Mal hatte Irene gerade nicht die Zeit, rasch über seine Schuhe zu putzen, während er kurz unter die Dusche sprang. Die Straße war immer noch nicht asphaltiert, und Gernot Brandes führte sich häufig auf, als verhindere Irene das, um ihn zu schikanieren. Mal gab es Vorhaltungen, weil er noch mit einem wichtigen Kunden verabredet war und Irene es nicht geschafft hatte, ihm ein neues Deo zu besorgen. «Dreimal habe ich dich jetzt schon darum gebeten, aber du setzt dich lieber mit diesem asozialen Pack hin. Es interessiert dich überhaupt nicht mehr, wie ich herumlaufe.»

Im Grunde kein übler Mensch, dieser Gernot Brandes, höflich und gebildet, immer ein freundliches Lächeln und einen kleinen Gruß auf den Lippen. Vielleicht ein bisschen karrieregeil. Aber worauf hätte er auch sonst noch geil sein sollen, wenn Irene vor lauter Baby und asozialem Pack abends wie ein Stein ins Bett fiel? Und was das Pack anging, da stimmte Ulla Fendrich mit ihm überein. Nichts gegen einen netten Bekanntenkreis, bei Irene jedoch verkehrten Leute, denen Ulla Fendrich lieber nicht allein begegnete.

Zu Anfang hatte sie das Treiben nebenan noch mit neidvollen Blicken beobachtet. Sie hatte ihren Beruf aufgeben müssen und die wenigen Freunde durch ihre Krankheit verloren. Wer hörte schon gerne bei jedem Besuch etwas von Schmerzen und Todesangst? Ihr Mann war die ganze Woche unterwegs und sie allein. Doch dann hatte sie sich Irenes Besucher etwas genauer angeschaut und begriffen, wer sie waren.

Einige kamen wohl geradewegs vom Sozialamt, um die Hand aufzuhalten. Und egal, wer vor der Tür stand, es durfte auch ein Staubsaugervertreter sein, einer, der für ein Kinderhilfswerk sammelte, oder einer, der gerade aus der Haft entlassen worden war und nun darauf hoffte, seinen Lebensunterhalt durch den Verkauf von Zeitschriftenabonnements bestreiten zu können, Irene bat jeden herein, bot Kaffee an, nahm sich im größten Chaos die Zeit für eine Unterhaltung.

Wenn die Gespräche im Wohnzimmer geführt wurden und die Terrassentür offen stand, hörte Ulla Fendrich oft mit. Wie viel sie verstand, hing vom Lärm der Baumaschinen auf den umliegenden Grundstücken ab. Wenn es einigermaßen still war, entging ihr nichts, gewiss kein Streit im Nachbarhaus. Im Laufe der Monate war sie so mit sämtlichen pikanten Details aus dem Privatleben ihrer Nachbarn vertraut geworden, auch mit den Problemen der Leute, die regelmäßig kamen. Mit Namen konnte sie der Polizei nicht dienen. Ulla Fendrich hatte die drei Besucher, die häufig zu Irene kamen, mit Spitznamen belegt.

Frau Bodewig war für sie – wie auch für Merkel – die Schnapsdrossel, wie sollte man eine meist torkelnde und lallende Frau auch anders nennen? Dieter Ohloff bezeichnete sie als Thomas-Gottschalk-Verschnitt. Und Helmut Ziriak, der dreimal die Woche erschien, montags, mittwochs und freitags, nannte sie den Irokesen, weil er einen dieser steil frisierten Hahnenkämme mitten auf dem Schädel trug. Rund herum wuchsen nur Stoppeln, anscheinend rasierte er sich die Kopfhaut von Zeit zu Zeit.

Und wahrscheinlich – meinte Ulla Fendrich –, rasiere er sich das Gehirn regelmäßig mit, er könne nicht bis drei zählen. Lesen konnte er auch nicht. Was er sich seit Beginn des Frühjahrs in Irenes Wohnzimmer schon alles zusammengestottert hatte, na ja, vielleicht standen ihm deshalb die Haare zu Berge. Ein düsterer Typ, den Kopf hielt er meist gesenkt, als wage er es nicht, einem Menschen ins Gesicht zu schauen. Bei so einem stellte man sich zwangsläufig vor, dass er ein Messer zückte, kaum dass man ihm den Rücken zugekehrt hatte.

Er kam immer um halb zwölf und ging um halb vier. Wenn Ulla Fendrich sich in ihrer Küche aufhielt, was sie um halb vier meist tat, es war ihre Kaffeezeit, sah sie ihn oft vorbeigehen. Einmal stapfte er in einem zerschlissenen NATO-Kampfanzug zur Straßenecke wie ein einsamer Partisan. Ein andermal hüpfte und tänzelte er in grellbunten Pluderhosen von rechts nach links über die Straße, schlenkerte seine Fäuste herum, als stünde er in einem Boxring.

Vor zwei Wochen war er einmal rückwärts auf die Straßenecke zugelaufen, unter dem Arm eine Mappe aus bedrucktem Karton. Dass sie Fragebögen einer Fahrschule enthielt, wusste Ulla Fendrich nicht. Wäre ihr das bekannt gewesen, hätte sie dazu wohl ebenso den Kopf geschüttelt wie Merkel. Als er die Ecke erreichte, drehte er sich wie ein Wahnsinniger im Kreis, vollführte ein paar Bocksprünge und brüllte dabei aus voller Kehle etwas von Paragraph eins, der für jeden gelte, auch für Helmut.

Ulla Fendrich hatte nicht jedes Wort verstanden und nahm an, mit Helmut sei der ehemalige Bundeskanzler gemeint, vielleicht regte der Irokese sich über dessen hartnäckiges Schweigen in der Spendenaffäre auf. Denn er selbst hätte zweifellos Paragraph einundfünfzig – oder wie immer man das heutzutage beziffere.

Da war der Thomas-Gottschalk-Verschnitt mit dem roten Opel Kadett, der zum ersten Mal im Rosenweg aufgetaucht war an dem Tag, als der kleine Patrick geboren wurde, schon einige Nummern besser. Bei Ulla Fendrich hatte er sich als guter Freund von Irene ausgegeben. Das war er auch, darauf hätte Ulla Fendrich geschworen. Er besuchte Irene bestimmt nicht, um aus einer Schulfibel zu lesen wie der Irokese.

Seit Wochen parkte er seinen Kadett nicht mehr vor Irenes Tür, fuhr immer durch bis zu den beiden Häusern am Ende des Rosenwegs, die ebenfalls schon bewohnt waren. Darin hielt sich jedoch tagsüber niemand auf, der ihn oder sein Auto hätte sehen können. Und dann nahm er den Trampelpfad hinter den Baustellen, über den man zur Rückseite der Grundstücke kam, als ob sich damit etwas vertuschen ließe.

Anfang Juni hatten sich Irene und ihr guter Freund eine geschlagene Stunde lang im Wohnzimmer über die erogenen Zonen einer Frau unterhalten. Irene hatte sehr anschaulich erläutert, wie wichtig Küsse seien und auf welche Weise eine Frau gerne berührt wurde. Es war besser als jeder Aufklärungsunterricht gewesen. Ulla Fendrich hatte zuerst unfreiwillig und erstaunt, dann mit wachsendem Interesse zugehört und sich gewünscht, ihr Mann käme ausnahmsweise einmal früher nach Hause. Das war ihr schon lange nicht mehr passiert.

Nur einen Tag später war der Blonde schon wieder da gewesen, vermutlich um zu zeigen, dass er die Lektion gelernt hatte. Im Wohnzimmer waren sie jedenfalls nicht, Ulla Fendrich hörte kein Wort, obwohl sie die ganze Zeit in der Sonne lag. Sie sah ihn nur kommen und eine gute halbe Stunde später wieder durch den Garten zum Trampelpfad verschwinden. Für sie hatte er keinen Blick. Irene stand offenbar bei der Terrassentür. Als er über den Zaun stieg, winkte er noch einmal in die Richtung. «Bis demnächst mal wieder.»

Sympathische Stimme, verliebter Unterton, etwas anderes als der Bass von dem bekloppten Irokesen, der am Montag keine drei vollständigen Sätze über die Lippen brachte. Am frühen Nachmittag verfolgte Ulla Fendrich mit sehr gemischten Gefühlen eine Auseinandersetzung, vielmehr eine Strafpredigt, die Irene dem Zweimetertyp hielt. Er musste vor Wut überkochen. Ulla Fendrich verstand nicht viel mehr, als dass Irene sich die Bäume in den Hintern schieben solle, weil er nicht vorhätte, sich noch länger von Weibern herumkommandieren zu lassen.

«Pass auf, was du sagst», schmetterte Irene ihn ab. «Ich denke, du weißt, wer von uns beiden am längeren Hebel sitzt. Du gehst morgen früh dahin, pünktlich um acht. Und wehe, du benimmst dich nicht wie ein Mensch. Ich habe mit ihnen vereinbart, dass sie mich anrufen, wenn du Zicken machst.»

Ulla Fendrich fragte sich, ob Irene keine Angst kannte. Anscheinend nicht, weder vor dem Irokesen noch vor sonst jemandem. Am Dienstag, kaum dass Merkel das Haus seiner Tochter verlassen hatte, tauchte die Schnapsdrossel auf in einem uralten, klapprigen Fiat, den nur der Rost zusammenhielt. Sie kam nicht allein, es war ein Mann bei ihr, der zuerst im Auto sitzen blieb. Auch einer von der Sorte, um die Ulla Fendrich einen sehr weiten Bogen gemacht hätte. Sie beobachtete von ihrem Küchenfenster aus, wie er Irenes Haustür betrachtete mit einem Blick, als wolle er sie mit den Augen aufbrechen. Schließlich stieg er aus, und Ulla Fendrich befürchtete schon, jetzt werde er das Haus stürmen.

Irene hatte die Schnapsdrossel in die Küche geführt, das Fenster war offen. Ulla Fendrichs Küchenfenster ebenso, sie verstand sehr gut, was gesprochen wurde. Minutenlang keifte und zeterte die Schnapsdrossel, drohte sogar, Irene werde noch bitter bereuen, ihr die drei Kinder weggenommen zu haben.

«Ich habe Ihnen nichts weggenommen», sagte Irene auch nicht eben in normalem Umgangston. «Ich habe die Kinder nur sicher untergebracht. Die Jüngste ist im Krankenhaus, die beiden anderen sind bei einer Pflegefamilie. Das soll kein Dauerzustand sein, aber ich kann ganz schnell einen daraus machen, wenn Sie nicht zur Vernunft kommen. Dann können Sie sich von mir aus im Puff anmelden und Ihre Älteste mitnehmen, da werden Sie fürs Ficken wenigstens bezahlt.»

Die Schnapsdrossel riet dringend, Irene solle das Maul nicht so weit aufzureißen, sonst werde sie ihren Freund reinrufen. Irene konterte, sie solle den Typ, der draußen auf sie warte, nicht als Freund bezeichnen. «Merken Sie eigentlich nicht, wie Sie ausgenutzt werden? Sie saufen sich die Hucke voll, lassen sich von so einem widerlichen Kerl abschleppen und auch noch ausnehmen.»

Darauf entsann sich die Schnapsdrossel, dass sie dringend Geld brauchte, und verlegte sich aufs Betteln. Mit einem Verrechnungsscheck, den Irene offenbar ausstellen wollte, sei ihr überhaupt nicht geholfen, weil sie nicht nur die Stromrechnung begleichen, auch Lebensmittel einkaufen müsse. Und außerdem müsse ihr Freund mit dem Auto zum TÜV, da wäre dann vermutlich eine kleinere Reparatur fällig.

«Er soll arbeiten», beschied Irene. «Für Schmarotzer habe ich nichts übrig.»

Kurz darauf sah Ulla Fendrich die Schnapsdrossel mit einer prall gefüllten Plastiktüte aus dem Haus kommen und in den Fiat steigen. Sie debattierte mit dem Fahrer, gestikulierte, als zeige sie, wo er das Auto wenden könne. Aber es konnte auch eine andere Wegbeschreibung sein, vielleicht die zu dem Trampelpfad, über den Irenes Freund seit Wochen kam, nur gesehen von Ulla Fendrich und ein paar Bauarbeitern, die sich nicht um ihn kümmerten.

Der Thomas-Gottschalk-Verschnitt tauchte kurz nach vier am Dienstagnachmittag auf, stieg über den niedrigen Zaun auf Irenes Terrasse und war im Wohnzimmer verschwunden, ehe Ulla Fendrich auch nur geblinzelt hatte. Er blieb nicht lange, im Höchstfall zehn Minuten. Das Gespräch, im Wohnzimmer geführt, drehte sich um Gernot Brandes, der – wie Irene hoffte – noch von nichts eine Ahnung hatte. Viel mehr verstand Ulla Fendrich nicht, weil der kleine Patrick fröhlich dazwischenkrähte.

Am späten Dienstagabend, beziehungsweise in der Nacht zum Mittwoch, hörte Ulla Fendrich dann noch den letzten heftigen Streit aus dem Nachbarhaus. Gernot Brandes regte sich über seinen Schwiegervater auf, der Irenes Gutmütigkeit ebenso schamlos ausnutzte wie alle anderen, meinte jedenfalls ihr Mann. Bis kurz vor eins stritten sie, ein Wort gab das andere, und Irene blieb kein einziges schuldig.

«Lass meinen Vater aus dem Spiel. Du weißt genau, dass er keinen Pfennig von mir nimmt. Und selbst wenn ich es ihm bündelweise in die Taschen stopfe, geht dich das einen Dreck an. Es ist mein Geld. Ich frage dich ja auch nicht, was du mit deinem Geld machst. Letzte Woche zum Beispiel, da hatte ich den Eindruck, du hast die Firma Fleurop aufgekauft. Den Zettel fand ich zufällig in dem Anzug, den ich in die Reinigung bringen sollte. Welchen deiner wichtigen Kunden hast du denn mit einem hübschen Blumenbukett beglückt? Reicht es nicht mehr, wenn du sie zum Essen ausführst?»

«Meine Mutter hatte Geburtstag», erklärte Gernot Brandes. «Ich wette, du hast sie nicht mal angerufen. Wenn du das nachholst, kannst du ja fragen, ob ihr der Strauß gefallen hat.»

«Soweit kommt's noch, dass ich wegen einem Blumenstrauß deine Mutter anrufe», hielt Irene dagegen. «Von der bekomme ich doch nur wieder die Adresse ihrer Kosmetikerin.»

«Könnte nicht schaden, wenn du mal hingehst», sagte Gernot Brandes. «Ich meine, wenn du selbst nicht mehr imstande bist, dir wenigstens mal die Augenbrauen zu zupfen. In der Gesellschaft, die du mir vorziehst, mag es keine Rolle spielen, wie du aussiehst. Denen ist nur wichtig, dass du ein paar Scheine auf den Tisch legst. Aber ich mag es, wenn eine Frau ein bisschen Wert auf ihr Äußeres legt. Früher hast du das getan.»

«Da hatte ich auch noch keine Scheine, die ich auf den Tisch legen konnte», sagte Irene. «Und keine unverkäufliche Villa, aber ich werde sie los, verlass dich drauf. Dafür brauche ich deinen Vater nicht. Es gibt noch andere Makler, und die interessiert es garantiert nicht, ob meine Augenbrauen gezupft sind.»

Ob Gernot Brandes darauf noch etwas erwiderte, hörte Ulla Fendrich nicht mehr. An ihre Ohren drang nur noch Türenknallen und ein bisschen Babygeschrei. Irene brüllte: «Du verfluchter Gernegroß, was bildest du dir ein? Warum bleibst du nicht endlich, wo du gerade herkommst, wenn du nur noch hier auftauchst, um Ärger zu machen? – Ist ja gut, Patrick, ist ja gut, ich komm ja schon.» Und dann war endlich Ruhe.

## 14. Kapitel

Am Mittwochmorgen legte Ulla Fendrich sich schon kurz nach neun in die Sonne. Sie hatte sich in der ersten Hälfte der Nacht über die lauten Stimmen nebenan und über das offene Fenster geärgert. Aber wer schloss denn im Juli das Schlafzimmerfenster, wenn es nachts immer noch um die zwanzig Grad waren und man drinnen im eigenen Schweiß ertrank?

Den Rest der Nacht hatte sie sich mit Kopfschmerzen geplagt, war erst gegen sechs am Morgen eingeschlafen. Und kurz nach acht aufgeweckt worden von lautem Geschrei auf der Straße, als die hysterische Ziege aus dem dritten Haus versuchte, ihren Nachwuchs auf den Rücksitz ihres Kleinwagens zu verfrachten.

Gefrühstückt hatte Ulla Fendrich noch nicht, kein Appetit, immer noch Kopfschmerzen und Angst, dass der penetrante Druck im Schädel nicht nur auf die unruhige Nacht zurückzuführen war. Vor drei Monaten war sie zuletzt geröntgt worden, da hatte der Arzt gesagt, es sähe momentan sehr gut aus. Aber in drei Monaten konnte sich eine Menge tun.

Sie döste vor sich hin. Ringsum war es still, auf drei Baustellen in unmittelbarer Nähe wurde seit Anfang der Woche nicht mehr gearbeitet. Bei Irene stand die Terrassentür offen. Unvermittelt hörte Ulla Fendrich den Staubsauger so deutlich, als würde er ihr quer durch den Schädel geschoben. Die Schmerzen wurden schlimmer. Das durchdringende Geräusch brach wieder ab. Sie hörte Irene mit dem Kind reden, ein wenig Gebrabbel und Gekrähe, wenn der kleine Patrick versuchte, seiner Mutter zu antworten.

Dann klingelte nebenan das Telefon, der Apparat stand im Wohnzimmer. Ulla Fendrich hörte, dass Irene sagte: «Das habe ich mir gedacht. Dieser elende Mistkerl. – Nein, das will ich ganz genau wissen. Natürlich habe ich Zeit.»

Sie hatte noch knapp zwei Stunden.

Ein paar Minuten später kam sie die Außentreppe zum Keller hoch, das war kurz nach halb zehn. Mit dem rechten Arm presste sie einen gefüllten Wäschekorb gegen ihre Seite. Ihren Sohn hatte sie wie üblich auf der linken Hüfte sitzen, wo sie ihn mit dem Arm hielt. In der Hand trug sie zusätzlich einen zusammengeklappten Trockenständer.

Sie setzte Patrick auf die von der Sonne gewärmten Fliesen, klappte mit routiniertem Griff den Ständer auseinander, warf einen Blick zum wolkenlosen Himmel hinauf und grüßte zu Ulla Fendrich hinüber. «Das ist ja ein traumhaftes Wetter heute. Da kriege ich bestimmt alles trocken.» Dann ein Lachen, während sie mit flinken Fingern ein paar Männerhemden aufhängte. «Die zweite Maschine läuft jedenfalls schon.»

Ulla Fendrich wusste, dass Irene einen Wäschetrockner besaß. Aber den benutzte sie nur für die Kindersachen oder wenn es schnell gehen musste.

«Wenn ich Sie so liegen sehe», sagte Irene, «könnte ich neidisch werden. Das ist mein Traum, mal eine Stunde ungestört in der Sonne liegen.» Sie lachte noch einmal und winkte ab. «Aber heute wird er wohl unerfüllt bleiben. Ich habe wieder volles Programm. Ein paar Sachen einkaufen muss ich auch noch.» Dann hob sie ihren Sohn vom Boden auf und ging durch die Terrassentür zurück ins Haus.

Ulla Fendrich schloss die Augen. Es war angenehm in der

Sonne, noch nicht zu heiß. Wenn die Schmerzen nicht gewesen wären und die Angst nicht, hätte sie es genießen können. Fast pünktlich um zehn drangen ganz schwach die Töne der Spieluhr zu ihr. Irene hatte ihren Sohn zu Bett gebracht, sein Zimmer lag zum Garten, und das Fenster stand in Kippstellung offen. Eine Viertelstunde lang träumte auch Ulla Fendrich von dem lieben Vogel, der einen Gruß und einen Kuss mitnehmen sollte.

Wie Merkel wusste sie, dass Irene ihren Sohn von zehn bis zwölf im Bett parkte, ob er schlief oder nicht, Hauptsache, er war ruhig. Meist legte Irene ihn um zwei Uhr für den Mittagsschlaf wieder hin, dann war er auch müde, schlief bis um drei. Und manchmal nutzte Irene die Zeit, um rasch eine Besorgung zu machen. «Ein gutes Gefühl habe ich nicht, wenn ich ihn allein lasse», hatte sie erst in der vergangenen Woche zu Ulla Fendrich gesagt. «Aber in seinem Bett ist er sicher, rausfallen kann er nicht. Und allein bin ich entschieden schneller.»

Um Viertel nach zehn ging Ulla Fendrich ins Haus, um ein Schmerzmittel einzunehmen. Es war nicht gut auf nüchternen Magen, das wusste sie, aber so half es schneller. Sie nahm eine Illustrierte aus der Vorwoche mit hinaus, blätterte sie durch. Die meisten Artikel kannte sie bereits, und die sie noch nicht kannte, interessierten sie nicht. Insgeheim hoffte sie auf eine kleine Plauderei, wenn Irene nach draußen kam, um die Hemden von der Leine zu nehmen und die zweite Ladung aufzuhängen. Die Schmerzen ließen nach. Als es wenig später an der Haustür klingelte, waren sie bereits erträglich.

Ulla Fendrich erhob sich seufzend, warf im Vorbeigehen einen Blick auf die Wanduhr im Wohnzimmer, es war genau halb elf. Noch zu früh für den Postboten, sonst erwartete sie niemanden. Sie öffnete mit vorgelegtem Sicherheitsriegel. Draußen stand eine junge Frau, ein zierliches Persönchen, Anfang bis Mitte zwanzig, modische Kurzhaar-Frisur, hübsches, aber aggressiv wirkendes Gesicht, adrette Kleidung, heller Blazer und dunkle Hose, eigentlich zu warm für den Tag. Das umfasste Ulla Fendrich mit einem Blick. Ebenso die große, prall gefüllte Umhängetasche, die locker von der Schulter der Frau baumelte.

Die Tasche war geschlossen, Ulla Fendrich vermutete, dass sie Zeitschriften enthielt. Einen Packen davon trug die Frau auf dem Arm, schob ihr durch den Türspalt ein Magazin entgegen. Ulla Fendrich griff zu und winkte gleichzeitig ab, noch bevor die Frau ihr Anliegen erklären konnte. Da gab es auch nicht viel zu erklären, der Zeitungspacken auf dem Arm sprach für sich.

Im Frühjahr waren die Drückerkolonnen wie Heuschreckenschwärme in die Gartenstadt eingefallen, jeden zweiten Tag ein anderer, manche mit, manche ohne Zeitschriften. Aber jeder erzählte eine rührende oder dramatische Geschichten und wurde frech, wenn man sich weigerte, einen Abo-Zettel zu unterschreiben. Ulla Fendrich kaufte, bestellte oder abonnierte prinzipiell nichts an der Haustür. Sie ließ die Frau gar nicht erst zu Wort kommen, erklärte knapp: «Vielen Dank, ich kaufe meine Zeitungen immer im Laden.»

Sie rechnete damit, dass ihr das Magazin wieder aus den Fingern gerissen wurde oder es zu zähen Verhandlungen käme, und wunderte sich, als die Frau nur lässig mit den Achseln zuckte. «Da kann man nichts machen, dann entschuldigen Sie bitte die Störung.»

«Ich entschuldige so gut wie alles», sagte Ulla Fendrich und machte die Haustür wieder zu. Als sie zurück auf die Terrasse kam, hörte sie von der Straßenseite her die Stimme der jungen Frau. «… gezwungen, mir damit meinen Lebensunterhalt zu verdienen. Ich war ja noch nicht fertig mit dem Studium, als mein Mann verunglückte. In dem Alter kann man von einer Rente nur träumen. Aber wenn ich diesen Sommer noch etwas auf die Seite lege, kann ich vielleicht zum Wintersemester zurück an die Uni.»

Eine der üblichen Geschichten, die allesamt frei erfunden waren, darauf hätte Ulla Fendrich geschworen. Sie hörte Irenes Stimme. «Kommen Sie doch einen Moment rein, dann schaue ich mir mal an, was Sie zu bieten haben. Ich habe gerade Kaffee gemacht, vielleicht möchten Sie …»

Der Rest wurde abgeschnitten, als Irene die Tür schloss. Danach hörte Ulla Fendrich nichts mehr. Sie schlug das Magazin auf. Ein Glückstreffer, eine ganz aktuelle Ausgabe. Für ein paar Minuten vertiefte sie sich in einen Bericht über Naturheilkunde. Ihre Kopfschmerzen waren fast völlig verschwunden, und die beiden Tabletten hatten sie müde gemacht. Die fast schlaflose Nacht forderte ebenfalls ihren Tribut. Sie glitt in einen kurzen, aber sehr festen Schlaf.

Ein paar Minuten nach elf wurde sie von einem aufheulenden Motor und quietschenden Bremsen aufgeschreckt. Das Geräusch fuhr ihr wie ein Stich ins rechte Auge und von dort quer durch den Schädel. Sie nahm an, dass einer der Bauarbeiter von den in der Mitte des Rosenwegs liegenden Grundstücken sein Auto mit Vollgas zur Straßenecke trieb, das hielten die Idioten für eine sportliche Fahrweise.

Das Magazin lag neben ihr auf dem Boden. Sie hatte nicht bemerkt, dass es ihr vom Schoß gerutscht war, hob es auf, legte es auf den Tisch und stand auf. Die Hand vor das Auge gepresst, ging sie ins Haus. Der stechende Schmerz klang rasch wieder ab, stattdessen meldete sich ihr Magen. Sie hatte immer noch nicht gefrühstückt, war auch nicht hungrig, aber ein Kaffee und ein Toast schadeten ihr bestimmt nicht.

Insgesamt hielt Ulla Fendrich sich rund zehn Minuten in ihrer Küche auf und sah während dieser Zeit die junge Frau mit dem Zeitungspacken auf dem Arm und der großen Umhängetasche vorbeigehen. Sie schien in großer Eile, hatte sich wahrscheinlich zu lange bei Irene aufgehalten. Aber so war das, wenn man erst mal in Irenes Küche oder Wohnzimmer saß und ins Reden kam, fand man so schnell kein Ende, weil man plötzlich das Gefühl hatte, dass einem zum ersten Mal ein Mensch gegenübersaß, der wirklich zuhören konnte und auch noch verstand.

Ulla Fendrich stellte ihr spätes Frühstück auf ein Tablett und suchte nach ihren Zigaretten. Der Arzt hatte ihr das Rauchen strikt verboten. Aber so ganz darauf verzichten konnte sie nicht. Um sich die Sache etwas zu erschweren, legte sie die Packung immer an einen anderen Platz. Eine nicht sehr hilfreiche Methode, meist wusste sie genau, wo die Zigaretten lagen. Diesmal wusste sie es nicht, war noch ein bisschen benommen vom Schlaf.

Sie fand die Packung schließlich im Wohnzimmer unter einem Kissen auf der Couch. Es waren nur noch drei Zigaretten drin. Das bedeutete, dass sie am Nachmittag noch in die Stadt musste. Einen Automaten gab es in der Nähe nicht. Der nächste Supermarkt war sieben Autominuten entfernt, aber wenn sie sich am Nachmittag wohl fühlte, ein kleiner Stadtbummel wäre nicht schlecht.

Sie trug ihr Tablett hinaus und bemerkte mit Zufriedenheit, dass nebenan immer noch die Hemden auf dem Trockenständer hingen. Dann war ja noch Hoffnung auf einen kleinen Plausch, durch die Abo-Jägerin war Irene wohl noch nicht dazu gekommen, sich um die Wäsche zu kümmern.

Als Ulla Fendrich ihre Zigarette anzündete, ging nebenan die Türklingel. Insgesamt dreimal kurz hintereinander, es war gut zu hören. Halb zwölf, die Zeit des Irokesen. Er kam offenbar immer mit der Straßenbahn, weil er feste Zeiten hatte. Dann wurde wohl nichts mehr aus dem Plauderstündchen. Ulla Fendrich erhob sich, brachte ihr Tablett zurück in die Küche und nahm einen Aschenbecher mit hinaus. Es war schon ziemlich heiß. Die Sonne stand fast senkrecht über der Terrasse.

Sie spannte den Sonnenschirm auf, verrieb Schutzlotion auf Beinen und Bauch, griff wieder nach dem Magazin, vertiefte sich noch einmal in den Artikel über Naturheilkunde und wunderte sich flüchtig, dass sie aus Irenes Wohnzimmer keinen Ton hörte. Nach der Standpauke von Montag hatte sie erwartet, dass es heute zu einer Fortsetzung kam. Ihr klang auch noch im Ohr, was Irene kurz vor halb zehn am Telefon gesagt hatte. Sie nahm an, dass es bei diesem Anruf um den Irokesen gegangen war, der sich dort, wo er an diesem Morgen auf Irenes Befehl hingehen sollte, wohl doch nicht wie ein Mensch benommen hatte.

Eine knappe halbe Stunde später setzte nebenan das Gebrüll ein. Dieser kleine Schreihals musste eine eingebaute Uhr haben, die ihn pünktlich auf die Minute weckte. Es war ziemlich genau zwölf. Patrick sah ja niedlich aus mit seinen großen dunklen Augen und der gesunden Hautfarbe, aber nur wenn er still war. Und still war er seit einigen Wochen nur noch, wenn er schlief oder seine Mutter in der Nähe war.

Ulla Fendrich hörte den Irokesen nach Irene rufen. Kurz darauf verstummte das Babygeschrei. Der Irokese rief noch einmal, pochte, den Geräuschen nach zu urteilen, auch heftig gegen eine Tür und klang dabei weinerlich wie ein Kind, das seinen Willen nicht bekam. «Irene! Mach doch auf! Eh, mach auf, Irene! Ich hab verpennt gestern, aber morgen geh ich, echt. Ich hab nochmal nachgedacht. Ist vielleicht doch nicht schlecht, wenn ich …» Er brach ab, um gleich darauf hysterisch zu brüllen: «Irene! Mach kein Scheiß! Lass mich rein.»

Patrick erschreckte sich offenbar und legte gleich wieder los, als stünde der Weltuntergang bevor. Zum Glück nicht lange, nach ein paar Sekunden kehrte nebenan Stille ein.

Um eins stellte Ulla Fendrich fest, dass sie keine Lust hatte, in die Stadt zu fahren. Bei der Hitze konnte man nur faul herumliegen und darauf warten, dass Irene ihren Sohn zum Mittagsschlaf hinlegte und zum Supermarkt fuhr. Sie war bestimmt bereit, ein Päckchen Zigaretten mitzubringen.

Bis Viertel nach zwei wartete Ulla Fendrich auf das Klappen des Garagentors nebenan. Es blieb still. Und sie schlief wieder ein, bis der kleine Patrick pünktlich um drei erneut zu schreien begann. Als er nicht wie sonst nach zwei Minuten damit aufhörte, auch nach fünf Minuten noch brüllte, als würde ihm bei lebendigem Leib die Haut abgezogen, nahm Ulla Fendrich an, Irenes Abfahrt zum Supermarkt verpasst zu haben.

Sie ging bis zum Gartenzaun. Auf dem Trockenständer nebenan hingen immer noch die Hemden. Wie den gesamten Vormittag stand die Terrassentür offen. Und bei allem Vertrauen in die Menschheit, nicht mal Irene ließ die Tür auf, wenn außer ihrem Sohn niemand im Haus war. Nach Irene zu rufen verkniff sie sich. Wenn Patrick so brüllte, konnte seine Mutter nicht in der Nähe sein. Aber vielleicht war der Irokese noch da. Normalerweise ging er immer erst um halb vier. Vielleicht hatte Irene ihn zum Aufpassen verdonnert.

Ulla Fendrich ging nach vorne zur Straße, am Nachbargrundstück vorbei zum dritten Haus, in der Hoffnung, die hysterische Ziege sei daheim und bereit, mit ihr zu gehen. In Begleitung hätte sie es riskiert, bei Irene zu klingeln auf die Gefahr hin, dass der Irokese an die Tür kam. Aber ihre Hoffnung erfüllte sich nicht. Patrick brüllte weiter wie am Spieß, in dem doppelstöckigen Haus rührte sich nichts. Irenes Garagentor war unten. Ob ihr Auto in der Garage stand, konnte Ulla Fendrich nicht feststellen.

Sie überlegte, ob sie etwas unternehmen müsse, vielleicht zur nächsten Baustelle gehen und einen der Arbeiter zu Hilfe holen. Aber da waren auch ein paar Typen dabei, denen sie einiges zutraute, nur nichts Gutes. Und für zehn Minuten Babygeschrei rief man noch nicht die Polizei oder das Jugendamt, vor allem dann nicht, wenn man vermutete, dass das Kind gar nicht allein im Haus war. Sie kehrte zurück in ihren Bungalow, bezog Posten am Küchenfenster und registrierte einige Minuten später mit einer gewissen Erleichterung die Ankunft des nächsten Besuchers.

## 15. Kapitel

Merkel schaffte es an dem Mittwoch nicht, pünktlich um drei vor der Tür seiner Tochter zu stehen. Er kam etwa zwanzig Minuten später. Dass Irene ihm öffnete, noch bevor er sich bemerkbar gemacht hatte, erwartete er gar nicht oder nur sehr flüchtig. Wenn sie nicht in der Küche war, konnte sie ihn auch nicht durchs Fenster kommen sehen.

Während er sein Rad an den Zaun lehnte, hörte er irgendwo im Haus das Kind schreien. Er klingelte mehrfach, war aber nicht sicher, ob sie es hörte bei dem Gebrüll. Nichts rührte sich, er wurde ärgerlich, hatte ihr schließlich gesagt, wann er käme und dass er sich nicht lange aufhalten könne. Warum, verdammt nochmal, beruhigte sie den Bengel nicht, nahm ihn auf den Arm und kam endlich an die Tür?

Nebenan ging die Haustür. Die Fendrich schaute unsicher zu ihm hin und rief: «Ich glaube, Irene ist nicht da! Der Kleine schreit sich seit über einer Viertelstunde die Lunge aus dem Leib. Sie wollte noch Einkäufe machen, hat sie heute Morgen gesagt. Aber es müsste jemand im Haus sein, ein junger Mann, er ist um halb zwölf gekommen und wird wohl nicht mit dem Kind fertig.»

Von den schnellen Besorgungen nach Mittag wusste Merkel auch. Doch dann kaufte Irene nur das Allernötigste im nächsten Supermarkt. Das dauerte keine halbe Stunde. Und wenn ein junger Mann im Haus war, es konnte sich nur um Ziriak handeln, warum kam der nicht an die Tür?

«Habe ich ihm tüchtig den Kopf zurechtgesetzt», sagte sie in seinem Hinterkopf. Etwas kroch ihm kalt über den Schädel und zog ihm die Kopfhaut zusammen. Er versuchte, es zu ignorieren.

«Ich habe mir schon überlegt, ob ich mal rübergehe», sagte Ulla Fendrich. «Hinten ist offen. Aber man geht ja nicht gerne als Fremde in ein Haus.»

Nach langen Überlegungen sah sie für Merkel nicht aus. Und er war auch ein Fremder, gewissermaßen. Wenn ihm niemand öffnete, war garantiert auch niemand da – außer dem Kleinen.

Ulla Fendrich kämpfte mit sich, ob sie ihn über den Trampelpfad zum Garten schicken oder es riskieren sollte, ihn durch ihren Bungalow zu lotsen, einen Mörder! So einer hatte vermutlich keine Angst vor dem Irokesen. Und man konnte das Kind ja nicht so weiterbrüllen lassen. «Schauen Sie doch mal, was da los ist», verlangte sie. «Sie sind doch Irenes Vater, nicht wahr?»

Als Merkel kurz nickte, winkte sie ihn heran: «Dann kommen Sie, Sie können bei mir durchgehen.»

Merkel wollte nirgendwo durchgehen. Er hatte damals auch nicht heimfahren wollen. Es war eben so ein Zwang gewesen – damals, und jetzt war es so ähnlich. Nur mal nachschauen, was los war. Aber wenn die Nachbarin ihn nicht so hypnotisch fixiert hätte, wäre er vielleicht auf sein Rad gestiegen und ein andermal wiedergekommen. Seine Hose war nun wirklich nicht so wichtig, die konnte er auch nächsten Dienstag noch mitnehmen. Und reden könnten sie dann auch besser. Was er ihr sagen wollte, war nicht in fünf Minuten zu schaffen.

Die ganze Nacht hatte er über das nachgedacht, was sie beim Frühstück gesagt hatte. Mit dem Hund seine Runden durchs Einkaufszentrum gedreht und dabei ihre Stimme gehört. «Sie hätte Friedel nicht verlassen.» Dann hätte Heike ihn wahrscheinlich auch nicht verlassen, sich nur ab und zu einen Kerl ins Bett geholt. Wenn er es geschafft hätte, beide Augen zuzudrücken. Aber genau das war sein Problem, er konnte das nicht. Deshalb konnte er auch nicht auf sein Rad steigen.

Es war wirklich nicht Irenes Art, das Kind länger als eine halbe Stunde allein im Haus zu lassen. Überhaupt ließ sie niemanden allein. Sie war zuverlässig, immer da, wenn jemand sie brauchte. Seit zwei Jahren war sie für ihn da. Wusste genau, wie einem Mann zumute war, der niemanden hatte, eigentlich auch niemanden brauchte, sich nur manchmal von allen verlassen fühlte.

Er setzte sich in Bewegung, ohne es zu registrieren, durchquerte Ulla Fendrichs Diele und ihr Wohnzimmer, lief den Sonnenschirm auf ihrer Terrasse um, schritt wie von Fäden gezogen über den Rasen, stieg über den niedrigen Zaun und auf Irenes Terrasse. Ulla Fendrich folgte ihm, blieb jedoch draußen stehen, während er zögernd das Wohnzimmer seiner Tochter betrat.

Es sah alles aus wie immer. Er war nicht oft in dem Zimmer gewesen, sie blieben mit dem Frühstück ja stets in der Küche. Aber meist stand die Tür auf, und er konnte von der Diele aus hineinschauen. Jetzt konnte er in die Diele sehen, die geschlossene Küchentür und ein Stück von der Treppe. Das nervtötende Gebrüll da oben raubte ihm fast den Verstand.

Der Gedanke zu rufen: Hallo, ist jemand da? oder sonst etwas, kam ihm erst gar nicht. Er sah es schon vom Wohnzimmer aus. Die Dielenwände und der Treppenaufgang waren weiß gestrichen, die Küchentür aus hellem Holz. Und da waren rote Streifen, als hätte jemand willkürlich mit einem breiten Pinsel über die Tür und die Wände gestrichen – oder etwas Blutiges aus der Küche nach oben geschafft.

Wie er hinauf in das Obergeschoss kam, wusste Merkel später nicht mehr. Es war wie ein Luftanhalten und Untertauchen, auf der Treppe war es so. Und oben auf dem Flur tauchte er dann wieder auf. Die Tür gegenüber der Treppe war die zum Zimmer des Kindes. Sie war offen. Der Kleine stand in seinem Bett, hielt sich mit beiden Händen am Querlauf des Gitters, schwankte hin und her und brüllte mit zurückgelegtem Kopf und fest zusammengekniffenen Augen seine Wut oder sein Elend hinaus.

«Sei still», zischte Merkel, ohne dass es ihm bewusst wurde. Die drei anderen Türen waren geschlossen. Es blieb ihm nichts anderes übrig, als nach der ersten Klinke zu fassen. Wenigstens öffnen musste er eine der Türen, weil sich auch darauf ein breiter, roter Streifen befand.

Dann sah er sie liegen.

Und er hatte es gewusst, die ganze Zeit, von dem Moment an, als sie ihm auf dem Friedhof diese lächerliche Visitenkarte in die Finger drückte. Ganz genau hatte er gewusst, dass er sich nicht auf sie einlassen durfte, dass er sich nur wieder ins eigene Fleisch schnitt, wenn er sie an sich heranließ. Weil sie auch nicht besser war als ihre Mutter und seine Mutter, weil sie ihn ebenso betrügen und verlassen würde.

Wie sie da auf dem Bett lag! Wie eine große, etwas zu knochig geratene Puppe, die man von Kopf bis Fuß durch einen roten Farbtopf gezogen hatte. Die Beine züchtig zusammengelegt und mit einem wadenlangen, weit geschnittenen Rock bedeckt, der vermutlich die Streifen auf den beiden Türen und an den Wänden hinterlassen hatte. Die Hände über der Brust gefaltet, irgendein Kraut zwischen den Fingern, Nelken. Ebenso blutig wie alles an ihr, die Bluse, der Rock, das Gesicht, die dünnen, blonden Haare, die nackten Arme, die nackten Füße. Ein Paar flache Sandalen standen vor dem Bett.

Und gegenüber schrie ihr Sohn nach der Flasche, einer frischen Windel, nach ihr. «Halt's Maul!», brüllte Merkel über die Schulter zurück, «halt's Maul, du Kröte, oder ich stopf es dir!»

Nach zwei Jahrzehnten, nach dieser Ewigkeit war er dicht davor gewesen, eigentlich schon dabei, sich wieder einem Menschen zu öffnen – und jetzt war wieder alles zerstört. Er hätte das nicht zulassen dürfen, jetzt war es zu spät.

Alles vorbei. Wieder an der Tür zu einem Schlafzimmer, wieder auf einem Bett. Kein nackter Hintern diesmal, der ihm vor Augen tanzte, nur eine Leiche, und die lag ganz friedlich. Ein Unterschied war es trotzdem nicht.

Dass sie tot war, bezweifelte er keine Sekunde. Zwar waren von der Tür aus keine sichtbaren Verletzungen zu erkennen, aber das ganze Blut, und sie rührte sich ja nicht. Er ging nicht ins Zimmer hinein. Vielleicht war es Wut, die ihn zurückhielt. Eine furchtbare Wut, die ihn vielleicht dazu verführt hätte, sie zu verprügeln, wenn er näher herangegangen wäre. Auf sie einzudreschen, sie bei den Schultern zu packen und zu schütteln. Du verfluchtes, dummes Weib, wie konntest du dich so einfach abschlachten lassen?

Vielleicht hielt ihn auch zurück, was er sich vor Urzeiten als Polizist antrainiert hatte. Nichts anrühren, lasst zuerst die Forensik und die Spurensicherung an den Tatort. Die Türklinke hatte er angefasst. Das war nicht mehr zu ändern. War vielleicht auch nicht so wichtig.

Das Zimmer war kein Tatort, nur der Platz, an dem man sie abgelegt hatte. Nein, nicht abgelegt, aufgebahrt! Die züchtig zusammengelegten und von dem langen Rock fast bis zu den Knöcheln bedeckten Beine, die gefalteten Hände, die Blumen darin. Er erinnerte sich, dass die Nelken gestern noch in einer Vase auf der Fensterbank in der Küche gestanden hatten. Nur ein Irrer konnte so etwas tun! Aber was hatte sie sich denn auch mit jedem Idioten abgegeben? Hatte es nicht gereicht, einen Mann zu haben, ein Kind und einen Vater?

Dass ihr Mörder sich möglicherweise noch im Nebenzimmer oder im Bad aufhielt, sich schnell dahin zurückgezogen hatte, als er die Treppe hinaufkam, darüber dachte er nicht nach. Er stieg wieder nach unten. Das Geschrei aus dem Kinderzimmer hörte er schon fast nicht mehr, war viel zu sehr damit beschäftigt, das Loch in seinem Innern zu stopfen, das Bild hineinzuschieben, das sich ihm vor zehn Monaten eingeprägt hatte. Wie sie bei der Haustür stand und ihm nachwinkte. Wie der leichte Wind ihr ein paar von den dünnen Haarsträhnen ins Gesicht blies. Und wie stark sie wirkte mit ihrem dicken Bauch und dem Lachen auf dem herben Gesicht, so als könne man sich in jeder Situation auf sie verlassen.

Er sah die Sonnenanbeterin im Wohnzimmer stehen, ziemlich nah bei der Tür zur Diele. Das Entsetzen auf ihrem Gesicht bei seinem Anblick oder beim Anblick der blutigen Streifen. «Gehen Sie», rief er ihr zu, «na los doch, gehen Sie schon. Rufen Sie die Kripo, machen Sie das bei sich. Hier darf man nichts anfassen. Geben Sie die Adresse durch und Ihren Namen. Sagen Sie, hier liegt eine Tote.»

Eine Tote! Nur irgendeine! Wenn er hart geblieben wäre, vor zwei Jahren in der Kneipe, wenn er sie nicht zurückgehalten hätte, dann wäre sie jetzt nicht mehr und nicht weniger als irgendeine Tote. Er hätte es vielleicht morgen in der Zeitung gelesen. Oder er hätte es von Kurt und Agnes erfahren. Er hätte mit Agnes darüber gesprochen, mit Kurt natürlich auch. Agnes hätte geweint und gefragt: «Wer tut denn so etwas? Irene war so ein lieber Mensch.»

Und er hätte geantwortet: «Glaube ich dir, Agnes. Ich hab sie ja nicht gekannt, aber ich glaube es dir aufs Wort.»

Ein lieber Mensch, doch, das war sie gewesen. Aber jetzt war sie nur noch ein toter Mensch. Und gestern hätte er sie beinahe in die Arme genommen.

## 16. Kapitel

Ulla Fendrich presste eine Hand vor den Mund und eine gegen die Stirn. Die Schmerzen waren wieder da, so stark, dass sie kaum denken konnte, hinzu kam die Panik. Das Blut an den Wänden und der Küchentür, der Alte auf der Treppe, sein Brüllen und das kalte Gesicht. Sie konnte sehen, wie es hinter seiner Stirn arbeitete, die Wangenmuskeln mahlten. Ein Mörder! Einer, der von einer Toten sprach! So davon sprach, als ginge es ihn einen Dreck an. Er war doch ihr Vater. Wie konnte er da so einfach von einer Toten sprechen? Vater und Großvater war er. Er konnte doch das Kind nicht da oben lassen.

«Was ist denn mit dem Kleinen?», stammelte Ulla Fendrich. «Warum haben Sie ihn nicht mit heruntergebracht? Man kann ihn doch nicht so weiterschreien lassen. War sonst niemand da?»

Merkel beachtete sie nicht, registrierte nicht einmal, dass sie fluchtartig das Haus verließ. Er wandte sich der Küche zu, es sah aus, als käme das Blut von dort. Viel mehr Möglichkeiten gab es auch nicht. Noch eine geschlossene Tür, noch eine Klinke, die gedrückt werden musste. Er drückte mit einem Finger das äußere Ende nieder und die Tür mit dem Ellbogen nach innen. Hinein ging er keinen Schritt, nahm das Bild von der Tür her in sich auf.

Es sah aus wie in einem Schlachthaus. Keine Flecken oder Streifen auf dem Boden, auch keine Spritzer. Blutlachen waren es, verschmiert, verwischt, als hätte jemand versucht, das Gröbste aufzuwischen. Gleich bei der Tür war es am deutlichsten. Da schimmerte stellenweise der Fußboden durch. Und überall in dem Blut die Abdrücke von Füßen, großen Füßen, es sah aus, als wäre jemand auf Socken durch ihr Blut gelaufen.

An der Wand neben der Tür befanden sich Spuren von blutigen Händen. Er konnte sie sehen, als er sich um den Türrahmen herumbeugte, jedoch nicht erkennen, ob große oder kleine Hände die Tapete beschmiert hatten. Aber er sah ihre Hände noch vor sich, wie sie gestern Morgen die Toaststückchen zum Mund des Kindes geführt hatten. Schmale Hände, nicht zu groß, nicht zu klein, genau richtig für eine Frau.

Es war eine große Küche, und nur hinten beim Fenster war der Fußboden sauber. Doch abgesehen von all dem Blut machte die Küche einen ordentlichen Eindruck. Auf dem Tisch stand eine Nähmaschine, daneben der offene Nähkorb, sauber, wie es schien. Seine Hose dagegen, es war eine hellgraue Hose, hing über einer Stuhllehne an der schmalen Seite des Tisches, mit Blut beschmiert.

Neben dem Herd standen ein elektrischer Flaschenwärmer und ein benutzter Teller mit einem Rest Gemüsebrei. Auf der Abtropffläche der Spüle stand ein offenes, leeres Schraubglas, von dem sich das bunt bedruckte Papier fast völlig gelöst hatte. Die Reste im Glas sahen genauso aus wie die auf dem Teller, es hatte wohl zuvor den Gemüsebrei enthalten. Sekundenlang grübelte er, wo der Löffel sein könnte, mit dem sie den Kleinen noch gefüttert haben musste. Vielleicht lag er im Spülbecken, das konnte er von der Tür aus nicht einsehen.

Sonst stand oder lag nichts herum wie an jedem Dienstagmorgen, wenn sich das Kinderspielzeug auf dem Fußboden verteilte. Bunte Rasseln und Stofftiere, die Plastikwürfel, die man ineinander stecken konnte. Und sein Weihnachtsgeschenk, die Plüscheule mit der Spieluhr im Bauch, die der Kleine nun schon alleine aufziehen konnte.

Wenn er nur endlich aufgehört hätte zu brüllen. Merkel hatte das Gefühl, er sollte noch einmal nach oben gehen und ihn aus dem Bett nehmen, vielleicht auch einen Blick hinter die beiden anderen Türen werfen. Gut möglich, dass sich dahinter noch jemand aufhielt, der sich nun fühlte wie in der Falle und vielleicht das Kind als Geisel nahm, um aus dem Haus zu kommen.

Aber er konnte nicht gehen, betrachtete seine Hose, die so lieblos über die Stuhllehne geworfen schien. Auf genau dem Stuhl hatte er gestern noch gesessen, mit dem Rücken zur Tür. Und sie auf dem anderen, vor dem jetzt die Nähmaschine stand, mit dem Rücken zur Küchenzeile. Es gab nur die beiden Stühle, einer vor der schmalen und einer vor der breiten Seite des Tisches, und eine Eckbank.

Auf dem Tisch sah er im Geist noch einmal die Frühstücksutensilien, das weiße Geschirr mit dem dunkelblauen Rand, die Butterdose, die beiden Teller mit Wurst und Käse und der Korb mit dem frischen Brot. Und in ihrer Griffnähe auf einem der Schränke die Kaffeemaschine, über die sie sich zu Weihnachten so gefreut hatte. Dabei war es ein billiges Ding gewesen. Dreimal hatte sie gestern nach hinten gefasst und ihre Tasse nachgefüllt.

Sie hatte viel zu viel Kaffee getrunken. Und den ganzen Tag aus einer Tasse. Nur war nirgendwo eine Tasse zu sehen. Die Maschine mit einem Rest Kaffee in der Kanne war auch nicht eingeschaltet, wie er es kannte. Es war fast so, als sei alles nur ein schöner Traum gewesen, Frühstück mit der Tochter. Nichts erinnerte mehr daran.

Wenn der Bengel da oben nur endlich sein Geplärre eingestellt hätte. Es war schon erstaunlich, wie viel Luft so ein kleines Kind hatte und wie viel Energie. Irgendwann stand Merkel dann doch vor dem Gitterbett, die nun offene Tür zum Zimmer gegenüber versuchte er zu ignorieren.

Er schaute in das hochrote, schweißnasse Gesicht seines Enkels und registrierte flüchtig, dass der Junge mit nackten Füßen nicht auf einem Laken oder einer Decke stand, sondern auf einem Schlafsack, der mit Gurten am Bettgestell befestigt war und wohl verhindern sollte, dass er sich selbständig machte. Warum hatte sie ihn nicht hineingelegt? Hatte sie gedacht, es sei zu warm? Der Schlafsack war aus wattiertem Material.

Merkel streckte die Hände aus, griff unter die Achseln des Babys. Er musste ein wenig zerren, ehe sich die kleinen Hände von der Querstange des Gitters lösten. Nicht einmal dabei unterbrach der Junge sein Geschrei.

Er nahm ihn auf den Arm und tat nun doch noch, was getan werden musste. Stieß die Tür zum Bad auf, so heftig, dass sie gegen die Wand schlug. Dahinter stand schon mal keiner. Und es stand auch niemand mit einem bluttriefenden Messer in der Duschkabine. Nur die Klarglastüren waren mit getrockneten Spritzern übersät, als hätte jemand eine Dusche genommen und nicht saubergemacht. Wenn er dienstags badete, waren die Türen der Dusche immer spiegelblank. Die wischte sie sofort trocken, wenn sie geduscht hatte, jeden Morgen, damit es keine Kalkränder gab. Mit dem Gebrüll am Ohr ging er zur letzten Tür, kontrollierte auch noch das dahinter liegende Zimmer. Keiner da.

Erst auf der Treppe schien der Junge zu begreifen, dass jemand gekommen war und ihn auf dem Arm trug. Er riss einmal die Augen auf, schaute Merkel ins Gesicht und brüllte sofort weiter.

«Jetzt reicht's aber!», schrie Merkel. «Jetzt reicht's wirklich! Sei endlich still, sonst brülle ich mit!» Er schüttelte ihn ein bisschen, Erfolg hatte er damit nicht.

Und plötzlich erinnerte er sich, dass es mit ihr auch einmal so gewesen war. An einem Sonntagnachmittag. Seine Frau machte einen Stadtbummel, angeblich mit ihrer Schwester, und hatte ihn mit ihr allein gelassen. Ein halbes Jahr war sie alt. «Ich muss mal raus, Hein, das verstehst du doch, oder? Sie schläft bestimmt bis um sechs, dann bin ich wieder hier.»

War sie nicht. Nicht um sechs, auch nicht um halb sieben. Und kurz nach sechs wachte Irene auf. Zuerst jammerte sie nur ein wenig, war gleich still, als er sie aus dem Bettchen nahm und sich mit ihr in einen Sessel setzte. Sie schaute ihn an die ganze Zeit, immer unverwandt ins Gesicht. Er fragte sich, was so ein kleines Kind wohl denken mochte, ob es überhaupt schon denken konnte.

Nach einer Weile begann sie wieder zu jammern, erst nur leise, so als ob sie einmal nachfragen wollte, wo denn die Brust blieb. Er suchte im Kinderbett nach dem Schnuller, fand ihn auch und verschaffte sich damit noch eine ruhige Viertelstunde. Aber dann war es endgültig vorbei mit ihrer Geduld. Sie war wohl sehr hungrig. Schließlich lief er von einem Zimmer ins andere, hielt sie bäuchlings in der Armbeuge, tätschelte ihr den Rücken und den Po, erzählte ihr dabei irgendeinen Unsinn, dass ihre Mutter jeden Augenblick kommen müsse und so weiter, erreichte absolut nichts damit und hätte am liebsten ebenfalls geschrien.

Jetzt war es genauso. Ihm perlte der Schweiß auf der Stirn und der Oberlippe, und dabei fror er erbärmlich. Er stand mitten in der Diele, wusste nicht, wohin mit dem Jungen, und wünschte sich, die Sonnenanbeterin käme zurück und würde ihn von dem Schreihals befreien. Der Kleine war so nass. Er trug ein dünnes, gelbes Baumwollhemdchen, es war feucht bis unter die Achseln. Die kurzen Hosen fühlten sich genauso an. Dabei roch er ganz frisch, ein bisschen nach Seife, Waschpulver und der Creme, die Irene ihm immer ins Gesicht schmierte.

Wo blieb dieser Strich in der Landschaft nur? So lange telefonierte doch kein Mensch mit der Polizei. Er konnte sich nicht länger aufhalten, musste zum Dienst. Den ganzen Weg zurück in die Stadt. Und den Hund abholen. Ein guter Hund, der Leo, absolut treu und zuverlässig, gehorchte ihm aufs Wort, obwohl er nicht der Besitzer war. Wie aufmerksam er immer zu ihm hochschaute, wenn sie ihre Runden durchs Einkaufszentrum drehten. Dem Leo entging nichts. Bisher hatten sie zwar noch keine besonderen Vorkommnisse zu melden gehabt, aber im Notfall, davon war Merkel überzeugt, war auf den Hund Verlass.

Kurz nach vier tauchte endlich Polizei auf. Zuerst kam nur ein Streifenwagen, ein Mann und eine Frau in Uniform, beide noch so jung, dass er sich fragte, ob sie heutzutage den Nachwuchs direkt von der Schulbank rekrutierten. Der Mann war ein Milchgesicht, groß und blond und rosig. Die Frau war erheblich kleiner und dunkelhaarig. Zusammen mit Ulla Fendrich kamen sie über die Terrasse ins Haus. Ulla Fendrich blieb im Wohnzimmer zurück, die beiden Uniformierten kamen zu ihm in die Diele. Der Polizist warf einen Blick in die Küche und wurde ganz blass. Merkel hörte ihn trotz des Gebrülls an seinem Ohr flüstern: «Mein Gott!»

Die Frau schien die besseren Nerven und auch mehr Erfahrung zu haben, obwohl sie dem Anschein nach jünger war als ihr Kollege. Sie zog Handschuhe über und ging hinauf, nachdem Merkel ihr das Zimmer bezeichnet hatte, in dem Irene lag. Lange blieb sie nicht. Als sie zurückkam, war sie ebenfalls blass, ging durch die Haustür hinaus zum Wagen und informierte die Zentrale über Funk. Ihr Kollege blieb bei Merkel in der Diele stehen. Demonstrativ mit dem Rücken zur Küchentür betrachtete er das Kind auf Merkels Arm mit einem gequälten Blick.

«Ist das Baby verletzt?», wollte er wissen.

«Sieht nicht so aus», sagte Merkel.

«Warum schreit es denn so?»

«Tut es immer, wenn es seine Mutter nicht sieht», sagte Merkel.

«Können Sie es nicht beruhigen?»

«Nein», sagte Merkel. «Das konnte nur seine Mutter.»

Die Polizistin kam wieder ins Haus und verlangte, sie sollten alle hinübergehen in den Bungalow. Ulla Fendrich setzte sich sofort in Bewegung, kam in die Diele und wollte zur Haustür hinaus, stockte jedoch, als Merkel sagte: «Mädchen, ich war schon bei dem Verein, als du noch mit deinem Vater auf Bäume geklettert bist. Ich bleib hier, bis die Kollegen da sind.»

Dann standen sie da, zu viert in der Diele, genau genommen zu fünft. Und drei von ihnen starrten auf das immer noch schreiende Baby. Merkel schaute die Wände an und zählte die Streifen, ihr Blut. Sein Arm wurde lahm, er war schwer, der Bursche, und er blieb ja nicht still sitzen, hampelte und zappelte herum, bog den Rücken durch und machte sich ganz steif. Merkel hatte Mühe, ihn zu halten. Ein paar Mal verschluckte er sich an seinem Speichel, hustete und prustete ihm dabei ins Gesicht, brüllte dann mit unverminderter Energie weiter.

Ulla Fendrich streckte zögernd die Hand aus und strich dem Jungen über den Rücken, flüsterte dabei: «Ist ja gut, Patrick. Ist ja gut. Sei still, um Gottes willen.» Und anschließend erkundigte sie sich: «Wovon ist er denn so nass?» Als ob das in irgendeiner Weise wichtig gewesen wäre. «Er hat doch eine Windel an.»

«Er schwitzt halt», sagte Merkel unwirsch, «tun wir doch alle.»

«Sie sollten sich hinsetzen», empfahl die Polizistin und zeigte ins Wohnzimmer.

Merkel wäre es lieber gewesen, sie hätte ihm das Kind abgenommen. Aber da sie keine Anstalten machte, ging er hinüber und setzte sich auf die Couch. Er wippte den Jungen ganz mechanisch auf den Knien, hielt ihn dabei mit beiden Händen unter den Achseln und begann wie in Trance, ihm das Lied vorzusingen. «Kommt ein Vogel geflogen, setzt sich nieder auf mein Fuß, hat ein Zettel im Schnabel, von der Mutter einen Gruß.» Das Geschrei wurde schwächer, ging über in ein heftiges Schluchzen, der kleine Körper wurde gehörig durchgeschüttelt. Das registrierte Merkel am Rande, er registrierte auch noch anderes.

Direkt neben seinen Schuhen lagen ein paar Dreckröllchen auf dem Teppich. Sie hatten die Form von gebogenen Stäbchen, stammten vermutlich aus den Rillen irgendwelcher Schuhsohlen. Auf der Tischplatte bemerkte er winzige Krümel wie von einem Radiergummi. In seinem Hinterkopf erzählte Irene von Ziriaks Bemühungen um den Führerschein und seinen Versuchen, bei den Antworten für die theoretische Prüfung zu schummeln.

Die Fragebogen wurden mit Bleistift aufgefüllt, und man durfte den Stift nicht fest aufdrücken. Aber das hatte Ziriak getan, damit er die angekreuzten Antworten noch erkennen konnte, nachdem er sie wieder ausradiert hatte. Auf die Weise hatte er zu Anfang immer aufs Neue die falschen Antworten angekreuzt. Dämlicher Hund, merkte nicht mal, wenn er sich selbst austrickste.

Dass Ziriak als Letzter bei ihr gewesen sein musste, stand für Merkel außer Zweifel. Und es passte zu Ziriak, sie da oben aufs Bett zu legen, ihr die Nelken in die Hand zu drücken. Ein Gemüt wie ein Kind, hatte sie gesagt. Aber Kinder richteten nicht solche Blutbäder an.

## 17. Kapitel

In der nächsten halben Stunde füllte sich die Diele. Kripo und ein Team von der Spurensicherung. Niemand kümmerte sich um Merkel, es schien, dass sie ihn und das Kind im Wohnzimmer vergessen hatten. Aber der Junge schrie auch nicht mehr, war offenbar völlig erschöpft und sammelte neue Kräfte, ließ dabei keinen Blick von seinem Gesicht, als warte er nur darauf, dass Merkel die Singerei einstellte, um selbst wieder loslegen zu können. «Lieber Vogel, flieg weiter.»

Er sang nur noch sehr leise und beobachtete dabei, was in der Diele vorging. Die Männer von der Spurensicherung verschwanden rasch in der Küche. Einer der Kripobeamten sprach mit der jungen Polizistin und mit Ulla Fendrich, zu dritt verließen sie das Haus, gingen wohl hinüber in den Bungalow. Zwei andere gingen nach oben, kamen aber schon nach einer knappen Minute wieder zurück, weil sie ohnehin nichts tun konnten, ehe nicht ein Gerichtsmediziner die erste Untersuchung der Leiche vorgenommen hatte und oben die Spuren gesichert worden waren. Die Forensik ließ sich offenbar Zeit. Einer der Kripobeamten telefonierte mit dem gerichtsmedizinischen Institut und machte Druck.

Von seinem Platz aus konnte Merkel bis zur nun offenen Küchentür schauen. Unentwegt zuckte Blitzlicht. Er bemühte sich, nicht hinzusehen, schielte nur aus den Augenwinkeln zu den Männern in den weißen Overalls, die rein- und rausliefen. In der Diele hatten sie ihre Utensilien abgestellt und den Koffer, in dem sie sichergestellte Spuren sammelten. Über ihre Schuhe hatten sie Überzieher gestreift und bei der Tür einen Lappen hingelegt, darauf traten sie sich die Füße ab, wenn sie aus der Küche kamen. Der Lappen half nicht viel, das Blut konnte noch nicht völlig getrocknet sein. Bald war der Fußboden in der Diele voller blutiger Fußabdrücke. Es sah schlimm aus.

Kurz vor fünf kam endlich ein Gerichtsmediziner, ein junger Mann, höchstens Anfang dreißig, übermäßig kompetent wirkte er auf Merkel nicht. Ein paar Minuten später erschien auch die junge Polizistin wieder und nahm ihm endlich das Kind ab, das auf der Stelle wieder mit seinem Gebrüll begann. Die Polizistin holte sich verschiedene Dinge aus dem Bad, dem Kinderzimmer und der Küche, ging damit hinüber in Ulla Fendrichs Bungalow, wo der leitende Ermittler Lukas Heinen sich aufmerksam die Schilderungen der vorerst einzigen Zeugin anhörte.

Ulla Fendrich beschränkte sich in ihrer ersten Aussage auf den Irokesen. Sie hatte ihn zwar nicht gesehen, aber das Klingeln noch im Ohr, dreimal, er klingelte immer dreimal kurz hintereinander. Das war um halb zwölf gewesen, während sie sich ihre erste Zigarette anzündete. Jetzt war die Packung leer, die beiden letzten Zigaretten hatte sie geraucht, während sie vor ihrer Haustür auf die Polizei wartete.

Nur nicht zurück in das Haus, zu diesem Alten mit dem stieren Blick, den kauenden Wangenmuskeln und dem Gebrüll. Asoziales Pack. Einen Mörder zum Vater. Wahrscheinlich war das der Grund für Irenes soziales Engagement gewesen. Aber wer sich mit solchen Leuten an einen Tisch setzte, durfte sich nicht wundern, wenn er eines Tages ein Messer im Rücken hatte.

Es hatte niemand von einem Messer im Rücken gesprochen. Ihre Frage, wie Irene umgekommen sei, ignorierte Lukas Heinen mit einem höflichen Lächeln. Doch Ulla Fendrich hatte das Blut gesehen, und ein Messer war für sie – nach einem Gehirntumor – das Schlimmste, was einem Menschen zustoßen konnte.

Ihr wurde übel bei dem Gedanken, dass sie ahnungslos auf ihrer Terrasse gelegen hatte, während nebenan dieser Irre wütete. Lautlos! Irgendwie merkwürdig, dass sie absolut nichts gehört hatte, keinen Hilfeschrei, kein Poltern, nicht einen Muckser von Irene, nur sein Klopfen an eine Tür, dieses weinerliche und zuletzt hysterische Rufen. «Mach keinen Scheiß! Lass mich rein!»

Sie gab sich große Mühe mit der Beschreibung des Irokesen, vergaß weder die Standpauke von Montag zu erwähnen, bei der Irene ihm doch hart zugesetzt hatte, noch den Anruf kurz vor halb zehn, dessen kurzer Wortlaut so schön passte. Nur mit seinem Namen konnte sie nicht dienen.

Den wollte Lukas Heinen anschließend von Merkel hören. Er kam herüber und regte sich auf, weil Merkel mutterseelenallein im Wohnzimmer saß, obwohl dort noch keine Spuren gesichert waren. Schlamperei. Das fand Merkel auch, und mehr konnte er dem leitenden Ermittler nicht sagen.

Seit er seinen Enkel nicht mehr auf dem Schoß wippte, dachte er nur noch darüber nach, dass er das schreiende Kind vielleicht sofort mit der Spieluhr hätte beruhigen können. Die Plüscheule hatte oben im Bettchen gelegen. Wenn es mit Singen funktionierte, bei ihm hatte es das damals auch immer getan, wenn Mutter Seifert das Lied sang.

Die letzte Zeile kreiste unablässig durch seinen Kopf, seltsamerweise nur die letzte Zeile, gesungen von der jungen, weichen Frauenstimme. Und genau genommen war es nicht die letzte, sondern die zweite Zeile gewesen, das wusste er.

In der letzten hieß es: «Daheim ist mein Schätzchen, in der Fremd' bin ich hier, und es fragt hier kein Kätzchen, kein Hündchen nach mir.»

Mutter Seifert hatte das immer anders gesungen, die letzte weggelassen, stattdessen in der Mitte eine Zeile dazugedichtet. «Auf dem Zettel steht geschrieben, hab dich lieb, kleiner Schatz, und wo ich auf dich warte, da ist noch so viel Platz.» Und dann kam das: «Lieber Vogel, flieg weiter, nimm ein Gruß mit und ein Kuss, denn ich kann dich nicht begleiten, weil ich hier bleiben muss.» Es hatte immer geklungen, als verdamme sie einen damit zum Leben.

Vielleicht war es die sanfte Frauenstimme in seinem Kopf, die ihn die ganze Zeit auf der Couch festgehalten hatte. Er hätte längst weg sein können, ohne dass es jemandem aufgefallen wäre. Und nun, wo ihm das bewusst wurde, wollte Heinen ihn nicht mehr gehen lassen, obwohl Merkel erklärte, dass er keine Zeit hätte und nicht mehr sagen könne als das, was man sah. Er wusste doch nicht einmal, bei welcher Bank sein Schwiegersohn beschäftigt war. Irene hatte mit ihm nie über persönliche Belange gesprochen. Mal abgesehen vom letzten Frühstück, wo es zu persönlich geworden war, um es mit einem Polizisten zu erörtern. Es hatte ja auch nichts mit der Sache zu tun.

Einer der Kripobeamten fand heraus, wo man Gernot Brandes erreichen konnte. Nur eine halbe Stunde später erschien er, stürzte wie ein Wahnsinniger in die Diele und musste von zwei Polizisten daran gehindert werden, die Küche zu betreten. Er klappte förmlich zusammen, schluchzte, weinte und schrie, nachdem er einen Blick durch die offene Küchentür geworfen hatte. «Wo ist meine Frau? Ich will sofort zu meiner Frau!»

Heinen begleitete ihn hinauf. Sie lag immer noch oben

auf dem Bett. Merkel hörte Brandes oben weitertoben und fühlte es in sich rebellieren. So ein Waschlappen, führte sich auf, als ginge es ihm persönlich ans Fell. Dabei hatte er sich doch kaum noch um sie gekümmert, seine Zeit lieber mit Geldsäcken verbracht.

Agnes hatte so eine Bemerkung gemacht vor ein paar Wochen. Da hatte sie ihm erzählt, Irene sei den ganzen Samstag mit dem Kleinen bei ihr gewesen, weil sie keine Lust gehabt hätte, alleine zu Hause zu sitzen. Er hatte sich gewundert, was ihr Mann denn samstags triebe, da hätten die Banken doch zu. «Gernot ist wohl sehr ehrgeizig», hatte Agnes gesagt.

Das war Merkel auch einmal gewesen, aber ihm war es nie um Geld gegangen, nicht um ein schickes Auto, um Seidenhemden oder einen Diamantring am kleinen Finger, nur um Gerechtigkeit gewissermaßen, darum, dass kein Verbrechen ungesühnt blieb. Es war so lange her und fast nicht mehr wahr. Heute jedenfalls war alles ganz anders.

Je länger er auf der Couch saß, umso unwichtiger wurde alles. Es kam ein Punkt, da vergaß er sogar seinen Dienst und dass er den Hund noch abholen musste. Er hätte noch stundenlang so sitzen und den anderen bei der Arbeit zuschauen können, ohne dabei an etwas anderes zu denken als an das Lied und die Botschaft, die es beinhaltete. «Lieber Vogel, flieg weiter, nimm ein Gruß mit und ein Kuss, denn ich kann dich nicht begleiten, weil ich hier bleiben muss.»

Heinen brachte Brandes ins Wohnzimmer, wo er sich so weit beruhigte, dass er seinen Schlips geradeziehen und ein paar Fragen beantworten konnte. Aber viel konnte Irenes Mann nicht sagen. Er regte sich nur auf, dass er sie hundertmal gewarnt und ihren Umgang in keiner Weise gebilligt habe. Terminkalender hatte sie nicht geführt, keine Notizen über die Leute gemacht, mit denen sie noch zu tun gehabt hatte. Es gab auch kein Adressenverzeichnis.

Sie sei sehr verschwiegen gewesen, erklärte Gernot Brandes. Solange sie ihren Beruf noch ausgeübt habe, hätte er das verstanden. Später jedoch, als sie nach der Geburt des Kindes den ganzen Kram mit ins Privatleben hinüberschleppte, habe die Sache für ihn anders ausgesehen. Da hätte sie doch einmal erwähnen können, wer die Leute waren, mit denen sie sich beschäftigte.

Nachdem das gesagt war, wollte er mit einem feindseligen Blick auf Merkel wissen: «Was macht der hier?»

Antwort bekam er nicht. Heinen wusste von Ulla Fendrich, dass der Mann auf der Couch der Vater des Opfers war. Die junge Polizistin hatte erklärt, er sei wohl ein Kollege, keine Ahnung, von welcher Dienststelle. Dass er unter Schock stand, hätte sie nicht noch betonen müssen. Das war offensichtlich, er konnte ja nicht mal seinen eigenen Namen angeben.

Brandes behauptete, sein Schwiegervater hieße Friedmann Gersolek. Merkel hörte das und begriff auch, dass er nun mit einer falschen Identität in die polizeilichen Ermittlungen einging. Er fühlte sich jedoch nicht verpflichtet, das richtig zu stellen. Im Gegenteil, irgendwie amüsierte es ihn, dass er sich nun verdrücken könnte und sie lange nach ihm suchen müssten, weil nicht anzunehmen war, dass Brandes sich so bald korrigierte. Und wen sollten sie sonst nach Irenes Vater fragen?

Kurt Seifert hatte sich kein Schild an seine Bürotür gehängt, auf dem man nachlesen könnte, dass es noch so eine Art Bruder gab, der früher auf dem Schulhof die Jungs vermöbelt hatte, die Kurt wegen seiner abstehenden Ohren hänselten. Der dann später fünfzehn Jahre im Knast gesessen hatte. Ein Mörder! Wenn man es genau nahm, war er nicht besser als Ziriak.

Für die Polizei waren weder Merkel noch sein Schwiegersohn von großem Nutzen. Und Ulla Fendrichs erste Aussage verhalf ihnen an dem Mittwochnachmittag auch nur zu einer Vorstellung vom möglichen Motiv und dem Ablauf des Geschehens. Vom Besuch der Schnapsdrossel am vergangenen Nachmittag, ihren Drohungen und ihrem finster dreinblickenden Begleiter mit dem klapprigen Fiat sowie von dem Motorengeräusch, das Irenes Nachbarin um elf Uhr aus ihrem Schlummer gerissen hatte, erfuhr vorerst niemand etwas. Es ging bei Ulla Fendrich im Entsetzen unter, lediglich den kurzen Plausch mit Irene um halb zehn und das Auftauchen der Drückerin eine Stunde später erzählte sie sofort.

So wusste man über Irenes Vormittag zu Beginn der Ermittlungen nicht mehr, als dass sie zwischen neun und halb zehn mit dem Staubsauger in ihrem Wohnzimmer gearbeitet und einen Anruf bekommen, dass sie anschließend die Hemden ihres Mannes auf die Terrasse gehängt hatte. Und dass sie um halb elf die junge Frau mit dem Packen Zeitschriften auf dem Arm zu einem Kaffee eingeladen hatte, die dann gegen Viertel nach elf wieder an Ulla Fendrichs Bungalow vorbeigegangen war.

Ob die Drückerin sich eine Dreiviertelstunde lang bei Irene aufgehalten oder ihr Glück noch bei den letzten zwei bewohnten Häusern am Rosenweg versucht hatte, war nicht zu überprüfen und schien ebenso nebensächlich wie die Beantwortung der Frage, wann Irene die Nähmaschine auf den Küchentisch gestellt und mit der Arbeit an Merkels Hose begonnen hatte.

Ziemlich genau um halb zwölf war der Irokese erschienen, das war der Punkt, auf den sich Heinen und seine Kollegen konzentrierten. In der nächsten halben Stunde musste es dann zu einer Auseinandersetzung gekommen sein, die Irene veranlasst hatte, den jungen Mann wieder vor die Tür zu setzen, ehe sie ihren Sohn aus dem Bett holte.

Zwar hatte Ulla Fendrich zwischen halb zwölf und zwölf kein lautes Wort und auch sonst nichts aus dem Nachbarhaus gehört. Aber wenn Irene und der Irokese in der Küche gewesen waren, nicht allzu laut bei geschlossenem Küchenfenster und geschlossener Dielentür gesprochen hatten, damit Patrick nicht vor der Zeit aufwachte, hätte Ulla Fendrich auch nichts hören können. Das probierten die Ermittler aus.

Und mit einem Rauswurf waren das Rufen und Klopfen erklärt. Ulla Fendrich konnte nicht sagen, ob die Geräusche aus dem Haus oder von draußen gekommen waren. Von draußen schien wahrscheinlicher. Anschließend hatte der Irokese sich vermutlich in der Gegend herumgetrieben. Er kannte die Zeit, zu der Irene ihren Sohn wieder ins Bett legte, kam gegen zwei Uhr zurück, unbemerkt über den Trampelpfad, durch die offene Terrassentür wieder ins Haus.

Ulla Fendrich hatte nicht unentwegt mit offenen Augen in der Sonne gelegen und den Garten nebenan beobachtet. Über den Zaun gestiegen war man schnell und geräuschlos. Dann musste alles sehr schnell gegangen sein. Fest stand, dass Irene vor der Nähmaschine gesessen hatte, als sie angegriffen wurde.

Der Gerichtsmediziner, der die erste Untersuchung vornahm, meinte, der Tod sei gegen dreizehn Uhr eingetreten, vielleicht etwas früher. Doch das war nur eine grobe Schätzung, abgeleitet aus der Körpertemperatur der Toten. Man musste jedoch auch die Raumtemperatur berücksichtigen, die er ebenso gewissenhaft maß. Er war sofort bereit, sich auf vierzehn Uhr zu korrigieren, weil die Leichenstarre noch nicht stark ausgeprägt war.

Es gab ja noch einen Zeugen, auf dessen Verhalten man sich stützen konnte. Jeder, der den kleinen Patrick an diesem Nachmittag erlebte, war schon nach wenigen Minuten überzeugt, dass nur Irene selbst ihn über Mittag versorgt und wieder ins Bett gebracht haben konnte. Im anderen Fall hätte Ulla Fendrich auf ihrer Terrasse keine ruhige Sekunde gehabt.

Die junge Polizistin, die sich in der Küche des Bungalows damit abquälte, den Jungen mit einem Obstbrei zu füttern oder ihm wenigstens ein bisschen Tee einzuflößen, weil es so heiß war und er so schwitzte, verzweifelte an ihren Versuchen. Zwar hatte der Kleine merklich an Elan eingebüßt, gab nur noch zittrige Schluchzer von sich, doch seine Energie reichte immer noch aus, den Kopf zur Seite zu werfen, sobald die Hand mit dem Löffel oder der Teeflasche vor seinem Gesicht auftauchte. Dazu schlug er mit beiden Händen heftig um sich, bäumte sich auf, dass die Polizistin Mühe hatte, ihn auf ihrem Schoß zu halten.

Mehr Erfolg hatte auch Gernot Brandes nicht. Weder sein Anblick noch seine Stimme konnten das Kind beruhigen. Brandes erklärte, er sei beruflich sehr stark eingespannt, käme immer erst spät heim. Und seit zwei Monaten fremdle sein Sohn stark, sei ausschließlich auf Irene fixiert. Dass Merkel den Kleinen mit der Singerei eine ganze Weile ruhig gehalten hatte, war niemandem aufgefallen.

## 18. Kapitel

Nach sechs erlaubte Lukas Heinen Merkel endlich, zu gehen, wollte ihn sogar fahren lassen. Der blonde Polizist ging mit ihm hinaus, doch Merkel kümmerte sich nicht um ihn, nahm sein Rad vom Zaun und schwang sich auf den Sattel, noch ehe der Polizist in den Streifenwagen gestiegen war. Schon auf den ersten Metern trat er kräftig in die Pedale. An der Ecke kam ihm ein Auto entgegen. Er achtete nicht darauf.

In dem Wagen saß eine Frau in Irenes Alter, eine Mitarbeiterin des städtischen Jugendamtes, die nur in den Rosenweg kam, um seinen Enkel abzuholen. Gernot Brandes sah sich außerstande, für seinen Sohn zu sorgen. Seine Eltern waren in Urlaub, eine sechswöchige Reise auf einem Luxusliner, es war unmöglich, sie zurückzurufen. Irgendeinem Polizisten hatte Irenes Mann auch erklärt, seine Schwiegereltern seien tot. So schien es am besten, das Kind erst mal in einem Heim unterzubringen.

Aber selbst wenn Merkel das gewusst hätte, er hätte es doch nicht ändern können. Er war ja damals auch in einem Heim gelandet, und mit Kindern konnte er nicht umgehen, mit so kleinen schon gar nicht. Die hingen an ihren Müttern. Irene damals auch. Mutti hinten, Mutti vorne. Er war immer bloß Papa gewesen. Nein, nicht immer, einmal, kam ihm während der Fahrt in den Sinn, hatte sie ihn Vati genannt. An einem Freitagabend war das gewesen, das wusste er auch noch genau.

Er war an dem Abend spät aus dem Präsidium gekommen. Sie lag längst im Bett, schlief aber noch nicht, kam in die

Küche, wo er mit seiner Frau saß und noch ein Bier auf den Feierabend trank. Niedlich sah sie aus in ihrem langen Nachthemd mit den Rüschen am Saum, den nackten Füßen, die darunter hervorschauten, und den Zöpfen. Heike flocht ihr immer Zöpfe in der Hoffnung, dass ihr Haar sich ein bisschen wellte, es half nur nicht viel bei dem dünnen Haar.

Bis zum Tisch kam sie, blieb vor ihm stehen, schaute ihn an mit einem so seltsamen Blick und fragte: «Hast du kalte Füße, Papa? Ich hab deine Pantoffeln unter die Heizung gestellt. Die sind jetzt bestimmt schön warm. Soll ich sie dir schnell bringen?»

Komisch, all die Jahre war es weg gewesen. Und jetzt sah er es ganz deutlich vor sich. Die Puppe in ihrem Arm. Und dieser Blick. Das überquellende Herz, das mit jedem Schlag das Gefühl zu den Augen herauspumpte. Als er nickte, huschte sie davon, brachte ihm die Pantoffeln, schaute zu, wie er hineinschlüpfte. «Sind sie nicht zu heiß, Papa?»

«Nein, sie sind genau richtig», sagte er. «Ab ins Bett mit dir.»

Da beschlugen ihre Augen irgendwie, das dünne Stimmchen wurde vor Enttäuschung noch ein bisschen dünner. «Aber ich muss dir doch auch noch ein Gutenachtküsschen geben, Vati.»

Und er fragte: «Vati? Seit wann sind wir denn so vornehm?» Dann hielt er ihr die Wange hin, sie reckte sich auf Zehenspitzen, drückte ihm die feuchten Lippen auf die Bartstoppeln. Er wischte mit dem Handrücken darüber und sagte: «So, jetzt wird aber geschlafen, ist doch höchste Zeit.» Sie lief auf ihren nackten Füßen zur Tür, war verschwunden, ehe man sich umgedreht hatte.

Heike lächelte und sagte: «Sie hatte Angst, dass ich deine Pantoffeln unter der Heizung vergesse. Außerdem kann sie ohne das Gutenachtküsschen von Papa sowieso nicht schlafen, hat sie mir erzählt. So ist das mit kleinen Mädchen, Hein. Papa kommt noch vor dem lieben Gott.»

Fünf Jahre alt war sie gewesen. Und jetzt war sie tot. Ihm war so elend kalt. Und die Zeit reichte nicht, noch schnell zu seinem Zimmer zu fahren und den dicken Pullover zu holen, den sie ihm zu Weihnachten geschenkt hatte. Er kam ohnehin über eine Stunde zu spät zum Dienst. Sie hatten schon einen Kollegen als Vertretung für ihn eingesetzt. Darum kümmerte er sich nicht, fuhr weiter zum Einkaufszentrum, nahm seinem Kollegen den Hund ab und schickte ihn nach Hause.

Dann drehte er zähneklappernd seine Runden, fühlte sich wie vor Jahren in der Zelle. Er wehrte sich nach Kräften gegen das, was auf ihn einstürmte. All die Bilder, von denen er gar nicht gewusst hatte, dass er sie noch in seinem Kopf mit sich trug.

Die halbe Zeit lief sie vor ihm her in dem langen Nachthemd, mit den Rüschen am Saum, den nackten Füßen, den dünnen Zöpfen, der Puppe im Arm und dem schmachtenden Blick. Ein kleines Mädchen, das Papa anhimmelte, ihm die Pantoffeln vorwärmte, weil er immer fror, selbst im Hochsommer. Ihm mochte der Schweiß den Rücken hinunterlaufen, er hatte zumindest kalte Füße, saß damit wohl immer noch in Eis und Schnee neben seiner Mutter, die zusammengebrochen war, einfach liegen blieb. Da mochte er noch so weinen, an ihr zerren und betteln: «Steh auf, Mama, steh doch auf.» Sie rührte sich nicht mehr.

Und das kleine Mädchen mit den dünnen Zöpfen und den vor Liebe überquellenden Augen war erwachsen geworden, hatte sein Gefühl auf viele verteilt, für ihn nur noch ein Frühstück pro Woche gehabt, seine Wäsche gewaschen. Und ab und zu: «Ich habe dir ein Paar Socken dazugelegt, Papa. Jetzt mach nicht so ein abweisendes Gesicht, es sind nur ein Paar Socken, die kosten nicht die Welt. Die grauen, die in der Wäsche waren, sind so durchgescheuert, da lohnt das Stopfen nicht mehr.» Hatte sie das überhaupt gekonnt, stopfen und nähen?

Wie seine Hose da über der Stuhllehne gehangen hatte, als sei sie frustriert an die Seite gelegt worden. Aber wozu hatte sie dann eine Nähmaschine? Ihre Gardinen hatte sie selbst genäht, das wusste er. Gardinen waren vermutlich schwieriger zu nähen als so eine verfluchte Hose, die nur zwei Zentimeter gekürzt werden musste, was er ohnehin nicht verstanden hatte, weil es seine Größe war. Seit Jahr und Tag trug er diese Größe, und plötzlich war eine Hose zu lang. Da sollte man fast annehmen, man sei geschrumpft. Er hätte sich die Zeit nehmen sollen, die Hose im Laden anzuprobieren, dann hätte er das sofort gesehen und sie nicht gekauft. Dann wäre diese Nacht noch gewesen wie die vergangene. Er hätte noch einmal gründlich nachdenken können über das, was er ihr am nächsten Dienstag sagen wollte. Er hätte immer noch geglaubt, eine Tochter zu haben.

Er führte den Hund an der kurzen Leine, sprach nicht mit ihm wie sonst. Nicht einmal mit Leo konnte er reden. Nur die Treppen hinauf und hinunter, über die schwach beleuchteten Gänge. Im Untergeschoss der große Supermarkt, wo er nie einkaufte, weil sie dort happige Preise hatten. Parterre der Laden mit den Sportartikeln, eine Bäckereifiliale, die Spielwarenhandlung, wo er die Plüscheule für den Jungen, und das Elektrofachgeschäft, wo er die Kaffeemaschine für sie gekauft hatte.

Sonderangebot, um die Hälfte runtergesetzt, weil die Kanne einen Sprung hatte. Und sie hatte sich trotzdem darüber gefreut, jedenfalls so getan. Vielleicht hatte sie gedacht, er sei ein armer Schlucker, hätte nicht mehr Geld ausgeben können. Oder sie sei ihm nicht mehr wert. So war es nicht gewesen.

Der Hund zog ihn zur nächsten Treppe. Im ersten Stock des Einkaufszentrums waren die feineren Läden untergebracht. Ein Reisebüro, zwei Nobelboutiquen, eine für Damen, eine für Herren, ein Pelzhändler und ein Juwelier. Wenn irgendetwas gewesen wäre in dieser Nacht, sie hätten den Pelzhändler und den Juwelierladen zur gleichen Zeit ausräumen können, Merkel hätte vermutlich nichts davon bemerkt. Wäre der Hund nicht von Zeit zu Zeit stehen geblieben, hätte er sogar vergessen, die Kontrolluhren zu betätigen, die bewiesen, dass er seinen Dienst ordnungsgemäß versah.

Ein guter Hund, der Leo, ein kluges Tier, spürte genau, dass Merkel mit seinen Gedanken überall war, nur nicht dort, wo er sein sollte. Sonst blieb er doch immer vor den Auslagen im ersten Stock stehen. Schaute sich die Pelze an und fragte sich, wie Irene wohl aussähe in so einem Ding, sagte sich immer, dass es gar nicht zu ihr passte. Seine Frau hatte gut ausgesehen in einem Pelzmantel, wie eine Dame von Welt. Und seine Tochter sah gut aus in einem karierten Hemd oder einem T-Shirt, in verwaschenen Jeans oder den bequemen, weiten Röcken und diesem Gummiring, mit dem sie die Haare im Nacken zusammenhielt.

Vor dem Schaufenster des Juweliers war das etwas anderes. In den letzten Wochen hatte er jede Nacht eine Weile davor gestanden und sich die Uhr angeschaut. So eine kleine zierliche, eine goldene, aber in keiner Weise auffällig, eher schlicht. Kostete ein Vermögen, dreitausend Mark. Aber es war ja auch noch etwas Zeit bis Oktober.

Im Oktober hatte sie Geburtstag. In den letzten beiden

Jahren hatte er ihr nur gratuliert, nachträglich, weil er sie an den betreffenden Tagen nicht gesehen hatte. In diesem Jahr fiel ihr Geburtstag auf einen Dienstag, gerade richtig. Und sie trug so ein klobiges Ding am Handgelenk, dachte vielleicht, dass es gut zu den Jeans und den karierten Hemden passte. Aber an ihr schmales Handgelenk passte es überhaupt nicht.

Er hatte sich das richtig schön vorgestellt, ihr die Uhr zu schenken. Sie ihr morgens, wenn sie aus dem Keller wieder in die Küche kamen, neben das Frühstücksgedeck legen, hübsch eingepackt natürlich, wie sie das in den feinen Läden so gut konnten, in Goldfolie mit Schleifchen und anderem Schnickschnack. Ihr Gesicht sehen, ihre Überraschung, ihre Freude, dass sie sich vielleicht mit etwas mehr bei ihm bedankte als einem Handschlag. Ein Kuss auf die Wange wäre sehr schön gewesen. Sie küsste bestimmt nicht mehr so feucht wie früher.

Seit Februar hatte er tüchtig gespart und jede Nacht kontrolliert, ob die Uhr noch da war. Und in der Nacht zum Donnerstag war die kleine, goldene Uhr nur noch ein totes Ding auf schwarzem Samt. So tot wie sie.

Am Donnerstagmorgen brachte er nur den Hund zurück, fuhr nicht nach Hause. Er hätte ja doch nicht schlafen können und befürchtete auch, dass vor seinem Zimmer Polizei auf ihn wartete. Wenn sie Kurt Seifert informiert hatten, der hatte ihnen garantiert gesagt, wo sie Irenes Vater finden konnten. Sie hatten ihm ja noch nicht mal die Fingerabdrücke abgenommen, dabei brauchten sie die doch, um sie auszusortieren. Wenn sie das nachholten, ihn wieder bedrängten, gut möglich, dass er ihnen dann den Namen verriet, den er nicht verraten wollte, weil er irgendwie das Gefühl hatte, es sei seine Sache.

Den ganzen Tag war er unterwegs, besuchte den Friedhof, auf dem Kurts Eltern lagen. Und im Geist hörte er Mutter Seifert immer noch singen. «Weil ich hier bleiben muss.» Damals mochte das berechtigt gewesen sein, aber jetzt war es das nicht, fand er. Dass eine junge Frau und Mutter, die ein kleines Kind zu versorgen hatte, nicht mehr am Leben und so ein überflüssiger alter Kauz wie er immer noch auf den Beinen war, schien ihm wie ein grober Verstoß gegen ein Naturgesetz.

Er radelte weiter, quer durch die Stadt, stand ein paar Minuten lang an dem Doppelgrab, an dem sie ihm vor gut zwei Jahren die Visitenkarte in die Hand gedrückt hatte. Beten konnte er nicht. Er fragte sich nur, ob man das Grab noch einmal öffnen würde, um sie zu ihrer Mutter zu legen und zu Friedel Gersolek, der ihr vermutlich mehr Vater gewesen war als der leibliche, oder ob ihr Mann ihr ein eigenes Grab kaufte.

Und während er dann weiterfuhr, nur ziel- und planlos umher, versuchte er sich an der Vorstellung, Helmut Ziriak gegenüber zu stehen. Er sah den Hünen vor sich, wie er hinter ihr die Küche betrat. «Helmut, das ist mein Vater. Papa, das ist Helmut, ich habe dir ja schon von ihm erzählt.» Und wie sie dem Koloss eine Hand auf die Schulter legte, damit er sich zu ihnen setzte.

Immer nur das sah er. Wie dieser Bulle von einem jungen Kerl sich auf die Eckbank zwängte und ihn angrinste, so linkisch und verlegen, als schäme er sich plötzlich für seine idiotische Frisur. Immer nur das! Er sah sich einfach nicht mit einer Waffe in der Hand vor Ziriak stehen und abdrücken. Es mochte daran liegen, dass er nicht wusste, wo er sich eine Pistole beschaffen sollte. Vor zwanzig Jahren hätte er das gewusst, aber heute. Es konnte auch das Wissen sein, dass sich nichts änderte am Schmerz, dass es um keinen Deut erträglicher wurde, wenn er noch ein Magazin leerte.

Und einen Mord nur aufzuklären, dafür zu sorgen, dass der Täter hinter Gittern landete, war Aufgabe der Polizei. Er war nicht mehr bei dem Verein, war seit drei Jahren Objektschützer und würde das wohl auch bleiben.

Aber der Posten als Hausmeister wäre schön gewesen. Er hätte da auch gar nicht lange überlegen müssen, nur bis nächsten Dienstag, damit es nicht so aussah, als hätte er nur auf so ein Angebot gewartet. Warum hatte sie nicht schon früher etwas gesagt? Nicht nur wegen des Mietshauses, auch so. Mal ein paar Worte über ihren Mann und das Bett, auf dem sie gelegen hatte.

Ein einfaches Bett, eher eine Liege, genau so eine, wie er in seinem Zimmer hatte. Es gab zwei Polsterrollen und zwei rechteckige Kissen dazu, die man gegen die Seitenteile und die Rückwand lehnte, dann war es so eine Art Couch. Außer dieser Liege hatte in dem Zimmer nur noch ein Stuhl gestanden, darauf ein kleiner Wecker. Und der große, zottelige graue Bär hatte in einer Ecke gesessen.

Die hellen Holzteile des Bettes, es war das gleiche Holz wie das der Schränke im Kinderzimmer. Er erinnerte sich noch so deutlich an seinen ersten Besuch in diesem Haus, an den Sonntagnachmittag im vergangenen August, als sie ihn herumgeführt, ihm alles gezeigt hatte. Da hatte die Liege im fertig eingerichteten Kinderzimmer gestanden, und das Zimmer, in dem sie jetzt lag, war leer gewesen.

Er sah es vor sich, wie sie nur die Tür öffnete, ihn einen Blick hineinwerfen ließ und dabei sagte: «Eigentlich sollte es das zweite Kinderzimmer werden. Ich hatte mir das so schön vorgestellt. Zwei Kinder. Ich habe es immer vermisst, dass ich keine Geschwister hatte. Aber was soll's!? Mache ich eben ein Gästezimmer daraus, wer weiß, wer mal ein Bett braucht für eine Nacht.» Dann war sie zur nächsten Tür gegangen, das Badezimmer, und dann zur letzten, das Schlafzimmer. Ein Doppelbett.

Sie hatte nie ein Wort über ihre Ehe verloren, bis auf die paar Sätze von den verschiedenen Ansichten über Häuser und Kinder. Und diesen Satz beim letzten Frühstück. «Woher willst du das wissen?» Sie mochte ihn hundertmal Papa genannt haben, als Vater hatte sie ihn garantiert nicht gesehen. Sonst hätte sie doch schon früher einmal mit ihm über ihre Probleme gesprochen. Über das Bett, das sie sich aus dem Zimmer des Kindes in das andere stellte.

Ob Lukas Heinen ihren Mann danach gefragt hatte? Merkel hätte das als Erstes getan, damals, als er noch zu denen gehört hatte, die Fragen stellten. Es wäre doch interessant gewesen, zu hören, wie Brandes sich aus der Affäre zog. Getrennte Schlafzimmer, das mochte in feinen Kreisen ja üblich sein, dazu zählte der Herr Bankkaufmann sich doch. Aber so ein einsames Bett war kein getrenntes Schlafzimmer, das war eine Notlösung.

Ihr Mörder hatte offenbar gewusst, dass es ihr Bett war. Ziriak hatte sie garantiert nicht zufällig dahin gelegt. Aber er war ja auch öfter bei ihr gewesen, dreimal die Woche. Und dass sie sich, so wie es aussah, einem Analphabeten anvertraut hatte, statt dem eigenen Vater, machte wohl mehr als alles andere deutlich, welchen Stellenwert er für sie gehabt hatte, fand Merkel. Er war in all den Monaten wahrscheinlich kaum mehr für sie gewesen als einer ihrer Sozialfälle.

## 19. Kapitel

Am Donnerstagabend schaffte er es, den Hund pünktlich abzuholen und seinen Dienst anzutreten, als wäre nichts gewesen. Alles war so tot wie die kleine goldene Uhr, die er nicht mehr anschauen konnte, weil er dann unweigerlich sie vor sich sah. Mal stand sie mit ihrem dicken Bauch bei der Tür und strich eine Haarsträhne aus ihrem Gesicht, mal stand sie auf dem Friedhof, auf diesen hochhackigen Pumps, mit dem albernen Schleier vor dem Gesicht. Mal saß sie am Frühstückstisch mit dem Baby auf dem Schoß. Und mal stand sie in der Kneipe, drängte sich zwischen ihn und Ohloff und sagte: «Die Nase muss ich auch von dir haben, Papa.»

Auf dem Bett war ihre Nase blutig gewesen, so blutig wie alles an ihr. Er wurde die Bilder einfach nicht los, sosehr er sich darum bemühte, sie abzuschütteln oder auszublenden. Immer wieder fragte er sich, wie, zum Teufel, sie so blutig hatte werden können. Als hätte Ziriak sie in ihrem Blut gebadet oder damit eingerieben, von den Haaren bis zu den Füßen. Er hatte so etwas noch nie gesehen und fand keine Erklärung. Aber er wollte es eigentlich auch gar nicht so genau wissen.

Am Freitagvormittag schlief er ein paar Stunden, war ziemlich erledigt. In seinem Alter steckte man zwei schlaflose Tage nicht mehr so leicht weg. Eine ermordete Tochter vielleicht eher, weil sie ja noch gar nicht so lange und nur für ein paar Stunden in der Woche seine Tochter und die übrige Zeit für andere da gewesen war. Im Grunde hatte ihr

Mann Recht. Hundertmal gewarnt, das hatte er doch auch getan. Und wer nicht hören wollte.

Wer es entschuldigte, dass ein harmloser Fahrgast in der Straßenbahn zusammengeschlagen wurde, nur weil er eine läppische Bemerkung über eine billige Armbanduhr machte. Da konnte man nun wirklich nicht behaupten, Ziriak würde den starken Mann nur spielen. Und wenn sie ihm am Montag einmal ordentlich die Meinung gesagt hatte. Es brauchte nicht viel, um einen wie Ziriak in einen Berserker zu verwandeln. Das stand außer Frage. Und nach einer hektischen Woche, vielleicht waren ihr die Probleme einmal über den Kopf gewachsen.

Darüber dachte er nach, während er sich ein Frühstück machte, das war am Freitagmittag. Er war völlig ausgehungert, hatte donnerstags nicht daran gedacht, etwas zu essen, auch nichts mit zum Dienst genommen, nicht mal die Thermoskanne voll Kaffee. Drei große Scheiben Brot mit Wurst und Käse verschlang er, trank vier Tassen Kaffee dazu und blätterte bei der letzten die Tageszeitung durch.

Es gab einen kleinen Bericht im Lokalteil, eine Bluttat in einem Einfamilienhaus am Stadtrand nannten sie es. Ihr Name war abgekürzt, Irene B. Kein Foto von ihr, nur eine Phantomzeichnung von Ziriak, die es nicht mal annähernd traf. Es schien, dass die Sonnenanbeterin nie mehr von ihm gesehen hatte als den Hahnenkamm.

Den ermittelnden Beamten brachte die Phantomzeichnung trotz der mangelnden Ähnlichkeit mit dem Irokesen, wie Ulla Fendrich ihn nannte, eine weitere Aussage, die für ihn als Täter sprach. Um die Mittagszeit, während Merkel den kurzen Bericht las, meldete sich ein Bauarbeiter im Präsidium. Er war am Mittwoch kurz nach zwei Uhr zu dem nahen Supermarkt gefahren, um einen Kasten Mineralwasser zu kaufen. Auf dem Rückweg war ihm ein sehr großer, sehr kräftiger und pitschnasser junger Mann in einem scheckig roten T-Shirt und vor Nässe triefenden Jeans aufgefallen, der im Laufschritt aus dem Rosenweg bog.

Davon hörte Merkel am Nachmittag. Kurz nach vier Uhr kam Kurt Seifert, der erst mittags von Irenes Tod erfahren hatte. So war das, wenn man auf einem der Stühle ganz oben saß. Man bekam längst nicht mehr alles mit, was an der Basis vorging. Und beim Frühstück hatte Kurt nie die Zeit, einen Blick in die Tageszeitung zu werfen. Er nahm sie immer mit ins Büro, schaute dann später rein, wenn er ein paar Minuten Ruhe fand.

Kurt wollte es nicht glauben, sie war doch auch für ihn fast wie eine Tochter gewesen, wenn auch mehr für seine Frau als für ihn. So war er in den ersten Minuten nur dankbar, dass Agnes den Bericht noch nicht hatte lesen können. Er rief den leitenden Ermittler zu sich, verlangte einen ausführlichen Bericht, fand seine schlimmsten Befürchtungen bestätigt und musste sich zu allem Überfluss auch noch anhören, dass Irenes Vater es bisher nicht für notwendig erachtet hatte, sich im Präsidium blicken zu lassen.

In seiner Wohnung habe man ihn auch nicht angetroffen, erklärte Heinen. Allerdings hatten sie auch erst einen Versuch unternommen, am vergangenen Abend, als Merkel schon im Einkaufszentrum gewesen war.

Heinen erwähnte die anfängliche Irreführung durch den Ehemann. Den halben Donnerstag hatten sie nach Friedmann Gersolek gefahndet, waren schon zweimal bei der unbewohnten Villa gewesen, ehe sich einer erinnerte, dass Gernot Brandes erzählt hatte, seine Schwiegereltern seien tot.

Kurt war mehr als nur erschüttert, er war auch enttäuscht

und sehr aufgebracht über Merkels Verhalten und machte sich sofort auf den Weg. Zuerst fuhr er nach Hause und sprach mit Agnes, die weinend zusammenbrach. Kurt musste eine Nachbarin rufen, damit sie ein wenig Beistand hatte, während er sich mit Merkel auseinander setzte.

«Was hast du dir dabei gedacht, Hein?», fiel Kurt über ihn her. «Warum musste ich das auf diese Weise erfahren? Hättest du mich nicht anrufen können? Warum hast du dich nicht gemeldet?»

Merkel wusste nicht, was er darauf antworten sollte. Wozu hätte er sich melden sollen? Um was zu sagen? Irene ist tot! Hat sich abschlachten lassen von einem Idioten, der nicht lesen und nicht schreiben kann. Was hätte sich geändert, wenn er damit zu Kurt gerannt wäre? Nichts! Oder doch, die Ermittler hätten eine Verhaftung vorgenommen. Das würden sie schon noch tun über kurz oder lang, war nur eine Frage der Zeit. Er sah nicht ein, dass er ihnen die Arbeit abnehmen sollte. Sie mussten sich doch nur die Unterlagen ihrer früheren Dienststelle holen. Dass Helmut Ziriak für Irene nie ein Fall gewesen war, über den sie eine Akte angelegt hatte, wusste er nicht, wie er noch so vieles nicht wusste. Vieles wollte er auch gar nicht wissen.

Kurt beließ es nicht bei seinen Vorwürfen, musste ihm auch noch unbedingt beschreiben, wie sie gestorben war. Den Obduktionsbericht hatte er zwar noch nicht gesehen. Freitagnachmittag! Der Bericht lag im Büro des zuständigen Staatsanwalts, der hatte schon kurz nach Mittag Feierabend gemacht und sein Büro abgeschlossen. Von Heinen hatte Kurt einen mündlichen Bericht erhalten, der sich auf die erste Untersuchung vor Ort bezog.

Bei aller Unsicherheit war der junge Gerichtsmediziner sehr gründlich gewesen. Eine Prellung im Scheitelbereich hatte er festgestellt und siebzehn Stich- oder Schnittwunden gezählt, alle im Schulterbereich und im Rücken.

«Sie hatte nicht die geringste Chance», sagte Kurt. «Keine Abwehrverletzungen. Der Angriff muss für sie aus heiterem Himmel gekommen sein. Wir gehen davon aus, dass sie vor der Nähmaschine saß.»

Das klang in Merkels Ohren, als sei die verfluchte Hose schuld. Und wir, sagte Kurt, als ob er persönlich die Ermittlungen leitete. Er wusste doch gar nicht mehr, wie das war, an einen Tatort kommen, vor einem Mordopfer stehen und das Blut sehen, all das Blut. Der ganze Fußboden voll und die Wände beschmiert. Siebzehn Wunden, alle im Rücken. Und er sah ihren Rücken immer noch so, wie er vor zwei Jahren gewesen war, als sie nach dem ersten Kaffee in der Kneipe wieder gehen wollte und er sagte: «Warte einen Moment, Irene.»

«So wie es aussieht, wurde sie zuerst niedergeschlagen mit einem kleinen, quadratischen Gegenstand, wahrscheinlich einem Hammer, den der Kerl sich von einer Baustelle geholt haben könnte», fuhr Kurt fort. «Er soll sich oft auf Baustellen herumgetrieben haben. Allerdings nicht am Mittwoch, jedenfalls hat ihn am Mittwoch keiner gesehen, mit Ausnahme des Arbeiters, der sich heute gemeldet hat. Aber es gibt ein paar Rohbauten, an denen zurzeit nicht gearbeitet wird, wo trotzdem einiges an Werkzeug herumliegt. Da könnte er die Zeit bis um zwei überbrückt haben.»

Dann sprach Kurt von Lukas Heinen. Ein guter Mann, wenn nicht sogar einer der besten. Er tat, was er konnte. Doch auch der beste Mann stieß rasch an seine Grenzen, wenn er keine vernünftigen Auskünfte bekam. Mit Brandes wollte Kurt auch noch ein ernstes Wort über Friedmann Gersolek reden.

Merkel konnte ihm kaum zuhören. Kurt setzte sich auf einen der beiden Stühle, die beim Tisch standen, und zwang ihn damit, sich aufs Bett zu setzen. Obwohl sein Bett am Nachmittag immer zur Couch umfunktioniert war, war es genauso ein Bett wie das, auf dem er sie gefunden hatte. Er hatte sich am Morgen nicht hineinlegen können, sich mit einem Kissen und der Decke auf dem Fußboden ausgebreitet. Jeder Knochen tat ihm weh.

Als er nicht reagierte, erkundigte Kurt sich: «Was ist los mit dir, Hein? Du tust, als ginge dich das einen Dreck an. Ich kann mir nicht vorstellen, dass du wirklich so darüber denkst. Agnes und ich, wir hatten den Eindruck, dass ihr euch in den letzten Monaten doch viel näher …» Mitten im Satz brach er ab und formulierte anders: «Dass ihr euch gut verstanden habt in letzter Zeit.»

«Dachte ich auch», sagte Merkel.

Und Kurt erklärte in versöhnlicherem Ton: «Ich kann nachfühlen, wie dir zumute ist, Hein. Ich kann es ja auch nicht fassen. In der vergangenen Woche war Irene noch da mit dem Kleinen. Am Donnerstag, sie hatte in der Stadt zu tun und schaute immer mal rein, wenn …»

Wieder brach Kurt ab, schüttelte den Kopf und ließ ein paar Sekunden verstreichen, ehe er weitersprach: «Ich begreife es nicht. Der Kerl soll oft bei ihr gewesen sein, dreimal pro Woche, montags, mittwochs und freitags, sagte die Nachbarin. Offenbar hat Irene versucht, ihm das Lesen beizubringen. Was für einen Grund hatte er, ihr das anzutun?»

«Es gibt Leute, da reicht ein falsches Wort», sagte Merkel.

Kurt betrachtete ihn nachdenklich, nickte versonnen und tat so, als sei ihm der barsche Ton entgangen. «Wenn du weißt, wo wir den Kerl finden können, dann sag es mir, Hein. Das bist du ihr schuldig.»

Das sah Merkel anders. Er war niemandem etwas schuldig. «Woher soll ich das denn wissen?», fragte er schroff. «Sie hat ja nicht mal ihrem Mann was erzählt.»

«Brandes hat sich nie wirklich für das interessiert, was sie machte», hielt Kurt dagegen. «Ihm war das schon ein Dorn im Auge, als sie noch arbeitete. Ich weiß von Agnes, dass Irene dir zu Anfang eine Menge über ihre Klientel erzählt hat. Sie hat es oft bedauert, dass es nicht möglich war, mit dir ein persönliches Wort zu wechseln. Wenn sie dir auch Namen genannt hat …»

Merkel schüttelte den Kopf und unterbrach ihn damit, fragte gleichzeitig: «Ihr habt noch keine Ahnung, wie der Typ heißt?»

Kurt schüttelte ebenfalls den Kopf. Und Merkel grinste abfällig. «Scheint eine flotte Truppe zu sein, die du kommandierst. Warum hat sich dein angeblich bester Mann nicht längst die Unterlagen aus ihrer Dienststelle geholt?»

«Das hat Heinen getan», sagte Kurt. «Aber ehe sie die alle abgeklappert haben, das kann dauern. Ich dachte, du könntest die Suche erheblich abkürzen.»

Merkel schüttelte noch einmal den Kopf. Danach war es ein paar Minuten lang still im Zimmer. Kurt erhob sich und trat ans Fenster. Merkel betrachtete den Fußboden und sah doch nichts anderes als das Blut in ihrer Küche.

Kurt schaute nach draußen, als ob es dort etwas Interessantes zu sehen gäbe. Mit abgewandtem Rücken sagte er: «Wie du willst, Hein. Du kommst am Montag ins Präsidium, bis dahin kannst du nachdenken. Ich sorge dafür, dass Heinen dich in Ruhe lässt. Ich bin sicher, dir fällt was ein, was uns weiterhilft. Du kannst ja für den Anfang darüber nachdenken, dass sie für dich eine Menge aufs Spiel gesetzt hat.»

Dann drehte Kurt sich um, machte zwei Schritte auf die Tür zu und erklärte dabei: «Brandes schwört Stein und Bein, ihre Ehe sei in Ordnung gewesen. Aber die Nachbarin hat sie streiten hören in der Nacht zum Mittwoch. Und nicht nur in der Nacht. Es ging meist um dich, Hein. Ihm passte es nicht, wie sie sich um dich kümmerte. Dabei haben sie sich früher sehr gut verstanden.»

Merkel hielt es kaum noch aus und fragte sich, was Kurt bezweckte, ob es nur darum ging, ihm ein Schuldgefühl einzureden, aber da war er an der falschen Adresse. «Sie hätte sich nicht kümmern müssen. Wenn ich gewusst hätte, dass sie wegen mir Krach mit ihrem Mann kriegt, hätte ich mich schon verabschiedet.»

«Eben», sagte Kurt. «Aber sie wollte dich nicht noch einmal verlieren. Sie hat dich sehr geliebt, Hein.»

Merkel lachte rau. «Quatsch. Ich war für sie auch nur eins von den armen Schweinen, mit denen sie beruflich zu tun hatte.»

«Du sturer Hund!», schrie Kurt ihn unvermittelt an. «Keine Ahnung hast du. Seit sie zwölf war, kam sie zu uns. In den ersten Jahren hat Heike sie glauben lassen, du wärst tot. Da hat sie ihr Taschengeld gespart, um dir eine Pyramide bauen zu lassen. Dann hat Friedel ihr die Wahrheit gesagt und sie zu uns gebracht. Frag Agnes, wenn du mir nicht glaubst. Einen Brief nach dem anderen hat sie dir geschrieben.»

«Ich hab aber nie einen Brief bekommen», sagte Merkel.

«Meine Schuld», räumte Kurt ein. «Ich wollte dem Kind keine falschen Hoffnungen machen. Agnes hat sie belogen, mir war das nicht recht. Dafür kannte ich dich damals schon zu gut.»

Noch während er sprach, griff Kurt in die Innentasche seines Jacketts und warf ein schmales Bündel Umschläge auf den Tisch. «Das sind ein paar. Alle konnte ich nicht mitbringen, es sind zu viele. Kannst ja vorbeikommen und dir den Rest holen, wenn's dich interessiert, wie ihr damals zumute war.» Dann ging er endlich.

## 20. Kapitel

Sieben Briefe waren es, alle geöffnet, wie hätte Agnes Seifert ihr sonst antworten sollen damals? In dem einen oder anderen Umschlag mochte vor Jahren auch ein Foto gesteckt haben, das Agnes längst wieder herausgenommen hatte. Merkel brauchte fast eine halbe Stunde, ehe er den ersten Umschlag nehmen und ein Blatt Papier herausziehen konnte. In der Zeit lief er zwischen dem Fenster und dem Tisch hin und her, sah die Schrift auf den Umschlägen, kleine, runde Buchstaben, alle so gleichmäßig. Eine Kinderschrift. «An Heinrich Merkel», las er wieder und wieder.

Gut ein Dutzend Mal sagte er sich, dass er keine Zeit mehr hatte, sich mit den Briefen eines Kindes zu beschäftigen, weil er doch zum Dienst musste. Und den Hund vorher noch abholen. Den Leo, der immer so treuherzig und vertrauensvoll zu ihm aufschaute, wenn sie ihre Runden drehten. Damals, als sie ein halbes Jahr alt und so hungrig war, als er ihr nur den Schnuller bieten konnte und ein bisschen dummes Geschwätz, da hatte sie ihn genauso angeschaut.

Er ging vom Fenster zum Tisch und vom Tisch zum Fenster. Er hatte das Bedürfnis, das Fenster aufzureißen, sich weit hinauszulehnen und über die Straße zu brüllen: «Er heißt Helmut Ziriak.» Nur um es hinter sich zu bringen.

Aber zuerst einen der Briefe lesen, nur einen, so viel Zeit musste sein. Mal sehen, was sie ihm damals zu sagen gehabt hatte. Alltagskram wahrscheinlich. Was halt so in einem Kind vorging, dem es an nichts fehlte, das sich nur langweilte und nichts Besseres zu tun hatte, als Briefe an einen Mann zu schreiben, der gar nicht wollte, dass man ihm Briefe schrieb. Und jeder begann mit: «Lieber Papa».

Der erste erschütterte ihn in den Grundfesten, es musste der erste sein, den sie geschrieben hatte. Es war eine elende Quälerei, ihn zu lesen. Er hatte wieder das Gefühl, irgendwo einzutauchen. So ähnlich wie auf der Treppe, als er hinaufging und noch nicht genau wusste, was ihn oben erwartete außer dem schreienden Baby. Es war wie ein Strudel, der ihn heftig herumwirbelte.

«Lieber Papa,

ich bin so froh, dass du noch lebst. Die ganze Nacht habe ich nicht geschlafen und mich so geschämt, weil ich es einfach geglaubt habe, obwohl ich nie auf einem Friedhof war. Ich habe mich nie getraut zu fragen, wo dein Grab ist. Und nun bist du noch da und sicher sehr traurig, weil du glaubst, ich hätte dich vergessen. Aber das habe ich nicht, ganz bestimmt nicht. Ich habe immer an dich gedacht und viel Geld für dich gespart. Wenn du etwas brauchst, musst du es nur Onkel Kurt sagen. Ich darf dich ja leider erst besuchen, wenn ich groß bin.»

Er nahm einen weiteren Umschlag, irgendeinen, und sah ihr Gesicht bei der Haustür, ihr Lächeln. Wenn sie lächelte, war sie hübsch gewesen. Und er wusste nicht, wie sie mit dreizehn oder vierzehn ausgesehen hatte, als sie schrieb:

«Lieber Papa,

heute habe ich mich lange mit Herrn Tommes über dich unterhalten. Er ist ein lieber Mensch, mit dem man über alles reden kann. Und er sagte, für einen Mann im Gefängnis sei es ungeheuer wichtig, zu wissen, dass ihn jemand lieb hat und auf ihn wartet. Das weißt du ja nun schon lange, aber ich möchte es dir trotzdem noch einmal sagen. Jeden Abend rechne ich aus, wie viele Tage noch übrig sind. Onkel Kurt sagte, nach fünfzehn Jahren kann man einen Antrag auf Begnadigung stellen. Dabei will er dir helfen. Darauf freue ich mich schon sehr. Und dann werde ich draußen vor dem Tor auf dich warten,

deine Irene.»

Wer, zum Teufel, war Herr Tommes? Er wusste so gut wie gar nichts von ihr und schaffte nur drei von den Briefen. Dann machten die Augen nicht mehr mit. Sie waren so trocken, als hätte man ihm Sand hineingerieben. Er musste ja auch zum Dienst. Das Häufchen Papier nahm er mit, tastete bestimmt hundertmal an die Jackentasche, in der es steckte, während er mit dem Hund seine Runden drehte.

Ein komisches Kind! Schrieb Brief um Brief an einen Mann, von dem es nichts sah und nichts hörte. Dass Agnes sich regelmäßig hingesetzt hatte, um ebenfalls Briefe zu schreiben, die alle mit «Liebe Irene», begannen, wusste er nicht. Aber eins wusste er noch genau, hatte es all die Jahre vergessen gehabt, und jetzt auf einmal fiel es ihm wieder ein. Sie hatte ihm schon mal einen Brief geschrieben. Da war sie sieben oder acht gewesen.

An einem Sonntagmorgen war sie damit zu ihm ins Schlafzimmer gekommen. Seine Frau war schon in der Küche und machte Frühstück. Er lag noch im Bett, döste vor sich hin, sie kroch zu ihm unter die Decke, drückte ihm ein mehrfach gefaltetes Blatt in die Finger, das sie aus einem ihrer Schulhefte gerissen hatte. Sie schmiegte sich an ihn und sagte: «Ich hab dir was aufgeschrieben, Papa. Wir haben ja nicht viel Zeit, uns etwas zu erzählen, weil du immer so viel arbeiten musst. Aber wenn du in deinem Büro mal ein bisschen Zeit hast, dann kannst du das lesen.»

Er konnte sich beim besten Willen nicht mehr daran erinnern, was er damals mit dem Blatt Papier gemacht, ob er es unters Kopfkissen geschoben oder auf den Nachtisch gelegt hatte, um es später in irgendeine Hosentasche zu stecken, wo er es dann vergessen hatte. Aber er wusste noch genau, wie es gewesen war, den kleinen, warmen Körper zu fühlen, wie sie sich an ihn gekuschelt hatte. Das Stimmchen klang ihm noch im Ohr.

Als Kurts Stimme plötzlich dazwischenquatschte: «Das bist du ihr schuldig», ging Merkel wie in Trance zu der Telefonzelle gleich beim Eingang des Einkaufszentrums. Der Strudel wirbelte ihn immer noch heftig herum, verursachte einen ungeheuren Druck auf den Ohren und ein Rauschen im Hirn.

Dass er Kurts Privatnummer wählte, registrierte er gar nicht richtig, war fast ein wenig überrascht, als er dessen Stimme hörte, zuerst verschlafen, dann den gespannten und erwartungsvollen Unterton. «Ist dir etwas eingefallen, Hein?»

«Er heißt Ziriak», sagte Merkel und fühlte, wie er langsam aus dem Strudel auftauchte. «Helmut Ziriak. Darauf wärt ihr auch noch von selbst gekommen. Er muss einer von ihren Kunden gewesen sein, oder nennt man das bei den Ämtern anders? Um seine Adresse müsst ihr euch selbst kümmern. Die kenn ich nicht.»

Er fühlte sich danach in keiner Weise leichter, nur völlig leer im Innern, wie tot. Bis dahin hatte er noch denken können, dass er den Namen verschwieg, weil er selbst etwas unternehmen wollte, um ihren Tod zu rächen. Weil er einer war, der den starken Mann nicht nur spielte. Das hatte er doch nicht nötig, hatte es niemals nötig gehabt.

Und es klang doch gut: Hein Merkel, der einsame Rächer. Aber so war es nicht. So weit war er noch lange nicht. Einsam, das ja, es war ihm so richtig bewusst geworden, als er wieder und wieder die Anrede in ihren Briefen las. Lieber Papa! Und plötzlich den kleinen, warmen Körper neben sich fühlte. Da war es so, als hätte er die paar Schritte von der Tür bis zu ihrem Bett gehen müssen. Unbedingt! Sie noch einmal anschauen aus der Nähe und nicht aus drei Metern Entfernung.

Und wenn er zuerst auf sie eingedroschen hätte, es wäre doch nur Verzweiflung gewesen oder Trauer, dieser wahnsinnige Schmerz, ihr nicht mehr sagen zu können, dass er sie nicht bloß brauchte für ein Frühstück pro Woche, die dreckige Wäsche und ein Paar Socken ab und zu. Und es wäre bestimmt der Moment gekommen, wo er sie an sich gerissen und in die Arme genommen hätte, wenigstens dieses eine Mal.

## 21. Kapitel

Seit dem Mittwochabend hatte Annemarie Ziriak Angst, eine scheußliche Angst, dass ihr Sohn etwas angerichtet hatte, was sich nicht wieder in Ordnung bringen ließ. Leicht war es nie gewesen mit Helmut. Noch vor seiner Geburt hatte sein Vater sie sitzen lassen. Verheiratet waren sie nicht, so hatte er einfach verschwinden können von einem Tag auf den anderen. Und Helmut war schon als kleines Kind so wild. Wenn sie ihn allein ließ, begann er zu toben. Ständig verlangte er, dass sie sich mit ihm beschäftigte. Aber sie hatte nicht die Zeit, musste doch arbeiten, um ihn und sich zu ernähren.

Zu Anfang lebten sie bei ihrer Mutter, die gar nicht mit ihm fertig wurde. Gleich nachdem er drei geworden war, ging er in einen Kindergarten. Nur gab es dort ständig Raufereien. Er schlug und trat und biss. Zweimal die Woche wurde sie hinbestellt, musste sich anhören, dass es so nicht weitergehen könne. Da gab sie ihn zum ersten Mal in ein Heim, es ging nicht anders.

Sie besuchte ihn, wirklich jedes Wochenende. Und jedes Mal warf er sich auf den Boden, sobald er sie zu Gesicht bekam. Er schrie und tobte, trommelte mit den Fersen, schlug mit den Armen um sich und brüllte, sie solle ihn wieder mitnehmen, er sei auch ganz lieb.

Als er schulpflichtig wurde, suchte sie eine eigene Wohnung und nahm ihn wieder zu sich. Aber es ging nicht lange gut. Zweimal musste sie ihn abends, als sie von der Arbeit kam, auf einer Polizeiwache abholen, weil man ihn irgendwo aufgegriffen hatte. Einmal war er beim Stehlen in einem Kaufhaus erwischt worden und einmal, als er parkende Autos zerkratzte. Dann kam einer vom Jugendamt, erzählte etwas von grober Vernachlässigung und sagte, wenn sie mit seiner Erziehung überfordert sei, müsse er eben wieder ins Heim, zumindest so lange, bis er alt genug wäre und nachmittags keine Aufsicht mehr brauche.

Mit zwölf holte sie ihn zurück. Da war er schon sehr verstockt, tat im Grunde, was er wollte, aber er war vernünftig genug, es nur in der Wohnung zu tun, sodass sie es unter sich ausmachen konnten. Mal versengte er ihr eine Bluse, mal pinkelte er in ihr Bett, und einmal drehte er nachts das Gas auf, sie roch es gerade noch rechtzeitig.

Dann hatte sie einen Unfall, rutschte beim Fensterputzen ab, fiel zwei Stockwerke tief und konnte von Glück sprechen, dass sie überlebte und nicht im Rollstuhl auskam. Monatelang lag sie im Krankenhaus. Er musste wieder ins Heim, weil sonst niemand da war, der ihm was gekocht und seine Hosen gewaschen hätte.

Als sie aus dem Krankenhaus entlassen wurde, war es fast unmöglich, noch mit ihm umzugehen. Er war vierzehn, schon etwas größer als sie. Und in den Monaten im Heim hatten sie ihm beigebracht, wie man sich durchsetzte, mit roher Gewalt. Er schlug sie, wenn sie ihm ins Gewissen zu reden versuchte, weil er ihr wieder mal Geld aus dem Schrank geklaut hatte. Brüllte bei jeder Gelegenheit, er müsse sich von einem Weib, das ihn nicht wolle, auch nichts sagen lassen.

Als vor drei Jahren die Sache in der Straßenbahn passierte, zeigte sie ihn selbst an, weil er abgehauen war und anschließend auch noch sie verprügelt hatte. Sie hoffte, er käme nun wegen schwerer Körperverletzung in ein Heim, wo man ihn nicht so schnell wieder rausließ, oder sogar ins Gefängnis.

Aber das Jugendgericht beschaffte ihm eine Pflichtverteidigerin mit Haaren auf den Zähnen, Frau Doktor Greta Baresi. Die holte eine Bewährungsstrafe raus und brachte es fertig, die Sache so hinzustellen, als wäre er ein Opfer der Umstände. Wochenlang hatte Annemarie Ziriak diesem Weib die Pest an den Hals gewünscht. Allerdings beließ die Anwältin es nicht dabei, vor Gericht für Helmut einzutreten. Sie setzte sie sich auch mit Irene in Verbindung, kannte Friedel Gersolek und wusste, dass seine Tochter eine sehr engagierte Sozialarbeiterin war. Und Irene übernahm den Rest, sprich die anschließende Betreuung, wenn auch nicht offiziell.

Brandes hieß sie zu dem Zeitpunkt noch nicht, auch nicht Merkel. Aber sie erklärte ziemlich bald, Gersolek sei der Name ihres Stiefvaters, den sie bei der Hochzeit ihrer Mutter habe annehmen müssen. Sie sei damals gar nicht gefragt worden und fühle sich heute wie eine Verräterin. Sie erzählte sogar, dass ihr Vater einen Mann erschossen habe. Doch das ändere nichts an der Tatsache, dass er ihr Vater sei.

Auch für Annemarie Ziriak hatte Irene alles erklären können und es damit irgendwie leichter gemacht, zu verstehen und zu ertragen. Bis dahin hatte sie mit einigen Leuten in diversen Ämtern zu tun gehabt. Manche waren griesgrämig oder stur, andere ganz nett, halfen auch mal, den einen oder anderen Antrag zu stellen, für einen Bekleidungszuschuss oder das Wohngeld.

Um Anträge kümmerte Irene sich nicht, sie setzte voraus, dass Annemarie Ziriak das alleine konnte. Was das eigentliche Problem betraf, sagte Irene, Helmut sei mit seinen siebzehn Jahren noch nicht zu alt, man könne durchaus noch etwas machen. Nur eines dürfe man nicht tun, ihn wieder ins Heim oder gar hinter Gitter bringen. Dann könne man ihn auch gleich abschreiben.

Irene kam zweimal in die Wohnung, um mit ihm zu sprechen. Er war nicht da, weil sie sich angemeldet hatte, zu Anfang wollte er gar nichts mit ihr zu tun haben. So sprach sie erst mal mit Annemarie Ziriak über Versäumnisse, Schuldgefühle und Versagen. Sie behauptete, in Wahrheit sei Helmut gar nicht so, kein Mensch käme als wilder Mann oder Verbrecher auf die Welt. Man müsse ihm nur zeigen, dass es auch für ihn einen Platz gab, an dem er gebraucht wurde.

Obwohl Irene auch sie in die Pflicht nahm, war es für Annemarie Ziriak schon beim zweiten Mal wie Besuch von einer guten Bekannten, der man sein Herz ausschütten und bedingungslos vertrauen konnte, weil sie selbst wusste, wie das war. Dass man sich weder den Sohn noch den Vater aussuchen konnte. Aber da sie nun einmal da waren, musste man sie auch lieben, den einen wie den anderen, auch wenn man panische Angst vor ihnen hatte. Weil sie das brauchten, gar nicht existieren konnten, wenn sie nicht genug geliebt wurden. Weil sie dann böse wurden, um sich schossen oder schlugen.

Beim dritten Besuch wartete Irene so lange, bis er nach Hause kam, um halb zwei in der Nacht. Er wurde gleich pampig, verlangte, sie solle sich verziehen, er brauche keine Sozialtante. Irene sagte: «Reiß die Klappe nicht so weit auf, Junge. Ich bin deine Zukunft, und ich nehme doch an, du willst eine. Mit mir hast du eine solide Chance, musst allerdings ein bisschen mitarbeiten. Vielleicht sagst du mir erst mal, was dir so vorschwebt. Willst du weiter Leute verprügeln? Dann solltest du ihnen aber auch die Brieftaschen klauen, sonst bringt das nichts. Oder willst du lieber dealen? Da könnte ich dich mit ein paar Leuten bekannt machen, die immer einen Dummen suchen, der den Kopf für sie hinhält. Einbrüche und Autodiebstahl kann ich nicht mehr empfehlen, Alarmanlagen und Diebstahlsicherungen werden immer besser. Und die Hehler zahlen so gut wie nichts.» Er stand da, starrte Irene an, ganz sprachlos und verwundert und irgendwie klein mit seinen fast zwei Metern.

Danach war es erträglich geworden mit ihm. Im letzten Jahr, seit er dreimal die Woche zu Irene ging, konnte man sogar ganz normal mit ihm reden. Vor vier Monaten war er in die Küche gekommen, hatte sich eine alte Zeitung genommen, sie angeschaut, dabei so schelmisch gegrinst und gefragt: «Soll ich dir mal was vorlesen, Marie?»

Er hatte sie nie Mutter oder Mama genannt, sie auch nie mit ihrem vollen Namen angesprochen. Immer nur Marie, aus seinem Mund klang es sehr abfällig. An dem Tag nicht, da hatte es heiter geklungen, so heiter wie sein Grinsen. Und dann hatte er ihr etwas vorgelesen, er, der gar nicht lesen konnte. Seit dem Tag konnte er es. Gut, es klang nicht so flüssig, wie es hätte klingen sollen, konnte man wohl auch nicht erwarten von ihm. Für manche Worte brauchte er ziemlich lange, ehe er sie zusammenbuchstabiert hatte. Aber selbst das wurde mit der Zeit etwas besser.

Und vor ein paar Wochen war er mit dieser Mappe nach Hause gekommen, hatte gefragt. «Was hältst du davon, wenn ich den Führerschein mache, Marie?»

Um ehrlich zu sein, gar nichts. Er arbeitete nicht. Das Sozialamt zahlte Unterstützung für ihn, laufende Hilfe zum Lebensunterhalt, ansonsten hatten sie nur die kleine Rente, die Annemarie Ziriak seit ihrem Unfall vor acht Jahren bezog. Sie war arbeitsunfähig seitdem, aber es war kein Arbeitsunfall gewesen, entsprechend wenig bekam sie. Seit der letzten Mieterhöhung langte es hinten und vorne nicht mehr.

Ein Führerschein kostete ein Vermögen. Und damit allein war es ja nicht getan. Wenn er ihn erst in der Tasche hatte, wollte er garantiert auch ein Auto dazu. Doch solche Gedanken offen auszusprechen, hätte sie nie gewagt. Dafür hatte er sie zu oft geschlagen, früher, seit drei Jahren nicht mehr. Doch so etwas vergaß man nicht.

«Wenn ich den Lappen habe, kriege ich auch die Stelle», sagte er. «Willst du wetten, Marie?»

Automechaniker wollte er werden, das war sein großer Traum. Vor zweieinhalb Jahren hatte Irene ihm einen Praktikumsplatz beschafft, obwohl er keinen Schulabschluss hatte. Für ein paar Wochen durfte er in einer Werkstatt arbeiten. In der Zeit war er sehr umgänglich gewesen, stolz auf sich. Sie zahlten ihm ein paar Mark, sein erstes selbst verdientes Geld. Doch als es dann um einen Lehrvertrag ging, wer nahm schon einen, der nicht lesen und nicht schreiben konnte? Und nochmal auf die Schulbank, wie Irene vorschlug, das wollte er um keinen Preis der Welt, hatte Angst, dass man ihn auslachte.

Er tat längst nicht alles, was Irene ihm sagte, jedenfalls nicht sofort. Manchmal dauerte es eine Weile, ehe er begriff, was für ihn gut war. Aber lesen konnte er ja nun. Und er meinte, er könne sich auch noch einmal alleine in der Werkstatt bewerben, wo er das Praktikum gemacht hatte. «Für die ist nur wichtig, dass ich fahren kann», meinte er.

Ob Irene das auch so sah, wusste Annemarie Ziriak nicht. Es hatte seit langem keinen Grund mehr gegeben für Besuche. Irene hatte wohl auch sehr viel um die Ohren gehabt. Und sie mal anrufen, am Telefon war Annemarie Ziriak gehemmt, wusste nicht, wie sie sich ausdrücken und was sie überhaupt sagen sollte.

Auf jeden Fall hatte Irene ihm die Mappe aus der Fahrschule besorgt, übte mit ihm und hatte wohl auch versprochen, etwas Geld beizusteuern, jedenfalls behauptete er, sie hätte ihm das versprochen. Normalerweise saugte er sich so etwas nicht aus den Fingern. Es wäre auch nicht das erste Mal gewesen, dass Irene ihm Geld zugesteckt hätte.

Sie hatte gesagt, für jede richtige Antwort bekäme er eine Mark, für jeden kompletten Bogen zehn. Und wenn er es schaffe, sämtliche Fragen an einem einzigen Nachmittag richtig zu beantworten, gäbe es einen glatten Tausender. Das wäre dann fast der Führerschein, vorausgesetzt, er sparte die Zehner, die sich im Laufe der Wochen ansammelten. Das tat er.

Er hütete die Mappe mit den Bogen wie ein rohes Ei, von dem jemand die Kalkschale abgepellt hatte, sodass es nur noch von der dünnen Haut zusammengehalten wurde. Annemarie Ziriak hatte sie nicht mal anfassen dürfen in den letzten Wochen. Es hätten ja Fettflecken draufkommen können.

Als er am Mittwochnachmittag nach Hause kam, trug er die Mappe wie üblich unter dem Arm. Die dünne Pappe wellte sich vor Feuchtigkeit. Er sah auf, als wäre er mitsamt seinen Kleidern unter eine Dusche gestiegen. Der Haarstreifen auf dem Kopf reckte sich nicht wie sonst in die Höhe, lag flach auf dem Schädel. Die Jeanshose war durchnässt. Und sein T-Shirt war vorher nicht rot gemustert gewesen.

Er ging in sein Zimmer, ohne etwas zu erklären, feuerte die Mappe in eine Ecke. All die Fragebogen rutschten heraus und verteilten sich über den Fußboden, während er sich so wie er war auf sein Bett warf. Nicht mal die Schuhe zog er aus. Dann hörte er Musik. Immer dasselbe Lied, er hatte es seit drei Jahren nicht mehr gehört. Aber davor oft. «Wenn ich König von Deutschland wär.»

Die Tür zu seinem Zimmer hatte er offen gelassen. Annemarie Ziriak folgte ihm, blieb in der Tür stehen und bat ihn, die Musik etwas leiser zu machen, ehe die Nachbarn sich beschwerten. Ob sie auch fragen durfte, warum sein T-Shirt so verfärbt war, wusste sie nicht. Besser, man stellte ihm keine Fragen, wenn er in dieser Verfassung war.

Annemarie Ziriak hatte ihn schon einmal in einer solchen Verfassung erlebt vor drei Jahren, als er in der Straßenbahn einen Mann zusammengeschlagen hatte. Da war er auch mit Blut auf der Kleidung nach Hause gekommen. Sie hätte geschworen, dass es Blut war auf dem T-Shirt, notdürftig ausgewaschenes Blut. Während sie noch überlegte, setzte er sich den Kopfhörer auf, da war er sowieso nicht mehr ansprechbar.

## 22. Kapitel

Am späten Abend kam Helmut Ziriak auf nackten Füßen in die Küche. Er hatte sich umgezogen, trug nun den zerschlissenen NATO-Kampfanzug. Essen wollte er nichts, warf nicht mal einen Blick in den Topf auf dem Herd, obwohl er riechen musste, dass seine Mutter ihm sein Leibgericht gekocht hatte. Kartoffelsuppe mit geräuchertem Speck und Zwiebeln.

Er nahm die Nagelschere aus einem Schubfach des Küchenschrankes, setzte sich damit an den Tisch und schnitt sich die Fingernägel so kurz, dass nicht einmal mehr ein Hauch davon über den Fingerkuppen stand. Anschließend ritzte er mit der scharfen Scherenspitze an seinen Fingerkuppen herum. Es sah so aus, als wolle er sich die Nägel reinigen. Aber es waren ja keine Nägel mehr da, nur noch die Stücke, die fest angewachsen waren. Ein paar Mal zog er zischend die Luft ein, weil er sich verletzt hatte, steckte den betreffenden Finger in den Mund und lutschte daran wie ein kleines Kind. Als er mit den Fingern fertig war, wiederholte er die Prozedur an den Füßen. Seine Augen sahen aus, als hätte er stundenlang geweint.

Annemarie Ziriak fragte ihn vorsichtig, wo er sich das T-Shirt so versaut habe. Und ob er denn heute nicht bei Irene gewesen sei. Er brüllte sie an: «Halt die Schnauze, Marie, sonst kriegst du eine rein, die wirst du nie im Leben vergessen. Wenn ich den Namen nochmal von dir hör, war es das Allerletzte, was du aus deinem verdammten Maul rausgelassen hast.»

In dem Moment kam die Angst. Dass er Irene etwas angetan haben könnte, zog Annemarie Ziriak nicht in Betracht. Obwohl er am Montag mit sehr schlechter Laune zurückgekommen war und den ganzen Dienstag herumgemosert und geflucht hatte wegen der Lehrstelle in der Gärtnerei, die er partout nicht wollte. «Der werd ich's zeigen.» Den Satz hatte er gut hundertmal ausgestoßen und ebenso häufig gesagt: «Die wird sich noch wundern.»

So vermutete Annemarie Ziriak, es habe bei Irene Streit gegeben, und er habe seine Wut auf dem Nachhauseweg an irgendjemandem ausgelassen. Vielleicht wieder an einem Fahrgast in der Straßenbahn wie vor drei Jahren. Aber wo war er dann so nass geworden? An einem Brunnen? Oder am Bahnhof? Da gab es Duschen.

Während er in der Küche weiter mit seinen Fußnägeln beschäftigt war, ging sie in sein Zimmer, sammelte die Fahrschul-Bogen auf, steckte sie zurück in die Mappe und legte sie auf die Fensterbank. Danach hob sie seine Jeans und das rot verfärbte T-Shirt vom Boden auf. Es musste Blut sein, eine andere Erklärung fand sie nicht. Seine Schuhe, die nun vor dem Bett standen, waren auch rot verschmiert, aber nur innen. Und seine Socken waren nicht da. Das passte nicht zu ihrer Vorstellung von einer Schlägerei.

In der Nacht zum Donnerstag hörte sie ihn weinen, obwohl die Tür zu seinem Zimmer geschlossen war. Den ganzen Donnerstag über kam er nicht heraus, lag auf dem Bett, den Kopfhörer auf, neben sich das große Kofferradio mit dem Kassettenteil. Das Ding hatte er sich zusammengespart in den Wochen nach Irenes Einzug ins neue Haus.

Da war eine Menge Arbeit gewesen. Ein Neubau, rings herum nur nackte Erde. Irene wollte einen schönen Garten. Rasen, ein paar Ziersträucher und Blumen. Aber Irene war hochschwanger und fragte ihn, ob er ihr helfen wolle. Dann machte er die Arbeit praktisch allein, unter ihrer Anleitung. Sie bezahlte ihn dafür, lobte ihn natürlich auch und versuchte schon dabei, ihm eine Lehrstelle in einer Gärtnerei schmackhaft zu machen.

Aber das wollte er nicht, weil das Sozialamt ihn hin und wieder dazu verdonnerte, den Müll in einem Park aufzusammeln. Da mochte Irene ihm noch hundertmal erklären, es wäre ein großer Unterschied, ob man einen Park gestaltete oder aufräumte, für ihn war es dasselbe.

Als er auch um die Mittagszeit auf seinem Bett liegen blieb, nicht zum Essen kam, wo er schon kein Frühstück gewollt hatte, hielt Annemarie Ziriak es nicht länger aus. Sie rief bei Irene an in der Hoffnung, sie könne herkommen und mit ihm reden. Doch es ging niemand ans Telefon.

Am Nachmittag versuchte sie es noch einmal. Da meldete sich eine Männerstimme, nannte keinen Namen, es kam nur ein fragendes Ja aus dem Hörer. In der Annahme, sie habe Irenes Mann in der Leitung, fragte Annemarie Ziriak: «Kann ich mal Ihre Frau sprechen?»

«Worum geht es denn?», wollte der Mann wissen.

«Ist doch egal», sagte Annemarie Ziriak und fragte etwas nachdrücklicher: «Kann ich Irene nun sprechen oder nicht?»

«Im Augenblick leider nicht», sagte der Mann. «Aber wenn Sie mir Ihren Namen nennen, werde ich ausrichten …»

In dem Augenblick begriff Annemarie Ziriak, dass sie nicht mit Irenes Mann sprach. Mit Gernot Brandes hatte sie ein einziges Mal telefoniert, und er war so was von kurz angebunden gewesen, hatte kein einziges freundliches, nicht mal ein höfliches Wort über die Lippen gebracht, sie nur knapp abgefertigt wie den letzten Dreck. Er hätte garantiert nicht zuvorkommend angeboten, etwas auszurichten.

Wer der Mann am Telefon sein könnte, darüber dachte sie nicht nach, wartete auch nicht ab, was er sonst noch sagte. Sie legte den Hörer auf, starrte zu der geschlossenen Zimmertür hinüber, hinter der ihr Sohn auf seinem Bett lag. Sie ging langsam auf die Tür zu, rief sich all die guten Ratschläge und Verhaltensmaßregeln ins Gedächtnis, die Irene ihr vor drei Jahren eingehämmert hatte, viel half es jedoch nicht.

Ihr Herz schlug hoch oben in der Kehle, als sie die Klinke herunterdrückte. Es war fast, als trete sie mit dem nächsten Schritt ins Leere. Sie ging bis zum Bett, blieb daneben stehen und schaute auf ihn hinunter. Er hatte die Augen geschlossen. Es war ein Kraftakt, eine Hand auszustrecken und ihn auf die Schulter zu tippen. Er schlug die Augen auf, seine Finger griffen nach links hinüber, schalteten den Radiorecorder aus. Den Kopfhörer nahm er nicht ab. «Was willst du, Marie?»

«Sag mir doch, was los ist», bat sie. «Hast du Ärger gehabt?»

Er schüttelte den Kopf. Da er nicht gleich wütend wurde, raffte sie das Restchen Mut zusammen und sprach weiter. «Aber das ist doch Blut auf deinem Hemd und in deinen Schuhen, oder? Das muss eine Menge Blut gewesen sein. Wie ist das denn passiert? Meinst du, ich sollte mal Frau Baresi anrufen? Vielleicht willst du lieber mit ihr sprechen.»

Er machte immer noch keine Anstalten, nach ihr zu schlagen. Also fuhr sie fort: «Bei Irene hab ich's schon probiert, aber sie scheint nicht da zu sein. Es war ein Mann am …»

Weiter kam sie nicht. Er begann so plötzlich und so laut zu lachen, dass sie erschreckt vom Bett zurücktaumelte. Dann warf er sich auf die Seite, riss das Kissen unter seinem Kopf hervor und stülpte es sich darüber. Und unter dem Kissen lachte er weiter, den ganzen Abend und die halbe Nacht hindurch. Er hörte gar nicht mehr auf zu lachen.

Am Freitagmittag las Annemarie Ziriak es dann ebenfalls in der Zeitung, die eine Nachbarin ihr immer an die Tür klemmte, wenn sie selbst alles gelesen hatte. Eine Bluttat in einem Einfamilienhaus am Stadtrand. Irene B. mit zahlreichen Messerstichen getötet. Daneben die Phantomzeichnung vom mutmaßlichen Täter. Sehr ähnlich war sie ihm nicht, jedenfalls nicht vom Gesicht her, nur die Haare, diese blöde Frisur.

Annemarie Ziriak las es zweimal, aber es wurde dadurch nicht verständlicher. Kurz darauf kam er in die Küche. Zu Mittag gekocht hatte sie nicht, es war immer noch Kartoffelsuppe von Mittwoch da. Die hätte sie rasch aufwärmen können. Aber daran dachte sie in dem Moment nicht. Er schnitt sich eine dicke Scheibe Brot ab, aß sie trocken, strich nicht einmal Margarine drauf, von der Leberwurst, die er so gerne mochte, ganz zu schweigen.

Als er sich wieder auf sein Bett legte, nach dem Kopfhörer griff, ging Annemarie Ziriak noch einmal bis zur Tür seines Zimmers. Irenes Stimme klang ihr im Kopf, die von einem Vater sprach, der ein Mörder war. Und dass es keinen Unterschied gab zwischen Vätern und Söhnen. Dass man sie lieben musste, egal was sie angerichtet hatten. «Sag mir doch, was passiert ist», bat sie. «Du hast Irene doch nichts getan, oder? Ich meine, sie war vielleicht nicht immer nett zu dir, aber sie hat's ja nur gut gemeint, und …»

Er fuhr in die Höhe wie mit einer Feder aufgezogen, streckte den Arm in ihre Richtung, fuchtelte damit herum, sodass sie erschrocken abbrach. Seine Stimme überschlug sich fast, beim Sprechen spuckte er gekauten Brotbrei ins Zimmer.

«Quatsch keine Scheiße, Marie! Ich doch nicht. Ich war gar nicht weg am Mittwoch. Besser, du schreibst dir das auf, falls dich einer danach fragt. Ich war den ganzen Tag hier, keinen Fuß hab ich vor die Tür gesetzt. Kannst du dir das merken?»

Als sie nickte, fragte er: «Hast du meine Klamotten schon gewaschen?»

Sie schüttelte den Kopf, und er sagte: «Brauchst du auch nicht. Kümmer dich nur mal drum, ob du die Schuhe sauber kriegst.» Dann legte er sich noch einmal zurück, verschränkte die Arme im Nacken und murmelte in einem ungläubigen Ton: «Mein Gott, Marie, du kannst dir nicht vorstellen, wie viel Blut ein Mensch im Leib hat. Massig, sag ich dir, massig. Die ganze Küche war versaut, und ihre Klamotten trieften.»

Nun wusste Annemarie Ziriak zwar genau, mit wessen Blut er sein T-Shirt und seine Schuhe verdorben hatte. Sie wusste auch, warum er gelacht hatte, als sie sagte, sie hätte mit Irene sprechen wollen. Aber sie begriff nicht, wie er das hatte tun können. Mit zahlreichen Messerstichen. Sie hatte noch nie ein Messer bei ihm gesehen. Wozu hätte er auch eins gebraucht? Er verließ sich auf seine Fäuste. Und so dumm konnte er nicht gewesen sein, seine einzige Chance auf eine solide Zukunft abzustechen.

Kurz darauf kam er in die Küche, nahm sich eine leere Aldi-Tüte aus dem Schrank, stopfte die Jeans und das T-Shirt hinein und verließ die Wohnung. Seine Schuhe konnte er nicht wegwerfen, er hatte nur das eine Paar. Als er zurückkam, nach etwa einer halben Stunde, stellte er ihr die Schuhe auf die Abtropffläche des Spülbeckens. «Na los doch», verlangte er, «sieh zu, dass die Sauerei rausgeht.»

In der Nacht zum Samstag kamen vier Polizisten, zwei in Uniform und zwei in Zivil, einer davon war Heinen, den

Kurt Seifert nach Merkels Anruf sofort aus dem Bett gescheucht hatte. Annemarie Ziriak hatte noch nicht geschlafen. Sie öffnete mit verweintem Gesicht. Beim Anblick der Uniformen und der Dienstmarken schlug sie die Hände vor den Mund und brach in lautes Weinen aus. Die Polizisten kümmerten sich nicht um sie, schoben sie von der Tür weg.

Die beiden Uniformierten bezogen Posten im Flur, um jeden Fluchtversuch zu vereiteln. Heinen und sein Kollege gingen in Helmut Ziriaks Zimmer. Er lag immer noch auf dem Bett, neben sich den Radiorecorder. Vor dem Bett standen seine nassen Schuhe. Er hörte Musik über den Kopfhörer, schnipste mit den Fingern den Takt und bewegte die Schultern dazu. Auch sein Kopf bewegte sich auf dem Kissen, ruckte auf und ab.

Anscheinend hatte er sie nicht hereinkommen hören. Da er auf mehrfaches Ansprechen nicht reagierte, tippte Heinen ihn auf die Schulter. Er fuhr in die Höhe und riss sich gleichzeitig den Kopfhörer herunter. Für einen Moment dröhnte eine Männerstimme durchs Zimmer. «Wenn ich König von Deutschland wär.»

Ziriak starrte die beiden Männer feindselig an und erkundigte sich in aufsässigem Ton. «Ist was?» Dann schaltete er endlich die Musik ab. Heinen erklärte ihm, wessen er verdächtigt wurde, belehrte ihn über seine Rechte und stellte die Schuhe sicher. Ziriak ließ sich ohne Widerstand festnehmen, wies nur darauf hin, dass er sie auf Socken begleiten müsse, wenn sie ihm nicht erlaubten, seine Schuhe anzuziehen. Und er weigerte sich, ein paar Sachen zu packen.

Als seine Mutter das für ihn tun wollte, schrie er sie an: «Lass den Quatsch, Marie! Ich bin in einer Stunde wieder hier. Ich hab nix getan, gar nix. Ich war doch gar nicht weg am Mittwoch, das weißt du. Sag ihnen, dass ich nicht weg war.»

Natürlich sagte Annemarie Ziriak das nicht. Sie setzte sich in die Küche und überlegte, ob sie die Anwältin anrufen müsste, die ihn vor drei Jahren vertreten hatte. Sie musste, das war ihr klar. Aber im Telefonbuch gab es keine Frau Doktor Greta Baresi mehr, und in der Kanzlei, in der sie damals gearbeitet hatte, war um die Zeit niemand, da wäre auch morgen keiner. Es war Wochenende.

So blieb Helmut Ziriak bis zum Montagmorgen ohne Rechtsbeistand und Schuhe. Im ersten Verhör, das noch in der Nacht durchgeführt wurde, bestritt er, am Mittwoch auch nur in der Nähe von Irenes Haus gewesen zu sein. Mit den Aussagen von Ulla Fendrich und dem Bauarbeiter sowie der Tatsache konfrontiert, dass etliche der im Haus sichergestellten Fingerabdrücke mit seinen identisch waren, erklärte er: «Ich war am Montag da, am Montag zuletzt. Weiß ich, wen die Trulla am Mittwoch gehört hat, mich jedenfalls nicht. Oder hat sie mich etwa gesehen?»

Gesehen hatte Ulla Fendrich ihn nicht. Der Bauarbeiter, dem er über den Weg gelaufen war, müsse ihn verwechseln. Auch nach einer Gegenüberstellung am Samstagvormittag, bei welcher der Bauarbeiter ihn zweifelsfrei als den Mann identifizierte, der mittwochs kurz nach zwei in pitschnasser und höchstwahrscheinlich blutverschmierter Kleidung aus dem Rosenweg gebogen war, blieb Ziriak bei seiner Behauptung.

Erst am Nachmittag räumte er unter zunehmendem Druck ein, am Rosenweg gewesen zu sein, aber nicht im Haus. Angeblich hatte er um halb zwölf geklingelt. Ihm wurde nicht geöffnet, und er nahm an, Irene sei nicht zu Hause. Aber er wusste, dass sie ihren Sohn immer um zwölf Uhr fütterte, und rechnete damit, dass sie bis dahin zurückkäme.

Eine halbe Stunde etwa lief er herum. Dann probierte er

es nochmal. Diesmal klingelte er nicht, klopfte stattdessen und rief nach Irene. Er hörte Patrick weinen, war deshalb sicher, dass Irene zu Hause war. Aber sie machte nicht auf. Er vermutete, sie sei sauer auf ihn, weil er sich dienstags nicht wie verlangt in der Gärtnerei vorgestellt hatte. Deshalb rief er die Sätze, die Ulla Fendrich gehört hatte, allerdings erreichte er nichts mit seinem Betteln um Einlass. Danach lief er noch eine Weile in der Gegend herum, spielte an einer verlassenen Baustelle mit einem Wasserschlauch, weil es so heiß war. Aus dem Grund war er so nass gewesen. Ja, er habe ein rot gemustertes T-Shirt angehabt.

Er war zäh wie ein Büffel und ebenso stur. Nur half ihm das nicht. Sie konnten ihm beweisen, dass er am Mittwoch im Haus gewesen sein musste. Er hatte seine Fingerabdrücke auch im Bad und auf der Mordwaffe hinterlassen, einem Messer mit zwölf Zentimeter langer Klinge, das hinter der Küchentür gelegen hatte. Nach dem Gegenstand, mit dem Irene niedergeschlagen worden war, hatten die Polizisten bisher vergebens gesucht.

Wahrscheinlich ein Hammer, hundertprozentig fest stand das nicht. Sicher war nur, dass die Schlagwaffe zuvor nicht mit Sand, Beton oder sonst einer Bausubstanz in Berührung gekommen sein konnte, weil sich keinerlei derartige Partikel an der Leiche hatten nachweisen lassen. Ein neuer Hammer vermutlich oder einer, der vorher nur in einem Privathaushalt Verwendung gefunden hatte. Vielleicht hatte er zufällig in Irenes Küche gelegen, weil sie noch irgendwo einen Nagel hatte einschlagen und etwas aufhängen wollen.

Im Keller des Hauses gab es einen Werkzeugkasten mit allem, was man gelegentlich brauchte, wenn man nicht für jede Kleinigkeit einen Handwerker bemühen wollte. Es hatte auch ein Hammer in dem Kasten gelegen, dessen Aufschlagfläche jedoch zu klein war, um die Prellung an Irenes Kopf verursacht haben zu können. Ob es im Haushalt noch einen größeren Hammer gegeben hatte, wusste Gernot Brandes nicht. Er hatte sich nie für Werkzeug interessiert, konnte auch nicht sagen, ob das Messer aus seinem Haushalt stammte.

## 23. Kapitel

Von all dem erfuhr Merkel am Sonntagnachmittag. Es war nicht sein üblicher Besuchstag bei Kurt und Agnes. Aber Kurt bestand darauf, dass er kam, und holte ihn unangemeldet mit dem Wagen ab, damit er sich nicht drückte. Während der Fahrt schilderte Kurt den Stand der Dinge. Er machte es so rücksichtsvoll wie eben möglich und klang zuversichtlich dabei. Merkel solle sich bei Gelegenheit das Messer einmal anschauen. Vielleicht hatte er es ja schon in Irenes Küche gesehen. Einen Blick in den Werkzeugkasten hatte er nie geworfen, ob ein zweiter Hammer im Haus gewesen war, vermochte er nicht zu sagen.

Außerdem bat Kurt, er solle am nächsten Tag die Schuhe, die er am Mittwoch getragen hatte, ins Präsidium bringen. Man brauchte sie, um sicherzustellen, dass der Dreck, der im Wohnzimmer auf dem Teppich gelegen hatte, nicht von ihm stammte.

«Ich hab ihr nie Dreck ins Haus getragen», sagte Merkel.

«Natürlich nicht, Hein», versicherte Kurt eilig. «Ich habe dich auch noch nie in Sportschuhen mit Profilsohlen gesehen. Aber du hast da ziemlich lange auf der Couch gesessen. Bring die Schuhe, damit ist das aus der Welt. Mach dir deshalb keine Sorgen. Die Beweislage ist eindeutig.»

Merkel machte sich keine Sorgen, war nur noch darum bemüht, die Sache abzuhaken, um wieder zur Ruhe zu kommen. Er wünschte sich, Kurt hätte den Mund gehalten. Am Freitag war er irgendwie überrumpelt worden von diesem Häufchen Papier. Lieber Papa! Und der rührseligen Geschichte, das Taschengeld für eine Pyramide gespart, alle vier Wochen vom guten Friedel klammheimlich zu Kurt und Agnes gebracht und immer als Erstes gefragt: «Wie geht es Papa?»

Es ging ihm nicht gut. Überhaupt nicht gut. Er fühlte sich, als hätte er nur noch ein Häufchen Asche im Leib. Sie war tot, ihr Mörder festgenommen. Er brauchte nicht länger zu grübeln, wo er sich eine Pistole beschaffen könnte. Musste sich auch nicht mehr vorstellen, Ziriak mit einer Waffe in der Hand gegenüberzutreten und abzudrücken, bis das Magazin leer war. Damit musste es ein Ende haben.

Was kümmerte es ihn, dass Kurt dem zuständigen Staatsanwalt ordentlich Dampf gemacht hatte? Oder dass Heinen nicht locker ließ? Dass sie unbedingt ein Geständnis haben und Ziriaks Motiv verstehen wollten? Wem war denn damit geholfen, das Motiv zu verstehen? Wurde sie davon etwa wieder lebendig? Nein! Ein Geständnis würden sie schon bekommen. Sie bekamen in den meisten Fällen eins. Und wenn nicht, gäbe es eben einen Indizienprozess.

Aber selbst wenn Ziriak zu dreimal lebenslänglich mit anschließender Sicherheitsverwahrung verurteilt wurde, womit gar nicht zu rechnen war, ihm half das keinen Schritt weiter. Er stand immer noch in der Kneipe an der Theke und hielt sie zurück. «Warte einen Moment, Irene.»

Der größte Fehler, den er in seinem Leben gemacht hatte. Was hatte es ihm gebracht? Lumpige zwei Jahre, wobei das erste genau genommen gar nicht zählte. Hin und wieder ein Treffen in der Kneipe, was war das denn gewesen? Und nun war es schon wieder vorbei, gerade in dem Moment, wo es richtig hätte anfangen können, wo er gedacht hatte, dass sie am nächsten Dienstag einmal ganz anders miteinander reden müssten.

Nicht mehr über Ohloff, Ziriak, die Schnapsdrossel Bodewig oder ihre armen Kinder, sondern über sich selbst. Über die letzten zwanzig Jahre, den Schmerz, die Enttäuschung, die Sehnsucht nach Wärme, die Verlassenheit und die Verzweiflung. Über all das, was einen Mann dazu treiben konnte, einen anderen zu erschießen und sich selbst lebendig begraben zu lassen. Und über das Risiko, das man immer einging, wenn man sich auf einen anderen Menschen einließ, weil es nie eine Garantie gab.

Und dann über sie, die das gleiche Drama vielleicht von der anderen Seite erlebte. «Woher willst du das wissen, Papa? Was macht dich so sicher, dass ich nicht ganz genau weiß, wovon ich spreche?» So weit hätte die Ähnlichkeit nun wirklich nicht gehen müssen.

Mit einem Mann verheiratet, der keine Zeit mehr für sie hatte. Der seine Abende und die Wochenenden lieber mit anderen verbrachte. Schwierigkeiten in der Ehe, weil ihr Vater ein Mörder war und sie keine Ruhe geben konnte, bis er sie regelmäßig besuchte. Weil ihm das nicht passte, dem feinen Herrn Bankkaufmann, der auf seinen guten Ruf und seine Integrität achten musste. Weil er sich vielleicht nur deshalb auf die Suche nach einer gemacht hatte, die wie er Wert auf guten Umgang legte.

Und jetzt, wo sie tot war, nicht mehr darüber reden konnte, jetzt kam es ihm so vor, als hätte er schon viel früher etwas bemerken müssen. An dem Tag, als sie den Jungen bekam, zum Beispiel. Welcher frisch gebackene Vater lieferte denn nur einen Strauß Rosen ab und traf sich abends mit einem Kunden? Man konnte jeden Termin verschieben, bei solch einem Ereignis, da gab es nun wahrhaftig einen guten Grund, den jeder verstanden hätte. Oder zu Weihnachten, wer machte denn mit den Eltern Urlaub im Schnee und ließ die Frau mit einem Baby allein zu Hause?

Wenn man erst richtig darüber nachdachte, fielen einem doch ein paar Ungereimtheiten auf. Von einem Mann, der ganz normal bei einer Bank angestellt war, sollte man annehmen, dass er sein Geld während der üblichen Geschäftszeiten verdiente. Mal ein paar Überstunden, die mochte es ja geben. Aber warum sollte er auch noch die Samstage und Sonntage opfern? Wurde er deshalb etwa besser bezahlt, bekam er Provision?

Das konnte Merkel sich nicht vorstellen. Er fragte Kurt danach und veranlasste ihn damit zu einem irritierten Stirnrunzeln. «Wie kommst du denn jetzt darauf, Hein?»

«Fiel mir gerade so ein», sagte er.

Und dann fiel ihm auch wieder ein, dass sie gesagt hatte: «Du hättest ihr einen Tritt verpassen können, Papa. Das ist mein Standpunkt. Wenn mich einer tritt, trete ich zurück.»

Das klang ja fast, als hätte sie mit dem Gedanken gespielt, sich von ihrem Mann zu trennen, als hätte sie endlich eingesehen, dass dieser Schönling absolut nicht zu ihr passte und sie besser daran tat, ihm den Koffer vor die Tür zu stellen. Vielleicht hatte sie gehofft, dass er als ihr Vater ihr ein wenig zur Seite stand bei der bevorstehenden Trennung, damit sie nicht ganz alleine war mit dem Baby, ihren Häusern und all dem Ärger.

Sie hätten wirklich eine Menge zu reden gehabt am nächsten Dienstag. Über ihre Enttäuschung und ihre Sehnsucht und wie sie damit umging. Ob sie es auch hin und wieder brauchte, dass ein Mann ihr das Gefühl gab, sie sei schön, reizvoll und begehrenswert. Und wenn es nur einer wie Ohloff war, der sie anhimmelte und dabei seinen Schlafzimmerblick bekam. Der jeden Montag in der Kneipe schwärmte, was für eine tolle Frau sie sei. Hatte sie sich deshalb so oft mit Ohloff abgegeben? Für ein bisschen Selbstbestätigung?

Darauf bekäme er nie mehr eine Antwort. Und das war mehr, als er verkraften konnte.

Aber das würde Kurt nie verstehen. Kurt begriff ja nicht einmal, was er ihm antat mit diesem Kaffeenachmittag außer der Reihe und den Spekulationen, wann man sie beerdigen könne. Noch war die Leiche nicht von der Staatsanwaltschaft freigegeben. Es wusste auch niemand, ob Gernot Brandes daran dachte, sie zu informieren.

Agnes schlich mit verweintem Gesicht herum wie ein Gespenst, holte schluchzend und schniefend einen großen Schuhkarton voller Briefe aus dem Schrank, legte vier Dutzend verblichene Fotos dazu und ging ihm mit ihren Samthandschuhen mehr auf die Nerven als jemals zuvor. Hein hinten, Hein vorne. Nimmst du noch ein Stück Streusel, Hein? Willst du noch einen Kaffee? Kannst doch sicher noch einen vertragen, hast ja eine lange Nacht vor dir.

Natürlich waren die Nächte lang, aber auch einigermaßen erträglich. Da ginge er nur mit dem Hund durch die schwach beleuchteten Passagen. Und wenn er nicht gerade an den Auslagen des Juweliers vorbeiging, erinnerte überhaupt nichts daran, dass er eine Tochter gehabt hatte.

Die kleine goldene Uhr lag immer noch im Schaufenster. Sah aus, als müsse er das Ding kaufen, damit es endlich verschwand. Er spielte tatsächlich mit dem Gedanken, es zu kaufen, hübsch einwickeln zu lassen, in Goldpapier mit Schleifchen. Und es ihr im Oktober aufs Grab zu legen. «Herzlichen Glückwunsch zum Geburtstag, Irene. Und was ich dir noch sagen wollte. Du warst mir sehr wichtig. Auch wenn das vielleicht nie so ausgesehen hat. Ich hab's eben leider zu spät begriffen. Aber ich wäre beinahe umgekehrt am letzten Dienstag. Es hat nicht viel gefehlt, ehrlich nicht, und ich hätte dich einmal in den Arm genommen.»

Dass er es nicht getan hatte, dass er am Ende nicht einmal die wenigen Schritte bis zu ihrem Bett gegangen war, würde er sich vermutlich nie verzeihen. Und deshalb waren die Vormittage entschieden länger als die Nächte. Am Samstag, auch an dem Sonntagmorgen hatte er sich von einer Seite auf die andere gewälzt und das Gefühl gehabt, sich neben ihr zu wälzen.

Das gleiche Bett. Und wenn er hingegangen wäre, was hätte er denn schon großartig kaputtmachen können? Selbst wenn er den wichtigsten Beweis zertrampelt hätte, in solch einem Moment pfiff man doch auf den Polizisten, der man einmal gewesen war. In solch einem Moment war man nur ein Mensch, ein Mann und ein Vater, dem mal wieder das Herz aus dem Leib gerissen wurde, wo er es doch gerade erst wieder gefunden hatte auf der Müllkippe seines Lebens.

Bei Kaffee und Butterstreusel fuhr Kurt fort mit seinem Psychoterror, erzählte von komplizierten Laboruntersuchungen, wollte ihm damit suggerieren, dass alles getan wurde. Sie hatten ja heute ganz andere Möglichkeiten als vor zwanzig Jahren, wo man sich glücklich hatte schätzen müssen, wenn man ein paar gute Fingerabdrücke und brauchbare Zeugenaussagen bekam. Aber mit der neuen Technik dauerte das eben auch alles seine Zeit.

Damit kam Kurt noch einmal auf Merkels Schuhe zurück, die man wirklich dringend brauche. An Ziriaks Schuhen hatten sie sich in der Forensik die Zähne ausgebissen. Die sollten nun ins LKA-Labor nach Düsseldorf geschickt werden. Vielleicht konnten die etwas mehr feststellen, als dass die Schuhe mit Flüssigseife und einer groben Bürste geschrubbt worden und dass sie zuvor höchstwahrscheinlich innen mit Blut verschmiert gewesen waren.

«Was soll denn der Aufwand?», fragte Merkel. «Ihr habt

seine Fingerabdrücke auf der Tatwaffe, das reicht doch, oder?»

«Eigentlich schon», sagte Kurt.

Eigentlich! Merkel benutzte das Wort selbst gern, deshalb wusste er genau, dass es meist das Gegenteil meinte. «Magst du noch ein Stück Streusel, Hein?» – «Eigentlich bin ich satt.» – «Noch ein Kaffee, Hein?» – «Eigentlich hab ich genug.» Das praktizierte er schon den halben Nachmittag.

«Gibt's doch Unklarheiten?», fragte er.

Die gab es in der Tat. Aber zuerst schüttelte Kurt den Kopf und benutzte noch einmal die Formulierung, die alles infrage stellte: «Eigentlich nicht. Ich will es nur so genau wie möglich haben, vor allem in so einem Fall, wo es kein Geständnis gibt.»

«Wozu braucht ihr eins, bei der Beweislage?», erkundigte Merkel sich. So weit war er mit seinen Gedanken doch nicht weg, dass ihm nicht der feine Unterton in Kurts Stimme aufgefallen wäre. Mit langsam erwachendem Misstrauen schob er noch eine Frage nach: «Es gibt doch keine Zweifel an Ziriaks Schuld, oder?»

«Eigentlich nicht», sagte Kurt zum dritten Mal.

«Jetzt hör mir auf mit eigentlich», verlangte Merkel ungehalten. «Reden wir Klartext. Was stimmt da nicht?»

Kurt machte eine Bewegung mit den Händen, hob gleichzeitig die Schultern an, ließ sie wieder sinken. Er schien unsicher, wie viel er ihm zumuten durfte. «Ich kann noch nicht viel sagen, Hein», begann er. «Da sind ein paar Ungereimtheiten, die für mich keinen Sinn ergeben.»

«Und die wären?», fragte Merkel.

Kurt atmete einmal tief durch und referierte minutenlang über die Dreckröllchen auf dem Teppich vor der Couch im Wohnzimmer. Als Ungereimtheit konnte man sie nun nicht gerade bezeichnen. Von der Form her passten die Röllchen exakt zum Profil von Ziriaks Schuhen. Nur waren Ziriaks Schuhe keine Spezialanfertigung, sie stammten aus einer Massenproduktion, was bedeutete, dass etliche hundert Leute damit herumliefen, darunter auch der Belastungszeuge, ausgerechnet der Bauarbeiter, der Ziriak am Mittwoch aus dem Rosenweg hatte kommen sehen. Zum Glück hatte der Mann für die fragliche Zeit ein Alibi, das von drei Kollegen bestätigt wurde.

Der Dreck stammte nachweislich von einer Baustelle und nicht von der staubigen Straße. Er enthielt Sand und Beton. Dass er nach Ziriaks Besuch am Montag liegen geblieben war, erschien unwahrscheinlich, weil Irene am Mittwochmorgen noch mit dem Staubsauger im Wohnzimmer gearbeitet hatte. Laut Auskunft seiner Mutter war Ziriak am Mittwochmorgen kurz nach zehn aus der Wohnung gegangen. Die Straßenbahn fuhr im Viertelstundentakt. Er hätte also schon vor elf Uhr in der Gartenstadt sein und sich eine Weile auf einer Baustelle herumtreiben können.

Aber jeder einigermaßen gute Anwalt würde entweder behaupten, Irene sei am Mittwoch in Eile und nicht gründlich gewesen, oder darauf verweisen, dass in dem Viertel mehr als ein Bauarbeiter beschäftigt war. Wie sollte man jetzt noch feststellen, wer am Mittwoch welche Schuhe getragen hatte? Die Terrassentür war die ganze Zeit offen gewesen, das mochte einer der Arbeiter von den Grundstücken aus der Querstraße als Einladung verstanden haben.

Merkel fühlte kalte Wut in sich aufsteigen. Von wegen: Klarer Fall! Bei einem klaren Fall hielt man nicht Ausschau nach weiteren Verdächtigen. Kurt beeilte sich, ihm zu versichern, dass man das auch nicht tat. Einen Fremdtäter schloss man völlig aus. Es gab kein Anzeichen für ein Sexualverbrechen, keine Kampfspuren, gestohlen worden war auch nichts, obwohl eine Menge Geld im Haus gewesen war. Die Art der Verletzungen sprach für ein Motiv aus dem persönlichen Bereich. Aber es wäre Kurt entschieden lieber gewesen, man hätte etwas mehr in der Hand gehabt als Ziriaks Fingerabdrücke auf dem Messergriff, das T-Shirt, das er getragen hatte, wäre nicht schlecht gewesen.

«Wenn's der Sache dienlich ist», sagte Merkel mühsam beherrscht, «ein kleiner Tipp am Rande. Ich weiß nicht, ob es deinen tüchtigen Männern aufgefallen ist, aber da lagen auch Krümel von einem Radiergummi auf dem Tisch. Ziriak hat ständig auf den Fahrschulbogen radiert. Und dass Irene zwischen Montag und Mittwoch den Tisch nicht einmal abgewischt haben soll, damit soll ein einigermaßen guter Anwalt mir mal kommen, dem erzähle ich was anderes.»

Kurt nickte versonnen. «Ziriak muss eine Weile im Wohnzimmer gesessen haben, und zwar alleine. Irene kann nicht bei ihm gewesen sein, sonst hätte die Nachbarin etwas hören müssen. Im Erdgeschoss herumgelaufen ist er auch nicht, da hätte der Dreck auch an anderen Stellen gelegen. Es dauert eine Weile, ehe feuchter Baudreck so trocken wird, dass er aus den Profilen herausbröselt. Wie lange genau, werden sie im Labor wohl feststellen. Und so lange müssen zumindest seine Schuhe an einem Platz gestanden haben.»

In Merkels Hinterkopf sagte sie noch einmal: «Wenn ich gerade gewischt habe, zieht er die Schuhe aus.» Aber das wörtlich an Kurt wiederzugeben, rückte Ziriak in ein zu freundliches Licht. «Sie wird verlangt haben, dass er sie auszieht», sagte er. «Wenn sie dreckig waren. Er ist auf Socken in der Küche herumgelaufen, die Spuren habe ich auch gesehen. Vielleicht haben nur seine Schuhe im Wohnzimmer gestanden, und der Dreck fiel raus, als er sie wieder anzog.»

«Möglich», sagte Kurt, sehr überzeugt klang es jedoch nicht. Er fügte auch sofort hinzu: «Nur stellt man schmutzige Schuhe nicht auf einem Wohnzimmerteppich ab. Man lässt sie bei der Haustür stehen. Aber sie befanden sich längere Zeit auf dem Teppich, daran gibt es nichts zu rütteln. Er muss sie vor dem Mord geholt und neben die Küchentür gestellt haben. Er ist nicht auf blutigen Socken durch die Diele gelaufen, muss die Schuhe also wieder angezogen haben, als er die Küche verließ. Warum? Kümmert es so einen, ob er das Blut seines Opfers durchs ganze Haus trägt?»

Merkel zuckte mit den Achseln und wartete darauf, dass Kurt weitersprach. Das tat er nach ein paar Sekunden. Und Merkel glaubte zu begreifen, worauf er mit diesem Nachmittag abzielte. Mit Speck fing man Mäuse, mit offenen Fragen vielleicht den alten Hein noch einmal. Den Hein, der die halbe Nacht an seinem Schreibtisch über Rätseln und Widersprüchen brüten konnte, bis er die Lösung gefunden hatte. Der damit sich und aller Welt bewies, dass er ein guter Polizist war. Leider vergaß der gute Polizist nur zu oft, dass daheim eine schöne Frau auf ihn wartete. Eine Frau, die es überhaupt nicht vertrug, wenn man sie vernachlässigte.

## 24. Kapitel

Die Ermittler um Lukas Heinen bastelten immer noch an einer Rekonstruktion des Tathergangs. Inzwischen sahen sie drei Möglichkeiten. Die erste Variante war: Halb zwölf, Ziriak klingelt. Irene lässt ihn rein. Natürlich will sie ihn zur Rede stellen, weil er nicht in der Gärtnerei war. Aber hätte sie das nicht sofort getan? Oder wollte sie ihn erst ein wenig schmoren lassen und schickte ihn deshalb ins Wohnzimmer? Dort beschäftigt er sich eine Weile mit seinen Fahrschulbogen. Er ist nervös, wird zunehmend wütend, weil Irene sich nicht um ihn kümmert. So wäre zu erklären, warum Ulla Fendrich zwischen halb zwölf und zwölf absolut nichts gehört hatte.

Um zwölf beginnt Patrick zu weinen. Irene holt ihn aus dem Bett und schließt sich mit ihm in der Küche ein. Warum, wenn es zuvor nicht ein lautes Wort gegeben hat? Stand Ziriak plötzlich mit dem Messer vor ihr? Das hielt Kurt für nicht unwahrscheinlich, weil Ziriak gerufen hatte: «Mach keinen Scheiß. Lass mich rein.» Warum sollte Irene die Tür einfach wieder geöffnet haben, wenn die Gefahr für sie offensichtlich war?

«Warum! Warum!», brüllte Merkel unvermittelt los. Psychologische Spitzfindigkeiten verabscheute er ebenso wie eigentlich. Warum ein Mensch dieses tat und jenes ließ, konnte der Mensch meist nicht einmal selbst beantworten, dafür war er doch das beste Beispiel. Es war eben so, und es führte zu gar nichts, wenn man alles hinterfragte. Was zählte, waren Fakten!

Kurt hatte sie doch auch gut gekannt. Er musste wissen, dass sie immer gemeint hatte, sie würde mit allem fertig, auch mit einem Brocken wie Ziriak. Was ihn am meisten aufregte, war das anfängliche Einlullen, mit dem Kurt diesen Nachmittag begonnen hatte. Eindeutige Beweislage! Einen Dreck hatten sie, im wahrsten Sinne des Wortes.

Agnes, die bis dahin still dabeigesessen und die Streuselkrümel auf ihrem Teller hin und her geschoben hatte, sprang auf und stürzte laut schluchzend aus dem Zimmer. Am liebsten wäre Merkel ihr nachgerannt. Nichts mehr hören, Kurt zum Schweigen bringen, weil er in einem fort am Schlussstrich radierte. Zweifel an Ziriaks Schuld. Auch wenn Kurt es leugnete, er hatte sie.

Aber Merkel rannte nicht hinaus, blieb sitzen und hörte sich die zweite Variante an. War das Klopfen und Rufen gar nicht aus dem Haus, sondern von draußen gekommen? Sagte Ziriak in dem Punkt die Wahrheit, dass Irene ihn nämlich um halb zwölf nicht reingelassen hatte? So erschien es logischer.

Ziriak läuft frustriert in der Gegend herum. Um zwölf probiert er sein Glück noch einmal. Vielleicht gibt Irene ihm durchs Fenster zu verstehen, er solle sich verziehen. Solch ein Verhalten passe zwar nicht zu ihr, aber man dürfe es nicht völlig ausschließen. Ziriak hat zuvor gesehen, dass die Terrassentür offen ist. Er kommt nun durch den Garten und setzt sich ins Wohnzimmer. Irene bemerkt ihn nicht, weil sie in der Küche ist. Doch dass sie sich bis um zwei Uhr unentwegt in der Küche aufgehalten haben, nicht einmal in die Diele gegangen sein sollte, wobei sie ihn hätte sehen müssen, war auch nicht sehr wahrscheinlich. Was hatte sie denn gemacht die ganze Zeit?

«Den Jungen gefüttert und selbst was gegessen», sagte

Merkel mit mühsam unterdrückter Wut. «So was macht man normalerweise über Mittag und in der Küche. Oder läufst du mit dem Teller in der Hand durchs Haus?»

«Natürlich nicht», sagte Kurt. «Aber sie hat nicht zu Mittag gegessen, Hein. Und was mir nicht in den Kopf will, sie kannten sich seit drei Jahren. Es hat nie irgendwelche Schwierigkeiten gegeben. Ziriaks Mutter sagte, wenn keiner mehr mit ihm fertig wurde, Irene fand immer den richtigen Ton. Und es war wohl meist der Ton, den die Nachbarin am Montag gehört hat. Halt die Klappe, tu was ich dir sage, immer in dieser Art, weil er den Druck brauchte. Wenn er daran gewöhnt war, dass sie ihm hart zusetzte, warum sollte er dann plötzlich mit einem Hammer und einem Messer auf sie losgehen?»

«Weil einmal der Punkt erreicht ist, an dem es zu viel wird», sagte Merkel.

Kurt schüttelte den Kopf. «Er hat auch gerufen, er hätte nachgedacht, Hein. Da würde ich annehmen, er sei bereit gewesen, sich zu fügen.»

Und dann warf Kurt die Frage auf, die ihn wohl am meisten beschäftigte. Wozu hätte einer wie Ziriak überhaupt einen Hammer und ein Messer gebraucht? Bei einem wie ihm ging man doch davon aus, dass er seine Fäuste einsetzte. Aber gut, wenn Hammer und Messer zufällig griffbereit in der Küche gelegen hätten. Da müsse man sich allerdings fragen, warum er den Hammer mitgenommen und das Messer am Tatort zurückgelassen hatte. Und man solle auch bedenken, dass Ziriak über Bärenkräfte verfügte und Irene mit einem Hammer vermutlich den Schädel eingeschlagen hätte.

«Phantastisch», presste Merkel zwischen den Zähnen hindurch. «Wahrscheinlich hat Irene sich selbst eins über den Schädel gegeben und sich anschließend das Messer in den Rücken gejagt. Er hat nur im Wohnzimmer gesessen, auf seinen Bögen radiert und anschließend aufgeräumt. Sie hat auch immer behauptet, er wäre ein Unschuldslamm. Was musste der Mann in der Straßenbahn ihn auch nach der Uhrzeit fragen? Sind doch selber schuld, die Leute.»

«Hein, bitte.» Kurt hob beschwichtigend die Hände. «Ich verstehe, dass dich das aufregt, aber …»

«Das regt mich nicht auf», schnitt Merkel ihm ins Wort, «nur die Art, wie du es mir unterjubeln willst. Wenn du nicht glaubst, dass er es war, dann sag das frei heraus. Schleich nicht wie die Katze um den heißen Brei herum, so was hasse ich.»

Noch einmal sagte Kurt: «Hein, bitte. Ich habe es schon einmal gesagt, da sind einige Dinge, die für mich keinen …»

«Ach», höhnte Merkel und unterbrach ihn damit erneut. «Er hat sie nicht zusammengeschlagen, wie er es sonst gerne macht. Das ist natürlich ein großer Widerspruch. Er hat nicht herumgebrüllt und die Küchentür nicht eingetreten, völlig unerklärlich. Was hast du denn sonst noch auf Lager? Lass doch mal hören.»

Kurt ignorierte den Ton und kam zu den vermeintlichen Wischspuren auf dem Fußboden in der Küche. Das Putzzeug in einem der Küchenschränke war trocken gewesen. Es hatten sich auch keinerlei Blutspuren daran befunden. Folglich hatte niemand versucht, den Boden aufzuwischen. Es mochten Schleifspuren sein. Nur hätte Ziriak Irene nicht über den Boden schleifen müssen.

Ziriak hätte sie ohne Schwierigkeiten die Treppe hinauftragen können. Und getragen worden war sie, entweder von zwei Personen oder einer sehr starken. Fest stand auch, dass Ziriak ihr die Nelken in die Hände gedrückt hatte. Auf der Vase in der Küche hatten sich ebenfalls Fingerabdrücke von ihm befunden. Aber waren die Nelken, dieses ganze Arrangement auf dem Bett nicht ein Zeichen von Ehrerbietung?

Nach dieser Frage kam Kurt mit unbewegter Miene zum größten Widerspruch. Er ersparte Merkel die grausamen Details, sprach nur vom Zeitpunkt des Todes. Inzwischen hatte er den Obduktionsbericht eingesehen und sich genauer informiert. Irene war nicht um vierzehn Uhr gestorben, auch nicht um dreizehn Uhr, wie der Gerichtsmediziner zuerst geschätzt hatte. Nach exakten Berechnungen und einem Abgleich mit der Raumtemperatur stand fest, dass der Tod höchstwahrscheinlich zwischen halb zwölf und zwölf Uhr eingetreten war.

Und Irene war nicht auf der Stelle tot gewesen, deshalb musste man nun davon ausgehen, sie sei genau um halb zwölf angegriffen worden, weil Ziriak zu dem Zeitpunkt geklingelt hatte.

«Natürlich könnte er sofort über sie hergefallen sein», meinte Kurt und spielt die dritte Variante durch, bei der Merkel sich fragte, warum er sich zuvor mit den beiden anderen aufgehalten hatte. Die dritte musste nämlich die richtige sein.

Irene lässt Ziriak rein und geht zurück in die Küche. Sie will mit der Näharbeit fertig werden, ehe der Junge aufwacht. Ziriak zieht bei der Haustür seine schmutzigen Schuhe aus, folgt ihr auf Socken. Sie sitzt bereits wieder am Tisch, macht ihm Vorhaltungen, und da liegt ein Hammer. Er stellt sich hinter sie und schlägt sie nieder. Sie fällt vornüber mit dem Gesicht auf die Nähmaschine. Dafür sprach eine Schramme auf ihrer linken Wange. Ziriak sticht auf sie ein und verlässt das Haus wieder. Ein durchaus übliches Verhalten, Flucht vom Tatort. Und wenn er zur Vordertür hinausgegangen war, hatte Ulla Fendrich ihn nicht bemerken können.

Er läuft in der Gegend herum, will nicht wahrhaben, was er angerichtet hat. Nach einer Weile kehrt er um, kommt diesmal über die Terrasse ins Haus und benimmt sich, als wäre nichts gewesen. Klopft an die Küchentür, ruft nach ihr und so weiter und so weiter.

Allerdings stand diese Version für Kurt und die Ermittler in eklatantem Widerspruch zu Ulla Fendrichs Behauptung, der Agnes sich vehement angeschlossen hatte: Der kleine Patrick hätte das Haus zusammengebrüllt, wäre er nicht um zwölf Uhr von seiner Mutter aus dem Bett geholt und versorgt worden.

Idioten, dachte Merkel. Er hörte ihre Stimme so deutlich, als säße sie ihm gegenüber: «Gestern hat er hier über eine Stunde auf dem Boden gelegen und mit Patrick gespielt, damit ich mal schnell über die Fenster wischen konnte.» Da war sie ja auch nicht in der Nähe und der Knirps trotzdem friedlich gewesen. Der Kleine kannte Ziriak und akzeptierte ihn.

Das war die Erklärung. Und damit hätte er sämtliche Ungereimtheiten auf einen Schlag beseitigen können. Aber er schwieg, legte all die Fragen nur irgendwo im Hirn ab, direkt neben die blutverschmierte Küche, neben das Bett mit der großen, roten Puppe darauf, neben die Nelken in ihren Händen, ihr lachendes Gesicht an der Haustür und die Stärke, die sie damit ausstrahlte, neben die Unmengen von Kaffee, die sie im Laufe eines Tages getrunken hatte und neben ihre Tasse, die den lieben langen Tag griffbereit an der Seite stand, entweder auf dem Tisch oder auf einem der Küchenschränke.

Nicht am Mittwoch!, fiel ihm ein. Da hatten nur der Teller mit den Resten von Gemüsebrei, das leere Glas und der Flaschenwärmer neben dem Herd gestanden. Er sah es ganz deutlich vor sich. Das war vermutlich die aufregendste Frage von allen. Aber kein Polizist konnte sie stellen, weil keiner von Kurts Männern ihre Marotte kannte.

«Habt ihr den Geschirrspüler kontrolliert?», fragte er, ohne es wirklich fragen zu wollen. Er wusste auch schon, als er es aussprach, dass er nach dem Mülleimer hätte fragen müssen. Ziriak kannte ihre Gewohnheit vermutlich ebenso gut wie er. Er hätte ihre Tasse stehen lassen, hatte ja auch den Breiteller nicht in die Maschine geräumt. Vermutlich war die Tasse zu Bruch gegangen, als sie vornüber fiel.

Kurt schaute ihn verständnislos an, sah natürlich nicht den geringsten Zusammenhang mit all den Fragen, die er aufgeworfen hatte. «Das weiß ich nicht. Warum? War die Maschine nicht in Ordnung? Hatte sie einen Monteur bestellt?»

«Nein», sagte Merkel und winkte ab. «Vergiss es, war nur so ein Gedanke.»

Kurt grinste freudlos. «So wie der, ob Brandes Provision bekommt? Das glaube ich nicht, er ist ja kein freier Mitarbeiter, wird ein festes Gehalt beziehen. Und dann gibt es keinen Grund für all die Überstunden, die er gemacht hat, nicht wahr? Dann waren es möglicherweise gar keine Überstunden. Darauf wolltest du doch hinaus. Meinst du, er hat ein Verhältnis?»

Als Merkel nur mit den Achseln zuckte, erklärte Kurt: «Er wurde überprüft, war in seinem Büro, bis die Polizei anrief, dafür gibt es ein Dutzend Zeugen. Ob er Provision bekommt, kann ich dir nicht sagen. Danach hat bestimmt keiner gefragt. In den Geschirrspüler hat wahrscheinlich auch keiner geschaut. Aber ich werde Heinen gleich morgen darauf hinweisen.»

«Brauchst du nicht», sagte Merkel, «ist wirklich nicht so wichtig.»

Das war es doch auch nicht, nur ein lächerliches Detail, eine verschwundene, wahrscheinlich zerbrochene Tasse, die nun im Mülleimer lag. Und den hatten Kurts tüchtige Männer vermutlich auch nicht kontrolliert. Ein Schluderhaufen war das.

«Alles ist wichtig», widersprach Kurt. «Das solltest du noch wissen, Hein. Ich möchte, dass du nochmal ins Haus gehst und dich umschaust. Am Mittwoch hast du nicht viel mitbekommen, schätze ich. Aber vielleicht fällt dir etwas auf.»

Merkel hatte am Mittwoch genug gesehen, und zuerst wollte er ablehnen. Doch dann nickte er. Wenn Kurts gute Männer zu dämlich waren, die richtigen Schlüsse zu ziehen, dann wurde es höchste Zeit, dass man ihnen das einmal unter die Nase rieb.

## 25. Kapitel

Um halb drei am Montagnachmittag fuhr Merkel mit einem Ermittler in den Rosenweg. Nicht mit irgendeinem. Lukas Heinen höchstpersönlich holte ihn ab und nahm bei der Gelegenheit auch die Schuhe in Empfang, die Merkel am Mittwoch getragen hatte. Ein Paar Lederschuhe mit glatten Sohlen, andere trug er nie. Dann chauffierte Heinen ihn durch die Stadt in das Neubauviertel. Und das, ohne ihn während der Fahrt mit Fragen zu belästigen. Auch sonst tat er den Mund nicht auf. Es war direkt angenehm, mit ihm in einem Auto zu fahren.

Die halbe Nacht hatte Merkel sich ausgemalt, wie es wäre, ihr Haus noch einmal zu betreten. Mit dem Bewusstsein, dass sie tot war und er nur noch einmal kam, um einen Blick in den Mülleimer zu werfen. Und wenn er ging, würde sie nicht an der Tür stehen und ihm nachwinken, nicht mehr lächeln und dabei so müde aussehen. Ihm nicht die Gelegenheit bieten, umzukehren, sie in die Arme zu nehmen und ihr beizustehen.

Es würde verdammt wehtun, das wusste er. Diese wunde Stelle im Innern, die überhaupt nicht heilen wollte, nur unnötig reizen. Oder auch nicht unnötig, manchmal konnte ein Schmerz ganz heilsam sein. Während der Jahre hinter Gittern hatte ihm ein Pfarrer von Zeit zu Zeit diesen Blödsinn erzählt. Er hatte sich jedes Mal gefragt, von was er denn geheilt werden könne. Von seiner Frau? Nie im Leben, nur im Tod! Bis dass der Tod euch scheidet! So war es gewesen.

Nun hatte der Tod wieder geschieden, aber diesmal war es

nicht so leicht. Auf einen Friedhof gehen und zuschauen, wie sie den Sarg hinunterließen. Damit war es diesmal nicht abgetan, nicht nach all dem, was er versäumt hatte.

Heinen stellte den Wagen ordnungsgemäß am Straßenrand ab, blieb noch einen Moment sitzen und schaute ihn fragend an. Können wir? Das musste er nicht aussprechen. Merkel nickte kurz und im Innern ganz steif in Erwartung dessen, was jetzt jeden Augenblick über ihn herfallen musste. Die Haustür! All die Bilder im Kopf! Wie sie da stand mit ihrem dicken Bauch und diese Stärke ausstrahlte, als könne nichts und niemand ihr etwas anhaben. Er brauchte ein paar Sekunden, um das Bild zurückzuschieben und die Tür als das zu sehen, was sie darstellte, nur ein Pfropfen vor einer Öffnung.

Heinen entfernte das Polizeisiegel, schloss auf und ließ ihn an sich vorbei in die Diele. Es roch ganz anders, als Merkel es gewohnt war. Stickige, aufgeheizte Luft, vermischt mit dem widerlichen Geruch von Blut, für das sich seit Tagen nur noch die Fliegen interessierten. Die Küchentür war geschlossen. Heinen drückte die Klinke nieder und die Tür auf. Er blieb in der Diele stehen, während Merkel die Küche betrat.

Hier war der Geruch penetrant. Er atmete flach und nur durch den Mund, trat vorsichtig auf. Der Fußboden war schwarz von getrocknetem Blut. Und vorne bei der Tür diese Schlieren. Keine Schleifspuren. Natürlich nicht! Wie konnten sie nur so blöd sein, darüber musste man doch nicht lange grübeln, nur eins und eins zusammenzählen.

Wenn es eine Weile gedauert hatte, ehe sie gestorben war, musste sie über den Boden gekrochen sein, mit letzter Kraft versucht haben, Hilfe zu finden und am Leben zu bleiben. Die blutigen Handabdrücke an der Wand neben der Tür machten ihn halb wahnsinnig. Er wehrte sich mit aller Kraft gegen die Vorstellung, wie sie da gelegen hatte, nicht mehr fähig, sich aufzurichten und die Klinke zu erreichen, nicht mehr imstande, sich laut genug bemerkbar zu machen.

Die Nähmaschine stand unverändert auf dem Tisch. Seine Hose hing immer noch über der Stuhllehne. Er ging mit großen Schritten zu dem Stuhl und schaute sich an, wie weit sie mit der Arbeit gekommen war. Beide Säume waren aufgetrennt, die Stoßbänder herausgelöst, sie lagen auf der Sitzfläche des Stuhls. An einem Hosenbein war der Saum neu festgesteckt mit ein paar Nadeln, genäht hatte sie keinen einzigen Stich.

Dann wandte er sich der Küchenzeile zu, zog die Tür des Geschirrspülers nach unten. Ein Teller stand im unteren Korb, ihr Frühstücksteller, das sah er mit einem Blick. Es war ein schmaler Streifen vertrockneter Marmelade am Rand, wo sie immer das Messer abgelegt hatte. Sie hatte immer zuerst ein Brot mit Wurst und danach eins mit Marmelade gegessen. Im oberen Korb standen ein Glas, ein Unterteller und eine Tasse. Daraus musste ihr Mann am Mittwochmorgen seinen Kaffee getrunken haben.

Für einen Moment schloss er die Augen, weil er sie wieder vor sich sah, halb gebückt vor dem offenen Gerät stehend, sein Frühstücksgedeck und ihren Teller einräumend. Die Maschine war am Dienstagmorgen ziemlich voll gewesen. Und sie hatte gesagt: «Heute Abend muss er aber laufen.»

Man hatte sich auf das verlassen können, was sie sagte. Aus dem Glas hatte sie vielleicht am Dienstagabend noch etwas getrunken, den Resten nach zu urteilen Orangensaft.

Lukas Heinen stand immer noch bei der Tür und schaute mit undurchdringlicher Miene zu ihm herüber. Vielleicht hätte er ihn darauf hinweisen müssen: «Räumen Sie die Spülmaschine aus und lassen Sie von jedem Teil die Abdrücke sichern. Hier fehlt eine Tasse, ist Ihnen das noch nicht aufgefallen?»

Wenn Lukas Heinen nicht von selbst auf den Gedanken kam, dem einsamen Frühstücksgedeck im Geschirrspüler eine Bedeutung beizumessen, was er rein theoretisch gar nicht konnte, woher hätte er wissen sollen, dass Tasse und Teller nicht von einer Person benutzt worden waren? Es wäre vermutlich nur fair gewesen, ihn aufzuklären. Andererseits hätte er danach fragen müssen, es gehörte zu den Aufgaben eines Polizisten, Fragen zu stellen. Und solange Heinen es für überflüssig hielt, sich nach Alltagsgewohnheiten zu erkundigen, gehörte ihre Tasse allein Merkel.

Er hatte damals auch den ganzen Tag nur aus einer Tasse getrunken. Das war eine Gemeinsamkeit, die einmal mehr bewies, dass sie durch und durch seine Tochter gewesen war. Einen großen Becher hatte er im Büro gehabt, der fasste das Doppelte von jeder normalen Tasse und war immer voll gewesen. Das war morgens seine erste Handlung, wenn er ins Büro kam, eine große Kanne Kaffee kochen. Die reichte dann knapp über den halben Vormittag. Die Kollegen bedienten sich ja auch. Insgesamt hatte er drei oder vier solcher Kannen am Tag aufgebrüht.

Viel zu viel Kaffee! War wirklich komisch, wie Kinder den Eltern glichen, Erbmasse! Seine Tochter! Mit ihrem Aussehen, ihrer Beharrlichkeit, ihrer Nase und ihrer Vorliebe für Kaffee. Ihm hatten sie die seine im Knast ausgetrieben. Aber jedes Mal, wenn er sie trinken sah, hatte er sich an die Zeit erinnert, als er selbst noch Becher um Becher leerte, Berichte las, Zeugenaussagen wieder und wieder überdachte.

Dafür war nun Heinen zuständig. Wenn der es nicht

schaffte, aus dem Bild, das die Küche bot, die richtigen Schlüsse zu ziehen, musste man ihm eben einmal zeigen, wie man das machte.

Merkel richtete sich auf, zeigte mit einer Hand in den fast leeren Innenraum der Maschine und mit der anderen auf den mit Gemüsebrei verschmierten Teller, der immer noch neben dem Herd stand, ebenso wie das leere Breiglas und der Flaschenwärmer. Eine elende Schlamperei! Das hätte es zu seiner Zeit nicht gegeben. Und da wunderten sie sich, dass sie Ziriak nichts beweisen konnten. Die Sachen hätten doch längst zur KTU gebracht werden müssen, wahrscheinlich wimmelte es darauf nur so von Ziriaks Fingerabdrücken.

«Wie ich mir dachte», sagte er, «es war Platz genug in der Maschine. Und meine Tochter war sehr ordentlich. Warum hat sie den Teller nicht eingeräumt?»

Heinen zuckte mit den Achseln, kam jedoch nicht näher. Er war am Vormittag lange genug in der Küche gewesen, um alles wieder so herzurichten, wie es am Mittwochnachmittag gewesen war. Natürlich waren Teller, Glas und Flaschenwärmer längst auf Spuren untersucht worden. Auch der Plastiklöffel, mit dem der Junge gefüttert worden war, der im Ausguss gelegen hatte.

«Sie meinen, dazu sei Ihre Tochter nicht mehr gekommen?», fragte Heinen.

«Quatsch!» Den abfälligen Tonfall konnte Merkel nicht verhindern, wollte er auch nicht. Eine phantastische Kombinationsgabe hatte Kurts vielleicht bester Mann, wirklich einmalig. «Denken Sie mal scharf nach, ehe Sie den Mund aufmachen. Meinen Sie, Irene hätte das Kind im Stehen vor dem Herd gefüttert?» Er schüttelte tadelnd den Kopf. «Nein, sie hätte am Tisch gesessen, den Jungen auf dem Schoß, so füttert man nämlich normalerweise ein kleines Kind. Anschließend hätte sie den Teller in die Maschine gestellt und das leere Breiglas in den Abfalleimer geworfen.»

Während er das sagte, riss er die Tür des Schrankes neben dem Geschirrspüler auf, zeigte auf den Eimer, der innen an der Schranktür befestigt war und automatisch aufklappte. Lukas Heinen kam nicht näher, um sich den Abfalleimer anzuschauen. Er wies Merkel auch nicht darauf hin, dass Gläser längst nicht mehr in den normalen Hausmüll geworfen wurden. Da hinein gehörten nur noch irgendwelche Reste.

Die lagen obenauf, Eierschalen, Kartoffelschalen und ein Klecks Spinat. Das hatte Ulla Fendrich am vergangenen Abend gegessen. Und Heinen hatte in der Eile nicht gewusst, wo er sonst einen gefüllten Müllbeutel hernehmen sollte, damit auch wirklich alles so aussah wie am Mittwoch.

Dass die Schalen noch recht frisch aussahen und der Spinat nur zerkocht, fiel Merkel nicht auf. Er erinnerte sich, dass Irene als Kind gerne Spinat gegessen hatte, weil im Fernseher ein Zeichentrickmännchen den Spinat dosenweise in sich reindrückte und ordentlich Muskeln davon bekam. Da hatte sie geglaubt, sie würde auch groß und stark von Spinat mit Bratkartoffeln und Spiegelei. Dreimal die Woche hatte Heike ihr das servieren können.

Keine Scherben im Eimer! Jedenfalls nicht obenauf, vielleicht lagen sie tiefer. Bei der Tür kniff Heinen leicht angewidert die Augen zusammen, als Merkel begann, mit bloßen Händen in den fremden Resten zu wühlen. Es lagen auch einige Zigarettenkippen im Beutel, aber die machten ihn nicht stutzig, obwohl Irene nicht geraucht hatte.

«Sie meinen, Ihre Tochter hat das Kind nicht selbst gefüttert», stellte Heinen fest.

Merkel nickte und gestattete sich ein überlegenes Grinsen, nach dem ihm überhaupt nicht war. Er spülte seine Hände unter dem Wasserhahn ab, wischte sie notdürftig an der Hose trocken.

«Sie haben es erfasst», sagte er dabei. «Vergessen Sie mal, wie der Kleine sich am Mittwoch aufgeführt hat. Benutzen Sie lieber Ihren Verstand. Ziriak war dreimal die Woche hier, immer um die Mittagszeit, wenn der Kleine auf war. Der Junge kennt ihn gut. Vermutlich kennt er ihn besser als seinen eigenen Vater. Machen Sie einen Test, bringen Sie Ziriak mit dem Kleinen zusammen. Er war in der Lage, ihn ruhig zu halten, darauf verwette ich meinen Hintern. Er hat ihn gefüttert und noch ein bisschen mit ihm gespielt, während Irene ...» Weiter konnte er nicht sprechen, brachte es nicht über die Lippen.

Heinen nickte ebenfalls bedächtig, über die beleidigenden Zurechtweisungen sah er hinweg. Merkel hatte ihm soeben die Aussage bestätigt, die Ziriak am Vormittag gemacht hatte, in Anwesenheit seiner Anwältin. Frau Doktor Greta Brand hieß sie nun, hatte vor einem Jahr einen Kollegen geheiratet und Ziriak gut zugeredet, der Polizei zu erzählen, wie es gewesen war.

## 26. Kapitel

Seiner neuen Aussage zufolge war Helmut Ziriak am vergangenen Mittwoch kurz nach elf in der Gartenstadt angekommen. Er wollte eigentlich sofort zu Irene, aber er hatte ein schlechtes Gewissen und auch ein bisschen Angst. Dass ihm ein Donnerwetter bevorstand, war ihm durchaus bewusst. Und er gehörte nicht zu den Leuten, die Unangenehmes sofort hinter sich brachten. Deshalb schaute er sich zuerst einen Rohbau an, überlegte, was daran noch alles zu machen sei und für welche Arbeiten er wohl in Frage käme. Es wäre nicht schlecht gewesen, Irene ein paar Alternativen zum Beruf eines Gärtners anbieten zu können.

Wie lange er sich in dem Rohbau herumgetrieben hatte, wusste er nicht, aber allzu lange konnte es nicht gewesen sein. Vielleicht eine Viertelstunde. Dann lief er zum Rosenweg, klingelte gewohnheitsmäßig dreimal und stellte erst danach fest, dass die Haustür nur angelehnt war. Er trat ein, die Küchentür war geschlossen, die Kellertür offen. Er sah die Hemden draußen auf dem Trockengestell und nahm an, Irene sei im Keller und habe die Haustür eigens für ihn geöffnet, weil sie ja wusste, um welche Zeit er immer kam.

Sich irgendwie bemerkbar zu machen hielt er für überflüssig. Noch ein paar Minuten Zeit zu haben kam ihm nicht ungelegen. Er setzte sich ins Wohnzimmer und machte sich mit Feuereifer an die Leistung, die er an diesem Tag vollbringen wollte, alle Fragebogen mit richtigen Antworten füllen. Er wollte ihr doch zeigen, was in ihm steckte, und hoffte darauf, sie damit versöhnlich zu stimmen.

Auf die Zeit achtete er nicht. Seit dem unliebsamen Vorfall mit dem Mann in der Straßenbahn, der ihn nach der Uhrzeit gefragt und dann eine gehässige Bemerkung über seine Armbanduhr gemacht hatte, trug er keine Uhr mehr. Und auf die Wanduhr in Irenes Wohnzimmer hatte er nicht geschaut.

Erst als der kleine Patrick zu weinen begann, wurde er stutzig, rief nach Irene und bekam keine Antwort. Natürlich kam ihm das etwas komisch vor, aber an etwas Schlimmes dachte er nicht. Er nahm nun an, Irene sei vielleicht zur Nachbarin gegangen und habe deshalb die Tür aufgelassen.

Er ging nach oben und holte den Jungen aus dem Bett. Mit Patrick auf dem Arm wollte er in die Küche. Noch mehr Pluspunkte sammeln, zeigen, wie sehr er sich bemühte, Irene alles recht zu machen. Doch die Tür ließ sich nicht öffnen, obwohl sie nicht verschlossen war. Oben gab sie nach, als er dagegendrückte. Sie war nur unten blockiert. Er rief noch einmal nach Irene, die Sätze, die Ulla Fendrich gehört hatte, stemmte sich dabei mit seinem gesamten Gewicht gegen die Tür, konnte sie auch aufdrücken, hörte dabei so ein komisches Schaben und sah das ganze Blut.

Beim Tisch lag eine Männerhose auf dem Boden. Und Irene lag hinter der Tür und rührte sich nicht. Er begriff wohl, dass sie tot war, sie hatte ja ein Messer im Rücken. Der Gedanke, die Polizei zu rufen, kam ihm nicht. Patrick weinte wieder. Und er dachte nur daran, den Kleinen zu beruhigen. Vielleicht dachte er auch ganz kurz an seinen Führerschein, den er nun nicht mehr bezahlen konnte.

Mit Patrick auf dem Arm ging er nochmal nach oben und zog dem Jungen im Bad eine frische Windel an. Aber Patrick hatte auch Hunger, hatte er immer um diese Zeit, und all die Breigläser standen in der Küche. Er musste wieder nach unten, zog in der Diele die Schuhe aus, weil es ihm wie ein Frevel erschienen wäre, damit durch Irenes Blut zu laufen.

Dann machte er für Patrick ein Gläschen warm, hob die Hose vom Boden auf und legte sie über einen Stuhl, fütterte das Kind – vor dem Herd stehend, auf den er Patrick setzte, weil er selbst so mit dem Rücken zur Tür stehen konnte und nicht zu Irene hinsehen musste. Anschließend setzte er sich auf einen Stuhl, schaute zum Fenster hinaus und ließ Patrick spielen, bis er wieder müde war. Da zog er seine Schuhe wieder an, brachte Patrick nach oben, wusch ihn, zog ihm frische Sachen an und legte ihn ins Bett, nicht in den Schlafsack, es war doch so warm.

Danach kümmerte er sich um Irene, wieder auf Socken, zog das Messer aus ihrem Rücken und warf es zur Seite. Er drehte sie um, legte den Kopf auf ihre Brust, um völlig sicher zu sein, obwohl er das schon die ganze Zeit war. Dann nahm er sie auf die Arme, schlüpfte in der Diele in seine Schuhe, brachte sie hinauf, legte sie auf ihr Bett und holte die Nelken für sie aus der Vase in der Küche. Anschließend ging er unter die Dusche, und weil Patrick noch nicht schlief, nahm er ihn mit, ging auch noch einmal mit ihm zu Irene, ehe er ihn erneut hinlegte und das Haus verließ.

Der Staatsanwalt hatte nur gelacht. «Glaubt er, er kann uns für dumm verkaufen? So blöd ist doch kein Mensch, dass er sich zu einer Toten in die Küche setzt und mit ihrem Baby spielt.»

Kurt war nicht nach einem Lachen zumute. Und Heinen hatte die strikte Anweisung, bei Merkel kein Wort verlauten zu lassen. Sollte er nach Ziriak fragen, der war in U-Haft. Der Haftrichter hatte sich nämlich auch nicht überzeugen lassen. Und da man Frau Doktor Brand noch keinen Einblick in die Ermittlungsakte gewähren konnte, weil die noch nicht vollständig war, hatte niemand ein offenes Ohr für ihr Argument gehabt, Helmut Ziriak hätte sich für Irene vierteilen lassen. Sie hätte ihm den Kopf abreißen können, er hätte ihr niemals ein Haar gekrümmt. Sie sei ihm heilig gewesen. Sein nur schwer nachvollziehbares Verhalten begründe sich in dem Schock, den er bei ihrem Anblick erlitten habe.

Aber Merkel fragte nicht nach Ziriak, grübelte nur über den Verbleib ihrer Tasse. Das Täuschungsmanöver mit dem Müllbeutel durchschaute er nicht. Ihm war durchaus bewusst, dass er sich an ein nebensächliches Detail klammerte, um von dem schwarzen Fußboden mit den hellen Schlieren nicht erdrückt zu werden.

Damit es nicht auffiel, nahm er den Müllbeutel aus dem Eimer und tadelte: «Der sollte gar nicht mehr hier drin sein. Wenn Sie den Inhalt nicht für wichtig genug halten, dass die KTU ihn sich mal anschaut, hätten Sie ihn wenigstens in die Mülltonne werfen können, ehe es hier vor Ungeziefer nur so wimmelt.»

Unten in der Waschküche standen drei große Mülltonnen in unterschiedlichen Farben. Er hatte sie oft genug gesehen, wenn er mit ihr hinuntergegangen war. Und so ganz verstanden, warum sie die Tonnen im Keller und nicht vor der Haustür abstellte, wie die beiden Nachbarinnen es taten, hatte er nie. Natürlich sah es schöner aus, wenn man sich den Vorgarten nicht mit ein paar Mülltonnen verschandelte. Aber so musste sie die Tonnen die Außentreppe hinaufziehen, das war nicht so leicht. Einmal hatte er sie darauf angesprochen, in der Garage wäre ja auch Platz gewesen. Und sie hatte gelacht. «Ein bisschen Krafttraining, Papa, das gibt Muckis, vor allem bei der Papiertonne, die beiden anderen sind nicht so schwer.»

Er verließ die Küche, ging zur Kellertür und stieg ohne

ein Wort nach unten. Heinen folgte ihm. In der Waschküche glitt sein erster Blick automatisch zur Waschmaschine hinüber. Er sah sie mit geschickten Händen seine Wäsche sortieren, ein Häufchen in die Trommel stopfen, das Waschpulver einfüllen, den Bedienungskopf drehen und lächeln. «Das war's erst mal, Papa, gehen wir nach oben und machen es uns gemütlich.»

Es tat weh, aber nicht lange, dann wandelte sich der Schmerz in Erstaunen und Ärger. «Was ist das denn?», fragte er ungehalten und legte den Müllbeutel erst mal auf den Boden. Hinter dem Bullauge zeichnete sich dunkler Stoff ab. Und vor der Maschine stand der große gelbe Wäschekorb.

Ohne sich um Heinen zu kümmern, der abwartend mitten in der Waschküche stand, öffnete er die Maschine und zerrte den dunklen Stoff heraus. Es war eine von ihren Jeanshosen. Er hatte sie oft darin gesehen. Die Hose roch muffig, auch die restlichen Wäschestücke strömten diesen Geruch aus.

Er richtete sich wieder auf, zuerst sehr wütend. «Das ist eine elende Schlamperei. Warum hat sich nicht längst jemand um die Wäsche gekümmert? Das kann man doch nicht in der Maschine lassen. Das fängt doch an zu stinken.»

Um den Mund von Heinen spielte ein kleines Lächeln. Merkel war sich durchaus klar darüber, wie der Mann über ihn denken musste, weil er sich über einen vollen Müllbeutel und ein Häufchen übel riechender Wäsche aufregte, statt über den Tod seiner Tochter. Aber wie Heinen über ihn dachte, kümmerte ihn nicht.

«Können wir den Mittwoch mal Punkt für Punkt durchgehen?», fragte beziehungsweise kommandierte er. «Mir scheint, da gibt es noch ein paar Ungereimtheiten mehr als die, über die Sie sich bisher den Kopf zerbrochen haben.»

Heinen gab bereitwillig Auskunft. Er hatte am Vormittag noch einmal ausführlich mit Ulla Fendrich gesprochen. Nun war er auch informiert über die Frau, deren Kinder irgendwo untergebracht worden waren, die deshalb am vergangenen Dienstagnachmittag in Irenes Küche gedroht hatte, und über ihren Begleiter, den finster dreinblickenden Mann mit dem klapprigen Fiat.

Mit einem Namen hatte Ulla Fendrich leider nicht dienen können. Sie hatte es auch versäumt, sich das Kennzeichen des Fiats zu merken. Um das irgendwie auszugleichen, hatte sie auch noch den Thomas-Gottschalk-Verschnitt mit dem roten Opel Kadett erwähnt, der sich ihr einmal als Irenes Freund vorgestellt hatte und seit Wochen durch den Garten gekommen war. Ein Liebhaber, was sonst? Doch den durfte Heinen gar nicht erwähnen, wollte er es sich nicht für den Rest seiner Dienstzeit mit seinem obersten Chef verderben.

Heinen beschränkte sich auf Irenes Aktivitäten vom Mittwochvormittag, soweit Ulla Fendrich sie registriert hatte. Etwas anderes hatte Merkel ihm ja nicht abverlangt. Er schloss mit der Drückerin, die um halb elf bei Ulla Fendrich geklingelt hatte, sofort weiter zu Irene gegangen und zu einem Kaffee eingeladen worden war. «Die Frau ist schätzungsweise eine halbe Stunde geblieben, war vermutlich noch bei den bewohnten Häusern am Ende der Straße.»

Von der jungen Frau mit dem Zeitungspacken auf dem Arm hörte Merkel zum ersten Mal. Aber sie interessierte ihn nicht. «Wenn sie um halb zehn die Hemden aufgehängt hat», resümierte er gedankenverloren. «Das war eine Sechzig-Grad-Wäsche, dauert anderthalb Stunden. Dann hat sie die um acht in die Maschine gesteckt, noch bevor sie gefrühstückt hat. Sie hatte den Haushalt gut im Griff, teilte sich die

Zeit geschickt ein. Musste sie auch, sonst hätte sie nicht viel geschafft mit dem Jungen.»

Er schüttelte sich leicht, als ihm bewusst wurde, was er da von sich gab. Sentimentales Geschwätz! Meine Tochter, die perfekte Hausfrau. Um es ein wenig abzuschwächen, zeigte er auf die muffigen Wäschestücke, die er in den gelben Korb gezerrt hatte. «Das hier war eine Vierzig-Grad-Wäsche, dauert genau eine Stunde. Und wenn sie gleich nach den Hemden durchgelaufen ist, wäre sie um halb elf fertig gewesen.»

Heinen lächelte erneut, es war eher schon ein amüsiertes Grinsen. «Halten Sie das für wichtig?»

«Ja», erwiderte Merkel bestimmt. «Sogar für sehr wichtig. Irene hätte das Zeug nicht ohne Grund längere Zeit in der Maschine gelassen.»

Er versuchte es nüchtern zu durchdenken. Um zehn hatte sie den Jungen ins Bett gebracht und mit der Arbeit an seiner Hose begonnen, er war völlig sicher, dass sie kurz nach zehn den ersten Saum aufgetrennt hatte und nicht erst um halb zwölf. Sie hatte doch gesagt: «Wenn der Kleine im Bett ist, habe ich Zeit.»

Um halb elf kam die Drückerin und blieb etwa eine halbe Stunde. In der Zeit konnte sie nicht in den Keller gehen, hatte vermutlich auch die Arbeit an der Hose unterbrochen und sich mit der Frau unterhalten. Dann wollte sie fertig werden, ehe der Junge aufwachte. Die Wäsche aufhängen konnte sie mit ihm, in Ruhe nähen nicht. Aber dann kam Ziriak. Sie hatte die Wäsche bestimmt nicht einfach vergessen. Das wäre ihr nie passiert, ihr nicht. Sie war ordentlich, immer korrekt und zuverlässig.

Der muffige Geruch aus dem Wäschekorb trieb ihm Tränen in die Augen. Es musste der muffige Geruch sein, geweint hatte er noch nie, nicht einmal vor endlosen Zeiten in

Eis und Schnee und auch nicht, als Mutter Seifert heiratete und das Kinderheim verließ. Als er sich nur noch erinnern konnte an das Lied, das sie ständig auf den Lippen gehabt hatte. «Lieber Vogel, flieg weiter, nimm ein Gruß mit und ein Kuss.»

Heinen tat so, als sähe er die Tränen nicht, ließ ihn gewähren, protestierte auch nicht, als er die Wäsche zurück in die Trommel stopfte und nach dem Karton mit dem Waschpulver griff. Er kippte einen Messbecher voll Pulver in die Maschine, stellte die Temperatur ein, wie er es von ihr so oft gesehen hatte, drückte den Knopf. Das war er ihr schuldig, das auf jeden Fall, einmal für sie tun, was sie so oft für ihn getan hatte.

Als er sich aufrichtete, erklärte er beinahe aufsässig: «Das kann ja nicht so bleiben. Ich lasse es nochmal durchlaufen. So viel Zeit werden Sie haben. Dann hänge ich es hier auf. Oder darf ich das nicht?»

Er durfte so gut wie alles. «Lassen Sie ihn tun, was er für richtig hält», hatte Kurt Seifert befohlen, ehe Heinen aufbrach. «Und wenn er die ganze Bude auseinander nimmt, er muss sich damit beschäftigen, um es zu verarbeiten. Vielleicht fällt ihm ja auch etwas auf. Irgendeine Kleinigkeit, der wir keine Bedeutung beigemessen haben. Achten Sie nur auf seine Reaktionen, erklären wird er Ihnen wahrscheinlich nichts.»

Heinen sah keine außergewöhnliche Reaktion, nur einen alten Mann, der sich seiner Tränen schämte und im Müll wühlte.

Merkel hob den Müllbeutel vom Boden auf und ging zu der schwarzen Tonne neben der Tür, die von der Waschküche ins Freie führte. Es sah aus, als wolle er sich bis auf den Boden der Tonne durchwühlen. Fast rechnete Heinen damit, dass er sie auskippte. Aber so viel war gar nicht drin, und alles ordentlich in Beuteln abgefüllt. Ohne Zweifel suchte er etwas, Heinen hatte nur keine Vorstellung, was, und keine Erlaubnis zu fragen.

Merkel wiederholte die Wühlerei noch bei der gelben Tonne mit Verpackungsmaterial und bei der blauen mit dem Papier. Erst als er damit fertig war, erklärte er: «Ich dachte, er hätte vielleicht den Hammer hier entsorgt. Und so gründlich, wie Sie hier gearbeitet haben.» Dann schlug er vor, nach oben zu gehen.

Eine gute Stunde später hing die Wäsche sauber und duftend auf der Leine im Keller. Die Plüscheule lag unverändert im Kinderbett. Und der große, zottelige Teddy saß immer noch in der Ecke des Zimmers. Geschlagene zehn Minuten hatte Merkel vor dem abgeräumten Bett gestanden, aber Versäumnisse ließen sich nicht nachholen.

## 27. Kapitel

Es war kurz nach fünf, als sie das Haus wieder verließen. Gut eine halbe Stunde später saßen sie in Kurt Seiferts Büro. Merkel hatte immer noch den Geruch in der Nase, den muffigen von der Wäsche und den grausamen aus der Küche. Reden konnte er nicht, aber es gab auch nichts zu sagen. Keine Scherben! Wo war die verfluchte Tasse?

Heinen erklärte die Sache mit dem Breiteller, von wegen: Irene hätte das Baby am Tisch sitzend gefüttert. Er sprach auch von der Wäsche, dass die Maschine wahrscheinlich um halb elf fertig gewesen sei. Der dramatische Unterton in seiner Stimme entging Merkel. Er wurde erst aufmerksam, als Kurt einen Fluch ausstieß. «Verdammt! Kann ein Mensch so blöd sein?»

«Sieht fast so aus», meinte Heinen.

Kurt nahm einen Klarsichtbeutel aus seinem Schreibtisch, in dem sich ein blutiges Messer befand. Ein billiges Ding mit einem schwarzen Plastikgriff. Merkel hatte es nie in Irenes Küche gesehen. Kurt erklärte auch, dass sie nichts Vergleichbares in den Schubfächern gefunden hatten. Dann schob Kurt ein paar maschinenbeschriebene Seiten über den Schreibtisch zu ihm hinüber: «Lies dir das mal durch, Hein.»

Merkel erkannte auf Anhieb, dass es sich um ein Aussageprotokoll handelte. Es war von Helmut Ziriak unterschrieben. Etwas in ihm sträubte sich dagegen, die Seiten zu lesen, aber dann las er doch. Heinen verließ den Raum, den Klarsichtbeutel nahm er mit.

Kurt saß ganz still in seinem Sessel hinter dem Schreibtisch und wartete, bis Merkel auch den letzten Satz gelesen hatte und die Seiten zurück auf den Tisch legte. Dann wollte er wissen: «Was hältst du davon?»

«Gar nichts», sagte Merkel mit mühsam erzwungener Ruhe. «Ich hab's deinem besten Mann schon erklärt. Dass Ziriak den Kleinen versorgt hat, ist das einzige Wahre an seiner Geschichte.»

Kurt nickte. «Seine Socken haben wir inzwischen, die hat er auf einer Baustelle weggeworfen. Und im Kinderzimmer stand ein Wäschekorb mit Kleidungsstücken von dem Jungen. Die Sachen sehen aus, als hätte der Junge in einer Blutlache gesessen. Wir fahren morgen früh mit Ziriak zum Kinderheim. Da werden wir sehen, wie gut der Junge ihn kennt.»

«Beweisen könnt ihr ihm damit aber nichts», stellte Merkel fest.

Darauf ging Kurt nicht ein, kam stattdessen auf das Motorgeräusch zu sprechen, das Ulla Fendrich um elf geweckt hatte. Kein Bauarbeiter, das hatten sie überprüft. Von den Männern war um die Zeit keiner mit einem Auto unterwegs gewesen.

«Am Dienstagnachmittag wurde Irene von einer Frau bedroht, deren Kinder sie irgendwo untergebracht hatte», sagte Kurt. «Die Frau war nicht allein, ihr Begleiter fuhr einen alten Fiat.»

«Muss die Bodewig gewesen sein», meinte Merkel noch ruhig. «Eine Säuferin, die ständig mit irgendwelchen Kerlen rummacht. Wie die heißen, weiß ich aber wirklich nicht.»

«Finden wir schon raus», erklärte Kurt zuversichtlich. «Zu so einem Pärchen würde jedenfalls das Messer passen.»

Merkel schüttelte den Kopf. «Wenn noch Geld im Haus war, kannst du die Bodewig vergessen. Die hätte alles zusammengerafft, was ihr unter die Finger gekommen wäre. Und um elf war doch auch die Drückerin noch bei Irene.»

«Das wissen wir nicht mit Sicherheit», sagte Kurt. «Die Frau könnte auch etwas früher gegangen sein, weil noch jemand kam.»

«Was wisst ihr überhaupt mit Sicherheit?», fragte Merkel noch in einigermaßen zivilem Ton und brüllte dann unvermittelt los: «Einen Dreck! Willst du dich von dem Idioten verarschen lassen? Spielst du jetzt den Anwalt für das Schwein? Hast du mich da reingeschickt, damit ich dir entlastendes Material für ihn beschaffe? Ziriak war's! Er muss es gewesen sein.»

Kurt schüttelte den Kopf, war so ruhig dabei, dass es Merkel noch wütender machte. «Drücken wir es einmal so aus», sagte Kurt. «Ziriak war möglicherweise schon im Haus, als Irene starb. Hundertprozentig sicher ist nicht einmal das. Eintritt des Todes zwischen halb zwölf und zwölf, das habe ich dir ja gestern schon erklärt, und genauer bekommen wir es nicht. Die Forensik kann sich nicht auf die Minute festlegen. Sie haben eine erstklassige Arbeit geleistet und tendieren zur früheren Zeit. Das bedeutet, dass Irene zumindest schon sehr schwer verletzt und vermutlich ohne Bewusstsein war, als Ziriak klingelte. Die Haustür könnte sehr wohl offen gewesen sein, wie er sagte. An der Klinke gab es nur einen Handabdruck von ihm. Er musste sie anfassen, als er das Haus verließ. Bevor er kam, ist die Klinke gründlich abgewischt worden.»

Diesmal ersparte Kurt ihm nichts, schilderte den Obduktionsbefund in seiner gesamten Grausamkeit. Der Schlag auf den Kopf konnte Irene nur vorübergehend betäubt haben. Von den siebzehn Schnitt- und Stichwunden in ihrem Rücken hatte keine ein lebenswichtiges Organ so verletzt, dass sie daran binnen kürzester Zeit gestorben wäre, was bei einer zwölf Zentimeter langen Messerklinge verwunderte.

Kurt sprach von zwei Angriffswellen, bei der ersten hatte Irene noch gesessen. Im Schulterbereich und oberen Rücken gab es acht Fleischwunden, die zwar stark, aber nicht lebensbedrohlich geblutet hatten. Das Messer war an Schulterblättern und Rippen abgerutscht. Kurt nannte es eine blindwütige Aktion, ausgeführt von jemandem, dem entweder jegliche Kenntnis der menschlichen Anatomie fehlte oder der so in Rage war, dass es ihn nicht kümmerte, wohin das Messer traf.

Dann musste Irene vom Stuhl gerutscht sein. Aber sie war nicht seitlich zu Boden gefallen. Deshalb war davon auszugehen, dass sie ihr Bewusstsein wiedererlangt, den Sturz abgefangen und sich selbst auf den Bauch gedreht, vielleicht zu entkommen versucht hatte. Die nächsten Stiche mussten vom Täter in gebückter Haltung und mit geringem Kraftaufwand ausgeführt worden sein. Zum Tode geführt hatte letztendlich ein einziger Stich in der Nierengegend, mit dem eine kleine Arterie durchtrennt worden war. Irene war langsam verblutet, sehr langsam, es mochte sich über eine halbe bis eine Dreiviertelstunde hingezogen haben.

«Und das bedeutet», sagte Kurt, «die Verletzungen müssen ihr erheblich früher beigebracht worden sein, als wir zuerst dachten. Wahrscheinlich kurz vor elf. Sie dürfte danach unter Schock gestanden haben, war desorientiert, wurde zunehmend durch den Blutverlust geschwächt. Wenn sie um halb zwölf noch gelebt haben sollte, war sie jedenfalls nicht mehr in der Lage, sich bemerkbar zu machen.»

Beim letzten Satz verlor Kurt die Fassung. Er schluchzte fast. «Ich könnte den Idioten vierteilen. Setzt sich ins Wohnzimmer, füllt in aller Seelenruhe seine Bogen aus und fragt sich nicht einmal in der ganzen Zeit, wo sie so lange bleibt.

Vielleicht wäre sie zu retten gewesen, wenn er sofort in der Küche nachgeschaut ...» Kurt brach ab, presste die Hand auf Stirn und Augen und brauchte etliche Sekunden, um seine Fassung zurückzugewinnen.

Merkel atmete mehrfach tief durch, dann hatte er genug Luft beisammen für einen Widerspruch. «Wenn er schon um elf Uhr in der Gartenstadt war, könnte ja sein, hast du gestern gesagt, dann kann er auch sofort zu ihr gegangen sein. Was, verdammt nochmal, macht dich so sicher, dass er es nicht war?»

«Die Art der Verletzungen, Hein», erwiderte Kurt nun wieder sachlich. «Ich habe es dir doch gerade erklärt. Wenn Ziriak mit einer zwölf Zentimeter langen Klinge zugestochen hätte, müsste das ganz anders aussehen. Keiner der Stiche geht tiefer als fünf Zentimeter ins Gewebe. Ihn hätten auch ein paar Rippen nicht aufgehalten. Und er hatte doch kein plausibles Motiv, Hein. Seine Zukunft hing von Irene ab, das wusste er genau. Versetz dich mal in seine Lage. Natürlich war er am Montag sauer auf sie und hat Sprüche geklopft. Aber er hat nochmal nachgedacht, den ganzen Dienstag keinen Fuß aus der Wohnung gesetzt, nur vor sich hingebrütet und geflucht, sagte seine Mutter. Dann kommt er zur Einsicht, will sie bitten, sich nochmal für ihn einzusetzen, und sie liegt da. Der Schock, den er bekommen hat, dürfte nicht kleiner gewesen sein als deiner. Und dazu passt sein Verhalten, den Jungen zu versorgen, sich in die Küche zu setzen und aus dem Fenster zu schauen.»

Merkel wollte sich nicht auch noch von Kurt mit Ziriak vergleichen lassen. Irenes Stimme würde ihn vermutlich bis ans Lebensende verfolgen. Der ganze Unsinn, den sie ihm beim letzten Frühstück unter die Nase gerieben hatte. Kein Selbstbewusstsein, kein Gefühl für den eigenen Wert, keine

Liebe für die eigene Person. Aber sie hätte er lieben können, hatte das genau genommen ja bereits getan. Nur gesagt hatte er es ihr nicht. Nicht ein einziges Mal.

«Wir müssen uns wohl damit abfinden», sagte Kurt, «dass wir den Falschen geschnappt haben. Natürlich können wir ihm etwas anhängen, wenn wir es darauf anlegen. Unterlassene Hilfeleistung. Aber ich frage mich, wozu das gut sein soll. Wenn er auf Anhieb gesehen hätte, dass sie seine Hilfe brauchte, hätte sie die auch bekommen. Auf seine Art ist er ein Kind, geistig nicht weiter als ein Vierzehnjähriger. Bei ihm hat einfach was ausgesetzt, als er sie auf dem Boden liegen sah. Sie hat ihm sehr viel bedeutet, Hein.»

Kurt hob die Schultern und lächelte schmerzlich. «Wie auch immer, es muss kurz vor Ziriak noch jemand im Haus gewesen sein. Wir tun alles, um die Drückerin ausfindig zu machen, vielleicht hat sie gesehen, wer nach ihr bei Irene war. Als Täterin kommt sie kaum infrage. Obwohl, nach der Beschreibung der Nachbarin, sie war zierlich. Aber ihre Kleidung war völlig in Ordnung, als die Nachbarin sie kurz nach elf vorbeigehen sah. Und wer immer auf Irene eingestochen hat, muss zumindest Blutspritzer ...»

«Hör auf», flüsterte Merkel zuerst, dann schrie er: «Hör auf!»

Kurt hob beschwichtigend eine Hand. «Natürlich, Hein, entschuldige. Wir kümmern uns jetzt erst mal um Frau Bodewig.»

Merkel atmete zitternd durch und versuchte, sich damit abzufinden. Ob nun Ziriak oder die Schnapsdrossel Irene auf dem Gewissen hatte, wo war für ihn der Unterschied? «Was sagt denn die Frau aus dem dritten Haus?», fragte er. «Ich weiß nicht, wie sie heißt. Hat die überhaupt nichts gehört oder gesehen?»

«Nein», sagte Kurt. «Sie arbeitet an drei Tagen in der Woche, der Mittwoch gehört dazu. Da bringt sie morgens die Kinder zu ihrer Mutter und kommt erst am Abend zurück. Und in den letzten beiden Häusern war auch niemand.»

Danach war es ein paar Sekunden lang still. Kurt lehnte sich im Sessel zurück und betrachtete Merkel nachdenklich und zweifelnd, ehe er mit deutlicher Zurückhaltung erneut ansetzte: «Da ist noch etwas, Hein, es hat vermutlich nichts mit ihrem Tod zu tun. Wir müssen trotzdem einmal darüber reden. Dass es in ihrer Ehe nicht mehr hundertprozentig stimmte, darüber sind wir uns wohl einig. Und vielleicht lag es nicht allein daran, dass du sie regelmäßig besucht hast, sondern auch an den Überstunden, die Brandes machte. Zu Agnes hat sie vor einigen Wochen gesagt, wenn Friedel noch lebte, wäre alles viel einfacher, und es wäre wohl auch einiges ganz anders gekommen.»

Ja, dachte Merkel, das wäre es wohl, nicht nur einiges, alles wäre ganz anders gekommen. Sie wären sich nicht auf dem Friedhof begegnet. Sie hätte niemals mit ihrem Mann streiten müssen, nicht um Friedels Villa, nicht um Friedels Geld und nicht um einen Vater, der ihrem Mann ein Dorn im Auge war.

«Brandes schwört Stein und Bein, ihre Ehe wäre in Ordnung gewesen, mal abgesehen von den Streitigkeiten, weil sie sich seiner Meinung nach ausnutzen ließ», fuhr Kurt fort. «Aber sie schlief nicht von ungefähr in dem Zimmer. Er behauptet, das hätte sie nur getan, um nicht gestört zu werden, wenn er einen späten Termin hatte. Im Schlafzimmer war jedoch nur ein Bett bezogen. Und sie war eine gesunde, junge Frau.»

Minutenlang sprach Kurt weiter in genau der Art, die Merkel so hasste. Wie die Katze um den heißen Brei herum.

Es lief darauf hinaus, dass Irene eine Affäre gehabt, aber wohl nicht ernsthaft daran gedacht hatte, sich von ihrem Mann zu trennen. Da hätte sie kaum noch seine Hemden gewaschen, sich auch keine Gedanken darum gemacht, ob er etwas von ihrem Verhältnis ahnte.

«Weißt du etwas von einem Freund, Hein?», fragte Kurt. «Er soll Anfang dreißig sein, etwa einsneunzig groß, blond, lockiges Haar, gute Figur. Angeblich ein Arbeitskollege, der sie oft besucht hat. Er soll auch bei ihr in der Klinik gewesen sein, als sie den Jungen bekam, hat Brandes behauptet. In ihrer Dienststelle weiß aber keiner was davon. Da arbeitet auch niemand, auf den die Beschreibung zutrifft. Von der Nachbarin wissen wir, dass er einen roten Opel Kadett fährt, ein älteres Modell. Und den hat er in den letzten Wochen nicht mehr vor Irenes Haus abgestellt. Er kam durch den Garten.»

Ohloff fuhr einen roten Kadett, eine alte Kiste, die Beschreibung passte auch auf ihn. Und er hatte sie in der Klinik besucht, ihr den bunten Strampelanzug fürs Baby mitgebracht. Aber was Kurt da andeutete, ging Merkel entschieden zu weit. «So ein Blödsinn!», fuhr er auf. «So was hätte sie nie getan, sie nicht. Sie war eine ehrliche Haut, eine wie sie geht nicht fremd.»

Kurt hob beschwichtigend eine Hand, sagte aber gleichzeitig. «Hein, sie war ein Mensch mit sehr viel Gefühl. Das bedeutet noch lange nicht, dass sie so war wie ihre Mutter. Sie hat sich garantiert nicht wahllos irgendwelche Kerle ins Bett geholt. Aber dass sie einen Freund hatte, steht fest. Die Nachbarin hat ein ziemlich eindeutiges Gespräch mitgehört.»

«Was versteht die denn unter eindeutig?», fuhr Merkel erneut auf. «Da muss sie irgendwas in den falschen Hals gekriegt haben.»

Irene hatte ihm schließlich erzählt, worüber sie sich mit Ohloff unterhielt. Ober seine Probleme mit Frauen und über das, was seine Mutter mit ihm veranstaltet hatte. Wenn die Sonnenanbeterin davon zufällig etwas mitgehört hatte, da mochte der Eindruck entstanden sein, es ginge um ganz etwas anderes. Aber Irene hätte sich nicht mit Ohloff eingelassen, mit dem auf gar keinen Fall.

## 28. Kapitel

Es war sieben vorbei, als Merkel die Tür seines Zimmers hinter sich schloss. Er war so müde wie noch nie zuvor in seinem Leben, fühlte sich wie mit Blei voll gepumpt, ging zum Tisch, setzte sich auf einen der Stühle und stützte den Kopf mit beiden Händen ab, weil er zu schwer war, um ihn nur mit einer Hand zu halten.

Der Karton voller Briefe, den Agnes ihm am vergangenen Nachmittag überlassen hatte, stand ungeöffnet auf dem Schrank. Gestern Abend war nicht mehr die Zeit gewesen, noch etwas zu lesen. Nicht einmal die Fotos, auf denen sie zwölf, dreizehn, vierzehn, fünfzehn und sechzehn gewesen war, hatte er sich genauer angeschaut. Heute hatte er das tun wollen, aber er konnte nicht. Es war zu viel gewesen für einen Tag.

Montag, sein freier Abend! Er hatte nicht die geringste Lust auf ein Bier und Ohloffs dämliches Gequatsche. Hungrig war er auch nicht. Kurt hatte ihn von einem Streifenwagen nach Hause fahren lassen. Unterwegs hatten sie bei einer Imbissbude Halt gemacht. Die Bockwurst war viel zu fett gewesen, lag ihm wie ein Stein im Magen. Aber ihn beschäftigte anderes. All die Fakten, die Kurt aufgezählt hatte, krabbelten ihm durchs Gehirn wie eine Horde Ameisen. In jeden Winkel, jede Ritze, jede Windung spritzten sie ihre Säure hinein.

Den Falschen geschnappt! Dass Ziriak nun doch ein Unschuldslamm sein sollte, konnte er noch wegstecken. Das hatte sie ja auch immer gesagt, Ziriak war ihm eigentlich nie so schlimm vorgekommen. Die versoffene Bodewig schon eher, weil sie willkürlich mit jedem Kerl ins Bett stieg. Und ein Auto, das um elf mit einem Affenzahn zur Straßenecke gebraust war. Vermutlich hatte ihr Beschäler draußen Schmiere gestanden und den Fluchtwagen bereit gehalten. Das schien möglich.

Aber eine gesunde junge Frau, die sich einen Freund zulegte, weil ihr Mann nicht mehr viel Zeit für sie hatte und sie es ab und zu brauchte. Das verkraftete er nicht so leicht. Wenn mich einer tritt, trete ich zurück, hatte sie gesagt, und dass er ihrer Mutter einen Tritt hätte geben sollen. Das hatte nach einem Rauswurf geklungen. Aber es konnte auch heißen, Auge um Auge.

Aber nicht mit Ohloff! Das war völlig ausgeschlossen! Wenn Ohloff seinen alten Kadett in den vergangenen Wochen nicht mehr vor ihrem Haus abgestellt hatte und durch den Garten gekommen war, dann vermutlich nur aus dem einem Grund, dass niemand auf den Gedanken kam, den jetzt alle hatten.

Und wer hatte zwischen neun und halb zehn noch bei ihr angerufen? Darauf war Kurt zuletzt herumgeritten, hatte ihm sogar den ungefähren Wortlaut zitiert, den Ulla Fendrich aufgeschnappt hatte. Etwas von einem Mistkerl, der sich etwas einbildete. Dass sie es ganz genau wissen wolle und Zeit hätte. Das hatte nach Ziriak und der Gärtnerei geklungen. Aber es war niemand von der Gärtnerei gewesen, das stand fest. Der Anruf sei aus einer Telefonzelle gekommen, hatte Kurt behauptet.

Wie sie das herausgefunden hatten, war Merkel schleierhaft. Er wusste nichts von den Möglichkeiten moderner Technik im Telekommunikationsbereich. Aber er wusste, dass Ohloffs Telefonanschluss vor einigen Wochen gesperrt worden war, weil er etliche Rechnungen nicht bezahlt hatte. Darüber hatte Ohloff in der Kneipe lamentiert. Er wusste auch, dass Ohloff sie immer hatte anrufen müssen, um zu fragen, ob er kommen durfte. Nur passte der «Mistkerl» nicht dazu.

Sie hätte am Mittwoch ja auch gar keine Zeit gehabt für Ohloff. Die Hose musste gekürzt werden, für halb zwölf stand ihr Ziriak ins Haus. Und vorher war die Drückerin gekommen. Und plötzlich fehlten zwei Tassen! Oder hatte ihr Mann sich am Mittwochmorgen nicht die Zeit genommen für einen Kaffee, stattdessen einen Saft getrunken? Dann wäre das Glas im Geschirrspüler von ihm und die Tasse von der Drückerin. Das konnte natürlich auch umgekehrt sein. Vielleicht hatte die Drückerin den Kaffee abgelehnt, es war ja ziemlich warm gewesen, da nahmen manche Leute lieber eine kühle Erfrischung. Ihm war durchaus bewusst, dass er sich wieder an einer Nichtigkeit festhielt. Nur war es entschieden angenehmer, als darüber nachzudenken, ob sie vielleicht doch mit Ohloff.

Um neun hielt er es nicht länger aus. Was regte er sich auf? Akzeptiere die Tatsachen! Kinder haben von Natur aus zwei Elternteile, etwas wird sie wohl auch von ihrer Mutter gehabt haben. Und Kurt sagte, es habe nichts mit ihrem Tod zu tun. Geh ein Bier trinken, Hein. Es ist vorbei. Und es war nicht die Welt. Lumpige zwei Jahre, genau genommen bloß ein paar Monate. Und wenn sie am Ende nicht besser war als ihre Mutter.

Es war eine milde Nacht und nicht weit bis zu seiner Stammkneipe. Als er um die letzte Ecke bog, hielt er Ausschau nach Ohloffs rotem Kadett, entdeckte ihn jedoch nirgends und wusste nicht, ob er sich darüber wundern oder erleichtert sein sollte.

Nur drei Männer standen vor der Theke und würfelten,

montags war es neuerdings oft so ruhig. Er stellte sich an seinen gewohnten Platz direkt vor den Zapfhahn. Als der Wirt ihm das Bier hinschob, fragte er betont beiläufig: «Ist Ohloff schon wieder weg?»

«Der war noch gar nicht hier», antwortete der Wirt. «Den habe ich seit Tagen nicht mehr gesehen. Ich habe mich schon gefragt, wo der sich rumtreibt. Sonst hängt er jeden Abend hier, als ob's in seinem Viertel keine Kneipen gäbe. Aber jetzt hat er anscheinend was Besseres zu tun, muss sein Zuckertäubchen versöhnen.»

Merkel hob sein Glas und trank einen Schluck. Die Bockwurst in seinem Magen bäumte sich noch einmal auf und gab danach endlich Ruhe. Auch die Ameisen verspritzten keine Säure mehr. Ohloffs Zuckertäubchen hatte er in all dem Elend völlig vergessen. So hätte man Irene nun wirklich nicht bezeichnen können. Er trank noch einen Schluck, ließ das kühle Bier langsam über die Zunge fließen und fühlte sich danach um einiges besser.

«Wann war er denn zuletzt hier?», fragte er.

Der Wirt hielt zwei weitere Gläser unter den Zapfhahn, antwortete prompt und ohne aufzusehen: «Vergangenen Dienstag, und da hat er einen Deckel gemacht, der sich sehen lassen kann. Er wollte mittwochs kommen und bezahlen, hat er mir in die Hand versprochen. Seitdem warte ich, aber nicht mehr lange, das kannst du mir glauben, Hein.»

Da klang Ärger durch, aber keine echte Wut. Merkel nickte verstehend. «Wie viel kriegst du denn von ihm?»

«So an die Neunzig», sagte der Wirt.

«Du meine Güte», sagte Merkel. «Wie hat er denn das fertig gebracht? Er muss ja gesoffen haben wie ein Loch.»

«Nee, gar nicht», erklärte der Wirt. «Er selbst hat kaum was getrunken. Lokalrunden hat er geschmissen, eine nach der anderen. Und Bier war nicht gut genug, Sekt musste es sein. Sekt für jeden, der hier war. Er wollte sogar Champagner, hab ich gar nicht auf Lager. Ich hab ihn gefragt, ob er was zu feiern hat, vielleicht einen neuen Job, könnte er ja gut gebrauchen. Nee, sagt er, er feiert die Scheidung. Ich wusste gar nicht, dass er verheiratet war.»

«War er auch nicht», sagte Merkel.

«Na, vielleicht sein Zuckertäubchen», meinte der Wirt. «Den hättest du erleben müssen, Hein. So hatte ich ihn jedenfalls noch nie erlebt. Richtig überdreht war er. Na ja, war kein Wunder bei dem ganzen Zeug, das er in sich reingekippt hat.»

«Ich denke, er hat nichts getrunken», sagte Merkel.

«Von dem Sekt nur ein Glas», erklärte der Wirt, füllte das dritte Bierglas und bediente die würfelnden Männer. «Aber mindestens drei Liter Kaffee. Meine Frau kam mit dem Aufbrühen gar nicht so schnell nach. Er hätte 'ne lange Nacht vor sich, sagte er, müsste wahrscheinlich viel fahren. Er hätte jemandem einen Gefallen versprochen. Und was den Kaffee angeht, da müsste er sich jetzt dran gewöhnen, in Zukunft gäb's vielleicht nur noch Kaffee. Weil's nämlich Leute gäb, die ohne das Zeug nicht leben könnten. Und weil's durchaus möglich ist, dass diese Leute noch mehr von ihm wollen als nur den einen Gefallen.»

Es war, als würde Merkel die Messerklinge in den Rücken gestoßen. Sein Herz – oder was davon noch übrig war – traf sie schon mit dem ersten Stich. Es schnitt ihm so unvermittelt die Luft ab, dass er zu ersticken glaubte. Ohloff! Feierte die Scheidung! Da musste er etwas gründlich missverstanden haben. Hatte sich Hoffnungen gemacht, völlig unberechtigte Hoffnungen. Vermutlich hatte er gedacht, jetzt habe er ausgesorgt für die Zukunft.

Arm war sie ja wirklich nicht gewesen mit dem schönen Haus am Rosenweg, mit Friedels Palast und dem Mietshaus, von dem sie bequem leben konnte. Eine verlockende Partie für einen wie Ohloff. Und als er begreifen musste, dass es ihr nicht ernst war mit ihm, dass sie immer noch die Hemden ihres Mannes wusch und von ihm nicht mehr wollte als ein bisschen Liebe. Ein Schlag auf den Kopf mit einem Hammer!

Großer Gott, der Hammer! Darauf hätte er viel eher kommen müssen. Ohloff war doch immer auf irgendwelchen Baustellen beschäftigt und sackte dort ein, was nicht niet- und nagelfest war, mit Vorliebe neue Sachen, die er für ein paar Mark verscherbeln konnte. Und siebzehnmal mit einem billigen Messer, achtmal auf den Knochen abgerutscht. Kein Stich tiefer als fünf Zentimeter.

Es gab auch Männer, die nicht richtig zustechen konnten. Er wusste das, hatte nur seit ewigen Zeiten nicht mehr daran gedacht. Vor Jahren, als sie Ohloff in seine Zelle legten, hatte er einmal erzählt, wie das gewesen war mit der jungen Frau, die er nach einem netten Abend so übel zugerichtet hatte, dass sie wochenlang in einer Klinik liegen musste, obwohl keine ihrer Verletzungen lebensbedrohlich gewesen war. Die Frau hatte nur ausgesehen, als ob sie in eine Hackmaschine geraten wäre.

«Ich hatte eine Stinkwut im Bauch», hatte Ohloff damals gesagt, «weil sie den ganzen Abend über so getan hatte, als wäre ich genau ihr Typ. Ließ sich das Essen bezahlen und noch ein paar Cocktails. Und dann wollte sie mich abservieren. Da bin ich ausgerastet. Vor Gericht hab ich natürlich gesagt, ich könne mich nicht erinnern, wie das im Einzelnen gewesen war. Aber ich wusste es noch ganz genau, nie im Leben werde ich das vergessen. Ich wollte sie abstechen,

Hein, dir kann ich's ja sagen. Und du glaubst nicht, wie schwer das ist. Da sind überall Knochen, da rutscht das Messer ab. Das ist, als ob dir plötzlich einer gegen die Hand schlägt.»

Siebzehn Stiche, ganz langsam verblutet. Wie musste sie gefroren haben in ihren letzten Minuten, viel schlimmer als er auf der Flucht aus Ostpreußen. «Hast du kalte Füße, Papa?», fragte sie in seinem Hinterkopf. Ja, er hatte entsetzlich kalte Füße. Und so kalte Hände. Und nichts in den Jackentaschen, um wenigstens die Hände zu wärmen. Eine Pistole wäre gut gewesen. Abdrücken, bis das Magazin leer war.

Ohloff! Und er hatte sie mit ihm bekannt gemacht. Das war nicht ganz richtig, sie hatte sich selbst mit ihm bekannt gemacht, sich einfach dazwischen gedrängt, genau hier an der Theke. Aber was spielte das noch für eine Rolle? Wäre er nicht gewesen, hätte sie Ohloff nie getroffen. Hätte sie ihn nicht geliebt, wäre sie noch am Leben. Es flimmerte ihm vor den Augen. «Lieber Papa, ich bin so froh, dass du noch lebst …» Und sie war tot. Mit Ziriak und der Bodewig hatte er nichts zu schaffen gehabt. Aber Ohloff!

«Ist dir nicht gut, Hein?», fragte der Wirt.

«Ich hab's seit ein paar Tagen mit dem Magen», antwortete er. «Vielleicht hätte ich das kalte Bier aus dem Leib lassen sollen. Gib mir noch einen Underberg, dann geh ich nach Hause und hau mich aufs Ohr.»

«Das würde ich an deiner Stelle bleiben lassen», machte der Wirt einen dünnen Scherz. «Leg dich lieber ins Bett. Wenn du dich aufs Ohr haust, ist es morgen ganz dick und rot.»

Merkel wäre ihm am liebsten an die Kehle gegangen dafür, aber er grinste pflichtschuldig, zahlte das Bier und den

Underberg und ging. Alles war anders geworden innerhalb der letzten Minuten. Das hohle Gefühl im Innern war verschwunden, als ob sich das Loch mit etwas gefüllt hätte, etwas Großem. Liebe vielleicht.

Er hatte sie doch geliebt, auch wenn er sich bis zuletzt verbissen dagegen gewehrt, vor einer halben Stunde noch versucht hatte, sich einzureden, sie sei es nicht wert gewesen, geliebt zu werden. Vielleicht hatte er nur nach Entschuldigungen gesucht für seine Versäumnisse, nach etwas, das ihm sein Versagen erträglicher machte. Nun konnte er den Schutzwall nicht länger aufrecht halten, sich nicht mehr dahinter verkriechen, weil es mit Ohloff so verdammt persönlich geworden war.

Zuerst Ohloff, dachte er, als er hinaus auf die nächtliche Straße trat. Und danach kauf ich mir den Schnösel von Bankkaufmann. Wenn der sich ein bisschen mehr um sie gekümmert hätte, wäre es nie so weit gekommen.

## 29. Kapitel

Er ging nicht heim, nicht einmal, um sein Rad zu holen. Für Ohloff mit dem Auto ging das schnell, quer durch die Stadt von seiner Wohnung zur Kneipe. Mit dem alten Rad hätte es viel zu lange gedauert. Genauso lange wie hinaus zum Rosenweg. So viel Zeit hatte Merkel nicht mehr.

Der Gedanke, Kurt Seifert anzurufen, kam ihm nicht. Wenn alles vorbei war, wollte er das tun, erklären, wo sie den Mörder seiner Tochter finden könnten. In der alten Gießerei, entweder in einer Ecke der ausgeräumten Fabrikhalle oder irgendwo unter einem Häufchen Schutt. Ein ideales Gelände, Merkel kannte es wie seine Westentasche, immerhin hatte er dort fast ein Jahr lang seinen Nachtdienst versehen. Abgelegen, weit und breit keine Menschenseele, die etwas hören konnte.

Ohloff dahin zu locken, konnte schwierig werden. Wenn er sich nicht völlig unter Kontrolle hatte und dieser Sauhund Wind von seiner Absicht bekam. Ganz ruhig musste er sein, die Beherrschung in Person. Das war er jetzt, so ruhig und kalt, als hätte er nur noch Eis im Leib.

Er ging pfeifend zur nächsten Straßenbahnhaltestelle. «Kommt ein Vogel geflogen, setzt sich nieder auf mein Fuß, hat ein Zettel im Schnabel, von der Mutter einen Gruß.» Gute zehn Minuten musste er auf die richtige Bahn warten. Es machte ihm nichts aus, er pfiff einfach weiter. «Lieber Vogel, flieg weiter, nimm ein Gruß mit und ein Kuss.»

Aber es hätte ihm sehr viel ausgemacht, wenn Heinen oder sonst einer von Kurts guten Männern ihm zuvorgekommen wäre. Jetzt war es seine Sache. Immerhin war Ohloff ein Bekannter von ihm. Und sie war seine Tochter gewesen, ein wundervoller Mensch, großzügig, zuverlässig, hilfsbereit, immer ein offenes Ohr für die Nöte anderer.

Für jedes Problemchen, das Ohloff ihr hineingeflüstert hatte, sollte er teuer bezahlen, für jede Stunde ihrer Zeit, die er in Anspruch genommen hatte, musste er bluten. Und für jeden Stich in ihren Rücken, ganz langsam verbluten – so wie sie. Durch sein Blut kriechen sollte er, um Gnade winseln und genau wissen, dass es für ihn keine gab, wie es für sie keine gegeben hatte.

Das konnte Kurt mit all seinen guten Männern und dem gesamten Polizeiapparat nicht vollbringen. Es gab eine Menge Kleinigkeiten, die man von einem Körper abschneiden konnte, vorausgesetzt, man war ungestört dabei. Merkel wusste nun, dass er sich die ganze Zeit etwas Falsches vorgestellt hatte. Keine Pistole, es musste ein Messer sein, ein schönes, großes, scharfes Messer.

Mit der Straßenbahn brauchte er nur knappe zwanzig Minuten, noch einmal drei Minuten Fußweg, dann stand er vor dem Wohnblock, in dem Ohloff sich eingemietet hatte. Einmal war Merkel in seiner Wohnung gewesen, eine richtige Wohnung, nicht bloß ein möbliertes Zimmer mit einer Dusche so schmal, dass man sich beim Zähneputzen den Ellbogen an der Tür stieß.

Ohloffs Wohnung lag im dritten Stock, zwei Fenster zeigten nach vorne zur Straße. Dahinter war es dunkel. Der Opel Kadett war nirgendwo zu sehen. Das musste noch nichts bedeuten. Man bekam nicht immer einen Parkplatz vor der Haustür. Ohloff hatte mal gemeckert, dass er oft ein paar hundert Meter weit laufen müsse. Laufen und nach dem Auto suchen wollte Merkel jetzt nicht. Hinter den beiden dunklen Fenstern waren die Küche und das Schlafzimmer, das wusste er. Das Wohnzimmer lag zur Hofseite hin. Wenn Ohloff daheim war, hielt er sich wohl dort auf, saß vermutlich vor dem Fernseher, er hatte nämlich einen, sogar einen mit einem sehr großen Bildschirm. Er hatte auch ein richtiges Badezimmer mit einer Wanne. Ohloff hatte alles, was das Herz begehrte, nur keine Kontrolle über sich.

Merkel drückte mehrfach auf die Klingel mit Ohloffs Namen, wartete minutenlang. Nichts passierte. Dann war er wohl doch nicht zu Hause, saß vielleicht in irgendeiner anderen Kneipe. Nachdem Merkel die erste Enttäuschung überwunden hatte, störte es ihn überhaupt nicht mehr. Er hatte Zeit, notfalls die ganze Nacht und auch noch den halben Dienstag. Es reichte völlig, wenn er um die Mittagszeit wieder heimfuhr, noch ein paar Stunden schlief. Dann zum Dienst, vorher natürlich den Hund abholen. Und am Mittwoch wieder hierher kommen.

Nach ein paar Minuten ging er zur anderen Straßenseite hinüber. Es erschien ihm sicherer, nicht direkt vor der Haustür zu stehen, wenn Ohloff heimkam. Wenn er ihn zu früh entdeckte und sich verkrümelte, war nichts gewonnen. Auf der gegenüberliegenden Straßenseite standen ein paar Blumenkübel auf dem Gehweg. Da konnte er sich auf den Rand eines Kübels setzen, musste nicht die ganze Zeit stehen.

Es wurde eine lange Nacht. Zuerst war noch Betrieb auf der Straße. Autos, Passanten, es gab auch noch viele erleuchtete Fenster. Merkel konzentrierte sich auf den Hauseingang, davor waren zwei Parklücken frei. Jedem Scheinwerferpaar starrte er entgegen. Fühlte jedes Mal den Puls schneller werden, konnte nur mühsam durchatmen und fiel jedes Mal ein bisschen in sich zusammen, wenn das Auto vorbeifuhr.

Er wusste nicht viel über Ohloffs Gewohnheiten, eigentlich nur, dass er regelmäßig in seine Stammkneipe kam. Den Sonntag ausgenommen, da war die Kneipe geschlossen. Ruhetag. Aber sonst jeden Abend, obwohl er dafür quer durch die Stadt fahren musste. Und am Dienstag zuletzt. Hatte wohl am Mittwochabend keine Nerven gehabt, sich so zu benehmen wie immer.

Nach Mitternacht wurde es still in der Straße. Die meisten Fenster waren längst dunkel, nur noch selten fuhr ein Auto vorbei, noch zweimal kam ein Nachtschwärmer. Einer ging mit festen Schritten, der andere torkelte auf einen Hauseingang zu. Nach eins war die Gegend wie ausgestorben.

Merkel fror wieder entsetzlich, dabei war es überhaupt nicht kalt, nicht einmal kühl. Vielleicht kam die Kälte immer noch aus ihm selbst. Allein die Vorstellung! Diese Drückerin, irgendeine gesichtslose junge Frau sitzt mit Irene in der Küche, als Ohloff durch den Garten hereinkommt. Gut möglich, dass sie ihn gesehen hatte. Oder seinen Kadett, wenn sie noch zu den beiden letzten bewohnten Häusern gegangen war und er davor geparkt hatte. Vielleicht erinnerte sie sich an das Kennzeichen, manchmal geschahen solche Wunder. Kurt wollte alles tun, um die Frau aufzuspüren. Er hatte diesen mächtigen Apparat zur Verfügung.

Im Grunde hatte Merkel keine Chance und wusste das auch. Er hatte nur diesen winzigen Vorsprung, aber der war unter Umständen schnell aufgezehrt. Kurt würde vermutlich nicht lange brauchen, in Erfahrung zu bringen, welche Drückerkolonne am vergangenen Mittwoch die Gartenstadt aufgesucht hatte. Und wenn er das erst wusste, hatte er auch die Frau. Die Zeit lief gegen Merkel. Und er hatte nicht mal ein Messer bei sich.

Eine schlimme Nacht, richtig tot. Die Totenstille zerrte an

seinen Nerven, dabei hatte er es sonst gerne ruhig. Er hätte sich etwas zu lesen mitnehmen sollen, drei oder vier von den Briefen aus dem Schuhkarton, um in Stimmung zu bleiben.

«Lieber Papa, heute habe ich mich lange mit Herrn Tommes über dich unterhalten.»

Wer, zum Teufel, war Herr Tommes gewesen? Ein Lehrer? Oder der Gärtner, den der gute Friedel beschäftigt hatte? Er wusste wirklich so gut wie nichts von ihr und hatte nicht mehr die Chance, mehr zu erfahren.

Fast war er erleichtert, als die Gegend um fünf Uhr allmählich wieder lebendig wurde und er sich seine Aufgabe vor Augen halten konnte, diese letzte Verpflichtung, die seinem verpfuschten Leben am Ende doch noch einen Sinn geben sollte. Danach konnten sie ihn getrost wieder lebendig begraben.

Vereinzelt gingen Lichter hinter den Fenstern an. Er war ganz steif vom langen Sitzen auf dem Blumenkübel. Um halb sechs wurde der Hauseingang gegenüber geöffnet. Ein Mann trat ins Freie, zog die Tür hinter sich ins Schloss und ging zu einem Auto am Straßenrand. Etwas später kam der Zeitungsbote, bestückte nur zwei der Briefkastenschlitze neben der Haustür, ging weiter zum nächsten Haus und steckte dort immerhin drei Zeitungen ein.

Kurz vor sechs erschien eine ältere Frau mit lässig übergeworfenem Morgenrock und platt gelegener Dauerwelle an der Haustür. Sie nahm ihre Zeitung aus dem Kasten. Merkel erhob sich vom Rand des Blumenkübels, streckte sich, dehnte die Muskeln und lief quer über die Straße auf das Haus zu. Die Frau hatte die Tür nicht hinter sich zugedrückt. Die war langsam zurückgeschwungen und jetzt nur angelehnt. Er konnte ungehindert ins Haus und stieg gleich in den dritten Stock hinauf.

So war es entschieden besser. Jetzt sah Ohloff ihn nicht, wenn er heimkam, bemerkte ihn erst, wenn er um die letzte Biegung der Treppe kam. Und dann hing alles davon ab, dass Merkel die richtigen Worte fand. «Ich musste herkommen, Ohloff. Ich muss mal mit einem Menschen reden, der sie gut gekannt hat. Hast du noch nichts davon gehört? Irene ist tot.» Genau so. So war es gut. Und dann fragen: «Können wir ein Stück rausfahren. Irgendwo ins Grüne, ich muss mal was anderes sehen.»

In einer Ecke stehend, sich müde gegen die Wand lehnend, wartete er weitere vier Stunden. Zwischen sieben und acht kamen zwei Männer und drei Kinder aus dem vierten Stock herunter, gingen an ihm vorbei, beäugten ihn misstrauisch, stiegen jedoch die Treppen hinunter, ohne sich weiter um ihn zu kümmern.

Um zehn kam Ohloffs Nachbarin aus ihrer Wohnung. Sie mochte Ende vierzig, Anfang fünfzig sein, machte einen adretten Eindruck, hielt ein zusammengerolltes Einkaufsnetz in der Hand, lächelte und grüßte mit einem Kopfnicken. Sie war bereits an ihm vorbeigegangen und einige Stufen hinuntergestiegen, als sie sich noch einmal umdrehte und fragte. «Wollen Sie zu Herrn Ohloff?»

Er nickte.

«Er ist nicht da», sagte die Frau. «Gestern war schon jemand hier und hat nach ihm gefragt. Bestimmt ist er verreist. Ich habe ihn seit ein paar Tagen nicht mehr gesehen.»

«Wann zuletzt?», fragte Merkel.

Die Frau legte den Kopf ein wenig zur Seite, dachte nach. «Letzten Mittwoch, auch so um die Zeit.» Sie lächelte verlegen, als sei etwas Peinliches an ihren nächsten Sätzen. «Ich mache immer um zehn meine Einkäufe, da sind die Läden nicht so voll. Herr Ohloff kam gerade ins Haus, als ich rausging. Er sagte, wenn ich einen Moment warte, könne er mich ein Stück mitnehmen. Er wollte nur rasch etwas aus seiner Wohnung holen, glaube ich. Und er ist ja immer sehr freundlich und hilfsbereit.»

«Ja», sagte Merkel, «das ist er. Und Sie wissen nicht zufällig, wer gestern nach ihm gefragt hat?»

Die Frau hob die Schultern. «Ich nehme an, es war ein Kollege von ihm. Er bat mich, Herrn Ohloff auszurichten, er solle sich im Personalbüro melden, da wäre noch etwas zu unterschreiben.»

Merkel fühlte sich ein bisschen erleichtert. Er hatte befürchtet, Kurts Männer wären ihm zuvorgekommen. Nun beruhigte er sich wieder, sagte sich, dass Heinen und die anderen jetzt auch nicht mehr ausrichten konnten. Selbst wenn sie die Drückerin auftrieben, eine gute Beschreibung bekamen oder sogar ein Autokennzeichen, half ihnen das nicht weiter. Offenbar war Ohloff untergetaucht. Und das war praktisch ein Geständnis.

## 30. Kapitel

Merkel verließ das Haus zusammen mit der Frau. Er war übermüdet, auch ein bisschen hungrig, ging zur Straßenbahnhaltestelle und fuhr erst einmal heim. Eine Scheibe Brot mit Käse, zwei Stunden Schlaf, dann saß er bereits wieder aufrecht im Bett. Wenn Ohloff nun in der Zwischenzeit zurückgekommen war! Das war kaum anzunehmen. Ohloff hatte ein Auto, der Sauhund war garantiert längst über alle Berge. Vielleicht ins Ausland geflohen. Oder bei seiner Mutter untergekrochen.

Merkel wusste nicht, wo Ohloffs Mutter lebte und ob sie noch Kontakt hatten. Er hatte doch nie richtig zugehört, wenn Ohloff erzählte. Ihm fiel nur ein, was Irene über die vernarbten Handflächen gesagt hatte. Und ihm hatte Ohloff weisgemacht, da hätte ihm ein Trottel während der Arbeit irgendein ätzendes Zeug über die Hände gekippt. Der log, wenn er nur den Mund aufmachte.

Er nahm eine Dusche, um die Müdigkeit aus den Knochen zu treiben. Dann machte er sich eine Suppe heiß. Die Mühe, im einzigen Schubfach seiner Miniküche nach einem geeigneten Messer zu suchen, machte er sich erst gar nicht. Er besaß keins, das scharf genug gewesen wäre.

Nachdem er gegessen hatte, verließ er sein Zimmer wieder, nahm auch diesmal die Straßenbahn, fuhr in die Innenstadt und ging in eines der großen Kaufhäuser. Viel Zeit hatte er nicht mehr, und in der Haushaltswarenabteilung gab es alle möglichen Sorten von Messern, nur nicht das, was ihm vorschwebte.

Es musste etwas ganz Besonderes sein, etwas Einmaliges, so einmalig wie sie. Ein ganz erlesenes und seltenes Stück. Er hatte von diesem Messer eine erstaunlich konkrete Vorstellung, als hätte er es schon einmal irgendwo gesehen und zwar in Verbindung mit ihr. Aber das war vermutlich Einbildung. Jedenfalls musste es eine schmale, dennoch sehr stabile Klinge haben, die Knorpel durchtrennte und die er in der Hosentasche bei sich tragen konnte, ohne Gefahr zu laufen, sich selbst damit ins Bein zu stechen. So was gab es in einem Kaufhaus nicht, bestimmt nicht in der Haushaltswarenabteilung.

Um fünf fuhr er zurück, machte sich eine große Kanne Kaffee, trank zwei Tassen und aß zwei Wurstbrote dazu, bestrich zwei weitere Brote für die Arbeit und füllte den restlichen Kaffee in die Thermoskanne. Kurz nach sechs verließ er das Zimmer wieder, um den Hund abzuholen.

Dann drehte er mit Leo seine Runden. Die kleine goldene Uhr lag immer noch im Schaufenster des Juweliers. Aber er konnte sie sich nun anschauen. Mit dieser Kälte im Innern war das überhaupt kein Problem mehr. Damit konnte er alles, die Uhr nicht nur betrachten, sich sogar bis ins kleinste Detail ausmalen, wie es gewesen wäre an ihrem Geburtstag, wenn er das kleine, aufwendig verpackte Geschenk neben ihren Frühstücksteller gelegt hätte. Die erste Freude in ihrem herben Gesicht.

Und nach dem Auswickeln die atemlose Überraschung und das Glück, wenn sie begriff, wie viel sie ihm wert war: «Papa, bist du verrückt! Die muss ja ein Vermögen gekostet haben.»

Und dann mit einem Scherz versuchen, das große Gefühl etwas kleiner erscheinen zu lassen, damit er sich nicht bedrängt fühlte: «Du hast doch hoffentlich nicht den Juwelier ausgeraubt.»

Und dann wäre sie ihm um den Hals gefallen, auch das konnte er sich gut vorstellen. Sie war der Typ gewesen, der einem vor Freude um den Hals fiel. So spontan und herzlich. Und er hatte sie sich in den beiden Jahren vom Leib gehalten. Wer sie und ihn um ihren Geburtstag betrogen hatte, verdiente es nicht, selbst noch einen Geburtstag zu erleben. Wer einen Menschen wie sie ausgelöscht hatte, gehörte ebenfalls ausgelöscht.

Er wusste, dass er es konnte, ohne mit der Wimper zu zucken. Schließlich hatte er es bereits einmal getan, obwohl das damals eine andere Geschichte gewesen war. Abdrücken aus zwei Metern Entfernung. Der Kerl auf seiner Frau hatte davon kaum mehr gespürt als einen Schlag in den Rücken, der ihn hinüber ins Nirwana schubste. Diesmal musste es anders sein, ganz anders und sehr blutig! Vielleicht ging es nur darum. Blut! Unmengen von Blut! So viel, wie in ihrer Küche verteilt gewesen war. Wenn er erst das richtige Messer fand. Und Ohloff natürlich.

Als er sich gerade wieder von der Uhr abwenden wollte, sah er das Messer, das ihm vorgeschwebt hatte. Er hatte es wohl jedes Mal unbewusst registriert, wenn er die Uhr anschaute. Ein Dolch war es, er lag im unteren Teil des Schaufensters. Ein herrliches Stück, eine prachtvolle Arbeit. Die Klinge leicht gebogen und so spitz zulaufend, dass er unwillkürlich an eine Nadel dachte. Der Griff war vergoldet und mit drei Steinen besetzt. Edelsteine vermutlich.

Neben dem Dolch lag eine Scheide aus hellem, genarbtem Leder mit dünnen Riemen an beiden Enden. Die Riemen dienten wohl zur Befestigung am Arm oder am Bein, übermäßig lang waren sie nicht. Es war nirgendwo ein Preis zu sehen. Alle Sachen im Fenster waren mit einem Preis ausgezeichnet, nur der Dolch nicht. Hoffentlich lag er nicht nur zur Dekoration im Fenster. Er musste ihn haben, um jeden Preis.

Als sein Dienst am Mittwochmorgen zu Ende war, brachte er den Hund zurück und fuhr noch einmal zum Einkaufszentrum. Fast eine Stunde musste er warten, ehe die einzelnen Läden öffneten. Zuerst der Supermarkt im Untergeschoss. Er nutzte die Zeit, um ein paar Dosensuppen, ein Brot und etwas abgepackten Aufschnitt einzukaufen, obwohl alles viel teurer war als in dem Laden, in dem er normalerweise seine Lebensmittel besorgte.

Dann nahm er ausnahmsweise die Rolltreppe, um zum Juweliergeschäft zu kommen. Ein junger Mann war im Laden, piekfein im grauen Anzug mit weißem Hemd und dezent gemusterter Krawatte. Auch der Ton war piekfein. «Kann ich Ihnen helfen?» Und zwischen den Worten klang an: Mach bloß, dass du rauskommst, du Penner!

Merkel dachte sofort an seinen Schwiegersohn, der gleiche Typ, Arroganz und Selbstgefälligkeit mit dem Rasierwasser in die Wangen geklopft. «Ja», sagte er, «das können Sie. Ich suche seit Wochen nach einem Geschenk für meinen Schwiegersohn. Und da sah ich nun zufällig den Dolch in Ihrem Fenster. Jetzt sagen Sie mir nicht, der sei unverkäuflich. Der wäre genau das Richtige.»

Unverkäuflich war der Dolch nicht. Dass er nicht ausgezeichnet war, sei ein Versehen, sagte der Verkäufer. Der Preis, den er Merkel mit überheblichem Lächeln nannte, verschlug ihm doch für einen Augenblick die Sprache. Satte fünftausend Mark. Die Uhr hätte nur dreitausend gekostet. Der Dolch war so teuer, weil er aus einer Speziallegierung bestand, die ihm trotz des hohen Goldgehalts eine extreme Härte gab, und weil drei Steine in seinem Griff eingelassen waren. Lapislazuli, den Ausdruck hatte Merkel noch nie gehört, aber dass es echte Lapislazuli waren, musste der Verkäufer nicht eigens betonen. Das verstand sich wohl von selbst bei dem Preis.

Merkel hatte das Geld, daran sollte es nicht scheitern. Er hatte sogar etwas mehr als fünftausend Mark auf der hohen Kante. Seit er arbeitete, hatte er jeden Monat einen festen Betrag auf die Seite gelegt. Für die goldene Uhr – und für seine Beerdigung, damit nicht eines Tages das Sozialamt den billigsten Sarg aussuchte oder an Verwandte herantrat, damit die die Kosten übernahmen.

Komisch, plötzlich konnte er darüber lächeln. Vor zwanzig Jahren hatte er sich in einer Zelle begraben lassen. Genauso hatte Irene es doch ausgedrückt. Und als sie ihn da wieder rausließen, hatte er sogleich mit dem Sparen auf einen Sarg angefangen. Irene hätte wahrscheinlich auch darüber gelächelt. Und dann gesagt: «Papa, ich bitte dich, überlass es den wirklich alten Männern und Frauen, auf ihr Begräbnis zu sparen. Dafür bist du noch nicht alt genug.»

«Passen Sie auf», sagte Merkel und blinzelte dem Verkäufer kumpelhaft zu, «Sie nehmen jetzt den Dolch aus dem Fenster und legen ihn schön an die Seite. Ich fahre rasch zur Bank und hole das Geld. Ich bin in spätestens einer halben Stunde wieder hier. Und wehe, ich kriege dann nicht, was ich haben will.»

Mit einem Grinsen fügte er hinzu: «Mein Schwiegersohn wird Augen machen.»

Aber nach Möglichkeit sollte zuerst Ohloff Augen machen, sie weit aufreißen vor Panik. Und winseln, um sein Leben betteln, vor Schmerzen schreien. Es ging nicht anders, das Schreien war unerlässlich. Vielleicht taute es ihn wieder auf, vielleicht wärmte es auch nur dieses erfrorene Stück Fleisch in seinem Innern, das vor Urzeiten ein fühlendes Herz gewesen war.

Ein Dolch für fünftausend Mark! Ein Küchenmesser aus dem Kaufhaus hätte dieselbe Arbeit geleistet, aber es wäre nicht das Gleiche gewesen. Ein Dolch für fünftausend Mark, wo sie doch die Uhr nicht mehr bekommen hatte. Und zu Weihnachten nur diese billige Kaffeemaschine mit dem Sprung in der Kanne. Er hatte wirklich nie viel für sie übrig gehabt, als sie noch lebte. Vielleicht hätte sie die Finger von Ohloff gelassen, wenn er auf sie zugegangen wäre. Im Grunde war es doch seine Schuld, zum Teil jedenfalls. Und deshalb war es nur recht und billig, jetzt ein kleines Vermögen für sie auszugeben.

Er war fast ein wenig euphorisch, als er zu seinem Rad ging. Zur Bank fahren konnte er nicht sofort, musste erst das Sparbuch aus seinem Zimmer holen. Alles in allem dauerte es etwas länger als eine halbe Stunde, ehe er das Juweliergeschäft erneut betrat.

Der Verkäufer fragte, ob er den Dolch als Geschenk einpacken sollte.

«Das wäre nett», sagte Merkel, obwohl es nicht den geringsten Sinn machte. «In solchen Dingen bin ich ein bisschen ungeschickt.» Und während der Verkäufer bereits einen Bogen Goldfolie zurechtlegte, fragte er: «Kann man ihn auch schleifen, ohne ihn zu zerkratzen?»

«Selbstverständlich», versicherte der Verkäufer. «Die Klinge ist widerstandsfähiger als Stahl. Aber es wird nicht nötig sein, ihn zu schleifen, er ist scharf wie eine Rasierklinge.» Er demonstrierte es an einem Stückchen Goldfolie, hielt es in die Höhe, zog die Klinge nur ganz leicht darüber und hatte damit bereits die Folie in zwei Hälften geteilt.

«Wunderbar», sagte Merkel, während der Verkäufer den Dolch in die Scheide steckte. Die kostete nochmal dreihundert Mark extra. Zum Glück hatte er sein Sparbuch bis auf ein paar Mark abgeräumt. Einen schwarzen Anzug musste er sich ja auch noch kaufen für die Beerdigung.

Dann stand er wieder neben seinem Rad, immer noch euphorisch. Einen Strick brauchte er noch. Handschellen wären ihm lieber gewesen, aber die konnte er sich nicht beschaffen. Doch ein Strick erschien ihm so profan. Ein Dolch für fünftausend Mark, da brauchte er etwas Stilvolleres.

Auf dem Heimweg hielt er noch einmal an einem Fachgeschäft für Heimtextilien und kaufte vier Meter Seidenschnur. Der Verkäuferin erzählte er, dass seine Tochter die Schnur für ihre neuen Gardinen brauche. Er hatte seit seiner Entlassung aus der Haft nicht mehr so viel mit fremden Leuten geredet wie an diesem Morgen.

# 31. Kapitel

Er fuhr nur heim, um das Rad abzustellen. Ging in sein Zimmer hinauf, schnitt die Seidenschnur in kürzere Stücke und entfernte die Goldfolie von der Scheide. Zuerst band er sich die Riemen um den rechten Oberschenkel. So wäre es ideal gewesen, der Dolch griffbereit neben der rechten Hand. Aber mit dem Ding über der Hose konnte er nicht durch die Stadt laufen. So band er die Scheide um den linken Oberarm und zog eine leichte, aber weit geschnittene Jacke darüber. Das war auch wegen der Jackentaschen praktisch. Er steckte noch zwei belegte Brote ein und ging zur Straßenbahn.

Doch auch an diesem Mittwoch wartete er vergeblich vor Ohloffs Wohnung, und am nächsten Tag erging es ihm nicht besser. Da hielt er sogar nur bis mittags durch. Er war zum Umfallen müde und hätte beinahe überhört, dass zwei Männer die Treppe heraufkamen. Heinen und noch einer, den er eine gute Woche zuvor durch ihr Blut hatte laufen sehen. Im letzten Moment schaffte er es auf Zehenspitzen hinauf ins vierte Stockwerk, hörte von dort aus zu, wie sie an Ohloffs Tür klingelten, klopften und ihren üblichen Spruch aufsagten. «Öffnen Sie, Polizei.»

Er war maßlos enttäuscht. Er hatte den Wettlauf gegen die Zeit und gegen seine einstigen Kollegen verloren. Nachdem die beiden Männer das Haus wieder verlassen hatten, schlich er nach unten wie ein geprügelter Hund. Durch einen Spalt in der Haustür vergewisserte er sich, dass von Heinen und dem anderen nichts mehr zu sehen war. Dann ging er zur Straßenbahnhaltestelle.

Schon auf der Heimfahrt wäre er beinahe eingeschlafen. In seinem Zimmer angekommen, legte er sich so wie er war aufs Bett.

Im nächsten Augenblick war jede Spur von Müdigkeit verflogen. Die Knochen taten ihm noch weh, und sein Schädel dröhnte. Aber neben dem Dröhnen war noch etwas, das ihm zuflüsterte, dass noch nicht alles verloren war, dass Kurt und seine ach so klugen Männer auch nicht schlauer waren als er, wenn sie Ohloff in seiner Wohnung suchten.

Er nahm eine Dusche, die ihn ein wenig erfrischte, und dann noch einmal die Straßenbahn, weil es sonst von der Zeit her zu knapp geworden wäre. Den Dolch ließ er in seinem Zimmer zurück.

Eine halbe Stunde später betrat er Kurts Büro. Kurt war überrascht, ihn zu sehen. Und sehr verstimmt war er. Am Dienstag war Irenes Leiche freigegeben worden, Brandes hatte sich bereits um die Formalitäten der Beerdigung gekümmert und war so nett gewesen, Agnes zu verständigen.

«Nächsten Montag», sagte Kurt in sehr kühlem und gereiztem Ton. «Trifft sich gut, nicht wahr? Dein freier Tag, und die halbe Stunde auf dem Friedhof wirst du ihr wohl noch opfern können. Länger dauert es bestimmt nicht, es gibt anschließend keine Trauerfeier. Und jetzt wüsste ich gerne, wo du warst in den letzten Tagen. Heinen war zweimal bei deiner Wohnung, jedes Mal umsonst.»

«Ich kann ja nicht immer in meinem Zimmer hocken», erwiderte Merkel. «Da fällt mir die Decke auf den Kopf. Und mein Bett, wenn ich's nur sehe, habe ich das Gefühl, verrückt zu werden. Es ist nicht so, wie du denkst, wirklich nicht. Ich gehe halt auf meine Weise damit um, fahr durch die Gegend, klappre Friedhöfe ab und versuch mich darauf einzustellen, dass ich in Zukunft nur noch auf einen Friedhof gehen kann. Was gab es denn so dringend?»

«Wir wissen jetzt, wie Irenes Freund heißt», erklärte Kurt, in keiner Weise besänftigt von seiner Erklärung. «Eigentlich müsstest du ihn kennen, sehr gut sogar, du hast sieben Jahre lang eine Zelle mit ihm geteilt, Hein.»

Merkel war angenehm überrascht. Dass Kurt es ihm auf dem Serviertablett anbot, hatte er nicht erwartet, sich darauf eingestellt, es ihm mühsam aus der Nase ziehen zu müssen. Sein Erstaunen war perfekt gespielt. «Ohloff? Wie kommst du denn auf den? Er ist ein Bekannter von mir und hat eine feste Freundin, in die er ganz verschossen ist. Irenes Freund ist er garantiert nicht.»

«So hat er sich aber der Nachbarin vorgestellt», sagte Kurt.

«Ach, der erzählt immer irgendeinen Blödsinn», wiegelte Merkel ab und wiederholte seine Frage: «Wie seid ihr denn auf den gekommen? Habt ihr die Drückerin aufgetrieben?»

Die letzte Frage verriet, dass Merkel sich zu dem Thema Gedanken gemacht hatte. Es war von Kurts Miene abzulesen, dass er ihn durchschaute.

«Nein», sagte Kurt. «Aber so viele alte Opel Kadetts sind nicht mehr zugelassen. Wir haben ihn aus den Fahrzeughaltern herausgefiltert. Nur scheint er ausgeflogen zu sein. Die Männer waren zweimal an seiner Tür. Eine Nachbarin von ihm sagte, er sei schon seit Tagen weg.»

«Das würde ich nicht ausgeflogen nennen», erwiderte Merkel. «Er ist vor kurzem wieder einen Job losgeworden, hält sich nirgendwo länger als ein paar Wochen. Und wenn er die Papiere kriegt, verzieht er sich meistens für eine Weile zu seiner Mutter. Da ist das Leben billiger. Aber jetzt frag mich nicht, wo seine Mutter wohnt, das weiß ich nicht.»

«Wir wissen es», sagte Kurt. «Dort ist er nicht – seit Jahren nicht mehr gewesen. Also erzähl mir keine Märchen, Hein. Du warst auch vor seiner Tür.»

«Warum nicht?», fragte Merkel. «Mich hatte jemand gebeten, dem er Geld schuldet, mal nachzufragen, wie es mit der Tilgung aussieht.»

«Natürlich», sagte Kurt kühl. «Und dass er Irene oft besucht hat, hörst du zum ersten Mal.»

«Was heißt denn hier oft?», begehrte Merkel auf. «Ein paar Mal. Daraus hat Irene kein Geheimnis gemacht. Sie haben sich unterhalten, mehr nicht. Ohloff hatte ein paar Probleme mit Frauen, und sie hat sich bemüht, ihm …»

«Eher anders herum», schnitt Kurt ihm das Wort ab. «Sexuelle Nötigung, schwere Körperverletzung. Mit einem Messer. Bauarbeiter ist er auch noch, wenn er denn arbeitet. Und da willst du mir weismachen, bei dir hätte es nicht geklingelt?» Unvermittelt wurde Kurt laut, schlug sogar mit der Faust auf den Schreibtisch: «Herrgott, Hein! Was geht in deinem Schädel vor? Du wirfst uns Ziriak zum Fraß vor und hebst den Rest für dich auf. Darum geht es doch, oder? Bring dich nicht wieder in Schwierigkeiten.»

«Hab ich nicht vor», sagte Merkel. «Bestimmt nicht mit Ohloff. Den kannst du vergessen, wirklich. Er hätte Irene nie was getan. Sie war sein Schutzengel, für ihn wie auch für Ziriak. Ich hab's doch eben gesagt, er hat eine Freundin, und dass er mit der zurechtkommt, hat er nur Irene zu verdanken. Ich vermute mal, dass es darum gegangen ist bei dem vermeintlich eindeutigen Gespräch, das die Fendrich aufgeschnappt hat.»

Kurt betrachtete ihn nachdenklich, schien nicht zu wissen, ob er ihm glauben durfte.

«Was ist eigentlich mit Ziriak?», fragte Merkel, um ihn vom Thema abzubringen. «Ist er wieder draußen?»

Kurt schüttelte den Kopf und erzählte, dass sie auch noch nicht mit Ziriak im Kinderheim gewesen seien. «Als Heinen den Termin vereinbaren wollte, hörte er, dass der Junge in einer Klinik liegt.»

«Was hat er denn?», fragte Merkel.

«Irgendwas mit den Nerven vermutlich», sagte Kurt. «Ich weiß nicht, ob so kleine Kinder schon einen Nervenzusammenbruch bekommen können. Wenn ja, dann hatte er wohl einen. Er hatte hohes Fieber, deshalb haben sie ihn lieber sofort ins Krankenhaus gebracht.»

«Der arme kleine Kerl», sagte Merkel. «Und was ist mit der Bodewig? Ich meine, wenn Ziriak noch in Haft ist.»

«Frau Bodewig hat ein Alibi», erklärte Kurt. «Ihr Freund ebenso.»

Auf Ohloff kam Kurt nicht wieder zurück, verlor nur noch ein paar Worte über Brandes, der sich vorübergehend in einem Hotel einquartiert hatte und sich nach der Beerdigung in Friedels Villa einrichten wollte, weil er verständlicherweise nicht mehr in dem Haus am Rosenweg leben konnte.

«Mit der Villa hat er schon vor zwei Jahren geliebäugelt», erklärte Kurt. «Er wollte sich als Finanzmakler selbständig machen und im Erdgeschoss Büroräume einrichten. Irene war damit nicht einverstanden. Jetzt wird er das wohl tun. Er konnte übrigens nur drei Kunden angeben, mit denen er sich an seinen langen Abenden noch getroffen hat. Aber das auch nur in den letzten Wochen.»

Da war ein feiner Unterton in Kurts Stimme, als müsse noch etwas von Bedeutung nachkommen. Merkel wartete darauf, dass Kurt weitersprach. Aber er sagte nur noch: «Wir sehen uns dann am Montag. Und falls du in der Zwischenzeit etwas von deinem Bekannten hörst, bin ich der Erste, der es erfährt. Du wirst keine Dummheiten machen. Kann ich mich darauf verlassen, Hein?»

«Natürlich», sagte Merkel, und es war nicht mal ein völlig leeres Versprechen. Er hatte ja vor, Kurt anzurufen – nachdem er von Ohloff gehört hatte, was er hören wollte. Und was er tun wollte, betrachtete er nicht als Dummheit.

Freitags stand er erneut vor dem Wohnblock, mit dem Dolch unter der weit geschnittenen Jacke. Er kam sogar noch einmal bis ins Haus, weil wieder jemand die Haustür nicht hinter sich zuzog. Sicherheitshalber stieg er sofort ins vierte Stockwerk hinauf, damit ihn nicht Lukas Heinen oder sonst einer erwischte. Und dann hatte er Glück.

Um die Mittagszeit kam ein Mann die Treppen herauf, klopfte an Ohloffs Tür. Ein Bauarbeiter in Arbeitskleidung. Merkel ging nach unten wie einer, der im vierten Stock wohnt, und sprach den Mann an. «Da bemühen Sie sich vergebens. Herr Ohloff ist seit Tagen weg.»

«Hätte ich mir denken können», antwortete der Mann. «Das ist ein verrückter Hund. Wenn der ein Weib hat, vergisst er alles andere, sogar, dass er noch Geld zu kriegen hat.»

«Sie meinen, er ist bei einer Frau?», fragte Merkel.

Der Mann grinste. «Wie man's nimmt, sie ist eine Nutte. Vor ein paar Wochen hat er sie noch wärmstens weiterempfohlen. Und plötzlich macht er auf Beschützer. Ich werde ihn da jedenfalls nicht besuchen. Wenn er meint, er braucht sein Geld nicht, ist das nicht mein Bier. Sein Zuckertäubchen macht auch wahrscheinlich in einer Woche mehr Kohle als unsereins im halben Jahr.»

«Können Sie mir die Adresse geben?», bat Merkel. «Ich habe in den letzten Tagen Post für ihn angenommen, auch ein Einschreiben. Es wäre vielleicht besser, wenn er das schnell bekommt.»

Der Mann nickte, grinste immer noch. «Wenn Sie es so wollen, aber sagen Sie nachher nicht, Sie wären nicht gewarnt worden. Achten Sie auf sein rechtes Auge. Wenn es da drunter zu zucken anfängt, wird es kritisch. Wenn es nicht zuckt, können Sie ihm ja auch sagen, dass er sich im Personalbüro melden soll. Wenn er das nicht tut, sacken die seinen Restlohn ein.»

Er nannte Merkel eine Adresse, auch den Namen der Frau, bei der er Ohloff vermutete. Natascha Parlov, eine Russin oder Polin, die aus dem Osten hergelockt worden war, um irgendeinen alten Knacker zu heiraten. Aber der hatte ihr so wenig gefallen, dass Natascha sich selbständig gemacht hatte.

Und so hatte Ohloff sie kennen gelernt, zu Anfang in den höchsten Tönen geschwärmt, weil sie ihm ein unvergleichliches Erlebnis beschert hatte. Jedem Kollegen am Bau hatte er wärmstens ans Herz gelegt, sie auch mal zu besuchen. Hundertfünfzig die Stunde, fünfhundert die ganze Nacht, aber das sei kein rausgeworfenes Geld.

Das erzählte der Arbeiter auf dem Weg nach unten. Ja, und dann hätte Ohloff festgestellt, dass Natascha auch ein Mensch sei und nicht bloß ein exquisites Verkehrsmittel. Wie ihm plötzlich diese Erleuchtung gekommen sei, konnte sein ehemaliger Kollege sich nicht erklären. Jedenfalls hätte Ohloff zwei Männer tätlich bedroht, als sie seiner Empfehlung folgen wollten. Und einen, der das bereits getan hatte, fast vom Gerüst gestoßen. Das war der Grund, warum er seine Papiere bekommen hatte.

Sie verließen das Haus gemeinsam. Der Bauarbeiter ging zu einem Wagen, den er am Straßenrand abgestellt hatte. Merkel lief zur Straßenbahnhaltestelle. Mit der Bahn waren es nur zwei Stationen. Er war ganz ruhig, auch dann noch, als er vor einem Hochhaus stand. Eine Unmenge von Klingeln, eine Unmenge von Namen auf kleinen Plättchen neben den Klingelknöpfen. Parlov fand er in der neunten Reihe links.

Und auf dem Weg zu dem Hochhaus war er an Ohloffs Kadett vorbeigekommen. In dem Moment hatte er einmal kurz seinen Herzschlag gefühlt, als ob es mit dem Auftauen da drin schon losgegangen wäre. Vielleicht war es auch nur der Triumph, doch schneller gewesen zu sein als Kurts Männer.

## 32. Kapitel

Merkel drückte den Klingelknopf, fühlte die beiden Riemen am linken Oberarm, vergewisserte sich mit einem raschen Blick noch einmal, dass sich weder Scheide noch Dolchgriff unter dem Jackenstoff abzeichneten, prüfte auch noch einmal, obwohl er das schon zigmal getan hatte, ob der Dolch sich leicht ziehen ließ. Der Griff rutschte ihm auf Achselhöhe fast von selbst in die Hand. Ein wunderschönes Messer, damit konnte man einen Menschen bluten lassen, bis kein Tropfen mehr drinnen war. Er musste nur darauf achten, dass Ohloff nicht seinen Arm packte, das tat er gerne mal.

Er hörte die Stimme einer Frau, jung, hart und trotzdem müde, vielleicht auch nur verzerrt von der Gegensprechanlage oder dem slawischen Akzent. Und ganz flüchtig dachte er, dass auch Zuckertäubchen am vergangenen Mittwoch bei Irene gewesen sein könnte. Dieser Anruf, die Worte über einen Mistkerl und dass sie es genau wissen wollte. Durchaus möglich, dass Ohloffs Freundin sie angerufen hatte, um ihr zu erzählen, dass Ohloff zwei Eisen im Feuer hielt. Aber den Gedanken verwarf er wieder, Natascha Parlov hatte garantiert ein eigenes Telefon.

«Ich bin ein Freund von Ohloff», sagte er, «und muss ihn dringend sprechen. Würden Sie ihn bitte runterschicken?»

«Warum?», wollte Natascha Parlov wissen.

«Sagen Sie ihm», verlangte er, «dass in der nächsten halben Stunde ein paar Kollegen von Hein auftauchen werden. Haben Sie das verstanden? Kollegen von Hein. Dann weiß er, worum es geht. Ich glaube, er legt keinen Wert darauf, denen über den Weg zu laufen. Muss auch nicht sein. Ich warte hier unten auf ihn.»

Gut gemacht. Er war ein bisschen stolz auf sich, dabei war ihm die Idee erst kurz vorher in den Sinn gekommen. Er hoffte nur, dass die Frau alles verstanden hatte.

Einen Moment lang war es still. Dann meldete sie sich wieder. «Er kommt.»

Als Ohloff hinter der Glastür des Hauseingangs auftauchte, fühlte Merkel erneut sein Herz schlagen, nicht heftig, eher bedächtig, als wolle es ihm zeigen, dass es sich an seinem Platz befand. Ohloff sah schlimm aus, als hätte er ein paar Tage lang nur gesoffen, vielleicht hatte er. Er wirkte so unsicher, gehetzt wie ein Tier, dem die Meute dicht auf den Fersen war. Allein die Art, wie er sich umschaute, als er ins Freie trat, so schnell und nach allen Seiten, als hätte er einen Rotor im Genick. Und das Flackern in den Augen, blanke Panik.

Beide Hände in den Hosentaschen, kam er auf Merkel zu, versuchte zu grinsen, was ihm nicht gelang. «Hein, das ist aber 'ne Überraschung. Mit dir habe ich hier nicht gerechnet. Wie hast du mich denn gefunden?» Die Stimme klang schleppend.

«Hör bloß auf», sagte Merkel und winkte ab. «Die halbe Stadt hab ich nach dir abgesucht. Ein ehemaliger Kollege von dir hat mir den Tipp gegeben. Einen schönen Gruß übrigens, du sollst dich bei Gelegenheit im Büro melden, sonst kriegst du dein Geld nicht. Ich fürchte nur, die Gelegenheit kriegst du so schnell nicht.»

Er ließ Ohloff gar nicht erst zu Wort kommen, sprach gedrängt weiter, deutete mit dem Kopf zur Straße. «Ich habe dein Auto da hinten gesehen und mich gewundert. Die Bullen müssen mit Scheuklappen durch die Stadt fahren. Wenn es nicht solche Schlafmützen gäbe bei denen, wärst du längst auf Nummer sicher. Die Fahndung läuft auf Hochtoren, haben sie mir jedenfalls erzählt. Wollten natürlich auch wissen, ob ich eine Ahnung habe, wo sie dich finden können. Wir fahren am besten gleich los, bevor hier noch einer vorbeifährt, der Augen im Kopf hat. Ich habe ein Plätzchen, wo dich erst mal keiner sucht.»

Ohloff mimte den Ahnungslosen. «Wozu denn, Hein? Was ist denn überhaupt los?»

Merkel verdrehte mit eiserner Selbstbeherrschung die Augen. «Habe ich mir gedacht, du weißt es noch gar nicht, was?» Er machte eine winzige Pause, gerade lang genug, um einmal tief durchzuatmen. Es kostete ihn Mühe, nicht gleich mit der Hand unter die Jacke zu greifen. Aber so hätte er kaum eine Chance gehabt gegen Ohloff.

Es dauerte schon viel zu lange. Ohloffs misstrauischer Blick gefiel ihm nicht. Er atmete noch einmal tief durch, dämpfte die Stimme ein wenig und sprach in etwas ruhigerem Ton weiter: «Irene ist tot, erstochen worden von einem Idioten, der nicht lesen und schreiben kann. Weiß nicht, ob sie dir mal von ihm erzählt hat. Ziriak heißt er. Ich hab meinen Exkollegen den Tipp gegeben, und zu Anfang waren sie sicher, dass sie den Richtigen haben. Aber jetzt haben sie plötzlich Zweifel und schießen sich auf dich ein. Angeblich wollen sie nur mal mir dir reden. Das erzählen sie immer.»

Er wunderte sich, wie überzeugend er das bringen konnte. Ohloff war einen knappen Meter vor ihm stehen geblieben, starrte ihn an, den Mund ein Stück offen vor Entsetzen.

«Jetzt komm schon», drängte er, «du musst weg. Wenn ich dich gefunden habe, finden sie dich auch. Dann hast du für den Rest deines Lebens ausgesorgt, und dein Zuckertäubchen muss sich einen neuen suchen»

Da endlich setzte Ohloff sich in Bewegung. Immer noch beide Hände in den Hosentaschen, versuchte er, irgendetwas zu erklären, das sich scheinbar nicht so einfach erklären ließ.

«Hein, ich weiß nicht …» Endlich zog er wenigstens die rechte Hand aus der Hosentasche, fuchtelte Merkel damit vor dem Gesicht herum, es sah aus wie eine hilflose Geste. «Ich weiß gar nicht, was ich sagen soll. Ich versteh das nicht. Ich hab damit nichts zu tun, wirklich nicht.»

«Weiß ich doch», sagte Merkel grob und trotzdem irgendwie sanft und verständnisvoll. «Meinst du, sonst wäre ich hier?»

Er war mit seiner Beherrschung fast am Ende, packte Ohloff beim Arm, zerrte ihn hinter sich her auf die Straße zu und weiter bis zu dem roten Kadett.

«Du hast hoffentlich den Schlüssel bei dir», sagte er.

Ohloff nickte leicht benommen, zog die linke Hand aus der Hosentasche und hielt ein Schlüsselbund darin. Einen der Schlüssel steckte er ein. Dann stockte er wieder, schaute Merkel über das Wagendach an, sein Blick war eine Mischung aus Furcht und Skepsis. «Ich versteh das wirklich nicht, Hein. Wie sind die denn auf mich gekommen?»

Es sah aus, als wolle er noch mehr sagen. Merkel unterbrach ihn mit einer herrischen Geste. «Die hatten dich von Anfang an auf der Liste, dafür hat ihr Mann gesorgt. Er hat ihnen erzählt, dass du bei Irene in der Klinik warst. Und die Fendrich, die Nachbarin, hat dich gesehen. Letzten Mittwoch! Jetzt mach auf, dass wir hier wegkommen.»

Ohloff schüttelte energisch den Kopf, und Merkel befürchtete schon, er würde sich weigern, in den Kadett zu steigen. Aber er sagte nur: «Die lügt, Hein. Die kann mich nicht gesehen haben. Die hat gepennt.»

Das war ein Geständnis! Bei Merkel verflogen die letzten Zweifel. Gleichzeitig war es, als würde ihm der Boden unter den Füßen weggezogen. Da stand er ihrem Mörder gegenüber, nur durch das Auto getrennt. Aber er schaffte es noch einmal, sich ruhig zu geben. «Jetzt steig ein, Ohloff. Oder willst du warten, bis die Streife auftaucht? Kannst du gerne machen, aber ohne mich. Ich lege keinen Wert darauf, wegen Begünstigung oder Fluchthilfe angeklagt zu werden.»

Endlich öffnete Ohloff die Autotür, stieg ein und öffnete die Beifahrertür für Merkel. Er drehte den Zündschlüssel, ließ den Motor aufheulen, nahm das Gas etwas zurück, setzte den Blinker. Der Wagen rollte langsam auf die Straße. Ohloff fluchte, anscheinend wurde ihm erst jetzt die Tragweite dessen klar, was Merkel behauptet hatte. Er streifte ihn mit einem kurzen Blick von der Seite. «Was mach ich denn jetzt, Hein? Wenn die blöde Kuh dabei bleibt, dass sie mich gesehen hat …»

«Erst mal von der Bildfläche verschwinden», unterbrach Merkel ihn und überlegte, ob er den Dolch jetzt schon ziehen sollte. Aber solange Ohloff bereitwillig fuhr. Und das tat er, ließ sich durch die Stadt dirigieren, überzeugt davon, einen Freund neben sich zu haben, der ihm glaubte. Merkel glaubte, zu platzen. Ihm zitterten nicht nur die Hände, der ganze Körper zitterte. Er fühlte, wie seine Muskeln sich verkrampften vor Wut, Elend und Verzweiflung.

Bis zu der alten Gießerei brauchten sie eine gute halbe Stunde. Das Gespräch war verstummt. Merkel hätte es nicht geschafft, noch mehr zu reden. Beim kleinsten Zwischenfall hätte er den Dolch gezogen.

Ohloff seufzte vor Erleichterung, als das alte Fabrikgelände vor ihnen auftauchte und Merkel ihn auf den Hof dirigierte. Er ließ ihn den Kadett durch das offene Tor in die

Gießerei fahren, tastete dabei schon mit der rechten Hand unter die Jacke, bekam den Griff des Dolchs zu fassen.

«So», sagte er, es klang einigermaßen zufrieden, «hier findet dich so schnell keiner.»

Ohloff stellte den Motor ab, drehte sich ihm zu, einen ersten Hauch von Dankbarkeit im Blick. «Hein», begann er erneut zu stammeln, «ich weiß gar nicht ...» Einen anderen Satz schien er nicht mehr draufzuhaben. Er brach ab, als Merkel den Dolch aus der Jacke zog und ihm die Spitze an den Hals setzte.

«Was meinst du, wie schnell das geht», sagte Merkel wie in Trance, «wenn ich jetzt ein bisschen drücke. Am Hals geht das ganz schnell und auch ganz leicht. Da sind keine Knochen, die einem das Messer aus der Hand schlagen. Da ist nur die Schlagader, und wenn die erst mal offen ist, macht keine Sau mehr was. Du hast noch ein paar Minuten bei vollem Bewusstsein, zu wenig Zeit, um nochmal gründlich nachzudenken, finde ich. Du merkst nur, wie dir das Licht ausgeht.»

Selbst im diffusen Licht der dämmrigen Fabrikhalle erkannte er, dass Ohloff blass wurde. Aber er machte keine Anstalten, sich zu wehren, saß ganz steif und aufrecht hinter dem Lenkrad und murmelte nur: «Hein, mach doch keinen Scheiß, Hein. Ich war's nicht.»

«Natürlich nicht», sagte Merkel. «Ziriak war es nicht. Die Bodewig war es nicht. Du warst es nicht. Allmählich fange ich an zu glauben, der Kleine war's. Deshalb sind die Stiche auch nicht so tief.» Während er sprach, zog er mit der freien Hand ein paar Stücke der Seidenschnur aus der linken Jackentasche. Seine Stimme wurde unvermittelt hart, als er übergangslos verlangte: «Leg die Hände oben aufs Lenkrad.»

Das war ein gefährlicher Augenblick. Er musste den Dolch

wegnehmen, um Ohloffs Hände zu fesseln. Wenn der die Situation nutzte und zuschlug. Aber Ohloff dachte gar nicht daran, etwas zu nutzen. Wie ein folgsames Kind legte er beide Hände oben auf dem Lenkrad zusammen.

Merkel begriff nicht, warum er nicht einmal einen Versuch machte, sich zu wehren. Alles Mögliche schoss ihm in diesem Moment durch den Kopf, nur ihre Stimme nicht, die von der Anhänglichkeit sprach, von den zaghaften und dennoch hartnäckigen Bemühungen, einen Vater zu finden. «Hast du überhaupt eine Ahnung, Papa, wie wichtig du für Dieter bist?»

Nein, Merkel hatte keine Ahnung, er brauchte auch keine, weil es für ihn keinen Dieter gab. Für ihn gab es seit Jahr und Tag nur einen Ohloff, der mit einem Messer auf eine wehrlose Frau losging und ihm auch noch treuherzig erzählte, er habe sie abstechen wollen. Merkel hatte auch keine Ahnung, dass damals ein Aufseher zu Ohloff gesagt hatte, der Mann, mit dem er die Zelle teilen müsse, sei ein eiskalter Hund, habe erbarmungslos einen Familienvater abgeknallt und bisher nicht die Spur von Reue gezeigt, vermutlich keinen Funken Gefühl im Leib. Was sollte man einem eiskalten Hund denn anderes erzählen, als dass man selbst auch einer war?

## 33. Kapitel

Ohloff stammelte alle möglichen und unmöglichen Beteuerungen, appellierte an seine Vernunft, als Merkel den Dolch zwischen die Zähne nahm und ihm mit flinken Bewegungen die Handgelenke zusammenband. Dabei saß Ohloff steif wie ein Besenstiel, ließ sich die Hände fesseln, obwohl ein kleiner Stoß mit dem Ellbogen in Merkels Seite gereicht hätte, um ihn sich vom Leib zu schaffen. Merkel war auf diesen Stoß gefasst, aber dass er ausblieb, störte ihn nicht im Geringsten.

Er schlang die Schnur mehrfach um das Lenkrad, verknotete sie, nahm den Dolch zurück in die Hand, setzte die Spitze erneut an Ohloffs Hals und strich wie spielerisch damit über die weiche Haut. Ohloff zuckte zusammen, unterbrach sein Gestammel für einen Augenblick. Er hatte anscheinend nur einen leichten, brennenden Schmerz gefühlt, machte sich noch steifer und den Hals lang und stieß hervor: «Ich glaub, du hast mich geschnitten, Hein!»

Merkel sah fasziniert, wie die Dolchspitze eine feine, dunkle Spur hinterließ. Wäre es nicht so dämmrig gewesen in der alten Gießerei, hätte die Spur wohl rot ausgesehen. «Du hast es erfasst», bestätigte er und nickte bekräftigend. «Aber keine Sorge, der Schnitt ist nicht tief, verbluten wirst du nicht daran. Jetzt unterhalten wir uns mal. Ich stelle die Fragen. Du gibst die Antworten. Und für jede Antwort, die mir nicht gefällt, mache ich dir einen Schnitt ins Bein. Der Rücken wäre mir zwar entschieden lieber, aber da komme ich ja jetzt nicht ran. Und das Bein tut's auch für den Anfang.

Sehen wir mal, wie weit wir damit kommen. Wenn uns das nicht weiterbringt, schneide ich dir für jede falsche Antwort einen Finger ab.»

Ohloffs Finger, die noch über dem Lenkrad in die Höhe ragten, zuckten unwillkürlich. Er bog sie rasch um das abgewetzte Leder, sagte noch einmal: «Hein, mach doch keinen Quatsch, ich …» Und verstummte mit einem Schmerzlaut, als Merkel ihm die Klinge zum ersten Mal über den rechten Oberschenkel zog.

In der nächsten halben Stunde hörte Merkel von ihm mehr Gewimmer und Geschrei, als er sich vorgestellt hatte. Nicht ein einziges Mal kam eine vernünftige Antwort, nur immer wieder die Beteuerung: «Ich war's nicht, Hein. Glaub mir doch. Ich war's nicht.»

Ein feiges Schwein, dachte Merkel. Aber so waren sie am Ende alle. Kaum einer konnte auf Anhieb zugeben, was er getan hatte. Merkel hörte sich das Gejammer mit unbewegter Miene an und stellte mehrfach fest: «Aber du warst da. Wenn du weißt, dass die Fendrich gepennt hat, musst du da gewesen sein. Du bist durch den Garten gekommen, hast du ja immer gemacht. Warum?»

«Irene wollte das», jammerte Ohloff. «Weil ihr Mann …»

«Quatsch keine Opern», unterbrach Merkel ihn grob. «Ihr Mann war den ganzen Tag in der Bank. Du warst scharf auf sie. Meinst du, das weiß ich nicht?»

«Nein», beteuerte Ohloff keuchend. «Wirklich nicht, Hein. Sie war eine Klassefrau, aber nur zum Reden. Ich hätt mir gar nicht vorstellen können, mit ihr …»

«Und wie war das mit dem Kaffee, an den du dich gewöhnen musst, weil's Leute gibt, die ohne das Zeug nicht leben können. Und weil die Leute vielleicht noch mehr von dir wollen als nur einen Gefallen?», unterbrach Merkel ihn.

«Hab ich doch nur so gesagt, Hein», keuchte Ohloff. «Du kennst mich doch.»

«Ja», sagte Merkel, «allerdings», und ritzte ihm eine Kerbe nach der anderen in den Oberschenkel. Ohloffs rechtes Hosenbein wurde zusehends dunkler. Er trug eine helle Leinenhose, sodass Merkel trotz des schlechten Lichts in der Fabrikhalle genug erkennen konnte. Vier Schnitte, fünf, sechs, sieben. Keiner davon ging allzu tief in das darunter liegende Fleisch, davon war Merkel überzeugt, weil er beim Schneiden kaum Druck ausübte.

Nach dem achten legte er eine kleine Pause ein und zog seine Jacke aus, ihm war sehr warm geworden. Dann griff er in Ohloffs Hemdtasche, zog eine Schachtel Zigaretten und ein Feuerzeug heraus, zündete eine Zigarette an und steckte sie Ohloff zwischen die zitternden Lippen. Ohloffs Gesicht war schweißnass.

«Jetzt haben wir fast das erste Dutzend voll», sagte Merkel kalt. «Was meinst du, wie viele ich auf dem Bein noch unterbringe? Ich hätte sie dichter beieinander setzen müssen. Aber wir haben ja noch ein Bein.»

Er nahm die Zigarette wieder weg, hielt sie zwischen zwei Fingern der linken Hand. Ohloff warf den Kopf hin und her. Es sollte vermutlich ein Kopfschütteln sein, aber dafür war es viel zu heftig.

«Du hältst nicht viel aus, was?», stellte Merkel fest. «Wenn du meinst, es geht nicht mehr, denk einfach an Irene. Ist komisch, aber jeder Arzt wird dir das bestätigen, eine Frau hält mehr aus, bedeutend mehr. Sie hätte es beinahe überlebt, weißt du das? Wenn Ziriak, dieser Volltrottel, gleich etwas unternommen hätte, könnte sie vielleicht noch leben.»

«Ich war's nicht, Hein.»

«Nicht immer die gleiche Leier, Junge», tadelte Merkel. «Fangen wir nochmal von vorne an. Du warst bei ihr.»

Ohloff nickte nur, ebenso heftig, wie er zuvor den Kopf geschüttelt hatte.

«Und du wolltest was von ihr», fuhr Merkel fort. «Sie wäre um Längen besser gewesen als deine kleine Nutte.»

Er bekam ein Kopfschütteln zur Antwort, begleitet von einem pfeifenden Atemzug, als er den Dolch anhob. Er ließ die Klinge nur kurz über den Stoff gleiten. Dann schob er noch einmal die Zigarette zwischen Ohloffs Lippen, drückte sie anschließend im Aschenbecher unter dem Armaturenbrett aus.

«Fünf bringe ich bestimmt noch unter», sagte er und setzte die Klinge an, diesmal richtig.

Ohloff schrie mit sich überschlagender Stimme: «Hein! Hör doch auf, Hein. Ich halt das nicht aus. Ich war doch nur da, um …»

Als er abbrach, fragte Merkel sanft: «Um was? Um sie dir mal so richtig vorzunehmen? Und sie wollte nicht.»

«Nein!» Im Gegensatz zu dem, was Ohloff bisher von sich gegeben hatte, klang dieses Nein erstaunlich fest.

«Was nein?», fragte Merkel. «Nein, sie wollte nicht? Oder: Nein, du wolltest nichts von ihr?»

«Sie hat mich am Montag angerufen», erklärte Ohloff nach einer Pause, in der er mehrmals pfeifend durchgeatmet hatte.

«Das hast du aber sicher nur geträumt», meinte Merkel. «Wo hätte sie dich denn anrufen sollen?»

«Bei Natascha», murmelte Ohloff. «Da war ich jeden Nachmittag in den letzten Wochen. Nachmittags arbeitet sie nicht mehr.»

«Und warum hast du abends in der Kneipe nichts von

einem Anruf erzählt?», fragte Merkel und beobachtete einen dicken Schweißtropfen, der über Ohloffs Schläfe zur Wange hin lief. «Ich meine, ich bin Irenes Vater. Da hättest du doch sagen können, deine Tochter hat mich heute angerufen, Hein.»

«Das wollte sie nicht», murmelte Ohloff so leise, dass Merkel ihn kaum verstand. «Mein Vater muss das vorerst nicht wissen, hat sie gesagt. Sie war sich ziemlich sicher, dass ihr Mann fremdgeht, schon seit längerer Zeit.»

Ohloff erzählte mit kaum noch verständlicher Stimme, dass Irene vermutet hatte, ihr Mann betrüge sie seit ihrer Schwangerschaft. Zu Anfang vielleicht nur aus Rache, weil er kein Kind gewollt und sie ihren Kopf durchgesetzt habe. Das hätte sie ihm noch verzeihen können. Aber dass er ihr unterstellte, sie habe einen Liebhaber, und das als Vorwand nahm, nicht mehr mit ihr zu schlafen, das verzieh sie ihm nicht.

An dieser Stelle seines Berichts bog Ohloff den Kopf seitlich nach unten und versuchte, den Schweiß von seiner Stirn am Hemd abzuwischen. Es gelang ihm nicht. Dann sprach er weiter. Bis vor wenigen Wochen sei Irene ahnungslos gewesen, habe sogar einen Teil der Schuld bei sich gesucht und sich immer noch Mühe gegeben, ihre Ehe zu retten.

Als es dann um die sechswöchige Kreuzfahrt ihrer Schwiegereltern ging, hätte ihr Schwiegervater ausgeplaudert, dass ihr Mann letztes Jahr zu Weihnachten nicht mit seinen Eltern in Skiurlaub gewesen sei, dass er seit dem Zeitpunkt über einen Schlüssel zur Villa verfüge und jeden Versuch seines Vaters, einen Käufer für das Anwesen zu finden, torpediert hätte.

Und dann hatte Irene vermutet, er nutze die Villa, die noch komplett eingerichtet war, als Liebesnest. Sie war dort gewesen, hatte jedoch keine Anzeichen gefunden und daraufhin Ohloff um einen Gefallen gebeten. Ihrem Mann selbst einmal zu folgen, wenn er sich abends auf die Socken machte, wäre zu auffällig gewesen, weil er ihr Auto kannte.

«Interessant», sagte Merkel und war geneigt, es bis dahin zu glauben, weil sich der Ehebruch ihres Mannes mit seinen eigenen Vorstellungen deckte.

Ohloff erzählte weiter, er sei am Dienstagnachmittag kurz bei Irene gewesen, um einen Fotoapparat abzuholen. Sie wollte Beweise. Am frühen Dienstagabend war er Gernot Brandes dann gefolgt. Brandes habe tatsächlich eine junge Frau, eher ein Mädchen abgeholt und sei mit ihr zu einem Kino gefahren.

«Letzten Dienstag, ja?», fragte Merkel lauernd. Und als Ohloff nickte, lachte er auf. «Du mieser Hund! Du lügst wirklich, wenn du nur das Maul aufmachst. Letzten Dienstag warst du in der Kneipe und hast eine Lokalrunde nach der anderen geschmissen. Dein Deckel liegt noch da mit neunzig Mark.»

Auch das versuchte Ohloff zu erklären. Ins Kino gefolgt war er Brandes und dem Mädchen nicht. Er hatte sich nur vergewissert, wann die Vorstellung zu Ende war, und die Zeit in der Kneipe verbracht, sich erst kurz vor zehn wieder auf seinen Posten begeben. Nach der Kinovorstellung habe Irenes Mann seine kleine Freundin noch in ein Eiscafé geführt, wo sie eine halbe Stunde lang lauschig unter dem Blätterdach eines Baumes saßen und mit verliebten Blicken ihre Eisbecher löffelten.

Dann seien sie, wie Irene es vermutet hatte, zur Villa gefahren. Da konnte Ohloff leider nicht viel machen, nur abwarten. Nach einer guten Stunde etwa kamen sie wieder raus. Brandes fuhr das Mädchen wieder dorthin, wo er sie abgeholt hatte, und kehrte noch einmal zur Villa zurück. Um aufzuräumen, vermutete Ohloff.

Er hatte einen halben Film verknipst, leider keine völlig eindeutigen Szenen. Er hoffte inständig, dass die Aufnahmen aus dem Eiscafé etwas geworden waren, woran jedoch zu zweifeln war. Allzu nahe rangekommen war er nicht, und es war schon dunkel gewesen. Am Mittwochmorgen habe er den Film zum Entwickeln in einen Drogeriemarkt gebracht und auf dem Weg bei Irene angerufen. Sie sagte, er solle vorbeikommen, sie wolle es ganz genau wissen.

Wie es weitergegangen war, konnte Merkel sich lebhaft vorstellen. Schon im Voraus die Scheidung gefeiert und dann einen Korb bekommen, in Wut geraten, zugeschlagen, zugestochen. Ohloff kreischte, als er den Dolch erneut über den Hosenstoff zog.

«Erzähl weiter», verlangte er. «Ich bin ganz Ohr. Du bist also zu ihr gefahren und hast gedacht, jetzt hättest du das große Los gezogen. Sie serviert ihren Mann ab, dann ist der Platz für dich frei, und du kannst leben wie Gott in Frankreich. Arbeiten brauchst du nicht mehr. Sie hatte eine Menge Geld. Das schöne Haus am Rosenweg, ein Mietshaus und noch eine Villa. Ein richtiger Dukatenesel war sie. Und eine tolle Frau, hast du ja oft genug gesagt.»

Ohloff stöhnte, dass es Merkel fast den Magen umdrehte. «Ich hab ihr nichts getan, Hein, glaub mir doch.» Die Worte kamen nur noch stockend, begleitet von pfeifenden Atemstößen.

Merkel ließ den Dolch weitertanzen, und Ohloff zog zischend die Luft ein. Er hatte den Kopf weit zurückgelegt und die Augen geschlossen, atmete in schnellen, flachen Zügen.

«Natürlich», sagte Merkel. «Du könntest überhaupt keiner Frau ein Haar krümmen.» Er ließ endlich von dem Bein ab, weil auf dem Oberschenkel keine trockene Stelle mehr war, und tippte mit dem Dolch gegen eine der wieder über dem Lenkrad hochstehenden Fingerspitzen. Ohloff versuchte erneut, eine Faust zu machen. Es gelang ihm nicht mehr.

«Weiter», verlangte Merkel und beobachtete den Finger über dem Lenkrad. Obwohl es wirklich nur ein leichtes Antippen gewesen war, bildete sich ein dicker Tropfen Blut auf der Fingerkuppe. «Du bist also zum Rosenweg gefahren, wie üblich bis zum Ende, dann über den Trampelpfad gelaufen, durch ihren Garten und die offene Terrassentür ins Haus. Die Fendrich pennte. Und dann?»

«Hast du einen Schluck zu trinken, Hein?», flüsterte Ohloff. «Mir ist so schlecht, ich kann kaum noch schlucken.»

«Auf Picknick bin ich nicht eingerichtet», erklärte Merkel. «Nun erzähl doch mal. Lass dir nicht alles aus der Nase ziehen.»

«Ich bin durchs Wohnzimmer in die Diele», flüsterte Ohloff, ließ zwei keuchende Atemzüge folgen, sein Kehlkopf ruckte heftig auf und ab, als er zu schlucken versuchte.

Merkel hielt ihn für einen noch schlimmeren Waschlappen als Brandes. Die paar Kratzer im Bein. Aber die Fingerkuppe blutete immer noch, dabei hatte er wirklich nicht fest zugestoßen. Er schaute sich den Hals an, dort war nur der dunkle Streifen, nichts lief in Richtung Hemdkragen.

«Ich hab was gehört», murmelte Ohloff. «Aus der Küche. Ein Geräusch. Die Küchentür war zu. Ich hab sie – aufgemacht – und …»

«Jetzt mach nicht schlapp», verlangte Merkel in fast jovialem Ton, «wir haben's ja gleich. Du hast die Tür aufgemacht, Irene saß am Tisch und nähte.»

Die Andeutung eines Kopfschüttelns wäre ihm beinahe entgangen, weil er konzentriert auf das zerschnittene Hosenbein schaute. Es war bei dem diffusen Licht sehr schlecht zu erkennen, aber der gesamte Stoff am Oberschenkel war dunkel geworden, auch der Autositz glänzte feucht. Ohloffs Stimme war kaum noch zu verstehen.

«Nein, sie lag neben dem Tisch. – Ihr Rücken war – voll Blut. Ich hab – die Nerven verloren, Hein – bin abgehauen. Ich dachte – das schieben sie mir – in die Schuhe. Als ich draußen war, dachte ich, sie hätte mich – gerufen. Ich wollt nochmal – zurück, ehrlich, Hein. – Aber ich war – vorne raus – hatte die Tür – zugezogen und – einfach nicht die Nerven – nochmal hintenrum –»

Ohloffs Kopf fiel zur Seite. Im ersten Augenblick zuckte Merkel zusammen, dann tastete er nach dem Puls am Hals. Soweit er das beurteilen konnte, schlug das Herz regelmäßig, und der dünne Schnitt am Hals war schon fast trocken.

## 34. Kapitel

Es war inzwischen fünf vorbei. Neben Ohloff sitzen bleiben und darauf warten, dass er wieder zu sich kam, konnte Merkel sich nicht leisten. Er musste zum Dienst und vorher den Hund noch abholen. Und er hatte sein Rad nicht dabei. Es war ein nettes Stück zu laufen, zurück in die Stadt. Mit Ohloff konnte er sich morgen weiter unterhalten. Bis dahin war er vielleicht auch etwas gesprächiger, oder ehrlicher. Lag neben dem Tisch! Da mochte sie wohl gelegen haben zu Anfang, als Ohloff mit ihr fertig war. Und er hatte gedacht, sie sei tot, hatte sich aus dem Staub gemacht.

Merkel fühlte wieder das Zittern, es war nur die Wut, diese wahnsinnige Wut und die Verzweiflung, die ihn innerlich auffraß. Er streifte die zusammengesunkene Gestalt neben sich mit einem kalten Blick. Ohloff würde noch bedauern, dass er jemals einen Fuß über Irenes Schwelle gesetzt hatte. Das Bein war nur der Anfang. Ich hätte es ihm abscheiden sollen, dachte er, vielleicht tu ich das morgen.

Als er die Beifahrertür öffnete, ging die Innenbeleuchtung an. Merkel sah nicht viel, aber doch genug, um zu ahnen, dass es um Ohloff schlimmer stand, als er gedacht hatte. Das Bein blutete tüchtig, viel stärker, als man nach den paar Kratzern vermuten sollte. Nicht dass es Merkel viel ausgemacht hätte. Mitleid oder etwas Ähnliches hatte er nicht. Was sich an Gefühlen in letzter Zeit bei ihm wieder entwickelt hatte, war mit Irene gestorben.

Er stieg aus und bemerkte erst dabei, dass auch seine eigene Kleidung mit Blut beschmiert war. Kurzerhand zog er sich den Dolch über den Unterarm. Da er die Jacke ausgezogen hatte und nur ein kurzärmeliges Hemd trug, klaffte die Haut augenblicklich auseinander. Nicht nur die Haut, auch das Fleisch. Das bemerkte er nicht sofort, weil er kaum einen Schmerz spürte. Er hörte ein Klirren und sah seine Uhr auf dem schmutzigen Betonboden liegen. Das geflochtene Kunststoffband war mit dem einen Schnitt durchtrennt worden.

Im ersten Moment war er sehr verblüfft, er hatte schließlich nur die Haut geritzt und dabei das Band gestreift. Ganz flüchtig dachte er, dass so eine große und verzweifelte Wut einem Menschen Bärenkräfte verleihen könnte. Das war natürlich Unsinn, der Dolch war einfach viel schärfer als angenommen. Er bückte sich, hob die Uhr auf. Mit einem Schnitt durchtrennt! Nun gut, es war ein dünnes Band und ziemlich abgewetzt vom ständigen Tragen. Das Glas der Uhr war zerbrochen, aber sie ging noch.

Während er die Uhr in die Hosentasche steckte, spürte er den ersten Schmerz im Arm, ein heftiges Pochen. Er schaute sich die Wunde genauer an. Es war ein sehr tiefer Schnitt. Die Ränder klafften weit auseinander, dazwischen quoll das Blut nur so hervor, lief über seine Hand. Vor lauter Blut ließ sich nicht abschätzen, wie tief die Wunde nun tatsächlich war. Und er hatte nichts dabei, um sich zu verbinden. Aber Ohloff hatte vermutlich einen Verbandskasten im Auto.

Nach einigem Suchen entdeckte Merkel unter dem Fahrersitz einen flachen grauen Metallkasten mit einem roten Kreuz auf dem Deckel. Er zog ihn heraus, klappte ihn auf. Glück gehabt, ein gutes Dutzend Mullpäckchen, etliche Kompressen, eine Schere, ein Röllchen Leukoplast, es war alles da, was da sein sollte, sogar die Einmalhandschuhe, die neuerdings Pflicht waren.

Er nahm zwei Mullpäckchen, wickelte sie sich so gut es ging um den linken Arm, stopfte die losen Enden einfach unter die Umwicklung und setzte sich dabei bereits in Bewegung. Doch beim Hallentor drehte er noch einmal um. Er hätte nicht sagen können, was ihn dazu bewog. Vielleicht wollte er nicht, dass Ohloff auf die gleiche Art starb wie sie, in den nächsten Stunden oder über Nacht verblutete. Das wäre viel zu gnädig gewesen. Noch sollte er leben. Heute noch und morgen ein paar Stunden. Das würden die hässlichsten Stunden werden, die er jemals erlebt hatte, die hässlichsten und die letzten.

Der offene Verbandskasten stand noch neben der Fahrertür. Merkel nahm ihn, ging damit zur anderen Wagenseite, stieg noch einmal ein und machte sich daran, Ohloffs Bein zu verbinden. Fünf Kompressen legte er auf die zerschnittene Hose, umwickelte sie mit drei Rollen Mull. Es war nicht so leicht, er musste das Bein jedes Mal anheben, um darunter durchzukommen. Und die linke Hand wollte nicht so recht. Seinen eigenen Verband verschmierte er dabei mit Ohloffs Blut. Es machte ihn wütend, weil er sich selbst anschließend auch noch einmal neu verbinden musste.

Den grauen Kasten schob er unter das Auto. Bevor er ihn schloss, legte er den Dolch hinein, löste die Riemen vom Oberarm und legte die Scheide dazu. Dann prüfte er noch kurz die Handfesseln, sie saßen stramm. Es war nicht damit zu rechnen, dass Ohloff die winzigen, festen Knoten mit den Zähnen lösen konnte.

Er bemerkte den Zündschlüssel, der immer noch im Schloss steckte, zog ihn ab und ließ ihn neben dem Wagen auf den Boden fallen. Dann nahm er seine Jacke, hängte sie sich lose über die Schultern und machte sich auf den Weg in die Stadt. Unterwegs begann es in seinem Arm heftiger zu klopfen. Der Mull war schon ganz durchtränkt. Er kümmerte sich nicht darum, zog alle paar Minuten die Uhr aus der Hosentasche und warf einen raschen Blick auf das Zifferblatt.

Nach einer Viertelstunde hielt ein Auto neben ihm, ein Mann, etwa in seinem Alter, musterte ihn von oben bis unten und fragte, ob er einen Unfall gehabt habe. Merkel schüttelte den Kopf und erzählte etwas von einem Zusammenstoß mit zwei Halbstarken. Angesichts des verbundenen Arms klang es nicht sehr überzeugend, aber der Mann schluckte es und bot an, ihn mitzunehmen.

Dankbar stieg Merkel ein, kam trotzdem erst nach halb sieben daheim an, zu spät, um noch rechtzeitig zum Dienst zu kommen. Er grübelte bereits, welche Entschuldigung er vorbringen konnte. Aber es war überflüssig, sich darüber den Kopf zu zerbrechen. Er wurde erwartet.

Heinen empfing ihn auf seinem eigenen Bett sitzend. Es verschlug Merkel beinahe die Sprache. Noch bevor er sie wieder finden und sich über die Unverschämtheit beschweren konnte, so einfach in seine Privatsphäre einzudringen, erklärte Heinen: «Schönen Gruß von Herrn Seifert. Er muss Sie dringend sprechen. Ich warte schon seit einer Stunde auf Sie.»

«Und wie sind Sie reingekommen?», erkundigte Merkel sich. «Ich hatte abgeschlossen.»

«Die Hausmeisterin war so freundlich, mit dem Ersatzschlüssel auszuhelfen», erklärte Heinen.

Merkel presste die Lippen aufeinander und setzte an, seinen Protest vorzubringen. Heinen kam ihm noch einmal zuvor, betrachtete ihn etwas kritischer als der hilfsbereite Autofahrer. «Was ist denn mit Ihnen passiert? Sie sind ja verletzt.»

Merkel winkte ab, erzählte noch einmal die gleiche Geschichte. «Nicht der Rede wert. Ich bin mit zwei Halbstarken aneinander geraten. Einer wollte meine Uhr, und er hatte ein Messerchen. Hat sie mir glatt vom Handgelenk geschnitten. Hier», er griff in die Hosentasche, hielt Heinen das demolierte Stück hin. «Als ob sich das gelohnt hätte für das alte Ding.»

Dann erst erkundigte er sich: «Was will Kurt denn von mir? Das hat doch sicher Zeit bis morgen? Ich komme am Nachmittag ins Präsidium. Jetzt muss ich zum Dienst. Ich bin ohnehin schon spät dran.»

«Morgen ist Samstag», erklärte Heinen mit einem nachsichtigen Lächeln. «Ich glaube nicht, dass Herr Seifert dann in seinem Büro ist. Und ich glaube auch nicht, dass es Zeit hat, Herr Merkel.» Noch während er sprach, griff er nach Merkels unverletztem Arm. «Ich habe Verbandszeug im Wagen. Wir sollten zuerst Ihre Wunde ordentlich versorgen.»

Und während Heinen ihn sanft, aber bestimmt durch die Tür hinaus auf den Flur und zur Treppe dirigierte, erkundigte er sich: «Welcher von den beiden Halbstarken hat Sie denn verbunden? Tragen die neuerdings auch gleich das Verbandszeug bei sich? Hatte aber nicht sehr viel Übung, das Kerlchen.» Es war offensichtlich, dass er Merkel kein Wort geglaubt hatte.

«Den Verband habe ich selbst angelegt», erwiderte Merkel. «Ich habe mir in der nächsten Apotheke etwas Mull besorgt. So konnte ich es ja nicht lassen.»

Sie hatten die Straße erreicht, mit der Hand am Arm dirigierte Heinen ihn zu einem Wagen, der am Straßenrand geparkt stand, öffnete die Beifahrertür, schob ihn auf den Sitz und zog einen Kasten darunter hervor, der große Ähnlichkeit mit Ohloffs Kasten hatte. Dann entfernte Heinen die lose gewickelten Mullstreifen und pfiff durch die Zähne. «Das sieht böse aus. Damit müssen Sie zum Arzt. Das muss genäht werden.»

«Das hat aber noch Zeit», antwortete Merkel, während Heinen sich daranmachte, die Wundränder zusammenzudrücken und den Arm neu zu verbinden. Er war sehr geschickt, der Verband saß stramm. Strammer jedenfalls als der, den Merkel Ohloff ums Bein gewickelt hatte. Heinen verstaute den Kasten wieder und setzte sich hinters Steuer.

«Was will Seifert denn von mir?», fragte Merkel noch einmal.

«Ich denke, das wird er Ihnen persönlich erklären», sagte Heinen knapp.

Das tat Kurt Seifert wenig später. Und diesmal verließ Heinen das Büro nicht, saß dabei, schweigend und mit regloser Miene. Seinem Ton nach zu schließen, kochte Kurt vor Wut und schaffte es nur mühsam, seine Stimme im Zaum zu halten. «Hast du gedacht, du kannst auf eigene Faust ermitteln, Hein? Das war aber nicht Sinn der Aktion. Wann ist dir aufgefallen, dass Irenes Tasse nicht da war, wo sie sein sollte?»

Es war für Merkel ein harter Tag gewesen, genau genommen ein paar harte Tage hintereinander. Er war müde, zu erschöpft, um lange nach einer Ausrede zu suchen. Gleichzeitig fühlte er sich sicher. Kurt mochte toben und ihn in die Mangel nehmen, Ohloff würde er trotzdem nicht bekommen.

«Aufgefallen ist es mir sofort», antwortete er. «Ich habe nur nicht sofort darüber nachdenken können. Als ich dann am Montag sah, dass nur eine Tasse im Geschirrspüler stand …»

Er erläuterte seine Theorie von der zerbrochenen Tasse, die zu Boden gefallen sein musste, als Irene mit dem Gesicht auf die Nähmaschine fiel. Der Mörder hatte die Scherben beseitigt, sie vielleicht mitgenommen und irgendwo unterwegs in einen Mülleimer oder auf eine Baustelle geworfen.

Kurt schüttelte zwar den Kopf, ließ ihn jedoch ausreden. Heinen schwieg ebenfalls. Der Arm klopfte wie verrückt. Merkel musste ihn hochnehmen, legte ihn sich quer über die Brust und die Hand auf die Schulter. Als er zum Ende kam, sagte Kurt nur: «Nein.»

Heinen war seit Montag noch zweimal in Irenes Haus gewesen. Einmal hatte Kurt ihn begleitet. Sie hatten sich sehr gründlich umgeschaut und herauszufinden versucht, wonach Merkel gesucht hatte. Und da er mit dem Geschirrspüler begonnen hatte – Geschirr. In den Küchenschränken stand eine Menge Porzellan, auch ein Kaffeeservice für den Alltagsgebrauch mit sechs Gedecken. Fünf sauber gespülte Tassen im Schrank und die sechste benutzt in der Maschine. Es fehlte keine einzige. Und auch, wenn sie nichts von Irenes Marotte wussten, Ulla Fendrich war absolut sicher, dass Irene die Drückerin zu einem Kaffee eingeladen hatte, es hätten also mindestens zwei Tassen in der Maschine stehen müssen.

«Vielleicht mochte die Frau keinen», gab Merkel zu bedenken. «Es trinkt nicht jeder an einem warmen Tag auch noch heißen Kaffee. Da stand ja auch ein Glas.»

Kurt erzählte ihm, dass in einem der Küchenschränke ein Dutzend Geschirrtücher lag. Dass an zwei von den sauber gespülten Tassen und an den beiden Untertellern, die oben auf dem Stapel standen, winzige Fussel vor solch einem Tuch gefunden worden waren. Das LKA-Labor in Düsseldorf war diesmal sehr fix gewesen mit der Analyse. «Die beiden Tassen und Teller wurden von Hand gespült und zurück in den Schrank gestellt», sagte Kurt. «Irene hätte das nicht getan, Ziriak auch nicht.»

Merkel begriff zwar, worauf Kurt hinauswollte, aber das erschien ihm absurd. «Das hört sich an, als ob du jetzt die Drückerin verdächtigst», meinte er. «Ich denke, ihre Kleidung war sauber, als die Fendrich sie zurückkommen sah.»

Kurt nickte. «Wir nehmen an, dass sie sich umgezogen hat. Sie hatte eine große Tasche dabei. Die Nachbarin dachte, es wären Zeitungen drin. Aber Papier ist schwer. Eine große Tasche voller Zeitungen baumelt nicht mehr locker von einer Schulter. Es wird viel eher Ersatzkleidung drin gewesen sein, ähnlich der, die sie vorher getragen hat. Wenn ich vorhabe, mit einem Hammer und einem Messer auf einen Menschen loszugehen, rechne ich damit, dass ich mir die Kleidung verderbe. Und wenn ich anschließend wieder auf die Straße muss, treffe ich entsprechend Vorsorge.»

«Das ist doch Wahnsinn.» Merkel tippte sich an die Stirn. «Wenn ich vorhabe! Ersatzkleidung! Eine Wildfremde. Das war doch kein Raubmord.»

Heinen räusperte sich einmal vernehmlich und übernahm das Wort.

## 35. Kapitel

Es hatte an dem Mittwoch niemand in der Gartenstadt – außer Ulla Fendrich – eine Drückerin zu Gesicht bekommen. Die Frau war mit ihren Zeitschriften nur im Rosenweg aufgetaucht. Allerdings war sie zwei Straßen entfernt gesehen worden, als sie in einen kleinen, weißen Wagen gestiegen war.

«Das ist ungewöhnlich», sagte Heinen. «Drückerkolonnen werden meist in Kleinbussen angekarrt. Leider haben wir von dem Wagen nur eine Beschreibung, keine Typenbezeichnung und kein Kennzeichen.»

Merkel konnte nicht einmal mehr nicken. Sein Schädel summte vor Müdigkeit. Von einer Frau getötet. Eine Fremde, ein geplanter Mord! Und sein Arm klopfte wie verrückt, er drückte die rechte Hand gegen den Verband, spürte Feuchtigkeit, schaute Kurt an. «Aber es wurde doch nichts gestohlen. Meinst du, die Täterin ist gestört worden?» Beinahe hätte er sogar gesagt, von Ohloff gestört. Besser, er hielt das Maul, bis er wieder klar denken konnte.

Kurt schüttelte den Kopf. «Es ging nicht um Geld, Hein. Oder besser gesagt, es ging um sehr viel Geld, um alles, nehmen wir an. Aber das ist nur eine Vermutung, beweisen können wir sie nicht.»

Merkel begriff erst allmählich. Eine zierliche junge Frau. Ohloff hatte von einer gesprochen, die fast noch ein Mädchen war. Die Freundin von Brandes. Und jetzt saß Ohloff in der alten Gießerei, ans Lenkrad seines Kadetts gefesselt mit einer sehr dünnen und sehr reißfesten Schnur, von der er sich unmöglich befreien konnte. Etliche solcher Wunden am Bein. Danach überschlug es sich förmlich in Merkels Kopf. Nur einmal angenommen, Ohloff hatte ihm die Wahrheit gesagt.

Er hatte ein Geräusch aus der Küche gehört, als er in die Diele kam. Die Nähmaschine? Nein! Die auf keinen Fall. Er hatte doch selbst festgestellt, dass die Maschine gar nicht zum Einsatz gekommen war. Ohloff musste etwas anderes gehört haben, vielleicht, wie Irene vornüberkippte oder vom Stuhl fiel. Er hätte ihn fragen müssen, um welche Zeit genau er ins Haus gekommen war. Wann, zum Teufel, hatte die Sonnenanbeterin gepennt? Kurt hatte es schon erwähnt, aber es fiel ihm nicht mehr ein. Und er wagte es nicht, noch einmal danach zu fragen.

Dreimal verdammt! «Ich war's nicht, Hein!» Vielleicht war Ohloff es wirklich nicht gewesen. Vielleicht war er tatsächlich nur in Panik geraten, als er Irene mit blutenden Wunden im Rücken auf dem Boden liegen sah. Verständlich, wenn man schon mal wegen solch einer Sache gesessen hatte. Sie lag neben dem Tisch, hatte Ohloff gesagt. Aber später hatte sie hinter der Tür gelegen. Ohloff hatte auch gesagt, dass er sie auch rufen gehört hatte. Vielleicht hatte er sich das nicht nur eingebildet.

Er wartete darauf, dass Kurt oder Heinen noch einmal nach Ohloff fragten. Vielleicht dachten sie, Irenes angeblicher Arbeitskollege und Freund könne ihnen etwas mehr erzählen. Da war so ein schwindliges Gefühl im Kopf. Von einer Frau getötet! Und die Frau war noch im Haus gewesen, als Ohloff auftauchte. Sie musste bei Irene in der Küche gewesen sein, sich versteckt haben, als sie hörte, dass jemand ins Haus kam. Wahrscheinlich hatte sie sich hinter die Tür gestellt, eine andere Möglichkeit hätte es nicht gegeben.

Niemand fragte nach Ohloff. Kurt wollte nur wissen: «Hast du überhaupt eine Vorstellung, um wie viel Geld es geht, Hein?»

Mit dem Kopfschütteln verging seltsamerweise der Schwindel. Er musste hier raus, musste sofort heim und das Rad holen. Um wie viel Geld es ging, wusste er wirklich nicht. Das interessierte ihn auch gar nicht. Es konnte nicht irgendeine Frau gewesen sein, die Irene das Messer in den Rücken gestoßen hatte. Siebzehn Mal. Wer so etwas tat, der wusste auch, wofür. Ohloff hatte das Weib am Dienstagabend gesehen, als Brandes sie abholte. Ohloff musste die Adresse kennen.

«Es dürften alles in allem ungefähr vier Millionen sein», sagte Kurt. «Vielleicht sogar mehr. Bei einer Scheidung hätte Brandes keinen Pfennig bekommen. Dafür hat Friedel noch gesorgt. Ich schätze, er mochte Brandes nicht sonderlich, hat vor der Hochzeit auf Gütertrennung gedrängt. Aber nun erbt Brandes, nicht allein, dem Kleinen steht die Hälfte zu. Doch ehe der Junge Ansprüche geltend machen kann, wird noch viel Zeit ins Land gehen. Und in der Zeit ist Brandes allein sorgeberechtigt und wird vermutlich auch als Vermögensverwalter eingesetzt. Immerhin ist er der Vater. Ein Testament hatte Irene noch nicht gemacht, jedenfalls wissen wir bisher von keinem.»

«Wie geht es dem Kleinen denn?», fragte Merkel, nur um überhaupt noch etwas zu sagen. Er hatte ein Würgen im Hals, musste ständig schlucken. Vier Millionen! Vielleicht mehr! Das konnte man wohl ein Motiv nennen. Habgier! Aber das kümmerte ihn momentan nicht. Ohloffs Bein machte ihm zu schaffen. Die ganze Hose voller Blut! Früher hatte Ohloff ihm so oft ein Stück Butterstreusel gebracht. Und Irene hatte gesagt …

«Er hat sich gut erholt.» Kurt lächelte beinahe zärtlich. «Agnes war gestern bei ihm in der Klinik. Er saß schon wieder im Bettchen und spielte. Er ist auch nicht mehr so eigen. Na, das dürften sie ihm rasch ausgetrieben haben. Agnes möchte, dass wir eine Pflegeerlaubnis beantragen, aber ich fürchte, wir sind zu alt dafür. Und solange sein Vater da ist. Großeltern hat er ja auch noch.»

Der Würgreiz wurde schlimmer. «Rein altersmäßig könntest du mein Vater sein, Hein», hatte Ohloff einmal gesagt.

Dieser verrückte Hund, hatte Kräfte wie ein Stier und ließ sich ohne Gegenwehr die Hände ans Lenkrad fesseln, nur weil er gerne einen Vater gehabt hätte. Weil er gedacht hatte, Merkel könne ihm einen ersetzen. Dabei war er nicht mal der eigenen Tochter ein Vater gewesen. All die Schnitte im Bein und nur ein provisorischer Verband. Mit dem Rad dauerte es ewig, und noch war er ja nicht mal daheim.

«Brandes wohnt immer noch im Hotel», erklärte Kurt in künstlich sachlichem Ton. Ihm war anzusehen, dass es ihn Mühe kostete, weiterhin ruhig zu bleiben. Er sah wohl, dass Merkel mit seinen Gedanken woanders war. «Uns kann das nur recht sein, es vereinfacht die Sache ein wenig. Wir lassen ihn überwachen und warten darauf, dass er einen Fehler macht.»

«Warum?», fragte Merkel.

Kurt verlor die Beherrschung, schlug mit der Faust auf seinen Schreibtisch. «Verdammt, Hein! Bist du neuerdings taub? Was habe ich denn gerade gesagt? Weil wir ihm nichts beweisen können. Vermuten können wir viel. Dass er Irene betrogen hat und sie ihm auf die Schliche gekommen ist. Dass sie ihn vielleicht vor die Tür setzen wollte, woraufhin er ihr seine Freundin auf den Hals gehetzt hat.»

Kurt lachte rau und sehr hässlich. «Ich lege meine Hand

dafür ins Feuer, dass es so war. Er selbst konnte es nicht übernehmen, er brauchte ein Alibi. Und das Weib wird sich in nächster Zeit wohl nicht mit ihm blicken lassen. Ich glaube, wir haben einen Fehler gemacht. Wir dachten, es wäre möglicherweise eine Kollegin, und sind mit der Nachbarin in die Bank. Jetzt ist er gewarnt.»

Kurt beruhigte sich wieder und zuckte resignierend mit den Achseln. «Was die Frau angeht, tappen wir völlig im Dunkeln. Wir haben zwar eine Beschreibung, aber es reicht nicht mal für ein Phantombild. Wir wissen nicht, wo wir sie suchen sollen. Wenn Brandes so gerissen ist, wie ich annehme, wird er in den nächsten Monate den trauernden Ehemann spielen. Wir können nichts machen, Hein. Selbst wenn wir sie schnappen und die Nachbarin sie zweifelsfrei als die Person identifiziert, die ihr die Zeitung in die Hand gedrückt hat, stehen unsere Chancen gleich Null.»

«Verstehe ich nicht», murmelte Merkel.

Kurt atmete tief durch und sprach weiter, was ihm sichtlich schwer fiel. Sie hatten nichts in der Hand, absolut nichts, um die Täterin zu überführen. Sie konnten nicht einmal beweisen, dass die Frau tatsächlich im Haus oder gar in der Küche gewesen war. Sämtliche sichergestellten Fingerabdrücke waren zugeordnet. Die Frau hatte keine hinterlassen.

«Bisher», gestand Kurt, «haben wir es nicht einmal geschafft, den Staatsanwalt zu überzeugen. Ziriak bleibt weiter in Haft. Tut mir Leid um ihn. Für ihn sieht es böse aus. Das Einzige, was für seine Unschuld spricht, ist die Tatsache, dass er den Breiteller nicht gespült und den Löffel abgeleckt hat, mit dem er den Kleinen gefüttert hatte. Lustig, oder?»

«Finde ich gar nicht», sagte Merkel.

Kurt nickte, lustig fand er es wohl auch nicht. «Ich dachte, du wärst ihr auf den Fersen, Hein. Du warst immerzu unterwegs, nie daheim anzutreffen. Wirklich, ich dachte, Hein hat eben die bessere Nase, oder Irene hat ihm etwas erzählt.»

«Hat sie nicht», murmelte er.

Kurt glaubte ihm, weil auch Agnes aus allen Wolken gefallen und doch immer entschieden besser über Irenes Sorgen und Nöte informiert gewesen war als sonst jemand.

Heinen, der seit seiner Erklärung nur noch schweigend dabeisaß, erhob sich und stellte fest. «Ich werde wohl nicht mehr gebraucht.» Er ging zur Tür, nickte Merkel von dort aus einen Gruß zu und erinnerte ihn. «Sie sollten mit Ihrem Arm zum Arzt gehen, Herr Merkel.»

«Mache ich noch», gab Merkel zurück und nickte ebenfalls. Dann war er mit Kurt allein.

«Weißt du, was mich am meisten ärgert?», fragte Kurt, eine Antwort wartete er nicht ab. «Nehmen wir einmal an, wir fassen das Weib. Manchmal geschehen ja Wunder. Nehmen wir an, wir können sogar beweisen, dass sie ein Verhältnis mit Brandes hat und an dem Mittwochmorgen bei Irene war. Dann stehen wir um keinen Deut besser da als jetzt. Sie kann das zugeben, verstehst du? Ja, ich war bei Frau Brandes. Ich wollte sie bitten, in die Scheidung einzuwilligen. Wir haben uns unterhalten, dann bin ich wieder gegangen. Und dann wird die Nachbarin wohl oder übel bezeugen müssen, dass es so war. Dass Brandes auf Friedels Millionen spekuliert hat, ist ja auch nur eine Vermutung. Und da er nicht gerade am Hungertuch nagt ...»

Kurt brach ab, ließ hörbar den Atem entweichen und fuhr fort: «Es bleibt an Ziriak hängen, das wirst du erleben, Hein. Einfach, weil Irene möglicherweise noch gelebt hat, als er ins Haus kam. Die Forensik kann es noch hundertmal durchrechnen, das ändert nichts am Ergebnis, zwischen halb zwölf und zwölf. Eine halbe Stunde mehr oder weniger.»

Kurt schlug sich mit der rechten Faust in die linke Handfläche und wiederholte: «Eine halbe Stunde mehr oder weniger. Bei siebzehn Einstichen geht der gesunde Menschenverstand von der kürzeren Zeit aus. Leider zählt der gesunde Menschenverstand bei Gericht nicht viel. Der Staatsanwalt will eine Verurteilung. Und ein Chorknabe ist Ziriak nun nicht gerade.»

Kurt hatte wohl Recht mit seinen Befürchtungen, jedenfalls soweit es seine Möglichkeiten betraf. Da hatte ein Mann, der nichts mehr zu verlieren hatte, doch entschieden die besseren Karten. Und einen verdammt scharfen Dolch! Merkel war nach einem Grinsen zumute, aber augenblicklich war er dafür zu müde.

## 36. Kapitel

Zum Dienst kam er nicht mehr an dem Abend. Kurt bestand darauf, ihn ins nächste Krankenhaus zu fahren, damit die Wunde richtig versorgt wurde. Bevor sie das Büro verließen, rief Kurt bei der Wachfirma an und entschuldigte ihn mit einem Trauerfall in der Familie gleich für die nächsten Tage mit.

Es war ihm ganz recht so. Zwei oder drei Tassen Kaffee würden seine Müdigkeit vertreiben, dachte er. Und er dachte auch, er könne zur Gießerei radeln und sich um Ohloff kümmern, wenn er Kurt erst losgeworden wäre. Ohloff war plötzlich so eminent wichtig, konnte das Weib identifizieren, ihn hinführen. Und er brauchte keine Fingerabdrücke oder sonstigen Beweisen, er brauchte nicht mal ein Geständnis. Ihm genügten siebzehn Stiche mit dem Dolch. Um sie dann in der Gießerei liegen zu lassen. Wenn Ohloff ihn erst zu ihrer Adresse gefahren hatte.

Aber es wurde nichts aus seinem Plan. In der Ambulanz des Krankenhauses kümmerte sich ein blutjunger Arzt um seinen verletzten Arm. Der Arzt bestand darauf, ihm eine Betäubungsspritze zu geben, bevor er die Nadel ansetzte. Und obwohl es sich angeblich nur um eine Lokalanästhesie handelte, wurde Merkel gleich danach furchtbar übel. Er musste sich hinlegen, ehe der Arzt nähen konnte.

Kurt blieb bei ihm und erkundigte sich zum ersten Mal, wo und wie er sich den Schnitt eingehandelt hatte. Merkel erzählte auch ihm von den beiden Halbstarken. Kurt riet ihm, Anzeige zu erstatten, verlangte ihm Einzelheiten des angeblichen Überfalls ab, Ort, Zeit, Aussehen der Angreifer. Vielleicht wollte er ihn mit der Fragerei nur ein wenig ablenken, damit er nicht unentwegt auf die Hände des Arztes schielte – und dabei vielleicht seine Hose in Irenes Händen sah.

Allein die Vorstellung, wie sie da in ihrer Küche saß, so arglos und vertrauensselig, immer hilfsbereit, auch wenn eine völlig Fremde vor ihrer Tür stand. Obwohl sie ihren Mann im Verdacht gehabt hatte, war sie wohl nicht darauf gekommen, seine Freundin vor sich zu haben. Und dann hinter sich – mit einem Hammer in der Hand.

Nachdem die Prozedur endlich überstanden war, bekam er noch ein Rezept für ein Schmerzmittel in die Hand gedrückt und wurde für den Samstag zum Verbandswechsel bestellt. Kurt fuhr bei einer Apotheke vorbei, löste das Rezept ein, brachte ihn heim und bestand darauf, dass er sofort zwei von den Tabletten nahm.

«Ich wusste ja nicht, dass es so schlimm ist mit deinem Arm. Sonst hätte ich dich doch nicht so lange festgehalten. Warum hast du denn nichts gesagt, Hein? Du musst doch nicht unbedingt den Helden spielen.»

So schlimm, wie Kurt meinte, war es gar nicht. Ohloffs Bein war viel schlimmer, und der konnte nicht einmal eine Hand rühren. Als Merkel sich daranmachte, Kaffee aufzubrühen, wurde Kurt energisch und kehrte den zwar jüngeren, aber längst größeren Bruder heraus. «Jetzt ist Schluss, Hein. Du legst dich sofort hin.»

Merkel tat ihm den Gefallen. Und im Liegen fiel ihm auch ein, dass Irene noch leben würde, wenn Ohloff nicht so feige gewesen wäre. Er versuchte noch, sich das vorzustellen. Sie neben dem Tisch auf dem Boden liegend, Ohloff bei der offenen Küchentür, das Weib hinter der Tür. Ohloff, dieses feige Schwein, drehte sich auf dem Absatz um und stürmte aus dem Haus.

Er musste die Augen schließen, weil es unvermittelt so sehr schmerzte, nicht im Arm, nur in der Kehle und in der Brust. Und er dachte, mit der Nacht in der Gießerei käme Ohloff noch glimpflich davon. Wenn ihm das Bein noch ein paar Tage lang Beschwerden machen sollte, vergaß er wenigstens nie, dass er sich wie eine feige Sau benommen hatte.

Er blinzelte ins Licht. Kurt saß am Tisch und lächelte so sanft, wie nur seine Mutter es gekonnt hatte. «Schlaf ein bisschen, Hein», sagte Kurt und begann zu singen: «Kommt ein Vogel geflogen, setzt sich nieder auf mein Fuß, hat ein Zettel im Schnabel, von der Mutter einen Gruß. Auf dem Zettel steht geschrieben: Hab dich lieb, kleiner Schatz, und wo ich auf dich warte, da ist noch so viel Platz. Lieber Vogel, flieg weiter, nimm ein Gruß mit und ein Kuss, denn ich kann dich nicht begleiten, weil ich hier bleiben muss.»

Merkel war völlig sicher, dass Kurt das Lied sang, um ihn zum Einschlafen zu bewegen. Auch wenn Kurt die zweite Zeile gar nicht kennen konnte, seine Lippen nicht auseinander brachte und seine Stimme verdächtig nach der seiner Mutter klang. Merkel konnte nicht bleiben. Er musste zur Gießerei. Und zum Dienst. Und vorher den Hund noch abholen. Und mit Leo durch die schwach beleuchteten Passagen schlendern. Ein guter Hund, der Leo, wusste genau, wo die Kontrolluhren waren, die Merkel drücken musste.

Ihm war so entsetzlich kalt. Ein eisiger Winter umfing ihn. Für ein paar Sekunden saß er neben seiner Mutter im Schnee, fror entsetzlich und hatte eine noch entsetzlichere Angst, rüttelte sie an der Schulter, bettelte und jammerte: «Steh auf, Mama, steh doch auf.»

Und die anderen aus dem langen Treck zogen an ihm vorbei. Manchmal streifte ihn ein Blick, teilnahmslos, weil sich in diesem Elend nur jeder selbst der Nächste sein konnte. Und plötzlich die Hand, die ihn hochzerrte und in die lange Reihe der Hoffnungslosen eingliederte. Es war eine ältere Frau, mit einem Wolltuch um den Kopf, das sie tief in die Stirn gezogen hatte. Auch Mund und Nase hatte sie damit bedeckt. Und trotzdem hatten sich auf ihren Augenbrauen Schneeflocken verfangen, waren festgefroren wie ihr Atem dort, wo das Tuch ihren Mund bedeckte.

Er hatte eine Mütze getragen, als sie aufgebrochen waren, eine warme Mütze, die seine Ohren bedeckte. Das wusste er noch. Aber er hatte sie schon lange verloren, seine Ohren waren längst so weiß wie der Schnee. Und die Frau riss ein Stück von ihrem Tuch ab, wickelte es ihm um den Kopf, bedeckte auch seinen Mund und die Nase damit. Bübchen hatte sie ihn genannt, aber wie sie es aussprach, klang es Bibchen.

Gott, ihm war so kalt. Er konnte nicht laufen und nicht atmen in der Kälte. Der Schnee stach wie mit tausend Nadeln in jedes ungeschützte Fleckchen Haut. Und Kurt sang immer noch ohne die Lippen zu bewegen, jetzt mit einer hellen Kinderstimme. «Im Schnee saß, im Schnee saß, im Schnee, da saß ein armer Mann, hat Kleider nicht, hat Lumpen an.»

Im Fackelzug zog sie an ihm vorbei, dicht hinter dem Sankt Martin auf dem Pferd, sechs oder sieben Jahre alt. Sie strahlte ihn an im Vorbeigehen und sang aus voller Kehle. «Oh, helft mir doch in meiner Not, sonst ist der bittre Frost mein Tod.»

Auf seiner Zunge schmeckte es noch bitter von den Tabletten, die Kurt ihm in den Mund gezwungen hatte.

Als er das nächste Mal blinzelte, war kein Licht mehr da.

Kurt war auch weg. Er drehte den Kopf ein bisschen zur Seite. Die Zeiger des Weckers leuchteten fahl, die Stundenstriche waren als schwache Pünktchen auszumachen. Drei Uhr vorbei. Noch ein paar Minuten liegen bleiben, dachte er, nur um den Kopf klar zu bekommen. Er fühlte sich so benommen. Dann ein starker Kaffee, dachte er, zwei, drei Tassen. Und dann zur Gießerei fahren. Aber als er nach ein paar Minuten wieder auf die Uhr schaute, war es hell im Zimmer und kurz vor sieben.

Es traf ihn wie ein elektrischer Schlag. Er war sofort wach, spürte das Pochen im Arm, den ekligen Geschmack im Mund und den Druck im Schädel. Er schwang die Beine aus dem Bett, richtete sich auf und blieb einen Moment auf der Kante sitzen, weil das Zimmer Anstalten machte, sich zu drehen. Es war so weit bis zur Gießerei. Aber es gab ein Telefon in seiner Nähe, das er in einem Notfall benutzen konnte. Die Hausmeisterin ließ ihn garantiert an ihren Apparat.

Vielleicht war es das Gefühl von Schwäche in sämtlichen Gliedern, das ihn an das Telefon der Hausmeisterin denken ließ und daran, Kurt anzurufen, damit er einen Rettungswagen zur Gießerei schickte. Im Geist hörte er sich bereits sagen: «Der Mann hat wahrscheinlich viel Blut verloren. Aber er kann euch zu diesem Weib führen. Er ist der Einzige, der das kann.»

Und dann? Keine Beweise, keine Möglichkeit, ihre Mörderin und ihren Mann zu überführen. Es tat ihm Leid um Ohloff, ehrlich und aufrichtig Leid. Aber es ging nicht anders.

Er brühte eine große Kanne Kaffee auf, starken Kaffee, so stark, dass er auf der Zunge klebte. Zwei Tassen davon trank er, füllte den Rest in die Thermoskanne, die er sonst mit zum

Dienst nahm. Dann bestrich er mehrere Brotscheiben dick mit Margarine und belegte sie gleich doppelt mit Wurst. Alles zusammen stopfte er in eine der Packtaschen, steckte auch das Tablettenröhrchen ein, das immer noch auf dem Tisch lag, und verließ das Zimmer.

Er war ein bisschen wacklig auf den Beinen, war halt nicht mehr der Jüngste. Seine Hände zitterten, als er die Packtaschen über den Gepäckträger des Rades hängte und festzurrte. Dann schwang er sich in den Sattel und trat zügig in die Pedale.

Kurz nach acht kam er bei der Gießerei an, stieg vom Rad, schob es in die dämmrige Fabrikhalle, rief dabei bereits nach Ohloff. Antwort bekam er nicht, und seine Augen brauchten einen Moment, ehe sie sich auf das schwache Licht eingestellt hatten. Der Kadett stand unverändert. Nur saß Ohloff nicht mehr hinter dem Steuer. Er hing vornüber, und für ein paar fürchterliche Sekunden dachte Merkel, er sei tot.

Doch als er ihn an der Schulter berührte, zuckte Ohloff zusammen und stöhnte. Merkel atmete einmal tief durch, zog den Verbandskasten unter dem Auto heraus und setzte sich damit neben Ohloff. Die Packtasche mit dem kräftigen Frühstück hing noch am Rad, da hing sie auch erstmal gut. Es sah nicht so aus, als ob Ohloff jetzt besonderen Wert auf einen Becher Kaffee oder ein Wurstbrot legte. Später vielleicht! Zuerst das Bein.

Die Wagentür ließ Merkel auf, um mit der Innenbeleuchtung besser sehen zu können. Am besten wäre es gewesen, den Kadett ins Freie zu fahren und Tageslicht zu haben, aber dazu musste Ohloff erst einmal zu sich kommen.

Das tat er, als Merkel sich daranmachte, mit der kleinen Schere aus dem Verbandskasten vorsichtig den blutdurchtränkten Mull und den Hosenstoff vom Bein zu schneiden.

Zuerst kam ein Stöhnen, dann ein vernehmliches Zischen, dann ein Murmeln. Zu verstehen war nichts.

Ohloffs Hände waren immer noch am Lenkrad gefesselt. Merkel ließ sie vorläufig auch dort, damit Ohloff nicht um sich schlug.

Offenbar hatte er starke Schmerzen. Der Stoff war gar nicht so leicht zu lösen. An mehreren Stellen war er mit den Wunden verklebt. Als Merkel ihn abriss, brachen sie auf und begannen erneut heftig zu bluten. An zwei Stellen war das Fleisch angeschwollen und gerötet, es sah nach Entzündungen aus.

«Tut mir Leid, Junge», flüsterte Merkel, während er neue Mullstreifen um Ohloffs Oberschenkel wickelte. Mit dem verletzten Arm war er nicht sehr geschickt. «Tut mir ehrlich Leid. Aber was hätte ich denn machen sollen? Ich würd's wieder tun, wenn es sein müsste. Und ich werde es tun, wenn ich dieses Weib in die Finger kriege. Denk nicht, ich hätte Hemmungen, dasselbe mit einer Frau zu machen. Haben die etwa noch Hemmungen? Nein! Die stechen auch zu.»

Ohloff stöhnte wieder. Aus den Augenwinkeln sah Merkel, dass die Lider flatterten. «Ist gleich vorbei», sagte er, «ich bin sofort fertig. Dann gebe ich dir was gegen die Schmerzen. Ich hab was dabei. Das hilft, sage ich dir. Da spürst du gar nichts mehr.»

Zuerst schnitt er noch die Hände vom Lenkrad. Die Arme fielen seitlich herunter, Ohloff sackte in sich zusammen, immer noch nicht ganz bei Bewusstsein. Merkel stieg aus und holte das Frühstück. Die Thermoskanne hatte einen Verschluss, der gleichzeitig als Becher diente. Er füllte ihn mit heißem Kaffee, hielt ihn Ohloff an die Lippen. «Hier, trink einen Schluck. Das tut gut.»

Ohloff blinzelte und seufzte. «Hein? Ich war's nicht, Hein.»

«Darüber reden wir später», sagte Merkel, «jetzt trinkst du erst mal den Kaffee und isst ein Brot dazu. Und dann erzählst du mir nochmal genau, wie das war, als du ins Haus gekommen bist.»

«Ich war's nicht, Hein.»

«Weiß ich», sagte Merkel.

Ohloff konnte den Becher nicht halten. Seine Hände waren taub, ein bisschen angeschwollen waren sie auch. Merkel ließ ihn trinken, riss ihm Stücke von dem Wurstbrot ab und schob ihm die in den Mund. Er selbst aß auch ein wenig. Anschließend gab er Ohloff eine von den Tabletten. Vorsichtshalber nur eine, es war niemandem geholfen, wenn Ohloff einschlief.

Nach einer halben Stunde war Ohloff immerhin so weit, dass er auf Fragen antworten konnte. Aber sehr weit kamen sie mit den Antworten nicht. Immer nur bis zur Küchentür. Dreimal forderte Merkel: «Denk nach, hast du sonst wirklich nichts gesehen oder gehört? Es muss noch jemand da gewesen sein, begreifst du das nicht? Was war das denn für ein Geräusch?»

Ohloff konnte es nicht näher beschreiben, irgendein Geräusch eben, ein Rascheln oder Knistern oder Schaben. Und sonst hatte Ohloff nicht viel bemerkt, nur Irene neben dem Tisch liegend. Und das Blut in ihrem Rücken. Nur Blut, an vier oder fünf Stellen, große Flecken auf der hellen Bluse. Kein Messer. Aber die Hose auf dem Boden beim Tisch, fiel ihm wieder ein, als Merkel direkt danach fragte.

Das war immerhin etwas, ausreichend jedenfalls, um Ziriak zu entlasten. Aber an den dachte Merkel nicht. Für ihn war es im ersten Augenblick etwas, das ihm den Schweiß aus allen Poren und die Wut in die Fäuste trieb. Es fehlte nicht viel, und er hätte damit auf Ohloffs Bein herumgeklopft. Er tat es nicht, brüllte nur: «Du bist dazugekommen, du Vollidiot, du bist dazugekommen! Nachdem du wieder weg warst, hat das Weib erst so richtig losgelegt. Siebzehnmal hat sie auf Irene eingestochen.»

Ohloff starrte ihn aus runden Augen an, blinzelte einmal benommen und schüttelte sich, als friere er.

«Siebzehnmal», schrie Merkel noch einmal, «dann hat sie wohl gedacht, Irene sei tot. Aber das war sie nicht, sie hat noch eine ganze Weile gelebt. Ist zur Tür gekrochen, hat versucht …»

Er konnte nicht weitersprechen, legte die Hände vors Gesicht und fühlte die Feuchtigkeit auf den Wangen. Tränen waren das Letzte, was er jetzt gebrauchen konnte. Er schluckte ein paar Mal, nickte heftig und grimmig dazu, bekam die Stimme wieder in seine Gewalt: «Du fährst mich jetzt zu der Adresse. Du hast doch gesehen, wo Brandes das Dreckstück abgeholt und wieder hingebracht hat.»

Ohloff nickte andeutungsweise, flüsterte: «Ich sag dir, wo das ist, Hein. Du findest das bestimmt leicht. Ich glaub nicht, dass ich fahren kann.»

«Ob du kannst oder nicht», sagte Merkel, «du wirst müssen. Und du tust es nicht für mich. Du tust es für Irene. Du hast sie auf dem Gewissen, verstehst du? Wenn du feiger Hund nicht abgehauen wärst …» Den Rest ließ er offen, sagte stattdessen: «Ich hol mir das Weib. Aber das kann ich weder mit der Straßenbahn noch mit dem Fahrrad. Dazu brauche ich dein Auto.»

Ohloff nickte wieder, versuchte, halb freundlich, halb ängstlich zu lächeln. «Ist doch kein Problem, Hein. Natürlich kannst du das Auto haben. Ich bleib so lange hier, ist wirklich gar kein Problem.»

«Soll ich die Karre in die Stadt schieben?», fragte Merkel.

«Ich habe seit zwanzig Jahren nicht mehr hinter dem Steuer gesessen, du Idiot. Und jetzt habe ich auch noch den Arm kaputt! Was meinst du, wie weit ich komme?»

Aber es half alles nichts. Selbst mit wüsten Beschimpfungen und wilden Drohungen war Ohloff nicht in der Lage, den Kadett zu fahren. Er versuchte es, als Merkel ihm mit dem Dolch vor dem Gesicht herumfuchtelte, aber seine Hände waren noch viel zu steif. Nicht einmal den Schlüssel konnte er ins Zündschloss stecken. Der fiel ihm aus der Hand. Und das rechte Bein anheben, um es aufs Gaspedal zu setzen? Ohloff schrie auf, als Merkel dabei ein wenig nachhelfen wollte.

Nach vollen zehn Minuten, in denen Merkel zwischen Wut und Enttäuschung hin und her schwankte, entschied er: «Also gut, dann lass mich mal auf deinen Platz. Rutsch rüber, wir werden ja sehen, was dabei rauskommt.»

Es dauerte, bis Ohloff unter viel Gestöhne auf den Nebensitz gerutscht war, dicke Schweißperlen auf Stirn und Oberlippe. Er lehnte den Kopf gegen die Seitenscheibe und murmelte: «Das tut so verdammt weh, Hein. Ich stell mich nicht an, wirklich nicht. Ich halt auch was aus, aber das nicht mehr lange. Mir ist so kalt.»

Merkel hörte, dass ihm die Zähne aufeinander schlugen. «Kenn ich», sagte er, «habe ich auch oft mit zu kämpfen.» Er gab ihm noch eine von den Tabletten und drohte: «Schlaf bloß nicht ein.»

Dann schaltete er ein bisschen hin und her, um wieder ein Gefühl dafür zu bekommen, ehe er den Zündschlüssel drehte, den Rückwärtsgang einlegte und den Kadett langsam aus der Halle rollen ließ. Es holperte und ruckte ein wenig, aber es war durchaus noch als Fahren zu bezeichnen.

# 37. Kapitel

Gut eine Stunde lang kutschierte Merkel den alten Opel Kadett praktisch mit einer Hand über das Fabrikgelände, rangierte vor und zurück, hin und her, zwängte den Wagen in winzige Lücken und brachte ihn auch wieder heraus, obwohl er den linken Arm kaum gebrauchen konnte und das Auto keine Servolenkung hatte, aber die hatte es vor zwanzig Jahren in seinem eigenen Auto auch nicht gegeben.

Ohloff neben ihm stöhnte hin und wieder verhalten und lobte zwischendurch: «Du machst das gut, Hein. Ehrlich, du machst das wirklich toll. Das merkt kein Mensch, dass du seit zwanzig Jahren nicht mehr gefahren bist. Meinst du, du kannst mich zu einem Arzt bringen, Hein? Wir sagen am besten, es war ein Unfall, was? Ich könnte doch mit dem Bein in eine Maschine gekommen sein.»

Merkel antwortete ihm gar nicht, presste nur die Lippen aufeinander und lachte einmal kurz auf. Gegen elf lenkte er den Kadett vom Fabrikgelände auf die Straße. Er fuhr langsam, aber nicht zu langsam, um nicht aufzufallen. Ohloff dirigierte ihn mit schwacher Stimme durch die Stadt in eine der besseren Wohngegenden, flüsterte einmal: «Jetzt sind wir bald da.» Zeigte dann nach vorne: «Da ist es.»

Es war ein Einfamilienhaus der gehobenen Preisklasse, gepflegter Vorgarten, ein Plattenweg zur Haustür, Platten in der Einfahrt zur Garage. Merkel ging davon aus, dass es sich um das Elternhaus der Frau handelte, fuhr noch ein paar Meter weiter, lenkte den Kadett an den Straßenrand und stellte den Motor ab.

«Und jetzt?», fragte Ohloff.

Es war ein ruhiges Wohnviertel. Den ganzen Tag hätten sie vermutlich nicht am Straßenrand stehen können, ohne aufzufallen. Trotzdem sagte Merkel: «Jetzt warten wir, bis das Weib auftaucht.»

«Meinst du, ich kann noch 'ne Tablette nehmen, Hein?»

Merkel warf einen Blick auf das verletzte Bein. Der neue Verband hatte sich an drei Stellen rot verfärbt, das hatte er sofort nach dem Verbandswechsel getan. Größer geworden waren die Stellen in den letzten beiden Stunden nicht mehr. Merkel war erleichtert und in medizinischer Hinsicht zu unbedarft, um sich wegen der entzündeten Stellen Sorgen zu machen.

Er gab Ohloff die dritte Tablette. «Das ist aber vorerst die letzte.» In der Thermoskanne war noch ein Schluck Kaffee zum Runterspülen. Dann lehnte Ohloff sich im Sitz zurück und schloss die Augen.

«Schlaf mir bloß nicht ein», mahnte Merkel wieder und bat dann: «Beschreib mir das Weib lieber mal. Damit ich im Notfall weiß, woran ich bin, wenn sie auftaucht.»

Ohloff beschrieb ihm mit leiser Stimme ein zierliches dunkelhaariges Püppchen, Anfang, höchstens Mitte zwanzig, nur knapp einssechzig groß, etwa fünfzig Kilo schwer, rundes Gesicht, kurzes dunkles Haar und einen komischen Blick. Einen Namen kannte Ohloff nicht, hatte sie ja an dem Dienstag auch zum ersten Mal gesehen und war nicht nahe genug herangegangen, um einen Namen zu hören. Aber die Beschreibung war ausgezeichnet.

«Ein richtig freches Gesicht», flüsterte Ohloff. «Wie eine Katze. Manche Leute haben einen komischen Geschmack. Was ihr Mann an der schön findet. Gegen die war Irene …»

«Halt's Maul», ranzte Merkel ihn an, und Ohloff schwieg

wieder. Knapp einssechzig groß, Irene war fast einsachtzig gewesen. Etwa fünfzig Kilo schwer, Irene hatte mindestens zehn, wahrscheinlich fünfzehn Kilo mehr gewogen. Aber gegen einen Hammer war man wehrlos, wenn man ahnungslos an einem Tisch saß, vielleicht eine Hose auf dem Schoß hatte.

Um die Mittagszeit begann Ohloff erneut über Schmerzen zu klagen. Als Merkel ihm eine Tablette zwischen die Lippen schob, bettelte er gleich um die nächste. Es war kein Kaffee mehr in der Kanne. Ohloff zerkaute die Tabletten, schluckte mühsam und klagte anschließend über fürchterlichen Durst. Seine Hände fühlte sich sehr warm an, sein Gesicht war gerötet, die Augen glasig. Es sah aus, als hätte er hohes Fieber. Doch ihn zu einem Arzt zu bringen war unmöglich. Obwohl Merkel sich zutraute, die Mörderin seiner Tochter nun auch ohne Ohloffs Hilfe zu erkennen. Nur hätte es bei einem Arzt zwangsläufig Fragen gegeben. Das musste warten.

Nach den Tabletten dämmerte Ohloff vor sich hin. Merkel versuchte, ihn wach zu halten, stellte ihm eine Frage nach der anderen, ließ sich in allen Einzelheiten schildern, wie und was genau Irene gesagt hatte, als sie Ohloff um den Gefallen bat. Wo er den Film zum Entwickeln abgeliefert und wie sich seine Flucht gestaltet hatte.

Ohloff gab stockend Auskunft über das Gefühl, gegen eine Mauer gerannt zu sein, als er die Küchentür öffnete. Und wie er zur Haustür gestürmt war, weil er sich nicht noch einmal über die Terrasse und durch den Garten traute. Wer wusste denn, ob die Nachbarin immer noch schlief. Und als er die Haustür aufriss, hatte er plötzlich das schwache Stimmchen im Ohr. «Dieter.»

Aber er war nicht sicher, ob er es wirklich gehört oder sich das nur eingebildet hatte. Er zog die Tür zu und rannte die

Straße hinunter zum Auto, brauste mit Vollgas los, stieg an der Ecke auf die Bremse, und wollte eigentlich noch einmal zurück, weil er meinte, das Stimmchen würde ihn bis an sein Lebensende verfolgen, wenn er sich nicht überzeugte, dass er sich geirrt hatte.

«Hast du nicht», sagte Merkel. «Und wenn du die Tür zugezogen hast, muss das Weib sie aufgelassen haben, als sie ging. Ziriak ist nämlich durch die Tür reingekommen.»

Er sagte das nur in der Hoffnung, sich mit den Fakten ein wenig ablenken zu können. In seinen Eingeweiden wühlten unverändert Wut und Schmerz, dieser wahnsinnige Schmerz der Gewissheit, dass er sie nicht hätte verlieren müssen. Dass er jetzt an einem Krankenbett sitzen könnte statt an einem Straßenrand im Auto. Dass er ihr Gesicht betrachten könnte statt Ohloffs Bein. Und dass er ihr sagen könnte, wie glücklich er sei, weil sie lebte. Nicht weniger glücklich als sie es mit zwölf Jahren gewesen war, als der gute Friedel ihr die Wahrheit sagte.

Nach zwei war Merkel sicher, dass es später Nachmittag oder früher Abend würde, ehe er ihre Mörderin zu Gesicht bekäme. Sie arbeitete wahrscheinlich irgendwo. Wenn sie erst auftauchte, wäre der Rest ein Kinderspiel. Er fand genug Zeit, um sich zurechtzulegen, wie er vorgehen musste. Dafür brauchte er Ohloff nicht. Im Gegenteil, Ohloff störte nur noch.

Es wäre wohl das Vernünftigste gewesen, ihn irgendwo in ein Bett zu packen. Aber Ohloffs Wohnung lag im dritten Stock, die Treppen würde er kaum schaffen mit dem Bein. Abgesehen davon wurde die Wohnung wahrscheinlich überwacht. Dass Kurt und Heinen Irenes Freund völlig aus den Augen ließen, glaubte Merkel keine Sekunde. Sein eigenes Zimmer war auch zu riskant. Da konnte jederzeit einer auftauchen. Die Kollegen schreckten ja vor einer verschlossenen Tür nicht zurück, wie sich gestern gezeigt hatte.

Kurz vor drei wies er Ohloff an, sich auf die Rückbank zu legen. Beim Umsteigen musste er ihm helfen. Gleich danach fuhr er los, er hielt es nicht mehr aus, noch länger tatenlos im Auto zu sitzen. Zuerst fuhr er nur in der Gegend herum, hielt Ausschau nach einer Apotheke. Je länger er fuhr, umso nervöser wurde er. Es waren immer die Kleinigkeiten, die einen zu Fall brachten. Unsichere Fahrweise, so was konnte auffallen. Und der verletzte Arm als Entschuldigung reichte kaum, wenn man keinen Führerschein vorweisen konnte und noch dazu einen Mann spazieren fuhr, der nicht mehr geradeaus sehen konnte. Also nicht unnötig herumfahren.

Wenig später entdeckte er eine Apotheke, zwängte den Kadett mit viel Rangiererei in eine winzige Parklücke und besorgte in aller Eile, was er für notwendig hielt. Ein Mittel gegen Fieber und Schmerzen, eine Heilsalbe gegen Entzündungen und Verbandsmull. Zwei Straßen weiter fand er einen Supermarkt mit einem richtigen Parkplatz. Er kaufte ein paar Flaschen Mineralwasser, Traubenzucker und eine Packung Salzgebäck. Und während er sich damit in die Schlange vor der einzig geöffneten Kasse einreihte, hoffte er inständig, dass niemand in den Kadett schaute. Ohloff musste von der Rückbank runter.

Deshalb fuhr er nicht sofort zurück in die stille Straße, sondern zuerst zur Gießerei, dort waren sie sicher vor Entdeckung. Er fuhr den Wagen vor die ehemalige Lagerhalle, da drin war es zwar auch nicht gerade gemütlich, aber immer noch besser als in der Fabrikhalle. Ohloff war eingeschlafen, er weckte ihn, sagte, dass er ihn hier lassen wollte. Mit seinem ganzen Gewicht hing Ohloff auf seiner Schulter, als er ihn in die Lagerhalle schleifte.

In einem der ehemaligen Büros lag ein Haufen Gerümpel, Kartons, Holzstücke, Teile der früheren Einrichtung und jede Menge Papier. Aus den Kartons und dem Papier machte Merkel ein ganz passables Bett zurecht. Ohloff lächelte schief, aber dankbar mit hochrotem Gesicht und kleinen, glänzenden Augen, als er sich hinlegen und ausstrecken konnte.

Merkel löste den Verband, zwei von den Schnitten sahen inzwischen böse aus. Die Wundränder waren dick angeschwollen und feuerrot, dazwischen getrocknete und rissige Blutkrusten. Er presste dicke Stränge von der Salbe in frischen Mull und legte ihn auf die Wunden. Nachdem er das Bein neu verbunden hatte, flößte er Ohloff mit Mineralwasser zwei Paracetamol-Tabletten und zwei Stücke Traubenzucker ein.

Ohloff fror, zitterte am ganzen Körper, inzwischen hatte er Schüttelfrost vom Blutverlust und dem Fieber. Im Kofferraum des Kadetts fand Merkel eine alte Decke, um ihn einzuwickeln. Ein Stück schnitt er ab und legte es auf den mit getrocknetem Blut verschmierten Fahrersitz, nahm selbst zwei Tabletten, weil sein Arm wieder schmerzte, und ein Stück Traubenzucker gegen die Müdigkeit. Dann fuhr er erneut los. Den Verbandskasten mit dem Dolch auf dem Nebensitz.

Kurz nach fünf hielt er den Kadett wieder am Straßenrand nahe dem Haus, in dem er ein ahnungsloses Elternpaar vermutete. Er stieg aus, um seinen Kreislauf in Schwung zu bringen. Er entdeckte einen Baum, schräg gegenüber dem Haus. Der Stamm war dick genug, dass ein Mann dahinter in Deckung bleiben konnte. So war es besser, als im Auto zu sitzen und neugierige Blicke auf sich zu lenken.

Sie kam kurz vor sechs. In einem kleinen weißen Auto. Trotz Ohloffs Beschreibung war Merkel überrascht, als sie ausstieg und mit raschen Schritten zum Haus lief. So jung, so klein, so zierlich hatte er sie sich nicht vorgestellt. Da brauchte es einen nicht mehr zu wundern, dass Irene von dem Hammerschlag nur betäubt worden und keiner der Stiche tiefer als fünf Zentimeter war.

Nachdem sie im Haus verschwunden war, wartete er noch gut eine Viertelstunde hinter dem Baumstamm. Dann ging er quer über die Straße. Sein Arm schmerzte wieder trotz der beiden Tabletten. Er kümmerte sich nicht darum, las den Namen von der Türklingel ab, «Zeiss», und drückte den Klingelknopf.

Eine ältere Frau kam an die Tür. Er lächelte freundlich und harmlos, grüßte, sprach sie dabei mit ihrem Namen an und fragte, ob er ihre Tochter sprechen könne.

Die Frau erkundigte sich nicht mal, wer er sei oder was er wolle. Sie drehte nur den Kopf über die Schulter zurück und rief ins Haus: «Marina, kommst du mal! Hier ist jemand für dich.»

Dann drehte die Frau sich wieder ihm zu. «Momentchen», sagte sie und wirkte so warmherzig dabei, so gutmütig. Merkel fragte sich, wie sie wohl reagierte, wenn er jetzt sagte: Ihre Tochter hat meine Tochter umgebracht. Wahrscheinlich würde sie ihn nur ungläubig anstarren.

Irgendwo im Haus wurde ein Stuhl gerückt, eine junge Stimme fragte in ungehaltenem Ton: «Wer denn?»

Genauso hatte er sich ihre Stimme vorgestellt, frech und kalt, schwer vorstellbar, dass sie damit verliebt säuseln könnte. Er hörte Schritte, dann tauchte sie in einer der Zimmertüren auf, kam langsam und mit neugieriger Miene auf ihn zu. Ihre Mutter ging zurück. Ein aggressives Gesicht, fand Merkel. Und der arrogante, unwillige Ton. Sie passte sehr wohl zu Brandes, passte viel besser zu ihm als Irene.

«Was ist denn?», wollte sie wissen.

Merkel lächelte sie an und sagte in höflichem, fast devotem Ton: «Herr Brandes schickt mich.»

«Ja?» Es klang lauernd, fragend und abwartend. Eine Blöße gab sie sich nicht, reagierte auch nicht auf den Namen.

Merkel dämpfte die Stimme, brachte sein Gesicht etwas dichter an ihres heran. «Er muss Sie sehen, Fräulein Zeiss. Und er sagte, es sei sehr dringend.»

Jetzt musste sie reagieren, sich irgendwie verraten. Aber sie runzelte nur die Stirn. «Wer sind Sie überhaupt?»

«Ich arbeite an der Tankstelle», antwortete Merkel vage und brachte ein Grinsen zustande. «Herr Brandes ist ein guter Kunde und ein großzügiger. Da sagt man nicht nein, wenn man um einen Gefallen gebeten wird. Ich soll Ihnen ausrichten, es sei soweit alles in Ordnung.»

«Und warum sagt er mir das dann nicht selbst?», fragte sie.

Merkel hob die Achseln, verstärkte sein Grinsen und wurde ein bisschen plumper. «Fräulein, ich bin bloß der Botenjunge. Ich kann Ihnen nur sagen, was er mir gesagt hat, dass er dringend mit Ihnen sprechen muss. Und wenn er Ihnen das nicht persönlich sagt, Sie auch nicht anruft, wird er dafür wohl Gründe haben.»

Das schien sie zu überzeugen. «Wo?», fragte sie knapp.

Merkel verkniff sich in letzter Sekunde das erleichterte Aufatmen. «Ich bin mit dem Auto da. Sie können mit mir oder hinter mir herfahren, was Ihnen lieber ist. Es ist ein stilles Plätzchen, da sind Sie ganz ungestört.»

Mit ihm fahren wollte Marina Zeiss nicht. «Mein Auto steht da hinten», sagte Merkel und zeigte zur Straße, «der rote Kadett.»

«Gehen Sie schon vor, ich komme gleich», verlangte sie.

Gleich nachdem er eingestiegen war, nahm er den Dolch aus dem Verbandskasten, schob ihn in die Lederscheide und legte sich die zwischen die Beine auf den Sitz. Als das kleine weiße Auto hinter ihm auftauchte, fuhr er los. Sie neben sich zu haben, wäre ihm lieber gewesen. Aber wegen der Blutflecke auf dem Sitz war es wohl besser so.

## 38. Kapitel

Eine gute halbe Stunde später stoppte er den Kadett vor der Fabrikhalle, zog den Dolch aus der Scheide, nahm den Griff so in die linke Hand, dass die Klinge den Arm hinauf zeigte. Er stieg aus und ging zu dem weißen Auto hinüber, klopfte gegen die Scheibe und zeigte mit der rechten Hand auf das weit offene Hallentor. «Ich schau mal nach, ob er schon da ist, ja? Wenn nicht, muss er jeden Augenblick kommen.»

Marina Zeiss nickte nur und blieb sitzen. Merkel sah, dass die Wagentür nicht verriegelt war, riss sie auf. Im nächsten Moment war seine rechte Hand bereits an ihrer Kehle. Aber sie war nicht wie Ohloff. Sie wehrte sich heftig, schlug nach ihm, versuchte, den verletzten Arm zu treffen.

Er setzte ihr mit der linken Hand die Dolchspitze seitlich an den Hals und verlangte: «Ganz ruhig, Mädchen, sonst ist gleich alles vorbei. Das geht schneller, als du denkst. Aussteigen!»

Den Dolch ließ er an ihrer Kehle, während er sie mit der rechten Hand an ihrem Arm aus dem Wagen zerrte und auf das offene Tor zuschob. Gleich hinter dem Tor ließ er sie los und schlug sie nieder. Sehr kräftig war sie wirklich nicht, von einem einzigen Handkantenschlag in den Nacken sofort betäubt. So konnte er ihr ungestört die Hände und die Füße fesseln.

Dann schleifte er sie noch ein Stück in die Halle hinein. Dort ließ er sie erst einmal liegen, ging rasch zur Lagerhalle und schaute kurz nach Ohloff. Der schlief. Merkel legte ihm eine Hand auf die Stirn. Die Haut fühlte sich immer noch heiß an, aber ganz so rot war sie nicht mehr. Merkel zog die Decke über Ohloffs Schultern zurecht und ging zurück.

Marina Zeiss war bereits wieder bei Bewusstsein und schaute ihm mit einem Blick entgegen, den er nicht deuten konnte. Furcht oder Wut. Sie fauchte ihn an wie eine Katze: «Was soll das? Was wollen Sie von mir? Wer sind Sie überhaupt?»

«Der Schwiegervater von Brandes», antwortete Merkel. «Das heißt, ich war sein Schwiegervater. Jetzt, wo meine Tochter tot ist, bin ich euer Richter und Henker. Wir machen das ohne Verhandlung, erst du, dann er. Ihn hole ich mir, wenn ich mit dir fertig bin. Er soll sich ganz genau anschauen, was ich von dir übrig gelassen habe. Mal sehen, wie ihm das gefällt. Gar nicht, schätze ich. Aber vielleicht begreift er dann, wie mir zumute war, als ich sah, was du von meiner Tochter übrig gelassen hast.»

Er redete zu viel, fand er, ging neben ihr in die Hocke, hob den Dolch und fuhr fort, obwohl er eigentlich gar nichts mehr sagen wollte: «Dann wollen wir mal, ganz langsam. Bei meiner Tochter hat es eine halbe Stunde gedauert, meinen die in der Gerichtsmedizin. Aber Strafe muss sein, nicht wahr? Also sagen wir, bei dir wird's eine Stunde dauern, vielleicht auch zwei.»

Sie trug einen kurzen Rock, der sich weit nach oben verschoben hatte und ihre Beine der Länge nach freigab. Merkel setzte die Klinge hoch oben an, zog sie fast ohne Druck Richtung Knie. Sie schrie auf, verfolgte mit weiten Augen seine Hand, die zum rechten Bein hinüberwechselte.

«Das Brüllen kannst du dir sparen», sagte er ruhig, völlig ruhig. Er fühlte keinen Triumph, keine Genugtuung, spürte gar nichts, während er die Klinge erneut ansetzte. «Hier hört dich kein Mensch außer mir. Und was ich von dir hören will, ist kein Geschrei. Ich will wissen, wer von euch beiden auf die Idee gekommen ist.»

Solange er sich mit ihren Beinen beschäftigte, erreichte er gar nichts. Er war vorsichtig, achtete darauf, dass es ihm mit ihr nicht so erging wie mit Ohloff, ritzte die Haut nur mit der Dolchspitze, achtete peinlich genau darauf, dass sie nicht weiter als einen Millimeter eindrang. Und während der ganzen Zeit sprach er auf sie ein. Erklärte ihr, was er noch alles mit ihr vorhatte. Ihr die Finger abschneiden, einen nach dem anderen, weil sie damit den Hammer und das Messer geführt hatte. Ihr am gesamten Körper die Haut in Streifen schneiden und abziehen, schön langsam. Und während er das aussprach, glaubte er auch, es tun zu können.

Er sagte ihr auch, dass er kein Geständnis von ihr brauche, dass er ihr mit der Dolchspitze auf den Rücken schreiben wolle: «Ich habe Irene Brandes erstochen.»

Als er sie auf den Bauch drehte, ihr die Bluse zerschnitt, schrie sie noch lauter, schrill und durchdringend, aber es war ja niemand in der Nähe, der sie hätte hören können. Niemand außer ihm – und Ohloff.

Merkel hatte ihn fast schon vergessen, als er plötzlich beim Hallentor auftauchte wie sein eigener Geist. Schwankend kam Ohloff näher, hielt sich an einem der Pfeiler fest. «Was machst du denn, Hein? Das kann man ja nicht mit anhören.»

«Das musst du gerade sagen», fuhr Merkel ihn an. «Hat die Frau damals nicht gebrüllt, die du mit dem Messer bearbeitet hast? Wenn du's nicht hören kannst, stopf ihr was ins Maul. Reden will sie ja doch nicht.»

Mit Ohloffs Erscheinen hatte Marina Zeiss anscheinend Hoffnung geschöpft, sie drehte den Kopf in seine Richtung und keuchte: «Helfen Sie mir, er ist verrückt.»

Ohloff beachtete sie vorerst nicht, hatte nur Augen für Merkel. «Willst du sie wirklich umbringen, Hein?» Ohloffs Stimme klang rau und gehetzt.

Eigentlich wollte Merkel das, aber nur eigentlich. Wie er da neben ihr am Boden kniete und absolut nichts fühlte. Es hatte ihm ja nicht einmal etwas gegeben, diese Grausamkeiten aufzuzählen. Er betrachtete den nackten Rücken, so schutzlos, den verdrehten Nacken, das verzerrte Gesicht, gar nicht mehr arrogant, nur voller Panik, das Blut von ihren Beinen an seinen Händen. Eine Genugtuung war das nicht.

Mit Ohloff war es ganz anders gewesen. Vielleicht weil er ihn kannte und die ganze Zeit hatte denken müssen, dass Ohloff nur deshalb an Irene herangekommen war. Und das Mädchen war ihm fremd. Trotzdem! Sie hatte ihm etwas genommen, von dem er erst begriffen hatte, wie nötig er es brauchte, als es weg war. Und was vielleicht noch schwerer wog, sie hatte dem kleinen Schreihals etwas genommen, ohne das keiner zu einem vernünftigen Menschen heranwachsen konnte. Sie hatte es nicht verdient weiterzuleben.

Er nickte: «Natürlich will ich das. Warum, meinst du, hab ich sie mir sonst geholt?»

«Tu's nicht, Hein», begann Ohloff zu betteln. «Damit hilfst du doch keinem. Du gehst nur zurück in den Knast. Irene hätte das nicht gewollt.»

Ihren Namen hätte Ohloff besser verschwiegen, er fuhr Merkel wie ein Messer zwischen die Rippen, schnitt ihm für Sekunden die Luft ab. Als er wieder atmen konnte, sagte er: «Aber ich will es!»

Das stimmte nicht. Er wollte ganz etwas anderes. Noch einmal mit seiner Tochter am Frühstückstisch sitzen. Das konnte er nicht mehr haben. Sie in die Arme nehmen und ihr sagen, dass er sie liebte und brauchte und stolz auf sie war. Das konnte er auch nicht haben. Zurück in die Zelle und so tun, als ob es die beiden Jahre mit ihr nicht gegeben hätte. Aber das konnte er auch nicht haben, weil sich so eine Zeit nicht auslöschen ließ, das hatte er ja bereits einmal erlebt.

Als Ohloff schwieg und trotz Merkels letztem Satz nichts weiter unternahm, einfach nur neben dem Pfeiler stehen blieb, an dem er sich mit beiden Händen festhalten musste, keuchte Marina Zeiss noch einmal: «Helfen Sie mir doch, er ist verrückt, Sie müssen mir helfen.»

Ohloff schüttelte langsam den Kopf, es war nicht ersichtlich, ob er damit ihre Bitte ablehnte oder Merkels Vorhaben. Er schaute immer noch zu Merkel hin. Dann sagte er leise: «Überlass es der Polizei, Hein. Was hast du davon, wenn sie dich wieder einsperren? Denk doch an den Kleinen. Dann hätte er gar keinen mehr. Du hast doch selbst erlebt, wie das ist, Hein. Du kannst nicht wollen, dass der arme kleine Kerl im Heim groß wird oder immer rumgestoßen von anderen.»

«Woher weißt du das?», fragte Merkel, obwohl die Antwort auf der Hand lag.

Ohloff gab sie ihm nicht, sagte stattdessen: «Irene hatte sich das so schön für dich ausgedacht mit der Wohnung und der Arbeit als Hausmeister. Da muss sich doch jemand drum kümmern, um das Haus. Es gibt wirklich noch eine Menge zu tun für dich, Hein.»

«Das ist nicht mein Bier», antwortete Merkel. «Der Junge hat noch ein Paar Großeltern, die werden sich um ihn reißen. Er ist nämlich jetzt reich, der Bengel. Und Brandes erbt auch, du glaubst nicht im Ernst, dass der mir einen Job als Hausmeister und eine Wohnung gibt. Ich kann es nicht der Polizei überlassen. Sie würden sich das Weib zwar gerne vornehmen, das würde nur leider nicht viel bringen. Ich erklär dir das später mal. Von mir aus kannst du jetzt abhauen. Ist vielleicht besser, wenn du verschwindest. Das hier ist allein meine Sache. Da hinten steht dein Auto, setz dich rein und fahr los. Scheint dir ja wieder besser zu gehen. Wenn du hier rumlaufen kannst, kannst du auch Auto fahren.»

«Tu ich auch», erklärte Ohloff beinahe trotzig. «Ich fahr zur Polizei, Hein, wenn du nicht vernünftig bist.»

Merkel lachte bitter. «Ich bin vernünftig, Junge. Vernünftig genug, um zu wissen, was ich tun muss. Die Polizei kann diesem Dreckstück überhaupt nichts. Sie wissen genau, dass sie es war, aber sie haben keine Beweise. Verstehst du? Keine Beweise! Ich brauche keine. Ich hab das hier.»

Er hielt den Dolch in die Höhe, senkte die Spitze wieder, bis er damit ihre Stirn berührte. «Ich werde Sie genauso abschlachten», murmelte er, «wie sie meine Tochter abgeschlachtet hat.» Auf ihrer Stirn erschien ein dünner, roter Streifen, als sie versuchte, den Kopf wegzudrehen.

«Hören Sie», stieß sie hervor, «ich weiß nicht, wovon Sie reden. Ich kenne Ihre Tochter gar nicht.»

Merkel hatte zwar gehört, dass sie etwas gesagt hatte, aber nicht verstanden, was. «Hau schon ab», sagte er zu Ohloff. «Na los doch, du musst nicht dabei sein. Aber vielleicht verstehst du, dass ich es tun muss. Du hast Irene doch gut gekannt. Man kann das nicht so einfach hinnehmen, wenn einem alles weggenommen wird. Was hab ich denn jetzt noch?»

Ohloff nickte schwerfällig. Als er die linke Hand von dem Pfeiler löste und Anstalten machte, sich zum offenen Tor umzudrehen, begann Marina Zeiss wieder zu schreien. Immer noch in der höflichen Form, wie man eben mit einem Fremden spricht, den man um Hilfe bittet oder an dessen Mitgefühl man appelliert.

«Bleiben Sie hier!», schrie sie. «Lassen Sie mich nicht allein mit dem Verrückten. Er bringt mich um, nur weil er sich irgendetwas einbildet.»

Ohloff kümmerte sich nicht um sie, hob das unverletzte Bein zu einem vorsichtigen Schritt an. Da schrie sie noch einmal: «Du sollst hier bleiben, verdammt! Du bist genauso dran wie er, wenn du jetzt weggehst. Das ist Beihilfe, dafür gehst du in den Knast. Hörst du nicht? Bleib hier, Dieter.»

Im ersten Augenblick klang es in Merkels Ohren, als ob sich die beiden kannten, aber nur im ersten Augenblick. Im zweiten begriff er, was eben passiert war. Sie hatte sich verraten. Dieter! Nur ein einziger Mensch hatte Ohloff jemals mit seinem Vornamen angesprochen. Vielleicht hatte seine Mutter es früher auch getan, das war anzunehmen. Aber dass Irene ihn Dieter gerufen hatte, wusste Merkel mit Sicherheit. Und zuletzt hatte sie ihn an dem Mittwoch so gerufen, als sie blutend neben dem Küchentisch lag und er aus dem Haus rannte.

Ohloff begriff es auch. Er war erst einen Schritt von dem Pfeiler weg, zuckte zusammen, als sie seinen Namen schrie, drehte sich wieder um, starrte erst sie an, dann Merkel, streckte eine Hand aus und stammelte fassungslos: «Irene hat mich wirklich gerufen.»

Dann begann Ohloff zu weinen. Und Merkel nickte, konnte gar nicht mehr damit aufhören. Für einen kurzen Moment empfand er so etwas wie Zufriedenheit. Und dann spürte er, wie etwas in ihm zusammenbrach.

## 39. Kapitel

Was in den nächsten zwei oder drei Stunden passierte, konnte Merkel später nicht sagen. Wenn er darüber nachdachte, fiel ihm immer nur ein, dass er genickt und dabei das Gefühl gehabt hatte, es sei vorbei. Ohloff hatte ihm wohl den Dolch aus der Hand genommen, ihn zum Auto geführt und irgendwie veranlasst, in die Stadt zu fahren. Marina Zeiss ließen sie in der alten Gießerei zurück, weglaufen konnte sie ja nicht.

Ohloff wollte ihn zu irgendeiner Polizeiwache dirigieren. Irene hatte ihm zwar einiges erzählt, aber nicht, dass ihr Vater so eine Art Bruder hatte, der bei der Polizei in einer der oberen Etagen saß, allerdings nicht samstags. Da war Kurt zu Hause. Und weil Ohloff davon keine Ahnung hatte, fuhren sie eine ganze Weile herum, von einer Wache zur nächsten. Jedes Mal, wenn eine auftauchte, schlug Ohloff vor: «Fahr rechts ran, Hein. Wir sind da.»

Und Merkel fuhr weiter, weil sie eben nicht da waren, auch nie da sein konnten, solange er nicht wusste, wohin er wollte. Bis ihm endlich klar wurde, dass er Ohloffs alten Kadett durch die Stadt steuerte und Irenes Mörderin gefesselt und blutend in der alten Gießerei lag. Da wollte er eigentlich zurückfahren, aber nur eigentlich. Stattdessen fuhr er zu Kurt. Und Kurt übernahm den Rest, wie Brüder das eben so tun.

An den Sonntag erinnerte Merkel sich auch nur vage. Er schlief praktisch den ganzen Tag in dem Zimmer, in dem er auch die wenigen Tage nach seiner Entlassung aus der Haft verbracht hatte. Jedes Mal, wenn er kurz aufwachte, stand Agnes neben dem Bett und wollte ihm irgendetwas aufdrängen, mal einen Teller Suppe, mal einen Kaffee oder ein Stück Butterstreusel. Und jedes Mal meinte er, Kurt hätte ihn erst vor ein paar Stunden vor der Haftanstalt in Empfang genommen. «Steig ein, Hein, wir fahren erst mal nach Hause.»

Wenn ihm dann einfiel, dass das fünf Jahre her und in der Zwischenzeit viel geschehen war, rechnete er damit, dass sich das Gefängnistor wohl in Kürze wieder hinter ihm schließen würde. Dass man ihn an dem Sonntag in Ruhe ließ und auch an dem Montag noch, als sie beerdigt wurde, schrieb er Kurts Einfluss zu.

Es war eine große Beerdigung, fast so viele Leute wie an dem Tag, als sie vorne am Grab ihrer Mutter stand und ihm anschließend diese lächerliche Visitenkarte mit dem Namen ihres Mannes in die Hand drückte. Einen schwarzen Anzug hatte Merkel nicht mehr gekauft, war nicht dazu gekommen. Doch diesmal fiel er nicht auf in der alten Hose und dem schlecht sitzenden Jackett, das Agnes aus seinem Zimmer geholt und aufgebürstet hatte. Die anderen waren auch nicht viel besser gekleidet, mit Ausnahme von Kurt, Agnes und Ulla Fendrich. Agnes weinte die ganze Zeit. Und Merkel wünschte sich, sie hätte endlich damit aufgehört.

Gernot Brandes war nicht auf dem Friedhof, aber sonst alle, die sie gekannt hatten. Kollegen aus dem Amt und all ihre Sozialfälle. Helmut Ziriak, der erst am Vormittag aus der U-Haft entlassen worden war, kam zusammen mit seiner Mutter, drückte Merkel die Hand und versuchte dabei ein verlegen linkisches Grinsen, was ihm aber kläglich misslang. Annemarie Ziriak sagte ein paar Worte, aufrichtiges Beileid, großer Verlust und so weiter, die jedoch an Merkel vorbeirauschten. Die Bodewig stand da mit all ihren Kindern und heulte sich die Augen aus dem Kopf.

Ohloff war natürlich auch da, stützte sich schwer auf eine sehr hübsche junge Frau, sein Zuckertäubchen, Natascha Parlov. Er humpelte steinerweichend, als er nach vorne kam und Merkel die Hand drückte. «Es tut mir so Leid, Hein, so verdammt Leid.» Was änderte sich damit? «Wenn ich es nochmal zu tun hätte», sagte Ohloff. Hatte er aber nicht.

Alle anderen hielt Kurt ihm vom Leib. Merkel blieb an ihrem Grab stehen, bis die Menge sich verzogen hatte und Kurt nachdrücklich an seinem Arm zupfte. «Jetzt komm, Hein, fahren wir nach Hause.»

Am späten Nachmittag fuhr Kurt ihn noch einmal zum Friedhof. Da türmten sich die Blumen auf ihrem Grab so hoch, dass man kaum ihren Namen auf dem Holzkreuz entziffern konnte. Irene Brandes – geb. Merkel. Dafür hatte Kurt gesorgt. Er sorgte für alles, auch für eine erstklassige Rechtsanwältin.

Dienstags saßen sie zu dritt beim Staatsanwalt. Merkel, Kurt und Frau Doktor Greta Brand. Ein Verhör gab es nicht, nur ein Gespräch. Ohloff hatte bereits eine Aussage gemacht, und der Staatsanwalt zeigte Verständnis für Merkels Situation, auch wenn er die Aktion von Amts wegen nicht billigen durfte. Ein Verfahren wegen Entführung und Körperverletzung war unerlässlich. Aber Merkel würde wohl glimpflich davonkommen, da waren sich der Staatsanwalt und die Rechtsanwältin einig.

So schwer war die Körperverletzung ja nicht. Ein paar Schnitte in die Beine, bei denen kaum mehr als die Haut geritzt worden war. Und dieser Kratzer auf der Stirn, nicht der Rede wert. Es lohnte nicht einmal, darüber nachzudenken, ob Marina Zeiss eine Narbe zurückbehalten würde.

Frau Doktor Brand bezeichnete Merkels Aktion als Handlung infolge einer seelischen Ausnahmesituation. Sie wollte einen Gutachter bemühen, und zu welchem Ergebnis der käme, läge auf der Hand, meinte sie, vermindert schuldfähig.

Mit Ohloffs Aussage schien alles klar. Die Fotos, die er von Brandes und Marina Zeiss geschossen hatte, lagen vor. Es war nur nicht viel darauf zu erkennen. Aber die Negative waren ans LKA-Labor nach Düsseldorf geschickt worden, da wäre mit Technik wohl noch einiges zu machen, meinte Kurt.

Merkel fand, dass es den Aufwand nicht lohnte. Was war denn bewiesen mit den Fotos? Dass Brandes und seine Freundin ein Eis aßen. Und dass Ohloff in ihrer Nähe gewesen war.

Ein verrückter Hund, dieser Ohloff, log, wenn er nur den Mund aufmachte. Er hatte tatsächlich behauptet, er wäre so nahe an die beiden herangekommen, dass er Teile ihrer Unterhaltung mitgehört hätte. Ihm sei allerdings nicht klar geworden, dass da ein Mordkomplott geschmiedet wurde, sonst hätte er das natürlich sofort zur Anzeige gebracht. Aber es hätte harmlos geklungen, fast so, als wolle Brandes seine Freundin nur davon überzeugen, dass sein kleiner Sohn im Grunde ein pflegeleichtes Kind sei, das zu festen Zeiten schlief. Zeiten, in denen seine Frau genug Muße für andere Dinge fand, auch für eine Unterhaltung mit fremden Leuten. Brandes habe erklärt, seine Frau ließe alle möglichen Leute ins Haus, hatte Ohloff behauptet.

Außerdem hatte Ohloff sich selbst angezeigt wegen unterlassener Hilfeleistung. «Aber ich hab wirklich gedacht, Irene wäre tot», hatte er zu Heinen gesagt. «Dass sie meinen Namen rief, mein Gott, in der Aufregung bildet man sich viel ein. Als ich von ihrem Vater hörte, dass sie noch gelebt hat, als ich im Haus war, habe ich mich ins Bein geschnitten. Immer wieder, ich konnte gar nicht damit aufhören. Das waren vermutlich Schuldgefühle.»

Seltsamerweise wollten weder Lukas Heinen noch Kurt Seifert wissen, wie denn ein armer Schlucker wie Ohloff, der kürzlich erst wieder den Job losgeworden war und Schwierigkeiten hatte, die nächste Miete für seine Wohnung zu zahlen, zu einem so kostbaren Dolch mit echten Lapislazuli gekommen war. Den Staatsanwalt interessierte das auch nicht, immerhin hatte Ohloff eine Freundin, die als Gesellschaftsdame über ein gutes Einkommen verfügte und mit Geschenken sehr großzügig war.

Ohloff hinkte auch nach Wochen noch, obwohl sein Bein gut verheilte. Merkel hatte ihn im Verdacht, dass er nur hinkte, wenn er mit ihm zusammen war, mal abends in einer Kneipe, auch mal am Nachmittag. Er hatte ja jetzt mehr Zeit, war nicht mehr als Objektschützer tätig.

Zwei Wochen nach der Beerdigung zog er aus dem möblierten Zimmer mit Dusche in die Dachgeschosswohnung mit Bad, die seine Tochter ihm zugedacht und für ihn eingerichtet hatte. Gemütlich war es geworden, sie hatte sich viel Mühe damit gegeben. Und wenn sie gewollt hatte, dass er dort lebte.

Ein richtiges Bett hatte er nun, in dem er besser schlief als auf der Liege. Einen Fernseher hatte er auch, damit vertrieb er sich die langen Abende, konnte sich nicht so schnell umstellen vom Nachtdienst auf eine Arbeit, die tagsüber erledigt werden musste. Aber so viel war tagsüber auch nicht zu tun, und genau genommen hatte ein Hausmeister rund um die Uhr für die Leute da zu sein.

Es konnte schon mal passieren, dass um elf Uhr abends

noch jemand bei ihm klingelte und erleichtert war, ihn nicht aus dem Bett gescheucht zu haben. Die Familie mit den drei Kindern bat ihn dreimal um Hilfe, weil der alte Stänkerer, über den Irene sich immer wieder geärgert hatte, nun dazu übergegangen war, spätabends seine Stereoanlage auf volle Lautstärke zu drehen. Im Dachgeschoss hörte man es nur gedämpft, und wenn man ohnehin noch nicht schlief, störte es nicht. Aber die Kinder konnten dabei natürlich nicht schlafen. Nach dem dritten Mal war jedoch Ruhe, dafür sorgte Merkel.

Nur sonntags war er für die Mieter nicht zu erreichen. Sonntags musste er zu Kurt und Agnes, jeden Sonntag, Agnes bestand darauf. Und meist stand sie schon bei der offenen Haustür, wenn er sein Rad abstellte. Am zweiten Sonntag im September hielt sie dabei zum ersten Mal seinen Enkel auf dem Arm und sagte: «Nun sieh mal, wer da kommt. Das ist der Opa. Willst du ihm nicht guten Tag sagen?»

Es war eine theoretische Frage, reden konnte der Kleine von ein paar Silben abgesehen immer noch nicht viel. «Papa», sagte er.

«Nein, Opa», korrigierte Agnes, «versuch's mal, Opa.»

«Papa», wiederholte er und strahlte Merkel an wie einen, den er lange vermisst hatte, lachte übers ganze Gesicht und zeigte seine winzigen Zähne dabei. Merkel strich ihm im Vorbeigehen über die Wange. Eigentlich wollte er auch etwas sagen, aber er wusste nicht, was. Also ging er wortlos ins Wohnzimmer.

Agnes schloss die Haustür und folgte ihm. Sie war glücklich, das wusste Merkel. Das Jugendamt hatte keine Einwände erhoben, auch keine Schwierigkeiten wegen des Alters gemacht, die Pflegeerlaubnis sofort erteilt, weil die Eltern von Brandes sich außerstande sahen, den Jungen bei sich aufzunehmen. Wie sollten sie mit einem Kind umgehen, dessen Vater dafür gesorgt hatte, dass es die Mutter verlor? Sie fühlten sich immer noch für ihren Sohn zuständig. Das stand ja im Widerstreit.

Kurt saß schon am gedeckten Kaffeetisch, als Merkel ins Wohnzimmer kam. Kurt war zufrieden. Es nahm alles seinen gerechten Gang. Ohloffs Aussage hatte dazu geführt, dass Marina Zeiss doch noch ein Geständnis ablegte. Es schien, dass der verrückte Hund mit seinen Lügen der Wahrheit sehr nahe gekommen war. Die Anklage lautete auf vorsätzlichen Mord. Darauf stand lebenslänglich. Nach fünfzehn Jahren bestand die Möglichkeit einer Entlassung auf dem Gnadenweg. Doch darüber wollte Merkel nicht nachdenken. Später vielleicht. In fünfzehn Jahren wäre er Mitte siebzig. Wenn sie das Weib dann rausließen, hatte er wirklich nichts mehr zu verlieren.

Brandes war ebenfalls in Haft, bei ihm hieß es: Anstiftung zum Mord. Sie schoben sich gegenseitig den schwarzen Peter zu. Er behauptete, nicht gewusst zu haben, dass seine Freundin seine Frau umgebracht hatte. Marina Zeiss behauptete, er habe ihr in allen Einzelheiten erklärt, wie sie vorgehen müsse, welche Zeit günstig sei, zwischen zehn und zwölf am Vormittag, weil das Kind dann garantiert im Bett war und nicht die Gefahr bestand, dass einer von Irenes Sozialfällen auftauchte. Die kämen immer erst am Nachmittag, mit einer Ausnahme. So ein Idiot, der nicht lesen und nicht schreiben könne, würde sehr wahrscheinlich um die Mittagszeit auftauchen.

Von Ziriak gewusst hatte Brandes. Es schien jedoch nicht in ihrer Absicht gelegen zu haben, ihm den Mord in die Schuhe zu schieben. Sein Verhalten hatten sie schließlich nicht einkalkulieren können, wohl eher damit gerechnet, dass er sofort Alarm schlug, wenn er Irene fand.

Das alles hatte Kurt schon vor Wochen erklärt. Und Merkel hatte sich gefragt, was passiert wäre, wenn Ohloff die Küche betreten hätte. Hin zu ihr und neben ihr auf den Boden gekniet. Dann wären es vielleicht zwei Tote gewesen. Oder auch nicht! Ohloff mit seinen Kräften hätte das Weib vielleicht überwältigen können. Aber wenn man von hinten angegriffen wurde, einen Hammer auf den Kopf und Messer in den Rücken bekam.

Hätte! Wäre! Vielleicht! Solche Gedanken brachten nichts, man verfing sich nur darin, und am Ende kam wieder die Wut hoch.

Es war vorbei, auch wenn es für Merkel nie mehr ganz vorbei sein konnte. Sie hatte mehr hinterlassen als Friedels Villa, das Haus am Rosenweg und das Mietshaus. Da war noch der Karton mit ihren Briefen, all die Fotos von ihr, die Agnes vor langen Jahren gemacht hatte. All ihre Erklärungen, die seinen Kopf derart auffüllten, dass er manchmal dachte, er denke nur noch wie sie.

Und da war ihr Sohn, der sich einen Dreck darum kümmerte, dass sein Großvater mit Kindern nicht umgehen konnte, mit so kleinen schon gar nicht. Nannte ihn einfach Papa, das Kerlchen. Na ja, Opa würde er schon noch lernen, er war ja nicht dumm.

Während Agnes in der Küche Kaffee machte, lief der Kleine im Wohnzimmer herum, sammelte die Plastikwürfel vom Boden auf, die an einer Seite hohl waren und sich alle ineinander stecken ließen. Das versuchte er. Aber er brachte sie doch nicht alle in der richtigen Reihenfolge zusammen, kam zu Merkel, legte ihm die übrig gebliebenen Würfel in den Schoß und verlangte in seinem unverständlichen Kauderwelsch, dass er sie für ihn einsortierte. Und Merkel sah sie wieder vor sich, wie sie sich am letzten Dienstag in ihrer Küche nach den Würfeln gebückt hatte.

Agnes kam mit dem Kaffee ins Wohnzimmer, füllte die Tassen und verteilte Stücke vom Butterstreusel auf die Teller. Dann rief sie den Jungen, nahm ihn auf den Schoß und schob ihm ein Häppchen in den Mund. Merkel konnte kaum hinschauen.

«Kannst du mir den Kleinen morgen Nachmittag abnehmen, Hein?», fragte Agnes. «Ich muss zum Arzt, da möchte ich ihn nicht mitnehmen. Das wird ihm ja langweilig.»

«Und was soll ich mit ihm machen?», fragte Merkel.

«Geh mit ihm spazieren», schlug Agnes vor. «Ist doch schönes Wetter. Ich bring dir den Buggy mit.»

Nach dem Kaffee fuhr Merkel zum Friedhof. Das tat er nicht nur sonntags, auch in der Woche war er oft da. Dicht bei ihrem Grab stand eine Holzbank. Im milden Licht der späten Sonne war es ganz angenehm, dort zu sitzen und einen ihrer Briefe zu lesen. Er brachte jedes Mal einen mit und hatte manchmal das Gefühl, dass sie mit ihm sprach. Das Problem war nur, sie hatte auf keinen Briefbogen ein Datum geschrieben, und mit den Jahren waren sie in dem großen Schuhkarton wohl durcheinander geraten.

An dem Sonntag im September begann er nicht sofort zu lesen, erzählte ihr zuerst, dass ihr Sohn jetzt bei Kurt und Agnes aufwuchs, dass es ihm dort gut ging und dass er morgen mal mit ihm vorbeikäme. Und insgeheim befürchtete er, dass Agnes noch öfter auf den Gedanken käme, ihm den Kleinen aufs Auge zu drücken.

Dann las er ihren Brief, wieder kein Wort von Herrn Tommes. Er wusste immer noch nicht, wer das war. Agnes wusste es auch nicht, er hatte sie schon danach gefragt.

Aber vielleicht war das auch gar nicht mehr wichtig. Im Grunde zählte nur noch, dass sie wusste, wie wichtig sie ihm gewesen war. Und Agnes sagte, das hätte sie gewusst, die ganze Zeit.

Laurie R. King

«Wenn jemand die Nachfolge von P. D. James antritt, dann **Laurie R. King.**»
*Boston Globe*

**Die Gehilfin des Bienenzüchters**
*Kriminalroman*
(rororo 13885)
Der erste Roman einer Serie, in der Laurie R. King das männliche Detektivpaar Sherlock Holmes und Dr. Watson durch eine neue Konstellation ersetzt: dem berühmten Detektiv wird eine Assistentin – Mary Russell – zur Seite gestellt.
«Laurie King hat eine wundervoll originelle und unterhaltsame Geschichte geschrieben.» *Booklist*

**Die Apostelin** *Kriminalroman*
(rororo 22182)
«*Die Apostelin* ist ein wundervolles Buch. Ich habe diesen Roman geliebt.»
*Elisabeth George*

**Die Feuerprobe** *Roman*
Deutsch von Eva Malsch und Angela Schumitz
544 Seiten. Gebunden und als rororo 23130

**Das Moor von Baskerville**
*Roman*
(rororo 22416)
Baskerville revisited:
Die Fortsetzung des berühmtesten Falls von Sir Conan Doyle

rororo Unterhaltung

**Die Farbe des Todes** *Thriller*
(rororo 22204)
Drei kleine Mädchen sind ermordet worden. Kein leichter Fall für Kate Martinelli, die gerade erst in die Mordkommission versetzt wurde und noch mit der Skepsis ihres Kollegen Hawkin zu kämpfen hat.

**Die Maske des Narren**
*Kriminalroman*
(rororo 22205)
Kate Martinelli und Al Hawkin übernehmen ihren zweiten gemeinsamen Fall.

**Geh mit keinem Fremden**
*Kriminalroman*
(rororo 22206)

**Wer Rache schwört**
*Roman*
(22922)

Weitere Informationen in der **Rowohlt Revue,** kostenlos im Buchhandel, und im **Internet: www.rororo.de**

3666/7